中国专业作家
小说典藏文库

中国专业作家小说典藏文库

旋转

陶纯 著

中国文史出版社

写作的意义（代序）

　　关于写作的意义，以前我并没有过多考虑，就像我没有过多考虑人生的意义一样。人们活着为了什么？若要刨根问底寻找答案，可能有很多——有人为了贪图享乐，追求欲望的充分满足；有人为了事业的成功，一生孜孜不倦；有人为了一己私利，一辈子只知索取，不知奉献；有人稀里糊涂过一辈子，也不知道为了啥……

　　同样，写作为了什么？

　　用世俗的看法，不外乎下列几种：一是为了初心和梦想；二是为了名利；三是把写文章当作梯子往上爬，谋取官位；四是为了养家糊口。

　　关于写作的意义，古今中外的伟大作家有很多高论。《左传》上说，人生有三不朽：立德、立功、立言。立言即指具有真知灼见的言论文章，它能流芳百世。曹操的儿子曹丕似乎站得最高，他在《典论·论文》中说："盖文章，经国之大业，不朽之盛事。年寿有时而尽，荣乐止乎其身，二者必至之常期，未若文章之无穷。"意思是文章它能关乎国家兴亡，是治理国家必不可少的重器，是万代不朽的大事业，人的寿命、荣乐随时会中止，而好文章会代代相传，所以写文章要用心。杜甫在《偶题》一诗中说："文章千古事，得失寸心知。"意思是文章是传之千古的事业，而其中甘苦得失只有作者自己心里知道。龚自珍在《咏史》诗中说："避席畏闻文字狱，著书都为稻粱谋。"意思是，文人骚客一听到文字狱的事就胆战心惊，离席而去，他们著书立说的目的只是为了生活糊口，不敢揭露社会的阴暗面。法国作家大仲马说："历史是一颗钉子，在上面挂我的小说。"大仲马很自信，他把自己的作品当成了历史的一面镜子，事实上他也做到了。阿根廷作家博尔赫斯说过："我写作不是为了名声，不是为了特定的读者，我写作是为了光阴流逝使我心安。"可见他是一个淡定的写作者。巴金说："我写作不是我有才华，而是我有感情。"巴金先生非常平易近人，不故弄玄虚。鲁迅说："文章怎么写，我说不出来。"鲁迅先生此话并非谦虚，他可能想说，作家是课堂上教不出来的，作家需要天赋，文无定法，没有现成的路数教你们成功……

若问我写作为了什么？

为了名利吗？肯定有这个因素，否则就缺乏某种动力，而现实又很严酷——只有成功，才能获取名利。为了往上爬？真没想过，我比较散漫，心直口快，不适合当领导，事实上我一辈子只是一名专业创作员，从没担任过任何官职，连个班长、小组长都没干过。为了初心和梦想？这个没问题，绝对是，我主要是为初心和梦想而创作。为了养家糊口吗？我开始写作的时候，已经是一名军官，生活说得过去，吃饭不成问题，也没想着靠写作发大财，所以这条不成立。归根结底，对于我来说，写作是我生命的一部分，是生命和灵魂的需要，写作于我就像空气和阳光，不能离开。写作照亮了我的生活，使我有勇气面对艰难困苦和悲观孤独……

我们的生活中，几乎干什么都要花钱，大概只有三样东西不要钱：一是阳光，二是空气，三是文字。这三样东西，是可以随便取用的，不用掏腰包。我觉得自己这辈子很幸运很幸福，把三样东西都占了。

我女儿劝我，你光会写不行，还得学会吆喝。我说，先写出好东西再说吧。文坛就像官场，并不是坐在高位上的都是好官，文坛上有些名气大的，也没见他写出什么让人服气的大作。文坛犹如一池水，水上面难免有泡沫，泡沫浮在最上面，阳光一照，花花绿绿，可能很好看晃眼，人们首先看到的就是泡沫，但它是虚的。自己既然做不了泡沫，那就做一颗水中的石子吧，石子不显山不露水，沉甸甸地在下面趴着，多少年之后，泡沫没了，但石子还在。

我还想说，有时候，写作与创作不是一个概念，写作与创作的区别在于写作是物理反应，而创作是化学反应。真正的创作是创新——塑造新的人物，描写新的生活，发掘新的细节，抒发新的情感。

特别感谢中国文史出版社，使我的主要作品以这种形式与读者见面。这不是我写作的终点，而是又一个起点。

此为序。

陶　纯

2018 年 5 月 13 日

目　录

美丽家园

　　部队驻扎在大山里。从军校毕业后，先乘火车，然后换乘汽车，然后再步行十里路，最后走到营院门口的时候，他停下脚步，四处环视了一遍。正是夕阳西下时分。夕阳火红的余晖下起伏不定的山峦真迷人啊，他想。

　　于是，他很自然地想起故乡，想起故乡的大平原。

　　故乡在古老的黄河岸边，除了黄河高高的堤岸外，方圆几十里之内几乎再也见不到更高一些的东西。

　　如今跳进了大山的怀抱，他感到心里似乎踏实了些⋯⋯

　　后来，他常常在夕阳西下的时候，眺望四周那些远远近近的大山，每次几乎都能发现一些新鲜的东西。

　　当然，他从来没有否认过故乡的美丽。

　　铺开军用地图，他粗略计算了一下，得出的结论是，故乡在三千里之外。

　　三千里，毕竟是一个很遥远的距离。

　　当高考成绩在公社中学大门口的青砖墙上贴出来，而他又名列前茅之后，他就想，爹这一辈子也许没做过什么主，唯有在他上学这件事上态度坚决。爹常常说："你要正正经经地学，千万别像爹，连个儿的名儿都不识⋯⋯"

　　爹又说："肚子里墨水儿多，别人就不敢欺负咱，咱的腰杆子就硬⋯⋯"

　　在家里，一切都是娘说了算，爹只有服从的份儿。有一次，娘说：

1

"别让他上那个洋学了，家里连点灯的洋油钱都没有啦。"

爹却火了，爹一跺脚，脖子上、胳膊上的青筋一跳一跳的："没钱老子卖血也要供他上！"

在他的印象里，十几年来，爹第一次敢冲娘发火，而且火气这么大。

上初中的时候，有一天他逃学，约上几个同学下河摸鱼，被教师告上门来。傍晚，他装作没事的样子赶回家，爹在屋门口堵住了他。爹说："你狗日的倒有心去玩！"

他知道事情暴露了，便低下头，不作声。

爹对娘说："揍他顿吧。"

娘说："以后改了就是了。"

爹朝地上吐了口唾沫，怯怯地看了娘一眼，慢慢腾腾踱到他身边，抬腿照他屁股踢了一脚。奇怪的是，他没有哭，而爹的眼圈却红了，两行浊泪顺着黑瘦的脸膛流下来，落在衣襟上，最后砸在地上，摔碎，被土吃掉。爹抽搐着说："你没良心。我到底为的啥？……"

从那时起，他没再动过逃学偷懒的念头。

黄河水日夜不息地流淌，滋润着两岸广袤的土地。他十分真切地记得，每逢天一转暖，故乡的土地上就生长出许许多多紫色的喇叭花儿。喇叭花儿迎风摇摆，如一串串惹人喜爱的小天使。离村庄不远处的几片青翠茂盛的柳树林，和遍地的喇叭花儿相映衬，生动极了。若干年后，他来到长城外的那座军校，在操场上走队列的时候，才突然意识到，村子外的柳树林多么像一个个绿色的方阵，令人怦然心动。

有一年，他喂了几只兔子，有白色的，有灰色的，还有黑色的，他十分喜爱它们。当然，他还有一个明确的目的，就是喂大了，到集市上卖掉，挣钱交学费买书本。下午放了学，有时便挎上草篮，到大田里割草。他经常在一望无际的大田里看见一个梳长辫子、个头似乎比他还要高的女孩。他知道女孩是邻村的，和他在一个学校上学，同级不同班，但却不知道她的名字。

那女孩也是来割草的。他发现她不时偷偷打量自己。有一天，她和一个比她小一点儿的女孩一起在大田里同他打了照面，她忽然喊："高云田！"

他惊诧地问："你咋知道我叫高云田？"

她抿嘴笑了笑："你是学习尖子，我哪敢不知道。"

他挺得意。问："你割草干啥？"

"喂羊。你呢？"

"我喂兔子。"

"你养母兔没？我挺喜欢母兔。"

"公母都有。养母兔为了生小兔，养公兔为了帮助母兔生小兔。"他第一次感到自己的嘴巴挺好使。

比她小一点儿的女孩突然"咯咯"笑了起来，她脸略微红了红，呵斥道："就知道咧嘴笑，嘴大将来找不着婆家……"

后来他才知道她叫玉兰。

玉兰，一个挺实在的名字。玉兰的辫梢上经常缀着紫色的喇叭花儿，有时他便突发奇想，觉得那些喇叭花儿不是缀上去的，而是从她头上长出来的，她黑黑的头发是连接花儿的藤蔓。

当兵之前，他几乎没给别人写过信，也未收到过别人的来信，当兵离家后，收信和写信才成为他生活中一个重要的组成部分。这些年里，他收到的信主要是妹妹和玉兰写的。妹妹在他上军校后的第一封来信里写道："哥哥你走后，咱爹在人前硬气多啦，敢大声说话啦，支书也对咱爹咱娘露笑脸啦，邻居老歪家的人见了咱爹咱娘也不瞪眼珠子指鸡骂狗啦……"而玉兰在她的第一封信里表露的是感激和依恋之情……

闲下来的时候，他常常琢磨那些来信，总觉得里面有琢磨不完的内容。分配到部队后，不知不觉又增加了一项内容——看山。排里的几个老兵叫嚷道："妈的老待在这大山沟里，我们都快成傻×了！"

他无语。他不知道该说什么好。也许他们在这儿待得太久了。老兵们烟抽得很凶，他能闻到他们身上散发出来的劣质烟草的气味。他在心里问自己：如果你也像他们似的，在这里长久地待下去，会不会产生那样的想法？

3

一时回答不上来。

当然，兵们也有乐不可支的时候，传阅或高声朗诵"慰问信"，是大家很感兴趣的事情。兵们把对象或老婆的来信称作"慰问信"，由于排里找对象和结婚的人并不多，所以"慰问信"更显稀罕。他想弟兄们应该时不时乐一乐，便经常公开一封，尽管玉兰的来信同严格意义上的"慰问信"尚有些微的区别。

毫无疑问，三千里外的那个叫玉兰的姑娘是全排人共同的话题。

有一天，当玉兰的来信通过一个老兵的口再次惹得兵们哄堂大笑时，连长铁青着脸走了过来，兵们慌忙散去。连长望了他足有两分钟。连长说："这样带兵不行。"

连长的络腮胡子十分浓密，可惜刮得太狠，如果留起来，一定很过瘾。

连长点上一支烟，慢悠悠吸了几口，说："这样带兵不行，和他们嘻嘻哈哈的，时间长了，他们就不拿你的话当回事了，你就没有权威了。"

连长说："这是经验之谈，你刚毕业，对部队的很多事情不了解。"

他一挺胸脯说："是！"

在村子里，高姓不是旺族，只有零零星星的几家，在众多的外姓人面前，自然神气不起来。他家尤其如此，别人家小孩子都不把他们家看在眼里。所以爹的背过早地驼了。

有一年的黄河枯水季节，人们争相到河边捕鱼。爹的手灵，很快捉满了一大水桶，而邻居老歪和他的五个身强力壮的儿子忙活了半天，只捉到几条两寸长的小鱼，老歪便黑了脸，硬说爹偷了他家的鱼。爹不服，老歪的儿子们就扑了过来，结果爹被打断两根肋骨……此后的若干年里，爹曾经无数次地撩起衣襟，指着伤口说："这口气我一辈子都咽不下啊……"

包产到户时，他家的地和老歪家的地紧挨着，老歪家的人几乎每年都移动一次界石，蚕食他家的土地。爹气不过，找支书评理，支书用火柴棍剔着牙缝说："大事都管不过来，哪有闲心管这些小事？"

4

支书是个很精明的人。支书常常念叨的一句话是："老歪家做的烧鸡就是他娘的好吃。"

类似这样的事情太多了，如果不是他考上学，也许一辈子都不会出现转机。

那年进入考场之后，他才发现右邻桌坐着玉兰。那一刻他顾不上想别的，拿到试卷后，手心里捏着汗做题。渐渐地，他发现题目并不难。考数学时，只用了一半时间就做完了，核对了一遍，又不想过早交卷，就去观察别人的神态。有一瞬间，他的目光和玉兰的目光碰在了一起，玉兰的眼睛里流露出来的是哀怜的光线，像起风后喇叭花儿上即将滴落的露珠。只看了玉兰一眼，他便明白玉兰碰到了难题。他忽然想，自己应该帮帮她；又想，如果被监考老师发现，取消了资格，爹弄不好会去上吊……琢磨了好一阵子，他终于下了决心，将最难做的一道题的答案写在字条上，悄悄扔给了玉兰。她感激地看了他一眼，似乎在说："我会报答你的……"

一个月后，成绩公布出来，他高高在上，玉兰的分数则刚刚越过录取线。那道题对于玉兰来说太重要了。第二天，玉兰的娘领着她来到他家，玉兰的娘从提包里掏出两瓶酒、四包点心，放在堂屋门口的香案上，说："大侄子心真好，你们一家子都是好人……"

爹蹲在老枣树下吧嗒旱烟，娘一个劲儿地打量玉兰。娘张开缺牙的嘴，喜滋滋地说："老嫂子你拿啥东西，这么个俊闺女登登我的门槛，比拿啥都强啊……"

他没有料到，在填写志愿时，爹的态度就像当初坚决供他上学那样，又一次让他吃了一惊。

填什么学校好？他一直觉得考学好像不是为了自己，而是为了整个家，所以应该由爹娘来定，他只是提出了一串学校的名字。爹娘争论了一天一夜，最后目标集中在两所学校上：军校和公安学校。到底哪个排第一哪个排第二，又争论了一天一夜。娘说："依我看，公安放在前头吧，见了公安人人怕。”

爹说："怕是怕，可是警察的名声如今不太好。我看还是军校好，将来背枪、带兵，比啥都强。"

娘说："当兵要打仗，打仗要死人……"

爹沉默了好一阵子，后来干咳两声说："上面早就说要和平鸽，不打仗了，有啥怕的？就是打仗，不一定咱就死，万一死了起码评个烈士，咱脸上照样光彩。我想当烈士还当不上呢！"

娘哭了起来，一把鼻涕一把泪，说："你狗日的好狠心！"

爹也流了泪："孩他娘你就依我这一次，以后啥事都依你。"

然后，爹叫过他来，说："当兵好，到外头闯荡闯荡，见见世面，要不老憋在家门口有屌用！"

爹的小眼珠儿闪闪发光，于是他想到，爹活了半辈子，也许眼睛从未这么亮过。

村子不通公共汽车，坐车要到二十里外的公社去。天还未亮，爹就用自行车带着他来到公社停车场。等车的人挺多。爹一遍又一遍地叮嘱他："出去好好学，混个人模狗样的，给狗日的们瞧瞧……"

他一边点头，一边向四下里张望，连他自己都不清楚究竟在企盼谁。后来，一个略略熟悉的影子在他面前闪了一下。

是玉兰。玉兰犹犹豫豫走过来，爹咳嗽两声，慌忙退到停车场厕所的墙根下抽旱烟。玉兰一低头，说："我娘让我来送送你……"

"一大早的，不用送。"他装着心里没事的样子。

"过几天我到地区卫校去报到。"玉兰说，"听说军校假期少，等我放寒假时去看你。"

他忙说："不用去，不用去，车票怪贵的，省下钱你买衣裳穿吧。"

汽车启动的时候，玉兰好像跟着车跑了几步，但灰尘很快就将她的影子遮住了。在以后漫长的岁月里，他隐隐约约地记起，那天早晨玉兰发辫上的一朵紫色的喇叭花儿特别鲜艳，特别耀眼。

妹妹的来信常常让他产生一种沉重的压力感，尽管妹妹在信中告诉他的都是些值得高兴的事情，像她的第一封来信那样。

妹妹只上完小学就回家干活了，她说自己笨，没哥哥脑子灵；她说一进教室脑袋就发涨。本来爹娘也没打算让她继续上学，爹娘说，一个闺女家，识几个字就行了。

妹妹每隔个把月就给他写一封信，几乎每次都这样开头："哥哥，咱爹咱娘让我告诉你……"内容主要有两类，一是家里的大事，二是关于玉兰的情况。比如："邻居老歪见了咱家的人开始搭话了。收完秋庄稼后，他把地界石往他家那边挪了一点儿……"比如："过阳历年时，支书领着人来过咱家一堂（趟），送来五斤猪肉。支书说，咱家和过去不一样啦，成了光荣人家，以后有事尽管找他……"又比如："玉兰姐从卫校回来过星期天，到咱家待了一会儿。玉兰姐帮咱娘洗衣裳，帮咱爹扫院子，咱爹咱娘欢喜得夜里睡不着觉……"再比如："玉兰姐前天又来咱家啦，咱娘割了二斤肉包的角（饺）子，吃饭时，玉兰姐一个劲儿地挑出肉块往咱娘和我的碗里送。玉兰姐一走，咱爹咱娘就上（商）量，说玉兰真是个少见的好闺女，日后和咱家盼（攀）亲，肯定不会要咱的彩礼。再说她毕了业，就吃公家粮，将来不会拖累你。二老还说，他们下半辈子没啥牵挂的啦……"

三年的军校生活过得真快，转眼就到了毕业分配的时候，大家开始活动，挖空心思四处找路子，到了晚上，宿舍里空荡荡的。他一个人趴在床上看书，区队长推门进来，说："高云田，你可真稳得住。"

他站起来，想了想，说："管事的首长我一个也不认识。"

区队长摇摇头，欲言又止。

分配名单公布下来，他被分到××师。这个师的部队大都在山沟里，而班里的同学大都分到了靠近城市、离家又近的部队。区队长找他谈心，了解思想情况。他说："反正提了干，分到哪里都无所谓啦，总比在家种地强，我挺知足的。"

区队长用悲悯的目光望着他，许久才说："高云田，你他妈的真简单，又真不简单……"

玉兰来了信，说她也毕业了，分在县医院，当护士。

到部队一年多了，他一直没有探家，连长多次对他说："先安排有老婆孩子的，你光棍汉发扬发扬风格，假先攒着，到春节一起休，我再多给你几天。"

他说："可以。"

营院的前面山根下有一块比较大的平地，平时训练用。秋天的一个下午，连里组织战术训练，中间休息时，一只野兔愣头愣脑地跑了过来。他看了一眼歪躺在地上的无精打采的兵们，站起来高喊："弟兄们，快抓兔子！"

兵们立马来了情绪，几十个人呼啦啦追上去，围成圈，边跑边喊叫。狡猾的野兔在人堆里惊恐而又灵巧地钻来钻去，眼看被捉到了，突然又见它溜掉。兵们的情绪更加高涨，引得附近干活的老百姓驻足而望……

这时，一辆军用吉普在路边停下来，营长钻出车门，见此情景，一撸袖子，问身边的人："哪个排？"

他被叫了过来，营长一指他的鼻子："像什么话！"

他低声说："我想让大家提提情绪……"

没等他解释完，营长打断了他："乱糟糟的，土匪一样，像什么话！"

营长似乎还说了几句很难听的话，之后，气愤地离去。

收课后一进宿舍楼，连队文书就喊："高排长，你的信。"

走在前面的几个兵马上跑过去，问："是不是'慰问信'？"

文书摇头，兵们很丧气地掉转了脑袋。他接过信，一看是妹妹写来的。

妹妹写道："哥哥，咱爹咱娘让我告诉你，家里一切都好，不用挂念，村子里的人很久没有给咱热（惹）事啦。咱爹说，等你探家的时候，最好带回枪来，你扛上枪在村子里走一遭，咱家往后就更没事啦……"

看到这里，他笑了笑。

妹妹还写道："玉兰姐好长时间没来咱家啦，咱娘常念刀（叨）她。今天上午她来咱家啦，带来一大包东西，咱娘挺高兴，可是玉兰姐显不出高兴，坐了一会儿，没说几句话就走啦。咱娘心里不踏实，让我就是今夜里不睡觉，也要给你写封信，问问你是不是热（惹）玉兰姐生气啦……"

他又细细读了一遍，然后慢慢将信撕碎。脑子里有点儿乱。

晚饭后，连长来到他宿舍。连长拍拍他肩膀："别往心里去，营长这狗舅子心并不坏，就是脾气太臭，但他说过就忘……"

他一笑："我不会在乎，连长你放心。"

又谈了点儿别的，连长好像猛然想起什么："你很久没收到'慰问信'了吧？"

他点点头，给连长要了一支烟，含在嘴里。

两人默默地吸了一阵烟，连长看着他，说："要不你回趟家吧。"

在县城下了火车，他拿不定主意，到底先回家，还是先去找玉兰。

踌躇许久，他最终决定先去看看玉兰。

打听了好几个人，才找到玉兰的单身宿舍。他鼓起勇气，轻轻地敲门。

玉兰拉开门，一看是他，很是吃惊地哆嗦了一下。

近两年没见面，他一下感到，彼此之间的陌生感已经很浓很浓了。他看到玉兰长长的辫子不见了，她留起了男孩子一样的短发。他猛然意识到，从今以后，她美丽的头发上永远不会再有那些紫色的喇叭花儿了……

坐在那里，两人都觉得无话可说。他无意间看到她的床头柜上压着一个男人的照片。照片上的人似乎在微笑着向他挤眼睛。他摸出一支烟，点上，狠狠吸了几口。

他想他已经和大山里的那些老兵们一样了，身上一定有了浓浓的

9

烟味。

玉兰很尴尬地捏捏衣角，不知该干什么好。她嗫嗫嚅嚅地说："他姓王，是我们院里的医生……"

他又续上一支烟。

后来，玉兰的眼里涌出了泪珠。她抽噎着说："咱们离得太远了……夜里躺在床上，一想起那些大山，我心里就发冷……我实在不知道往后该怎么打发日子……"

玉兰说了很多，后来的话他一句也没听进去。他想说亲爱的玉兰你不需要解释，人本来就是个很奇怪的东西；他想说照片上那个姓王的医生太娘儿们气，也许我一拳就能将他打得爬不起来；他还想说，你能不能陪我到家乡的大平原上走一走，到小溪边坐一会儿，看看那些紫色的喇叭花儿和方阵似的柳树林……

终于没说出口。

他最后想到的是，自己该离开了。

返回部队的那天，除了爹娘和妹妹，他不想惊动任何人，一个人在镇上——过去的公社停车场坐上公共汽车，来到县城，转乘火车。他没有想到，在火车快进站的时候，玉兰拎着一网兜苹果匆匆来到站台上。他很平静地说："又让你花钱了。"

玉兰轻轻地说："部队锻炼人，你要……好好干。"

他挺了挺腰板，目光越过玉兰的头顶，越过车站低矮的围墙，他看到了远处平展展的大田和灰蒙蒙的村庄。他想起上初三的那年，几个要好的同学商量要去看看山，于是在一个星期天的一大早，同学们结伙步行四十多里，来到东面黄河的拐弯处。那儿有一座土包儿似的小山。他们兴致勃勃地爬到山顶，看到脚下的黄河水在汹涌地流淌，眼界真开阔啊……

其实，那小小的土山是无法和三千里外的那些大山相比的。

火车呼啸着进站了，他从玉兰的手里接过苹果，说声谢谢，钻进车厢。火车开动的时候，他从车窗里伸出头来，淡淡地笑了笑，冲着凝止不动的玉兰喊道："先别——告诉——我爹我娘——"

鼻子有点儿酸，他狠狠捏了一下自己的下巴。

眼下正是收获季节，车窗外的大田里，庄稼一片金黄。他想，接下来的日子，溪水很快会干涸，柳树的叶片儿会被秋风吹落，紫色的喇叭花儿将要枯萎……不过，他又想，待来年春暖花开的季节，故乡这美妙的一切还会重新显现。

他永远不会怀疑故乡的美丽，就像他永远不会怀疑三千里外的大山美丽一样。

（1991 年）

村　殇

张道厚微眯着眼睛，用火柴棍剔着满嘴大牙，懒洋洋地踱出林秀芬的小酒馆。林秀芬在他身后说："村长，下顿想吃点儿啥？俺给你备好。"

张道厚打了一个酒嗝，回头冲林秀芬挤挤眼说："就想吃你。把你自个儿备好就行了。"

林秀芬一点儿也不恼，嘻嘻笑着，扭头进了屋，那样子像占了什么便宜，风骚得不行。张道厚愈发觉得，这顿饭吃得有滋味。林秀芬人长得疯模骚样，炒菜的手艺也不错，很合张道厚的口味。张道厚便想，自家婆娘要是有这等本事，不定他会干出多大的事情来呢。人啊，像船一样，没个避风良港不行。

除了早饭和到处吃请外，张道厚一般都来林秀芬的小酒馆吃，坐进唯一的那个雅座间，随便要上几个菜，来上一瓶酒，边吃喝边和林秀芬打情骂俏，那些裤腰带以下的话就成了进酒下饭的最好菜肴。酒喝不完林秀芬给他放着，下顿再喝。若是上头来人检查工作，需要备饭时，张道厚也大都把人领这儿来。村里有些人对张道厚的做派很看不惯，在背后说三道四，话传到张道厚耳朵里，张道厚打个酒嗝说："你们懂个屁！改革嘛，开放嘛，搞活嘛，总得有点儿变化吧。啥时候中国人都下馆子吃饭，就说明中国富起来了。你说这是好事还是坏事？"

张道厚吃饭从不赖账，平时林秀芬给他记着，月底一次算清。而且每次他都多多少少多付一点儿。他说："一个女人家，出头露面的，不容易。"林秀芬对他自是感激不尽。张道厚对那些多吃多占爱贪点儿小便宜的领导干部很不以为然，他说，穷不起了不是？贪那么点儿小便宜

12

就能富？丢人现眼嘛！他还说："领导嘛，总得带个好头，总不能带头当无赖嘛！"

张道厚来林秀芬这儿的次数一多，闲言碎语多得就像夏天的蚊子一样，满街筒子都是。那些胆子大点儿的、感觉能和张道厚说上话的人有时就问："村长，嘿嘿，林秀芬那玩意儿，好吃吗？"

"好吃，比你媳妇的好吃多了。"

"嘿嘿，村长，瞧你说的。"

"狗日的，还笑。我见你老婆肚子又大了，赶快到医院打掉，不然我罚得你连裤了都提不上。"

一听说要罚款，那人急忙走掉。

其实，事情根本不像传说的那样，张道厚压根儿没和林秀芬较过真，他顶多在吃饭的间隙摸摸她圆圆的屁股，拍拍她厚实的胸脯，主要立足于开开玩笑，讲讲荤话。当然，只要他想，林秀芬什么都满不在乎的。但他觉得这样很好，没必要再干别的。

虽然感到有点儿冤，但张道厚从不出面辟谣。中国的事情，越解释越糟，干脆当成耳旁风算了。再说，大伙儿 年到头忙得屁滚尿流，累得腚沟子发酸发麻，给他们找个乐子品品，就算活跃活跃大伙儿的业余文化生活吧，他这个当村长的，也有这份责任嘛。

张道厚为自己的这种责任感而自豪。

这天中午，外面太阳挺毒，明晃晃的太阳光照得路面火爆爆的。张道厚一边用火柴棍剔着满嘴大牙，一边懒洋洋地踱出林秀芬的小酒馆。他的眼睛眯得更小，几乎闭上了，但这并不影响他看东西，走着走着，他就看见了一条狗。那是一条半大黑狗，公的。张道厚的眼睛就亮了一下。

有一条三级公路从村子中间穿过，林秀芬的小酒馆就开在公路边上，紧傍着还有几家各式店铺，这地儿人愿意来，狗也愿意来。那条黑狗耷拉着长舌头，走走嗅嗅，嗅嗅走走。张道厚琢磨了一下，想不起村里谁家还养着狗。近年来，人们养狗成风，恶狗到处伤人，上头三令五申，狠狠打狗绝不手软。别的村硬是打不下去，张道厚的张家营却不含糊，三下五除二便打得差不多了，为此还受到了上级的表扬，得了一张

13

"无狗村"的奖状。当然，这主要由于村长张道厚不含糊。如果深究，更主要的原因还在于张道厚喜欢吃狗肉，更喜欢吃公狗身上的那件和母狗不一样的东西。张道厚直言不讳地说："吃了那玩意儿，下面的东西好使。"

张道厚敦敦实实的身子往路中间一站，问几个过路的人："那是谁家的狗？"

一个叫三孬的汉子说："不像咱村的，八成是孙家集的。"

张道厚说："不管是谁的，先打死再说。"

一听说打狗，又围上来一些人。张家营的人打狗打出了经验，也打上了瘾。三孬跑到林秀芬那儿要来一块肉，有人从附近的家里扯出一条连电的电线，把电线和香喷喷的肉连好。不一会儿，狗就上了钩，巨大的电流打得它在那儿发抖，这当儿，几个壮汉冲过去，一顿乱棍，狗就无声无息了。

张道厚吩咐说："去，把杀猪匠老呆叫来，把它剥了，肉你们几个分点儿，给林秀芬留点儿送过去。"

村里人都知道张道厚喜欢吃公狗的阳物，有人故意开玩笑说："村长，这可是只母狗。"

"去你娘的，我看你像母狗。夜里叫你老婆留着门，我吃了它要去试试。"

众人哈哈大笑。

三孬说："村长，你是说，把狗的那玩意儿给林秀芬送过去？"

张道厚也笑了："王八蛋，说这么清楚干吗。"

说完，张道厚扬长而去。

张道厚每天都要到自家的厂里转转。他自己办了三个厂，一个卷烟厂，一个木器厂，一个食品加工厂。木器厂原是村里办的，厂长换了一个又一个，老是办不好，赔得一塌糊涂。张道厚找支书刘广庆商量，干脆折价卖给他算了。刘广庆起初不同意，说这样不好，怕大伙儿有意见。张道厚说："有什么不好？集体的东西谁都不上心，你捞一把我捞一把，没个办好的时候。成了个人的，办好它就不成问题了。我照样给国家交税，年底再交给村里点儿，你说有什么不好？"刘广庆也想不出更好的办法，最后同意了。不久，木器厂果然扭亏为盈，张道厚的腰包也跟着鼓了起来。

张道厚同孙家集的支书孙召明一样，都是当地赫赫有名的人物，众人眼中的大能人。张道厚当张家营村的村长之前，曾在乡里办的纸箱厂干过几年厂长，一直干得不错，是乡里少数几个盈利的企业之一。张道厚有个爱拈花惹草的毛病，时不时地弄出点儿花花事来，工人和他（她）们的家属反应很大。现在的乡长周子涛那时还是副乡长，分管工业。

周子涛找张道厚谈话，说："道厚啊，下边那玩意儿又不老实了不是？"

张道厚嘿嘿笑着说："没有没有，你别听他们胡咧咧。"

周子涛正色道："张道厚你要注意点儿，不然要惹祸。"

张道厚露出一副苦模样："乡长你不知道，我最近正在加强学习，争取改掉老毛病。"

周子涛说："这样就好。"

不久，张道厚果然惹了祸。他去县城采购原料时，带着一个女工同去，二人在招待所同吃同住同劳动，结果被治安人员当场抓获。人家把他们扣了起来，打电话给乡里，让去领人。这种事传起来像风一样快，一时弄得满城风雨，尤其是那个女工的丈夫，上蹿下跳，扬言要砸烂张道厚的脑袋割下他的那玩意儿。乡里怕出事，把他藏在一个别人不知道的地方，派周子涛找他谈话。

周子涛十分感慨地说："你小子纯粹是不听大人言吃亏在眼前。"

张道厚拍着油亮的脑门说："我他娘的大头管不了小头，那小东西老不争气。"

周子涛指着张道厚的鼻子说："就你想搞？就你能？不是小东西不争气，你狗日的浑身上下没个争气的地方。"

张道厚说："我又没强迫她，我们是周瑜打黄盖，一个愿搞一个愿挨，我有什么办法。"

"她愿意也不行，还有人愿意跟我搞呢，我就是不搞。"

"嘿嘿，人和人不一样嘛。"

事情弄成这样，乡里再想保他也保不成了，乡党委研究决定，撤销他的厂长职务，本来他这个厂长就是临时任命的，他还不是城市正式户口，这事处理起来并不难。似乎张道厚早就料到会是这样的结局，他很想得开，并未流露出太大的沮丧。周子涛称赞他："行，还算一条汉子。"

周子涛的评价使张道厚大为高兴，他用滑稽的腔调唱道："我双手劈开生死路，一刀斩断是非根哪……"

周子涛摇摇头，也唱道："有道是江山易改，禀性难移……"

这是十年前的事了。

从那以后，张道厚回张家营老老实实当了几年农民。张家营一直是全乡的贫困村，年年伸手要救济，周子涛当上乡长后，打算从调整村里干部入手，让张家营甩掉穷帽子。他首先想到了张道厚，找他做工作，请他出任村长。张道厚笑嘻嘻地说："你找我算是找对了。"

周子涛说："我也这么想。"

"我担心以前的那件熊事……"

"嗨，事情早就过去了。"

"如果再犯呢？"

周子涛捣了张道厚一拳："日你祖宗，你得给我忍住。"

"我怕忍不住。"

周子涛一拍巴掌："哎，先不说这些，你先让张家营富起来再说。"

就这样，张道厚成了张家营村的村长。他确实有点儿小能耐，短短几年，张家营就摘掉了穷帽子，乡亲们的日子比以前好多了。但他那个老毛病并未改掉，仍旧喜欢拈花惹草，他老婆拿他毫无办法，顶多发发牢骚，骂他几句。每次他都任她说任她骂，连嘴都懒得还。你说你的，我干我的就是了。

张道厚的三个厂子全建在村外，他沿着弯弯曲曲的街巷往村外走，先到了卷烟厂。卷烟厂名义上生产金叶牌香烟，其实在偷偷摸摸生产假石林牌香烟。前段时间，有人到上面揭发这事，工商局来人查办，说是不但要没收非法所得，而且还要查封厂子，重重罚款，让他紧张了好一阵子。卷烟厂是盈利大户，他就指望它呢。无奈，赶紧掏腰包上上下下打点，乡长周子涛也帮他说了几句好话，事情才算过去。张道厚对告状之人非常气愤，我生产假烟，没招你没惹你，你嫌不好不买就是了，干吗非要去告状？再说我挣了钱，并没全装进自己口袋，每年我都给村里交三万，献给村里小学一万，还要给乡里交一部分，按说我可以一分钱不交，我却交了，年年如此，正说明我思想觉悟高嘛，我思想觉悟这么高，你还去告我，这不是扯淡嘛！再说，全中国假货到处有，又不是我一个人干……一想到这些，张道厚心里就不痛快。

他在卷烟厂转了一圈，又到木器厂转了转，最后来到食品加工厂。食品厂生产面包、点心之类，有一股甜丝丝的味道在厂子上空游荡。来这儿干活的大都是女孩子，本村的外村的都有，有几个长得蛮像那么回事，让张道厚入迷。入迷归入迷，本村的他坚决不染指；外村的嘛，就要看具体情况了，但他从不强迫她们，他立足于做思想工作，循循善诱，启发引导，一切都是自觉自愿。当然，他不会亏着她们，经常三百五百地往外扔。在花钱上，他不像有些土干部，把钱看得比命都金贵。和人相比，钱算老几？

刚走进食品厂的大铁门，张道厚就碰见了一个叫王静的姑娘。王静家在十里外的九道岗子，初中毕业后，不愿在家种地，跑来做工，一月挣一百五十元钱。王静不算漂亮，但面皮白净，留着短发，眼睛也大，像城里姑娘。张道厚对长得像城里姑娘的格外看重，因此，王静来他的厂里做工他欢喜得不得了。他曾多次启发引导她，可她脑袋像榆木疙瘩，就是不开窍。连他都替她着急。他想：都啥年头了，我这个四十岁的人都想开了，你他娘的还这么封建，也不看看其他的女孩子是咋活的，改革嘛，开放嘛，搞活嘛，总不能一点儿变化没有吧……张道厚试图说服自己别再打她的主意，免得到头来竹篮打水一场空，但就是说服不了，这个小王静长得像城里姑娘，太迷人啦……张道厚咂了咂嘴，他告诫自己，不能着急，凡事慢慢来，心急吃不了热豆腐。

王静见到张道厚，低了低头。张道厚故意咳嗽一声，说："好啊你，小丫头，见了我连个招呼都不打。"

王静浅浅地笑了笑，露出一口好看的白牙。王静说："村长对不起，我没看出是你。"

"听刘厂长说，你干得不错。好好干，啊？过些日子我再给你涨点儿工资。"

"还得靠您多关照。"

"那当然，我能让你有亏吃？走，到我办公室去，我有话问你。"

"我……我正在班上，恐怕离不开……"

"你这个小滑头，不想去算啦。你让赵秋丽来找我。"

王静点点头，赶紧溜走。一见她这副样子，张道厚就感到好笑。我他娘的又不是老虎，你怕个球！

下午三点多钟的时候，张道厚才进家，他想回家好好睡一觉，晚上还要去林秀芬那里吃狗肉呢，林秀芬怕是已经给他炖上了。刚进家门，老婆就瞪他一眼："大老远我就闻到了你身上的味。"

张道厚打了个长长的哈欠："什么味？"

"骚味。"

"你身上缺的就是骚味。"张道厚又打了一个哈欠。

"听说最近有人要杀孙家集的支书孙召明，我看你也得当心。"

"孙召明是孙召明，我是我，两码事。他贪得太多，杀了活该。我不贪不占，一心带领大伙儿脱贫致富，谁会杀我？"

"不用你能，早晚还会有倒霉的时候。十年前人家撸了你的厂长，下次就不会这么便宜了，弄不好一颗枪子崩了你。"

老婆一提十前年的那桩旧事，张道厚就来气。他跺了跺脚，说："那时的人太坏，搁现在，这种事算个球！当时我就说，不改革开放搞活，不行！还真让我说对了。"

"今天上午，老保长还在街口嚷嚷呢，说现今的村干部不如他们那时候，他们顶多找茬口到别人家蹭顿酒喝，再就是纳皇粮时自个儿少交点儿；你们呢，可是啥事情都敢做，坏事做了一火车……"

老保长又在胡说八道，这可是个原则性的问题，马虎不得。张道厚睡意全消，他决定去找老保长，问个究竟。

别的村大都是支书说了算，张家营的情况有点儿特别，张家营的支书刘广庆是个痨病腔子，而且一天到晚忙着打麻将，懒得管理，全仗着姐夫在县委组织部当部长，才没把他换掉。村里大小事都由张道厚说了算，张道厚每到年底送给他三千五千的花花，两全其美。

张道厚飘飘悠悠来到老保长家，老保长正坐在屋檐下打盹儿。老保长叫刘在林，八十多岁了，耳聋眼花，腿脚不便，牙全掉光了，一说话像刮小旋风一样。他曾给日本人和国民党当过十几年的保长，相当于现在的村长。以前见到老保长，张道厚都叫他大叔，这次就不客气了。张道厚说："老保长，你说我们还不如你？"

老保长说："村长啊，屋里坐。"

"我问你呢。你说你比我们还要好？"

"岂敢岂敢，没影的事。村长你屋里坐……解放那阵，政府没毙我，够宽宏大量了。我哪还敢说政府的坏话，好话还说不尽。"

"你心里有数就行。"

"有数有数，眼下大伙儿的日子比那会儿好多了，全是你们领导得好啊……"老保长啰唆了一大堆。

张道厚态度缓和下来，他说："大叔，你有啥困难尽管言语，村里给你解决。"

"岂敢岂敢……老总，噢，不不，是村长，村长你屋里坐……"

张道厚离开老保长家的时候，对自己说："他真是老糊涂了。"

这天上午，张道厚还未起床，就听见门外响起汽车声，他知道是乡长周子涛来了，忙爬起来，出门迎接。张道厚说："连个招呼都不打，搞突然袭击不是？"

周子涛乘坐的是辆北京吉普，本来前些时候他换了一辆桑塔纳，其中张家营就替他支付了三万元。一次下乡时，在饭馆里喝酒，稍不留意让顽皮小孩砸烂了前灯，并且用硬器给刮掉了几块漆，周子涛心疼得够呛，再下乡时就不敢坐桑塔纳了。周子涛将公文包交给随行的乡政府秘书小王，边跟着张道厚往家走边说："我刚到你们村的几块田里看了看，秋庄稼长得不错嘛，又是一个大丰收。"

"托你的福。如果老天爷不找麻烦，我们肯定比去年好。"

他们坐下喝茶。张道厚说："我也正要找你，听说今年的水利费县里拨下来了，啥时候给我们？我们打算秋收一完就挖河修桥。"

周子涛说："水利费？没……还没拨。"

张道厚笑了："我给水利局打过电话，两万块。你还骗我。"

"嘿嘿，老张，实话给你说，这笔钱乡里想留下。这个这个，我不是换了一辆桑塔纳吗？李书记还坐着那辆破伏尔加，他有点儿想法，这很正常是不是？咱乡里无论如何得给他换换，你说钱从哪里出？"

张道厚正色道："这我管不着。你把钱留下，叫我怎么兴修水利？"

"只好再让大伙儿集点儿资，先勒勒裤腰带，以后会好的，啊？"

"你想让我学孙家集的孙召明，叫人来杀我？"

"那不至于嘛。老张老张，我向你保证，这是最后一次。"

"谁信你的破保证！"

说完，两人大笑，秘书小王也跟着笑，他们笑得很开心。

这件事情就这么过去了。

坐了一会儿，周子涛提出去张道厚的厂里看看。张道厚说："算了算了，在家歇歇吧。"

周子涛说："去参观参观，有啥好经验，我给你推广一下，先去卷烟厂。"

张道厚说："卷烟厂有啥看的，去木器厂吧。"

周子涛坚持要去卷烟厂。

路上，周子涛说："老张你不能光给自己办厂，应该给村里办个像样的厂，让乡亲们多增加点儿收入。"

张道厚说，这几个厂多亏是他个人的，要是村里的，早砸了。因为是他个人的，厂长、会计、保管什么的，不敢乱来，你换上集体的试试？村里有一百多号人在厂里干活，他们的收入很可观。今年他打算在原来的基础上再拿出一些，给村里二十五个孤寡老人和十七家特困户每人一百块零花钱，可以吧？他想好了，啥时候大伙儿的思想觉悟提高了，他就把厂子献给村里。

"那要等到啥时候？"

"走着瞧吧。"

"卷烟厂还生产假烟吗？"

"嘿嘿，早不干了。"

"你小子骗不了我，肯定还在偷偷摸摸干，下次再让人查了，我可

20

不管啦。"

张道厚干笑着："不会不会。虽然我生产假的，但我正下大力气抓产品质量，争取假的赶上真的。我的目标是，坚决不让消费者吃亏。"

他们在三个厂转过一遍，已到了吃饭时间。周子涛要回乡里吃，张道厚执意挽留："这话听着新鲜，哪有不吃就走的道理，咱们再到林秀芬那儿去。"

周子涛说："上头刚下了文件，不允许各级领导到下面吃请。咱不能马上就违反吧？"

"嗨！你还不清楚吗？这种文件下过一百遍了，哪能当真。张家营一顿饭还负担得起。要不我个人掏钱，把痨病腔子刘支书也叫上。"

"那倒不必，公是公私是私，分清楚一点儿好。我这是公事，应该村里出钱。"

"先别管谁出钱，吃了再说。"他们就进去了。

一个下着小雨的傍晚，张道厚再次走进林秀芬的小酒馆。秋庄稼已经收完，张家营人喜获丰收，小麦也已顺利种上，他的厂子效益也很好，他自然兴致挺高。林秀芬亲自为他上菜，屁股一扭一扭的，还擦了粉，看着喜人，闻着来劲。由于高兴，他比平时多喝了几杯。他给林秀芬讲了一个笑话，是他上次去县里开劳模会时听别人聊的——

火车在河南省的一个小站停靠，一老农背一只麻袋、手提两只公鸡上了车，抢了个座位坐好。他把麻袋塞进座位下面，手里的两只公鸡却没处放。总提着也不是办法，他想了想，见对过的座位下面空着，就冲坐在对面的一个年轻姑娘说："闺女，你把大腿裂一裂，我把小鸡放进去。"

林秀芬听了笑得前仰后合，两只大奶一颤一颤的，张道厚忍不住伸过手去摸了几把，林秀芬笑得更加起劲，边笑边说："村长，干脆你也学学那个老头，把小鸡给俺放进去。"

张道厚说："来呀，你把腿裂开呀。"

谁想林秀芬真的回手销上了雅座间的门，扑进他怀里。张道厚说："使不得使不得，咱是开玩笑。"

林秀芬说："日怪了，你咋装起正经来了，俺才不信呢。"

21

张道厚说:"抬头不见低头见,让你男人知道了不好。要搞你和别人搞吧。"

林秀芬说:"一头猪只有一个猪心,一个村只有一个村长,要搞当然和你村长搞,你个大能人,领咱村致了富,就算俺代乡亲们感谢你一下还不行吗。"

张道厚说:"真的使不得,要搞我早就搞了,还能等到现在,况且我做得很不够,有啥好感谢的?"

林秀芬说:"现在也不晚嘛,俺一点儿也不比食品厂那些小丫头差嘛。"

张道厚说:"我说过使不得,不然以后没法儿来你这儿吃饭啦……"

张道厚好不容易挣脱了林秀芬。临走他又狠狠在她胸脯上捏了几把。他喘着粗气,在夜色下的村子里转了一圈,鬼使神差就来到了食品厂。早过了下班时间,离家近的人都回家了,王静正在车间门口的水管上洗衣服。王静离家远,一般不回家,就在厂里住。同住的还有一些外村的小姐妹。张道厚怕吓着她,故意弄出些响动。

王静抬起头来,冲张道厚甜甜地笑笑。

张道厚说:"别累着啊。"

王静说:"没关系的。村长还不歇着。"

张道厚说:"我随便转转。有啥困难吗,有就说,客气就见外了。"

王静说:"挺好的。"

张道厚像突然想起什么似的,一拍脑门:"噢,你到我办公室来一下,咱说说给你涨工资的事。"

王静想,涨工资毕竟是好事。又见张村长一脸和气,满面慈祥,她也就痛痛快快地答应了。她在水管上冲了冲手上的肥皂沫,甩着两只手跟张道厚进了他的办公室。张道厚说:"我了解过你确实干得不错,咱厂和公家的厂子不同,干好干坏不能一个样,从这月起每月给你涨五十块钱。"

村长夸她,王静很高兴。女孩子都喜欢听人夸奖,王静当然也不例外。张道厚又讲了点儿别的。后来,王静发现他的眼神不大对劲。王静

22

赶紧说："村长我得走了，要不人家会说闲话。"

张道厚说："再待会儿嘛，再待会儿嘛……"

再后来，就发生了那种事。

完事后王静哭了，哭得很伤心。张道厚也清醒了许多，王静一哭，他就心疼，他最见不得人家的眼泪，村里人都知道他有这个特点，遇到什么大事，比如说讨块房基地，硬要要不来，在他面前洒儿把眼泪也就成了。此刻，张道厚舒服得哼哼唧唧叫唤了一阵，抬手摸了摸脸上王静给他留下的抓痕，试图帮王静系上被他扯断的腰带，一副十分爱惜的模样。王静打了他的手一下，他说："看看，看看，这事弄得，这事弄得……"

说着，他从怀里摸出一千块钱，往王静兜里塞。他还从未一次给过别的女人这么多钱，他觉得应该多给王静点儿。谁知王静看也不看，挥手就给他打在了地上。王静抽泣着离开了。张道厚心满意足地往家走，他想，女孩子嘛，第一次都这样，第二次就好了。

这一夜，张道厚睡得很踏实。

却说王静回到宿舍，把自己埋进被窝里。被窝哆嗦成一团，同宿舍的几个女孩子你看我一眼我看你一眼，她们之中有的也曾遇到过这种事，所以很快就明白了。

王静哭到下半夜，她们一直陪着劝着。

一个说："已经这样了，想开点儿啊。"

另一个说："给你家里说说，找他算账。"

王静说："要是传开了，我脸往哪儿搁？"

再一个说："也是，就怕越说越糟糕。"

赵秋丽说："其实无所谓了，看看人家城里女孩。"

有人反击赵秋丽："你骚，你骚。"

赵秋丽说："我骚？你腚上也不干净！"

那女孩子忙住了口。

王静说："要不我豁出去，告他。"

赵秋丽说："怕是白折腾。没听人家编派吗，如今地县忙吃喝，乡村干部忙着钻被窝，这种事算不了啥啦。"

她们一直议论到天明，意见也没统一起来。王静却在这个过程中拿定了主意……

几天之后的一个中午头上，张道厚又来食品厂找王静。张道厚说："小王，你到我办公室来。"他以为王静不敢来，哪想到王静眼皮都没翻一下，就跟他来了。他琢磨她已经想通了，很高兴。他拿出一千五百块钱递过去，王静犹豫了一下，还是接了。张道厚本打算给了她钱就走，上次王静没收他的钱，他心里很不安。给过钱之后，张道厚见王静没有要走的意思，忍不住揽过她，轻轻揉摸她白净的脸蛋和鼓鼓的胸脯，王静咬着牙，一点儿也不反抗，任他摸任他脱……张道厚也根本没发现王静神色不对……

后来，便出现了那惊心动魄的一幕。

不知何时，王静从身后抽出一把王麻子剪刀，她左手捏着肉，右手握着刀，咔嚓一声，张道厚的大半截子小东西就掉在了地上！

张道厚惨叫一声，双手捏紧下部。王静吓坏了，大概连她自己都觉得事情做过了头，扔掉滴血的剪刀，拔腿要跑。张道厚说："傻丫头，穿上衣服，也给我穿上，去叫医生。"

乡长周子涛得到消息，乘桑塔纳飞驰而来，并且带来了两个乡派出所的警察。村里的医生已经给张道厚处理过伤势，不会有生命危险。张道厚对周子涛和两个警察说："怪我，都怪我，一切与她无关，你们别找她了，看吓着姑娘。"

周子涛建议去县医院治治。张道厚说："你嫌我人丢得还不够？"

屋里没人时，张道厚握着周子涛的手，有些凄凉地说："老兄，我这下完了……"

然后，张道厚扯着嘶哑的喉咙唱道："我双手劈开生死路，一刀斩断是非根哪……"

周子涛接着唱："有道是江山易改，禀性难移……"

接下来的事情就简单多了。不久，张道厚辞去了张家营村村长的职务。他老婆带着十四岁的女儿和十岁的儿子，外加二十万元现款回了娘家，并决定和男人离婚。随后，张道厚把自己的三个厂子作价卖给了村里，三个厂作价三十万，本来够低的，但最后张道厚打五折，只收了十五万。从那以后，张道厚很少出门。

王静在事过之后回到了九道岗子，她的日子更难熬，在家里遭白眼，在外面惹流言。一个姑娘家，失了身不说，竟敢拿刀把男人的传家之物给剪掉，够狠的，谁还敢娶她？周围十里八乡的大姑娘小媳妇和男人或对象开玩笑时总爱说："再不老实，就让王静给你剪掉。"

这年底，乡长周子涛出面给张道厚和王静做媒，出乎意料地顺利。新婚之夜，王静抚摸着张道厚那小半截腊肠一样的东西，无限惋惜地说："早知道这样，我就不给你剪掉了。"

张道厚说："你要不给我剪掉，我们能到一块儿吗？看来这都是大意啊！"

这年底，村里的三个厂子，全都出现了亏损。

（1995 年）

25

乡　语

入伏之后，老福贵又续上了自己四十多年前爱干的一件事情——到屋顶上乘凉。那阵子他总觉得有件什么重要的事儿等着他干，到底是什么事儿他又拿捏不准，只好一口接一口地往肚里灌酒。酒灌多了，脑子更糊涂，什么也想不起来，急得他除了冲孙子小顺子不停地发火外，一点儿招数没有。

有一天晚上，月明星稀，老福贵连哄带吓侍弄小顺子睡了，就来到院子里的老枣树下，盘腿坐在蒲墩上，一手摇着蒲扇拍打蚊虫，一手拎着扁扁的锡酒壶，过一会儿就举起酒壶抿一口酒。在一个接一个沉闷杂乱的日子里，老福贵觉得，只有这样的时候，他心里才舒坦、平和一些。但在那天晚上，他突然听见屋顶上有什么东西走动的声音，而且那东西还发出类似猫一样的叫声。肯定是猫，老福贵想，除了猫还能是什么？听动静，那东西好像很烦躁，爪子踏在屋顶上，噗嗒噗嗒，闷闷的，有时急有时缓，急时它仿佛在扑咬，缓时它仿佛在踱步，准备再一次扑咬。老福贵就想：奶奶的，这是谁家的猫呢，跑到我家的屋顶上瞎折腾？你听它那动静，就好像它在叫春，可现在不是猫叫春的时候呀；再说屋顶上也没有老鼠。老福贵又想，奶奶的，即使有老鼠，现在的猫也不去捉了，猫和人一样，变懒了，正经事不愿意干了。傍黑时他还在村街上见过一只猫，也不知谁家的，它卧在一块石头旁打盹，两只老鼠就在石头的另一侧跳上跳下，可那只猫眼皮都懒得抬一下。

老福贵想着这些的时候，屋顶上的动静弱了下来。这反而勾起他的某种欲望，他想上去看个究竟。老福贵确实老了，由于长年饮酒，加之心浮气躁，诸事不遂，他的头发早就掉光了，这使他的头颅看上去像一只陈年葫芦，发出昏黄无力的光；他弓腰驼背，身上骨瘦如柴，皮肉就像老树的皮，全身没一处平整的地方；他走起路来一步三摇，舌头不听使唤，呼吸声嘶嘶作响，像一头再也拉不动犁铧的老牛；他毛孔里喷出的酒气五步之外就能闻到。但这个时刻，也许由于那只猫的召唤，也许是别的什么原因，老福贵却感到身上来了劲儿。于是，他把酒壶掖进裤腰里，沿着那架久已不用的梯子，颤巍巍往屋顶上爬去。

幸好，那架柳木梯子没有当腰折断；幸好，老福贵没有从上面失手掉下来。毕竟是夜晚，毕竟年岁不饶人。想当年，他家老屋的窗前有一棵榆树，每次上房，他连梯子都不用，抱住榆树，蹭蹭蹭几下子就顺树爬上了屋顶，动作灵敏得像一只猫。

老福贵爬上屋顶后，搭眼瞅了一阵，哪有猫的影子。别人家的屋顶上一般都立着几个大大小小粮食囤，看上去影影绰绰的，像有一些粗壮的人站在那里瞭望。老福贵已经好几年不种地了，他家的屋顶上光秃秃的，除了雨水冲出的几条小沟坎外，什么东西也没有，连个动物的爪印都见不到。这使他感到更为奇怪——刚才明明上面还扑腾乱响呢，现在他只有怪自己的耳朵出了岔子。他叹口酒气，对着当空的皓月说："老啦老啦，啥都不中用了。"

离开屋顶之前，老福贵抬手习惯性地拽出酒壶，拔出木塞，仰脖灌下一口酒。就在这时，一股凉习习的小风吹过来，他浑身一震，目光随即望向远处——天呀，月光下的村庄和田野一片明净，一派安谧，露水很重，偶尔能听到低低的人语、唧唧的虫鸣、尖尖的狗吠，地上的灯光和天上的星光交相映衬……老福贵就觉得简直像走进梦中，四十多年前的事情忽悠忽悠就倒转了过来。

这时候的老福贵当然已把那只引他上屋顶的什么猫忘在了脑后。他盘腿坐在屋顶当央，猛然想起自己已经四十多年没在夜晚爬上屋顶了。此刻，他一边小口小口地抿酒，一边睁大眼睛往远处看。他看到水银泻地般的月光下，房屋、树木、庄稼、水塘、老磨坊、村路、坟茔等密密麻麻的物件，都静静地伏在那里，他的目光像梳子那样，一遍一遍掠过它们。当然，他不会漏掉两个地方——一处是老龙根的坟墓，一处是老龙根的儿子双金的工厂。

老龙根三年前被查出生了癌，大夫说活不过那个年关，但老东西硬是撑了快两年才咽气。他死后葬礼排场得顶了天，双金把四乡八村的响器班子全请了来，吊丧的队伍排了二里多长，乡亲们都说这种规模的丧葬场面一百年碰不上一次。老福贵眼里不由蹿火，心想老东西活着风光了一辈子，死了还是那么风光，叫别人没法比。

现在，他即便闭上眼睛也能猜出老龙根坟墓的位置。它在村庄的东北方向，离这儿一里多地，老龙根的墓室大得能容下他们全家都不止。坟茔的北面是一条小河，紧挨着小河的是一块高冈子地。据说他的坟头正压在龙脉上，风水在全村的土地上是最好的，老东西许多年前就看中了这块地方，谁也不许占用。坟的南面便是他儿子双金的一溜沿儿工厂：酒厂、糕点厂、面粉厂、磷肥厂，它们全在一条线上。这种格局似乎告诉人们，老龙根死后，他的魂灵仍在保佑着儿子。

"双金这狗日的，真是发了，比他爹一点儿都不差。"老福贵对着正东面双金的厂子，不由骂出了声。

老福贵把锡壶里的酒喝光时，已是后半夜了。他身上湿漉漉的，是被露水打的。他太熟悉这种湿漉漉的夜气了，这种夜气能浸到人的骨头里，使人感到心底舒坦而又骨节酸涩。屁股下的屋子里，孙子小顺子打着悠长的小呼噜，睡得正香。小顺子睡觉的动静不像一个七岁的孩子，倒像一个成年人。老福贵听着小顺子刺耳的鼾声，愤愤地骂道："你个孽种，早晚有睡不着觉的时候！"

后来，老福贵听到了早醒的公鸡们嘹亮的啼叫。虽然感到很疲乏，但他仍不想下去，便闭上眼睛，打了会儿盹。在似睡非睡之间，他看到了自己年轻时的模样……

老福贵年轻时，人们都叫他福贵，就像老龙根年轻时，人们都呼他龙根那样。福贵那时喜欢在夏秋季节的夜晚爬到屋顶上去，他搭眼看夜色下的景物，觉得极有趣。夜里会有很多秘密的，他常常在屋顶上，边乘凉，边瞭望，或者干脆睡在上面。每逢有月亮的夜晚，他能清楚地看到周围邻居家的女人在院子里忙碌，她们小声呼唤男人，大声呵斥孩子。她们忙完了，到露天茅房里屙屎尿尿时，她们撅起的白白的屁股就在福贵的视野里出现，使他不由感动上好一阵，心想这些白白的屁股可真是好东西……

直到有一晚，福贵坐在自家几近坍塌的屋顶上，突然看到了数十丈之外的龙根。往西隔着两户人家，就是龙根的家。此刻龙根正蹲在他家的屋顶上，久久不动，像一块卧在那里的石头。福贵突然想：也许龙根也像我这样，喜欢夜里到屋顶上来，可是我怎么一直没发现他呢？想到这里，福贵感到有些可怕，慌忙顺榆树溜到了地面上。

福贵隔天再上屋顶时，仍然看见了鬼影一般的龙根。但这时福贵不再感到可怕，心想：你看你的我看我的，反正大家都在各自的屋顶上，谁也犯不着谁。某天后半夜，福贵睁开眼，见龙根正站在他家的屋顶上朝这边招手，意思可能是请他过去。福贵就迟疑着溜到地面上，绕到龙根家，顺墙头上了他家的屋顶。他们并排站在一起，龙根要比福贵高出一个头。他们不说话，默默望了一阵星光下的景物，龙根突然问道："福贵，你都看见啥了？"

福贵挠挠头皮，说："嘿嘿，还能看见啥。"

龙根抬手指了指村北面一大片整齐的宅子，说："地主李老财的这些青砖瓦房很快就是咱穷人的啦！"龙根又指了指村子四周那一片片平整的良田，说，"李老财的这些土地很快也是咱穷人的啦！"

龙根还说："你看这夜晚的村子，多美啊……"

龙根两眼放光，像两只绿灯笼。福贵不由愣了，心想龙根着实了不得呢。他待在屋顶上老想着看女人屁股，听别人私语，听蛐蛐鸣叫，而龙根却想到了李老财的宅子和土地，发现了夜晚的村子多么美，可见龙根将来是个干大事的人啊。福贵开始佩服起龙根来。

天将破晓，福贵正打算离开龙根家的屋顶，突然看到一道流星在面前一闪，就有一只金黄色的小东西蹿上墙头，但随即又不见了。福贵打了个战，立即意识到，那是一只黄鼠狼。本地人对黄鼠狼十分敬畏，认为它是经过修炼的神祇，绝对伤害不得的，如果夜晚碰上了它，不是有福就是有祸。很多人家还在家里设有香案，专门供奉它，祈求黄鼬神保佑平安。

福贵哆嗦着扯扯龙根的袖子说："一只黄鼠狼……"

龙根说："在哪儿？我怎么没看见？你个胆小鬼，看花眼了。"

仅仅过了半年多，土地改革就开始了。李老财的宅子和土地果然像龙根说的那样，全成了穷人的。不仅如此，李老财连命也没了。龙根领着大伙儿斗地主，揪富农，挖浮财，分田地，样样干在前面。龙根胆子也大，李老财就是他亲手杀死的。审判大会开过后，土改工作队的领导问那些操刀弄枪的民兵："你们哪个自告奋勇来行刑？"别人脸色焦黄焦黄，只有龙根眉宇间凝着杀气。龙根二话不说，提溜起瘫成一团的李老财，到村北的杨树林里，一枪就解决了他。

枪声一落，龙根就成了民兵队长。然后是贫协主任。再然后是村长、村支书。在他咽气之前，这村子一直由他管着。

其实就是那一枪打出了龙根的威风，在此后许多年里，龙根声威赫赫，全村人没有不惧他的。福贵那时也是民兵，肩上也扛着一支三八大盖，但他却没有打枪的胆量。他挎枪只是为了给自己壮胆。他想，如果他抢先一步站出来毙了李老财，龙根的后来是否就是他的后来呢？慢慢地他觉得想这些已没啥意思，因为他作死也没有杀人的胆量。

在龙根腰挎盒子枪风风火火干大事的时候，福贵却出人意料地迷上了酒。他不知从哪里弄来一个锡制的、扁扁的酒壶，无论出工还是在家，他都随身带着它，时不时举至嘴边抿一口酒，热辣辣的酒气便四下里飘散。有一阵子，他还在腰上拴了一块羊腿骨，每抿一口酒，再舔一下羊腿骨，两个动作一气呵成。别人问他味道咋样，他说香，香极了。一次在田间干活，有人逗他玩，趁他歇晌打盹时，悄悄用一根树棍换下了他腰间的羊腿骨，他爬起来后，喝酒，舔了下树棍，居然没察觉。人们就哈哈大笑，笑声在田野里回荡起伏。

福贵贪酒，却从来没人见他醉过，他总是处于半醉半醒之间，既不耽误干活，也轻易不说胡话；虽走起路来摇摇晃晃，却不曾摔倒过。而且他不抽烟，可能他是村里男人中唯一不吸烟的。他说："抽烟没好处，把你们的心肺、肠子肚子都熏黑了；喝酒好，酒能把心肺、肠子肚子洗干净。"

如今想来，酒确实坑了福贵，最直接的后果就是他连老婆都没讨上。

自那个月夜之后，老福贵几乎每晚都到屋顶上去。他找人加固了梯子，以防它折断。小顺子的鼾声像毛毛刺，穿透屋顶飘上来，令他感到不快，他想这个小孽种快成精了，留着他早晚是个祸害。好在月色下的景致冲淡了老福贵的忧虑，他不时瞅一眼老龙根坟墓的方向，觉得老东西虽强悍一生，终究先他一步入了地狱，而他现在不仍是活得好好的吗？他可以像年轻时那样在屋顶上向四处瞭望，他可以尽兴地喝酒和乘凉，顺便想一些自己的事情，而老龙根却已经化成了粪土。每每想到这里，老福贵都禁不住笑出声来。

　　乡村的夜晚不像过去那么静了。在过去，天黑之后，几乎见不到一点儿光亮，人们早早就上床睡觉。而现在，地上的灯火比天上的星星还明亮，乡村的夜晚在老福贵眼里就变了味。有些人家的电视演到半夜还不收场，有些人家的小四轮拖拉机三更半夜就出门办货，他们拼命地挣钱，生怕落在别人后面。更让老福贵气不过的，是龙根的儿子双金的工厂，这些狗舅子工厂日夜开工，从那里飘来的酸臭气味弥漫了整个村子，从那里传来的光亮刺得人眼珠子不舒服。老福贵抿口酒，对着双金的工厂说："狗日的，你挣吧，即便挣再多的钱，也脱不了像你爹那样钻坟墓。"

　　这天夜里，老福贵觉得眼光有点儿发虚，他以为酒多了点儿，遂闭了会儿眼睛。但等他睁开眼后，立刻被两点绿莹莹的光逼住了。他看到长有几株狗尾巴草的墙头上，立着一只似猫非猫的东西，它的尾巴比猫粗大，它的两只眼睛比猫明亮传神——那它就不是猫，而是黄鼠狼！老福贵吓得浑身一激灵，一种不祥的预感霎时便笼罩了他。他想，可能这东西已经来过他家好多次了，而他居然一直没发现它！

　　他咳嗽了几声，身上渗出虚汗。那只黄鼠狼转眼之间不见了踪影。

　　天快亮时，老福贵喝光了壶中的酒，哆哆嗦嗦下到地面上。小顺子的鼾声更加响亮。他一点儿睡意没有，坐在屋檐下等待天明。这时他甚至觉得小顺子就是那只黄鼠狼变的，专门给他捣蛋的。

　　天亮之后，老福贵拽上小顺子，挨家挨户告诉人们，他夜里见到黄鼠狼了。又问有没有谁家的鸡被叼走的。所有的人都不相信，他们不约而同盯着他手中的酒壶，笑说——

"一大早就喝，会伤脑子的。"

"黄鼠狼？多少年见不到了，你肯定看花眼了。"

"我家鸡窝的门常年开着，从没丢过鸡。倒是年年被老鼠药药死一些。"

"见了它，你为啥不捉住它？听说黄鼠狼的皮毛挺值钱。"

走过两条胡同后，老福贵就不想再走了。没人相信他的话，他们还张口奚落他，好像他是个骗子。就连小顺子也出言不逊："黄鼠狼是啥玩意儿？它好玩吗？它的肉好吃吗？好吃你就打死它，炖了吃。"

老福贵长叹一声，想这世道真是大变了。现在的人除了怕死，还怕什么？人们的禁忌越来越少了，想干啥就干啥，他们早把老辈人对黄鼬神，乃至对一切神灵的敬畏抛到了脑后。老福贵颇为失落地灌下一大口酒。

小顺子催促他的爷爷到街上的店铺里给他买娃哈哈果奶，他说他要馋死了。老福贵心里不痛快，揉了孙子一把。小顺子就在大清早亮开嗓门哭号，哭声传遍了村子。老福贵不再管他，独自回到乱糟糟的院子，搬来几块石板，在老屋窗前搭了个香案，摆上香烛器皿，打算供奉黄鼬神。

他在心里说："年轻人，你们不信，我信。"他回想起一生中的遭遇，几乎每次的重大事情发生前，他都能在夜晚遇到幽灵般的黄鼬。他感到这一次也不例外。

福贵成了酒鬼后，蒙眬中他看到龙根的腰杆子越挺越硬，龙根走起路来，裤裆里的两个卵子都能发出咯啷咯啷的响声。

在土地改革后的许多个夜晚，福贵躲在自家的院落里，看到龙根掐腰站在他家的屋顶上，向着四面八方张望。龙根高大的身躯像一根擎天柱，令人畏惧。龙根有时身背长枪，有时腰里别着短枪，他头顶月亮和星星，迎风而立，气派不凡，根本就不怕坏人打他的黑枪。福贵有时按捺不住，便抬起右臂，右手食指作搂火状，嘴里随之发出子弹出膛时的叭勾声。但龙根全然不知，仍然一如既往蠹立在那里。

不知为什么，从那时起，福贵夜晚不敢再爬上屋顶了。他只能躲在阴影里，望着龙根高大的身躯出神。

农业合作化之后，龙根的威风越耍越大，龙根已经不需要再往屋顶上站了。福贵夜里睡不着觉，就半宿半宿地到村街上溜达，他常常在漆黑的夜晚见到一个黑影在他前面游走，他知道那是龙根。龙根进入一户人家，或是离开一户人家，如履平地。偶尔他们会在某个拐角处撞个满怀。龙根并不紧张，龙根知道遇上了谁，因为酒气已先他一步飘了过来。龙根点上一支烟，说："连个女人都讨不上，少喝点儿驴尿不行吗？"

龙根当然是好意。福贵晃晃酒壶，说："支书啊，嘿嘿，离不开它啦。喝点儿，心里边舒坦。"

龙根说："你刚才——都看到啥啦？"

福贵忙说："我步子发飘，眼睛发虚，啥也看不清。"

龙根哼哼几声，说："没看清就好。我回家睡了，你也早点儿回吧，别误了明早出工。"

福贵清楚龙根最爱溜谁家的门。其实辨别起来也不难，谁家的粮食够吃，而那家的女人又比较风骚，那家的男人又能派到轻松活，就错不了。村里出生的孩子中，有几个很像龙根，怎么看怎么像。福贵酒喝到点上，眼睛虚到份上，沿着村子走一遭，他会发现所有的孩子长得都像龙根。他意识到这是幻想，冤枉龙根了。

他有时也想：如果自己讨个漂亮女人，龙根会不会来溜门子？

福贵这一生虽没能明媒正娶上女人，但命运其实给过他一次机会。"三年困难时期"时，福贵有一天到远处的河滩里挖野菜，路遇一对外出活命的母子，母子二人倒在路旁，奄奄一息，谁也搞不清他们家在何方。所有路过的人没一个上前救助的，因为人们差不多都要饿死了，谁也不想拿救家人性命的食物救济别人。福贵的父母已经过世，他光棍一条，没啥拖累的，日子总能过得下去。他就咬咬牙，把那母子二人背回了家。龙根过来瞅了瞅，说："福贵，这女人和孩子就归你了，你要想法养活他们。"村里人很快就知道福贵捡了个老婆，外带一个儿子，大家都露出菜黄色的笑容，为他高兴。但那女人仅仅在福贵屋里待了两天

33

就撒手归天了，而且这两天她一直在昏迷中度过，也就是说，福贵根本来不及履行当丈夫的职责，徒徒担了个曾有过女人的名声。倒是那小男孩顽强地活下来了，算是对福贵一番慈善心肠的报答。福贵给他取名宝田。宝田成了他的儿子。

宝田是个要强、懂事的孩子，没让福贵操什么心，只要有一口吃的，他就不哭不闹。挨饿时弄不到酒，福贵身上早绝了酒气，日子渐渐好起来后，供销社里又卖白酒了，福贵就想，自己有了宝田这样一个好儿子，自家的香火也就续上了，他应该心满意足了，就不再指望别的了，还是喝点儿酒乐呵乐呵吧。于是，那只几年不用的锡酒壶又回到了他身上。

宝田很快长大了，福贵高兴之余，发现自己也老了，刚分到手的责任田快种不动了。分了责任田后，老龙根的余威像骟了卵子的公马，踢腾不起来了。但老福贵很快发现，他儿子双金这时候已经了不得了，双金没他爹身体强悍，但比他爹脑子活泛，双金一眨眼的工夫就办起了好几个厂子，村里差不多一半的壮劳力进了他的厂子做工。双金常常倒背着手从村街上走过，那样子比他爹当年还神气。

宝田觉得在自家的二亩地里折腾没啥出息，就寻摸着去双金的工厂里干活，老福贵不同意，但又拦不住儿子，遂长叹一声，一切任由他了。

祸根可能就是这时候种下的。

进双金厂子里做工的年轻人整天嘻嘻哈哈，像占了多大便宜。老福贵看不惯，他尤其看不惯那些姑娘，心说：龙生龙，凤生凤，老龙根的儿子照样会打洞，要不是国家造出了不生孩子的药物，你们说不定都怀上了双金那狗日的种，说不定就会生养一个模样像双金的私孩子。想到这里，老福贵的肺都要气炸了。

后来成了他儿媳妇的月梅就是这些姑娘中的一员。月梅家在外村，托人求情到双金的厂子里干活，因为一般人想进工厂还进不来呢。这年月，乡下的年轻人最想干的事情就是离开土地，尽管双金开给他们的工资并不高，但只要不种地，他们就乐意。

宝田有一天吭吭哧哧对父亲说月梅同意嫁给他，而且不要彩礼。不要彩礼当然求之不得，老福贵高兴过后，提醒儿子说："她保险吗？"意思是月梅还是不是黄花闺女。

宝田说："她挺老实的，像个闷葫芦。"

老福贵就对儿子说："你自己的事自己拿主意，当爹的不干涉，新时代了嘛。"其实老福贵仍惦记着月梅不要他家彩礼的好事，他想可以省下不少钱买酒喝了。

不久，月梅顺利嫁到了他家。但在小顺子出生后，宝田经常和老婆干架，老福贵一直没搞清他们为什么干架。宝田不像父亲，宝田血气旺盛，脾性焦躁，时常动手打月梅。结果月梅在一个月黑风高之夜喝下了半瓶敌敌畏，被人发现时全身已经发黑变硬。月梅死后，宝田没有心思再在村里待下去，遂离家出走，进城找活干了，把两岁多的小顺子活活丢给了老福贵。

宝田离家眼看五年了，一直未回过家。起初他偶尔寄点儿小钱来，后来越寄越多，连老福贵都觉得吃惊，心想儿子从哪儿弄这么多的钱，不会是偷的吧？村里有人说在城里见过宝田，他当上了包工头，成了大老板，又搞了个如花似玉的大姑娘。老福贵又想：嗨，管他在外面干啥，只要他往家寄钱，只要自己有酒喝，只要小顺子有好东西吃，他干什么都与我这个当爹的无关了。

老福贵一连好多天没敢再爬屋顶，他期待着某件大事的到来，是福不是祸，是祸躲不过，老辈人就是这么讲的。每天一早一晚他都跪在香案前给黄鼬神请两次安，还把小顺子爱吃的旺旺雪饼旺旺饼干当作供品摆到香案上，惹得小顺子很不高兴，对着他又踢又咬，还说要弄些臭狗屎糊到香案上。小顺子平时话不多，像他爹小时候那样，但他目光有些呆滞，不如他爹精明。小顺子人虽然不大，蛮力却不小，长得像头小牛犊，老福贵时常会被孙子推个跟跄。他悲伤地说："瞧瞧，这个孽种，他想整死我。他哪像我的孙子啊！"说着说着就流下泪来，一边流泪，一边困难地举起酒壶，仰脖灌下一大口酒，呛得他咳嗽不止，泪水流得更多。

伏天将尽时接连下了几场大雨，村北的河里涨满了水，轰轰的流水声在无风的夜里很响亮，搅得人睡不安生。这天，太阳忽然冒了出来，红光四射，天边挂着彩虹。小顺子闹着要去看水，老福贵拗不过他，只好跟在他后面，踩着满地的水洼往村北的方向走。

在一座堂皇的宅院前，老福贵碰到了一个他最不愿见的人——老龙根的儿子双金。老龙根死后，双金把他家原本就很阔气的房屋全部推倒，翻盖成了现在这座更堂皇的宅子。这座宅院不知要比当年李老财的宅子强多少倍，但李老财是剥削来的，要充公，人也要枪毙。双金大兴土木盖豪华宅第却是允许的，堂堂皇皇的，没有人来枪毙他。老福贵就愤愤地想，为啥就没人枪毙他？

宝田离家后，老福贵总觉得小顺子长得像双金，越看越像。现在他甚至记不起宝田的模样了，双金的面孔却老是在他面前晃来晃去。有一次，小顺子在村街上玩，双金正好路过，双金抚摸着小顺子的光头说："乖儿子，叫爸爸，老子给你买糖吃。"小顺子竟真的叫了一声爸，双金高兴得摇头晃脑。

老福贵像一只受伤的狼那样扑过来，先给了小顺子一记耳光，然后指着双金的鼻子说："你狗日的，刚才说的啥！"

双金嬉皮笑脸，一副没正经的样子，说："老叔，你真糊涂，我开个玩笑嘛。我就喜欢全村的孩子都叫我爸。"

这种要命的玩笑开得起吗？老福贵气得眼里冒火星子，拎上小顺子回了家。以后再见到双金，老福贵就躲着走。

双金正在门口低头欣赏他刚买来的小轿车，见小顺子经过，随口问道："儿子，干啥去？"

小顺子已经知道这不是一句好话，脖子一梗就从双金身边过去了。老福贵脑袋嗡嗡直响，他从后面赶上来，瞪起眼睛，喷着热辣辣的酒气对双金说："我的儿啊，你在干啥？"

双金料不到老福贵会说出这样的话，猛一愣怔，脸唰地涨红了。他木木讷讷地说："老叔，瞧你，也学会开玩笑了，瞧你……"

老福贵觉得无比痛快，连眼皮都没抬，从双金身边扬长而过。小顺子一蹦一跳地走在前面，小顺子的那一对招风耳在阳光下闪闪烁烁。双金狗日的不也长着这样一对招风耳吗？老福贵在短暂的痛快过后，心尖子更加刺痛。

急速流淌的河水几乎要溢到堤岸上来，河水裹挟着肮脏的泡沫远行，下游有不少人光着屁股游泳。小顺子见了大水，兴奋得嗷嗷叫。老福贵在岸边坐定，他眯缝起眼睛，望着河水和爬上爬下的小顺子出神，过一会儿就抿口酒。阳光仍很猛烈，打在他身上，后来他竟然迷迷糊糊睡着了。

等他缓缓睁开眼睛时，突然发现小顺子不见了！他颤颤巍巍站起来，四下张望了一遍，仍然不见小顺子。刚才打盹时，好像听到小顺子喊爷爷救命，他以为那是梦中的情景，就没在意。可现在，小顺子真的不见了，莫非真让河水给冲走了？老福贵摇摇头，他感到难过，非常想哭一场。于是，他就拖着哭腔大声说："小顺子，你个孽种，你在哪里啊？"

回答他的是河水持续不断的咆哮声。

他抹着鼻涕眼泪，接着说："他个孽种非要到河边来，我劝不住。他让大水冲走了，这可怪不得我。"

老福贵反反复复说着这句话，边说边磕磕绊绊往村里走。人们听了他的话，都感到惊骇，说："你咋不下去救他？看你的衣服都是干的。"

老福贵就委屈地说："那么大的水，你是不是盼着我也淹死？"

他回到家后，又哭了一阵，觉得小孽种被水冲走也许是天意，黄鼬神显灵了。想到这里，他就释然了。又过了半个时辰的样子，有很多人闹闹嚷嚷拥进了院子，他们居然把小顺子给送回来了，用一条黄牛驮来的。一个壮汉亮开大嗓门说："我正游着游着，有个东西抓挠我的大腿根。我以为是条鱼，想咬掉我的小鸡鸡，就把它捞上来了。哪想是小顺子。他吐了有一脸盆脏水，胆汁都吐出来了。"

老福贵仰天长叹，然后摸摸小顺子蜡黄蜡黄的脸蛋，说："孙子，天不灭你啊。天不灭你，天就灭我！"说罢，他老泪纵横。

中秋节那晚，月亮好极了。老福贵兴致也颇高，喝了不少酒，但他一点儿醉意没有，不停地劝孙子多吃几个月饼。爷孙俩吃饱喝足后，爷爷突然心血来潮，说要带孙子到屋顶上玩，好好看看月亮和村庄。小顺子一听，高兴坏了，缠着老福贵快带他上屋顶。在他眼里，没有什么事情比爬到高处玩更有趣了。老福贵便利利索索扶着小顺子上了屋顶，还带上去几块草苫子，说如果困了，可以躺在上面睡觉。

这一晚老福贵唠唠叨叨，话特别多。他说不几句就喝口酒，酒壶里的酒很快就喝光了。小顺子不想听爷爷胡扯，他在屋顶上来回蹿，像只机灵的兔子，东瞅瞅西看看，指指点点，真是大开了眼界。后来他累了、困了，就躺在草苫子上打起盹来。

老福贵也感到疲乏，脑袋沉得抬不起来。他想，自己喝了一辈子酒，从未喝醉过，今晚上怕是真醉了。醉眼蒙眬中，他看到一只黄鼠狼飘飘忽忽进了院子，在他面前跳来跳去，一会儿冲他龇牙笑，一会儿冲他咧嘴哭。他顿时觉得天旋地转，两耳生风。往下就什么都不知道了。

小顺子被冻醒时，发现天已亮了，太阳就搁在刚收过秋庄稼的空地上。一只不知谁家的公鸡在他家屋顶上悠闲地散步，时不时引颈高鸣一声。小顺子揉揉眼睛，对那只雄赳赳气昂昂朝他走来的公鸡说："喂，你见到我爷爷了吗？"

公鸡吓了一跳，张开翅膀飞到院子里。小顺子顺着屋檐往下一看，当即就傻了。他的爷爷脑袋磕在窗户下面的香案上，血流了一大片，好几只鸡正在争着啄食凝固了的血迹呢。

宝田匆匆忙忙赶回老家奔丧。宝田真像人们传说的那样，他发财了，光手上的金戒指就戴了好几个。他还带回了一个如花似玉的女人。老福贵出殡那天，前来吊丧的队伍排了二里多地，很多外乡人都赶来了，场面非常大，和老龙根死时不相上下。其实，人们大都惦记着来看看宝田的漂亮女人，顺便混顿丧饭吃，他们嘴里却说："看到了吗？宝田虽是养子，但比己出的都强啊！"

宝田把父亲葬在了老龙根坟墓的东面，风水先生仔细看过墓地，说位置不比龙根老支书的差。老福贵和老龙根的两座大坟并肩而立，十分抢眼。双金对宝田说："兄弟，这种葬法很好。我爹和福贵老叔当年闹革命时就是亲密战友，死后应该葬在一块儿。如果他们地下有知，他们会满意的。"

小顺子确实被爷爷死去的场面吓坏了，好多天都缓不过劲来，不论见谁，他都指着人家的鼻子说："你是一只黄鼠狼！"宝田曲曲折折打探到，养父的死和亲子的病与一只黄鼠狼有关，就想捉住那只造孽的黄鼠狼。别人都说："现在不可能有什么黄鼠狼，肯定是你爹看花了眼，自己吓唬自己。"

宝田说："捉捉看吧，捉到了更好，捉不着也没啥。"宝田说干就干，花重金请村里的愣头青们村前村后、村里村外到处寻找。找来找去，有人发现老龙根的坟墓上有个洞非常可疑，他们就在那个洞口张网以待，居然真的在一个夜晚捉住了一只小动物，请明白人看过，是黄鼠狼无疑。村人称奇之余，一个个大惊失色。

宝田按巫医的教诲，把那只黄鼠狼剥了皮，做成一顶小帽子给小顺子戴上。小顺子的病情果然很快就好转了。把所有的事情办妥后，宝田打算带小顺子到城里去住，他们收拾东西时，宝田如花似玉的女人指着那顶黄鼠狼皮帽子说："它太土气了，扔掉算了。"

宝田认真想了想，说："这是咱老家的东西，还是留着吧。"

（1997 年）

钉　子

那件事情发生的时候，是 1950 年。而那件事情大白于天下，则是三十年之后。此时，它已没有了任何意义。又过去了十年，当青年警官马明知晓那个骇人的过程时，它就像远古时代的风和风中的残片，更加失去了其应有的意义。时光就是这样，时光能让一切事物悄悄改变模样，变得面目全非，并最终将事物湮没，包括时光本身。

马明一直不知道那件当年曾令人称奇的事情，尽管他从警官学校毕业后就在公安局工作。马明已经在公安局干了三年多，他负责城市治安，很少办具体的案子。对于这个不显山不露水的工作，马明说不上喜欢还是不喜欢。马明是个沉默寡言的人，本身就不显山不露水，所以他的性格和他的工作并不冲突。

下午，天气十分燠热，办公室里那台老掉牙的台扇使出吃奶的劲，仍不能让马明的毛孔有所收敛，汗水就像夏天雨后的小河那样，在他身上肆意流淌。闲着没事的马明在办公室里待不住，便到各处闲逛。在刑侦科门口，马明看到几个疲惫不堪的警察正在审讯两个刚抓到的犯人，警察的吼声和犯人的叫声透过门缝传到走廊上来，更让马明感到心烦意乱。现在的案子越来越多了，马明想。刑侦科那帮小子一个个累得跟龟孙一样，照样顾了这头顾不了那头。听说昨晚城西一带又发生了特大凶杀案，一个女孩在归家途中被人强奸后扼死，然后又被肢解，尸体碎片散见于城内各个阴暗的角落，其中一只指甲上涂了蔻丹的纤纤素手出现在本市最豪华的金鼎大酒店门前的大理石台阶上，至少让最早发现的人三天吃不下饭，五天睡不好觉。马明想，不知怎么回事，如今的歹徒杀起人来就跟杀猪一样，好像连眼皮都不眨一下，看来全他妈疯了。

一楼最东面的房间有冷气往外扩散，马明路过时感到舒坦，他才想起里面装着空调。这是局里的资料室。资料室里有一摞摞的案卷和对应这些案卷的证据，当然，需要接受刑罚的罪犯的案卷和证据都移交到了法院，有些不需要移交的便存放在这里。那些需要移交的东西和这些不需要转交的东西一样，都是岁月流逝的极好佐证。常年在资料室工作的周小文大姐正忙着清理一些乱七八糟的物品，她头也不抬地说，你偷偷摸摸往里瞅什么，像个罪犯一样，进来坐坐吧，里面凉快。

　　马明就笑着推门进来。一进来就觉得这地方和外面简直是两个世界。马明弄不清周大姐的年纪，估计四十多岁或五十出头，和皁绿色资料柜的年纪差不多。周大姐在翻箱倒柜地整理东西，她不动声色的模样和干活时的动作使马明觉得她才像一个老牌的罪犯。

　　这个炎热的下午，马明不经意地闯进了局里的资料室，他说，周大姐我帮你干吧。周大姐说，干吧，得空儿我帮你介绍个对象。他们就一同干了起来。那些经年累月的案卷和物品散发着历史的陈旧气息，这种历史气息有时令马明有点儿喘不动气；但他很兴奋，仿佛他进入了倒流的时光，成为历史的见证人。

　　马明在一个接近顶棚的资料柜的角落里看到一枚锈迹斑斑的铁钉，约有七寸长，中间部位有些弯曲。他踮起脚尖取出来，放在眼前仔细打量了一阵。马明不明白资料室里怎么会有这种只有废品收购站才有的东西，他问周大姐，这是什么玩意儿？

　　周大姐说，一枚钉子。

　　我知道是一枚钉子，马明说，它有什么用？

　　周大姐说，我这里有很多这种古里古怪的小玩意儿，都没什么用处，但必须保存，因为它们是犯罪证据。马明仍是不解，这枚钉子也是犯罪证据吗？周大姐说可能是吧。马明摇摇头，不可能，你看它分明是件废品，捡破烂的人都不会感兴趣，没准儿是当年买资料柜时从家具店带来的，它已被人遗忘了很多年。马明身上有些艺术细胞，说起话来文绉绉的，不像有些警察，粗鲁得够呛，像他这样性格的人来公安局工作，也许是个错误。

　　周大姐拍了拍手上的灰尘，抬起头来说，可能是废品吧，再让我想想。马明说，扔掉算了，免得它在这儿占地方，还让人疑神疑鬼的。话音未落，那枚铁钉从马明的手中滑落，掉在水泥地上，发出一声并不清脆的闷响，宛若历史的回声。响声却提醒了周大姐，她脸上的皱纹突然地上扬一下，她尖声说，我想起来了，这枚钉子和一桩凶杀案有关。

马明感到突兀，他愣在那里。周大姐却不管他，边回忆边说，好像是几十年前，有个男的和一个女的偷偷相好，被那女的丈夫发现，事情就严重了……周大姐仿佛想起什么，手伸到一个资料柜里翻腾一阵，拿出几页发黄的纸片翻看道，她丈夫不依不饶，说要告发他们，还说要杀死那女的。那对偷情的男女情急之中，就用这枚外国造的洋钉子干掉了那女的丈夫。当时没人察觉，很久之后才被人发现，但已过了诉讼时效，法律不予追究，那两名凶手得以逃脱法律制裁。所以，这枚作为杀人证据的铁钉失去了它的价值，但最好不要扔掉。周大姐的声调冷静得出奇，不带任何感情色彩。末了，周大姐感慨道，那两人够幸运的。

马明觉得这个故事很有那么点儿意思。马明在警官学校曾认认真真学过刑法，他可以从头到尾背下刑法的全部内容，虽然毕业后很少使用，但马明现在仍然熟练地背诵它。刑法第八节是时效，其第七十六条是这样说的——犯罪经过下列期限不再追诉：（一）法定最高刑为不满五年有期徒刑的，经过五年；（二）法定最高刑为五年以上不满十年有期徒刑的，经过十年；（三）法定最高刑为十年以上有期徒刑的，经过十五年；（四）法定最高刑为无期徒刑、死刑的，经过二十年。如果二十年以后认为必须追诉的，须报请最高人民检察院核准。

马明在心里将刑法的有关章节温习一遍后，忍不住问，那两人叫什么名字？我是说那两个凶手。周大姐抖动着手中的纸片，说出了两个名字。马明突然感到浑身震颤，仿佛心脏被人掏空，差点儿从椅子上摔下来。

这个平淡无奇的下午，青年警官马明不经意地被过去的时光攫住，而且他无力挣脱。马明不知道自己什么时候离开周大姐的，他没有回办公室，他在马路上像个醉汉一般游逛了很久，直到那轮暴烈的日头落进高楼后面，他才觉出身上没有了一丝力气。

马明回家时已近傍晚，像这个城市的许多老住户一样，马明家也有一个自己的独门小院。马明的两个姐姐早已出嫁，眼下他暂时和父母住在一起。现在，马明站在自家的院门口，没有马上进家。马明没有勇气进家。透过栅栏门的缝隙，马明看到他的父亲马月正蹲在院中的小花园里侍弄一些花草。马月已经七十出头，头发和胡子白了，腰也弯了，耳朵也有点儿聋了，只是眼力还不差，不需要戴老花镜。退休前马月是市政府的一般官员，他的妻子林桂花比他年轻十岁，多年来林桂花一直没有工作，在家做家务，是个很能干的家庭妇女。这两口子从来不在人前多言多语，他们只是老老实实地过日子，没有什么非分之想。他们的秉性为他们换回了很好的口碑，并影响了他们的子女。这是一个令人尊敬的家庭。

马明在门前站得久了，夕阳的余晖已在天空中消失得无影无踪。有一个瞬间，马明想抬手推开栅栏门，像往日那样进家吃饭，但一个东西提醒了他，那个东西就揣在他的裤兜里，坚硬、冰冷，有着不可抗拒的力量。马明马上打消了推门进家的念头。离开资料室时，马明尽管感到十分恐惧，但还是偷偷将那枚曾经致一个人于死地的铁钉揣进了兜里。此刻，马明看着父亲花白的头颅，仿佛在看历史的陈迹，他的心里升起一阵尖锐的疼痛。这时，母亲林桂花踮着一双小脚来到院子里，林桂花抬头望了望渐渐黑暗下来的天空，像说给丈夫听，又像是自言自语道，儿子该回家了啊……

马明捂着胸口，犹如逃离死亡那样离开了自己的家门。

李村是个不大的村子，有二百多口人。据老年人讲，几十年前李村就是这么多人，几十年后人口还是这么多，这在中国人口日益膨胀的今天，李村人是应该值得骄傲的。

李村离城市一百多里远，在山区和丘陵地带，这样的地理位置还是相当不错的。有一些高大的榆树和刺槐环绕着小小的李村，那些灰不叽叽的房屋仿佛成了树木的陪衬。李村的土地上种着北方常见的高秆作物，譬如玉米、高粱、谷子之类，庄稼棵子间缠绕着淡紫色的牵牛花；李村终日在宁静、安详中度过。

不妨让时光倒转一下。十年前的李村同十年后仿佛没有多大差别。

十年前的一个秋末冬初的日子，好像是下午，在暖泉镇通往李村的曲折道路上，有两个少男少女骑着那种除了铃铛不响哪儿都响的破自行车在赶路。放眼望去，此时的原野上，秋庄稼已经收割完毕，目力所及，到处都是土地本色，空气中还隐隐滞留着成熟庄稼的芳香，刚刚播种过的田地里，麦苗儿尚未出头露面。在这样的时刻，你便很难见到农人往日劳作的影子，在接下来的霜雪肃杀的天气里，人们将蜗居在各自的家中，度过一个个漫漫长夜，然后再迎来温暖的春天。

那个非同寻常的秋末冬初的下午，暖泉镇中学的两个学生放学归来，沿着曲折的乡间道路往家赶。他们是李村仅有的两个高中生，一男一女。村里人都指望他们能考上大学，他们也有信心。但考大学并不妨碍他们谈情说爱。他们像很多他们这个年纪的学生一样，早早地谈起了恋爱。他们乐在其中不能自拔。本来男女总在一块儿难免不产生感情，何况他们是村里仅有的两个小秀才。

西边的太阳快要落入山的那一边，天色向晚，这两个青年人却不急着赶路，他们格外珍惜单独待在一起的时光。男的在缓慢的行进途中给女孩讲了一个带点儿恐怖色彩的笑话——男的很愿意看到女孩笑，女孩一笑起来非常好看，非常美丽，女孩一笑男的就动心，男的还愿意看到女孩受惊吓的样子，女孩一害怕，男的就会显出自身的强大。男的讲道，他老爷爷曾给他讲过这样一个笑话：许多年前，一帮土匪从这一带路过，杀了很多人，尸首扔在乱坟岗子上，无人掩埋。两个光棍汉打赌，一个说，夜里你若敢去那儿，我送你十吊钱。另一个说，没问题，你等着拿钱吧。这一个说，谁能证明你去过？这样吧，你煮一桶米汤提着去，往每个死人嘴里灌一口，明早我去察看，如果你做不到，还我二十吊。月黑风高之夜，那人真的去了，他用一把勺子挨个往死人嘴里灌米汤，却有一个尸首叭叽着嘴喝下去了，又灌了一口，又喝了下去，那光棍当即吓昏过去。你猜怎么着？是设赌的那个光棍预先来到乱坟岗子伪装成死人，才有了这样的结果……

女孩边笑边说吓死人了吓死人了，男的十分开心。开心之后开始动心，离村子越来越近了，他们想找个避人的地方交流一下，在学校上课太紧张了，他们需要放松放松。但秋后的原野坦荡如英雄的胸怀，避人

44

的地方不好找。后来，他们的目光不约而同地越过一条干涸的沟梁，落在一片新鲜的泥土上。那是村里人盖房取土用的荒地，眼下已被挖成半个篮球场大的深坑。

夕阳的最后一抹余晖闪现出梦幻般的色泽，当炊烟在村庄的上空弥漫时，李村的两个小秀才在那个离大路较远的土坑里拥抱、接吻。那时的电影上已开始出现接吻的镜头，少男少女们都按银幕人物的样子进行最初的尝试，而在此之前，他们不知道男女相好还有这样一道程序，他们以为像牲口那样直奔主题就可以了。李村上了年纪的人把男女间的接吻称为"对鼻子"。

两个年轻人站在土坑里"对鼻子"，刚好露出半个脑袋。女孩略显紧张，这使她不得不腾出部分眼神向远处观望。她没发现有什么人经过这儿，但她发现了一个奇绝的场面，她的发现是一个起点也是一个结局，这才有了后来的故事，并使人们将先前的事情连缀起来，过去的时光得以在人们的记忆中显现。

女孩先是看到不远处有个什么东西在轻轻蠕动，她以为冲动之下自己的眼睛发生了偏差。随即她否定了自己。的确有个东西在动。女孩想，可能是个南瓜，眼下正是收南瓜的季节，不知谁家的南瓜滚进了坑里，风一吹，就动。然而，女孩再次否定了自我，因为这时候一丝风也没有，死沉死沉的南瓜不会自己动起来。但那是个什么东西呢？女孩想。

终于，女孩凄厉地惨叫一声，面无人色，几乎晕倒。男的忙松开她，以为有人发现了他们。但四周一个人影也没有。男的有点儿生气，说你叫唤什么？话音未落，男的自己也叫起来。男的倒退几步，咕噜道，妈呀，大白天的，见鬼了……

沿着新鲜的泥土朝他们缓缓滚动的是一个闪着绿光的骷髅。

傍黑时分，李村的男女老幼几乎都来到了土坑前。那骷髅仍在时停时动。有大胆的人壮起胆子下到坑底，他们看到缩在骷髅中的原来是个馒头大小的蛤蟆。那蛤蟆的眼睛闪着浑浊不清的冷光，犹如一个饱经沧桑的老人。它好像卡在了里面，而它自己又没有能力挣脱出来，只好不停地拱动。

随即，人们又蓦然发现骸骨上钉着一根七寸长钉。

李村所有的老人就此展开回忆，从回忆从此处是谁家的坟地入手。数年前破除封建迷信时，村里所有的坟头都被铲掉了，几经周折，现在要想弄清楚殊非易事。老人们抽着烟袋锅，思前想后，最后大致认定，此处是早逝的王七宝家的坟茔。那么，当年王七宝猝死的原因，就像日出后的迷雾一样，到了它消散的时候……

不妨让时光继续倒转。下面发生的故事并不新鲜，但生活总是这样，生活总是重复某些古老的事情。

1950 年，刚解放不久的李村处于空前的骚动之中，挂在村公所院内古槐树上的大喇叭终日响个不停，大喇叭播送振奋人心的消息，还播送欢庆锣鼓和民间曲艺，李村的天空艳阳高照，李村的土地散发出前所未有的泥土的芳香，李村的小河流欢快地奔腾。李村的人和牲畜都感到很亢奋，就像春雨降临后疯狂生长的庄稼和野草。李村人迎来了好时光。

县上派来了工作队，帮助人们恢复生产，建设家园。工作队的人身背短枪在村庄和田野上走动，他们和蔼的面容使李村人感受到一个新时代的来临。

住在村西的王七宝是个游手好闲的人，工作队的人一到李村就注意上了王七宝。当年王七宝曾因偷村里财主李大炮的西瓜而被砸断两根肋骨，据此可认为王七宝苦大仇深；日本人在这一带横行时，王七宝在炮楼里干过几天伙夫，他看不惯日本人的霸道，于是经常往食物里面撒尿，据此还可马马虎虎认为他是个抗日英雄；解放战争时，人们动员王七宝参军打国民党，他坚决不去，说是枪子儿不长眼睛，打死我怎么办？又据此可认定他是个贪生怕死、觉悟极低的人。土改时王七宝分得三间土房、五亩好地、一头黄牛、数件农具，他吃喝嫖赌，无所不干，没多久就将分得的财物糟蹋一空。就是这样一个人，两年前却不费力气弄到手一个如花似玉的女人。有人说王七宝先将女人拖到玉米地里强暴而后娶到手的。不管怎么说，他不缺女人了。如果事情就此罢休，也就不会有后来的故事了。问题是无赖成性的王七宝三天两头打老婆，往死

46

里打，这就不可避免地注定了他悲惨的结局。

工作队派一个姓马的工作队员去做王七宝的工作。马队员三十多岁，身材魁梧，走起路来像一阵风，人们习惯称呼马队员为大马。大马来到王七宝家，王七宝偏巧不在家，他女人说又到暖泉镇胡作去了。大马看到，王七宝的女人虽不像传说中的那样漂亮，但仍能激起他作为男人的某种血性，大马愤愤地想，王七宝这样的泼皮无赖都能弄到女人，而且是相当不错的女人，自己革命了那么多年，难道连王七宝都不如吗？

女人见到大马，像见到久违的娘家人那样，哭泣着诉说王七宝的种种劣行。女人边说边撩起衣襟，让大马察看她遭受的皮肉之苦。大马在有些晃眼的光芒中注意到，女人原本亮丽如锦缎的肌肤上，到处是青迹紫痕，还有被烟头烫过的黑疤。女人的遭遇唤起了大马深切的同情，令他怦然心动。大马愤怒得几乎无法遏止。同情和愤怒成了大马和王七宝女人的黏合剂，从此以后，大马经常来王七宝家做工作，当然，大马一般都选择王七宝不在家的时候来。

终于有一天，劣迹昭彰的王七宝发现了大马和女人的隐情。这时的王七宝已经染上伤寒，剧烈的咳嗽使他走起路来一摇三晃，腰弯成一张弓。王七宝指着大马的鼻子说，我要去告发你。王七宝从散了架的牛车上取下一根七寸铁钉，在女人的胸口比画着。他说，我要把你个骚货钉死在村公所的大门上，等着瞧吧……

结果不言自明。王七宝尚未来得及告发工作队员大马，尚未来得及将女人钉在村公所的大门上，黑夜就来临了。大马在后来成为他妻子的女人的帮助下，趁王七宝昏睡之际，将那枚闪着寒光的七寸铁钉嵌进了王七宝的头颅。

时间能带走一切。随着铁钉进入头颅，王七宝的时光停止了流动，而别人的时光仍在继续。

青年警官马明在流逝的时光中跟跄前行。他走过了城市的大街小巷，路灯的光亮将他孤独的影子投射到地上。在他的眼里，那些影子像飘忽不定的几何图案。

马明说不清自己要去哪里。他很累，很想找个地方休息一下，但揣在裤兜里的那枚锈迹斑斑的铁钉不容他有片刻的停顿，一停下来，他就感到恐惧。他只好往前走。此时支配他行动的已不是他的头脑，而是恐惧的力量。恐惧正使马明悄悄改变着自己。

不知什么时候，马明来到一个他感到眼熟的地方。马明强迫自己仔细看了看，是素云的服装店。

素云是马明半年前结识的女朋友。素云和她丈夫开了一个服装店，据说很能赚钱，素云很喜欢马明，马明觉得自己在素云面前像个童蒙未开的小学生。

马明想起来，素云本来和他约好晚上来她家的，她丈夫到南方进货去了。上午在电话里，素云压低声音笑嘻嘻地说，小家伙，晚上让你高兴高兴。

素云的胆子越来越大了。

但马明将可能令他高兴的事情忘记了。如果不是梦游一般来到这儿，马明肯定想不起来。马明说，这不怪我，要怪你就怪那枚可恶的钉子。

素云的家就在紧挨服装店的那栋六层高的宿舍楼三楼。从这儿望过去，马明能够看到素云家透着光亮的紫红色的窗帘。这种颜色的窗帘具有深刻的暧昧意味，尤其是在夜晚。马明想素云一定等急了。

素云拉开门时，一定是大吃一惊，因为马明看到素云脸上的表情急剧地变化。马明估计自己的模样像一截干枯的木头，或是刚从墓穴中钻出来的一无所获的盗墓人。素云说，你怎么啦？

素云又说，你怎么才来？我以为你不来了，我刚刚还在恨你。

素云给马明倒了一杯水，关上电视机，又把空调打开。凉爽的气流使马明稍稍清醒了一点儿。

素云说，我知道你生气了，都怪我以前没和你做，现在我答应你还不行吗。

马明古怪地笑了笑。我不愿见你这样笑，素云说，不怀好意的笑。素云边说边靠过来，拿过马明的手放在自己胸前，同时用另一只手在马明的背部滑动。素云说，小家伙，打起精神来，你想干什么就干什么。

屋里的气氛几乎让马明窒息。在马明眼里，素云梦呓般的语调、动作和表情宛若一个走火入魔的罪犯。马明觉得自己快不行了，但他坚持着用尽最后的力气推开素云。马明说，不，不。马明又说，我害怕。

素云茫然地望着马明。素云说，要不我关上灯？

马明困难地站起来，整理一下有些零乱的衣服。他说，我想到外面走走。

他们下楼来到街上的时候，刚好有一辆洒水车经过，徐徐上升的氤氲水汽飘浮在半空中，给这个炎夏之夜平添一种乐趣。在路边乘凉的人挥动他们手中的大蒲扇，击打出啪啪的响声。素云牵着马明的手，他们就像两个热恋中的情人那样款款前行。路过一个西瓜摊时，马明说我渴了。素云说你想吃西瓜吗？马明点点头。素云就走到西瓜摊前，叫醒躺在一张竹椅上打盹的摊主，买了一个花皮西瓜。马明觉得摊主迷迷糊糊点钱时的神态像一个幼稚的罪犯。

马明说怎么搞得我浑身无力。素云说干脆我抱着它算了，你今晚的情绪很不好。还是个警察呢，越看你越像个坏人。素云抱着西瓜，突然有点儿伤感地望着马明，轻声说，都怪我，以前没和你做，把你熬出了毛病。

半个小时后，他们走进一座夜晚不关门的处于荒颓状态的公园，坐在没有多少草的草坪上。素云依偎在马明的怀抱里不说话。马明扳过素云的脸，像往常那样亲了一阵，然后将她压在身下。素云含混不清地说，看你，不在家好好待着，非要跑到这么个鬼地方做，丑死人了……但马明没有像素云想象的那样做到底，马明在某个紧要时刻摸索着掏出那枚钉子，对准素云的脑袋轻轻扎了一下。

素云凄厉地叫起来，她推开马明，坐好。素云急问，你想干什么？马明说，我让你看一样东西。素云说，有什么好看的，不就是一根破钉子吗，你拿它做什么？

它曾经杀过一个人，那是四十年前的事了，马明语调冰冷地说。接着，马明将四十年前的那个故事向素云讲了一遍。当然，那已经是一个几乎没有任何意义的故事了。讲述的过程中，马明有意省略了其中的某些内容，他怕吓着素云，也怕吓着自己。但素云仍被吓得不轻，素云像望着一个怪物那样望着马明。马明已经顾不上素云的反应，他口干舌燥，两眼放光。马明在素云的注视下用手在松软的草地上挖出一个深坑，然后颤抖着手将那枚古老的钉子用力嵌进西瓜。再将西瓜埋进土里，用脚踩实。

做完这一切后，马明突然哭了。他抽泣着对素云说，告诉我，它什么时候能腐烂？

素云想了想，说，顶多半个月。

不，马明说，我是说那枚钉子。

素云再次想了想，肯定地说，至少一百年。

马明这时候想到的是，他和素云的事情该结束了。

（1995 年）

旋　转

　　每到下午三四点钟光景，阳光就能越过对面的一栋摩天大楼，照射到小小的迷你咖啡馆里来。迷你咖啡馆临近一条大马路，门面不大，但装潢华丽。当然，它华丽的外衣下难免透着俗气和媚气。话又说回来，咖啡馆怎么能离了俗气和媚气？俗气和媚气原本才是咖啡馆的本质所在。

　　马艳百无聊赖地坐在一张咖啡色的折叠椅上，望着车流声喧腾不已的马路出神。倾斜的阳光像一团团混乱的丝线，在她眼里跳跃、旋转，她感到眼角有些酸涩和微微的疼痛。咖啡馆不大的空间里只有几个用木板隔开的火车座，人造革坐垫变得肮脏不堪，出口处挂着同样肮脏不堪的布帘子。马艳早已习惯了里面的气味，那些烟气、酒气、脂粉气、人的体液等等混合在一起的暧昧气息，热烘烘的，厚实而又无从排遣，日复一日地浸泡她，使她从里到外跟着发酥发酵。迷你咖啡馆同某些人一样，外表与内里有着明显的反差。

　　上午一般没有客人，喜欢逛咖啡馆的人此时正在睡觉，或正坐在真皮转椅上道貌岸然地办公。下午客人也很少，偶尔来上一两个人，大都是走路走累了进来歇歇脚的，规规矩矩喝完杯中的浊物，然后上路。咖啡馆真正兴隆的时刻是夜晚来临之后，夜晚能让人的欲望如雨后春笋般地滋长。

　　马艳一般都是阳光照进咖啡的时候来这儿上班，深夜才能回家，回去得越晚口袋越鼓胀。也有整夜不回家的时候，那要全看他的兴致如何。

　　马艳原先在 5 路公共汽车上当售票员，每月挣不了几个钱不说，还要经常受乘客的气。那段日子她过得很糟，疲惫、寒酸、心灰意懒，她甚至没有一件像样的衣服。生活就像一张沉重的大网，令她不能自由地呼吸。是车队里关系不错的小姐妹刘洁把她领到了迷你咖啡馆。刘洁此前已在这儿干了一年多，据说收入颇丰，志得意满，今非昔比，生活里充满了阳光。头一个晚上，马艳仅是先后陪两个客人喝了几杯咖啡和矿泉水，说了一些白天里不好出口的话，就得了一百元小费，而客人除了简单动动手外，并没把她怎么样。几乎没费什么劲就挣到手半个月的工资，真让马艳心花怒放。第二晚情况要复杂一些，一个操着南方口音的台湾客商心仪于她，甩给她二百块钱，让她陪着在狭窄的火车座里聊到很晚，末了提出带她去宾馆。马艳愣了，直摇头。她并不是那种封建式的女人，对接下来即将发生的事情看得并不太重，否则她就不来这种地方了，而且她也无须为谁恪守贞洁。其实早在上高中的时候，她就和学校里一个年轻的数学老师有过那种事情，后来又和车队里的一个司机有过几次。但她也不是那种过于放荡的人，因此，对台湾客商的要求她仍然感到突兀。刘洁和老板在一旁急得抓耳挠腮，直冲她使眼色，那样子分明是责怪她钓到了大鱼而又想放掉，傻到底了。

马艳最后牙一咬心一横还是跟台湾人走了，临出门的时候她听到了自己怦怦的复杂的心跳，脸肯定也红了，只是灯光太暗，别人看不清罢了。事实证明她的选择很是正确。次日一大早她离开时，台湾人又甩给她整整一千块。也许正是这笔令人咂舌的收入稍稍改变了马艳日后的命运。

去单位办停薪手续时，马艳对陪她去的刘洁说，这回可真豁出去了。刘洁说，他妈的当初我也这么想过，但你有什么办法？既然自己都养活不了自己，不如换一种方式生活。刘洁的话颇有点儿哲学意味。

从此，马艳就来迷你咖啡馆上班了。当然，她不敢对家里人明说，她只是告诉他们，她跳槽到了一家私营公司，工资很高，但老板要求很严，没大事急事最好不要找她。

再往后，马艳就碰上了赵一明。

也许全是巧合。初春的一个日子里，下着不大不小的雨，雨从中午一直下到晚上，还没有停的意思。经验证明，这样的天气是不会有客人的，马艳和刘洁一商量，打算早点儿回家。老板趁老板娘不在，调侃道，路上当心点儿，别让人给强奸了。马艳捣了老板一拳说，真恶心。刘洁说，滚，妈的谁强奸谁还难说呢。

在这种地方，她们当服务员的和老板的关系很松散，想来就来，想走就走，老板也不用给她们发工资，老板只是收客人的座位费，每个火车座五十元，另外再收茶水费，当然价码都不低。如果客人带她们走，还要收钱，一般都是五十元。如果性急的客人想在封闭的座位上草草行事，老板或老板娘就得像个机灵的哨兵，警惕地注视着外面的动静，防止有警察突然闯进来。他们无疑是拴在一根绳上的蚂蚱，谁也脱不了干系的。还好，马艳来这儿半年多了，并未发生过不测。据说老板在公安局里有内线。

走出肮脏的咖啡馆，马艳感到外面的空气新鲜极了。路灯在雨中散发着朦胧的光辉，有些晃眼。来了一辆出租，马艳让刘洁先走，她耐心地等下一辆。

就在这时发生了巧合。马艳上车后，刚要指明方向，司机却认出了她。司机是她高中时的一个同学，由于突发的紧张，她一时想不起他的名字。司机说，马艳，我老远就看到你了，这么晚了你出来干什么？你在附近工作吗？马艳面部肌肉变得僵硬，有点儿语无伦次地说，啊啊，我去一个朋友家串门，下雨了；我平时舍不得打车的……

马艳庆幸自己出门时洗掉了过浓的脂粉，换上了严谨而朴素的服装。这身打扮使她重新找回了自信和坦然。接下来的谈话中，她的声音和笑容都平缓得令她感到些许的陌生。老同学简单描述了一下他毕业后的境遇，又问了她几句，又突然想起什么似的说，后天是赵一明的生日，几个要好的同学商量，去给他祝寿，你去不去？

赵一明，一个多么熟悉的名字。马艳不加思索地说，我去，我一定去。

到站后，老同学执意不收车钱，马艳也没过多推让。出租车鸣了几下喇叭消失在夜色里。马艳没有急着上楼，她站在无边的黑暗中，默默念叨说，赵一明，赵一明……

马艳按照出租车司机同学告知的时间和地点走进赵一明的家。为了这次难得的聚会，她准备了小半天的时间，重点是怎样打扮自己。试遍了近来添置的所有时髦的首饰和时装，反复琢磨使用哪种化妆品和香水，最终发现不打扮才是最好的打扮，于是，她穿上一件学生时代的连衣裙，这种装束自然使她像过去那样显得纯洁无比。她很满意。

已有不少同学先她而至。赵一明迎上来同她握手，大声说谢谢。两只手握到一起时，她有一种蚁走似的微醉感觉。有好几年没见赵一明了，尽管她心理上有所准备，她还是感到新奇和紧张。此时她分明看到他的眼里流露出一缕惊异的光芒，她想一定是她的这身装扮和举止把他带回了过去的时光，再看看几个细眉红唇穿金戴银的女同学，她禁不住暗暗感到得意。

马艳在同学们又吃又喝又说又笑的过程中得知，赵一明这几年颇不顺遂，大学毕业后，他在短短两年的时间里换了三个单位，且越换越差，不是和领导搞不好关系就是专业不对口，他现在待的单位是一家已不吃香的官方公司，不仅他的抱负无法施展，连工资都快发不出了。赵一明此时的笑容根本无法掩饰他疲倦、落寞的心境。而前来祝寿的同学又大多是混得不错的人，不是当了官就是发了财，这使马艳怀疑同学们高声祝贺的背后有一点儿廉价的安慰成分。

遥想当年，赵一明可真是鹤立鸡群一般惹人注目。班里的女同学因他动过心思的不在少数，马艳就是其中之一。马艳虽出身平民阶层，但她并不羡慕官宦人家的子弟，他们的目空一切令她不能忍受，因此，她对知识分子家庭情有独钟。赵一明的父母都是大学教授，这样的家庭出身使他具有一种可轻易察觉的高贵气质。他的超凡脱俗让人看一眼就忘不掉。上高中时，马艳已经很成熟了，不知多少次在脑海里预演过男欢女爱的美丽情景，每一次都让她感到战栗，而每一次的男主角都是赵一明。为此，她有意无意地向他频送秋波，希望同他有个单独说话的机会，比如去电影院看场电影或是到公园里坐一坐什么的。然而她失望了，赵一明根本视而不见，或许他压根儿就没有意识到，他纯洁得像一只刚出壳的小鸟，马艳不禁暗自垂泪，逐渐对他由爱而怨，由怨而怒。

后来她轻率地委身于班上的数学老师，并乐此不疲，她认为多少有种惩罚他的意思，尽管他一点儿都不曾知晓。

临毕业时，几个要好的女同学在一起议论班上的男生，大家一致声讨赵一明，说他是世界上最不懂得爱的男人，并咒他一辈子打光棍。马艳想，她们的心情其实和自己一样。她又想，是知识造就了赵一明，也是知识害了他……

岁月像疯长的青草，遮蔽了往日的无奈和悲伤。马艳和赵一明是两个并非平行运动的物体，而物体不平行的运动总有相切的那一刻。此番参加赵一明的生日聚会，再一次唤起了马艳点点滴滴的情愫。命运又给了她一个机会，也许同时还给了赵一明一个机会。

机会其实是无处不在的。

别人的老练、世故与马艳的真纯、羞赧形成了强烈的反差，而马艳所流露的一切正适合赵一明此时的心境，他们的眼睛对视时，赵一明的目光就显出散乱的游移，马艳都看在了眼里，她的自信心因此大增。

当得知马艳是一名公共汽车售票员时，赵一明说，太好了，你才是受人尊敬的人，真正的劳动人员。他接着挥手指了指其他人，他们都是养尊处优的不劳而获者，我也是。马艳真诚地笑笑说，不过，我现在不是了，在一家公司打打杂，累不着也闲不着，但公司的效益并不好。赵一明说，是吗？我们情况差不多嘛，我想，总有好起来的那一天。

说完，他爽朗地笑起来，像一个少不更事的孩子，马艳感到温暖和惬意。告别赵一明时，她要了一张他的名片。她对他说，我没有，女人是不好有名片的，以后我主动与你联系好吗？

赵一明此番走进马艳的生活，是马艳所始料不及的。但她暂时还不想离开迷你咖啡馆回车队上班或重新寻找一个体面的工作。她在这儿的事业刚刚开始，正是方兴未艾的时候，洗手不干有点儿可惜，因为当初她下那种决心也不是轻易就下的，她想等一等再说。

马艳的目的当然是希望多挣些钱，为日后的生活打好基础。钱毕竟是不错的东西。尽管有些人嘴上老诅咒它，其实心里喜欢得不行呢。马艳感到金钱能使她变得充实，这是最要紧的，有了钱，再有了赵一明，她这辈子就不会留下什么遗憾了，可以说是最完美的人生。然而，她又并非把钱看得要紧得不行，至少在挣钱的欲望上，她远远没有刘洁强烈，刘洁不论什么客人，不管多大年纪，不管相貌如何，也不问做爱的地点是否龌龊，只要给钱她都奉陪。刘洁一边大把大把挣钱，一边还要嘲笑客人的身体或性缺陷，作为休闲时的重要话题。刘洁挣钱越多，对男人的仇恨似乎也越强烈，有一次她竟公然宣称，哪天她急了，就故意染上艾滋病，再把这种恶病传染给狗舅子们，让所有和她干过事的人都他妈的完蛋。刘洁的豪言壮语惊骇得马艳直眨巴眼睛。

在刘洁面前，马艳觉得自己要比她高尚一些。马艳对客人是有选择的，太老太丑她都不干，总是找个借口友好地谢绝。她觉得挣钱固然重要，除此之外，还得有点儿乐趣和享受，好比是一家工厂，如果说挣钱是主产品的话，那么乐趣和享受便是副产品，她不能为了主产品而忽略了副产品，一手硬一手软不好，双管齐下才是最圆满的。反正马艳是这样认为的。

和赵一明接上关系后，马艳对目标的选择变得更加严格，甚至有点儿苛刻，为此她常常一连几天不能开张。但她的运气总是不错，她一般都能在休战几天后顺利地钓到一条大鱼，收入同样可观。连刘洁都感到奇怪，刘洁说，真他妈的怪事，我忙活几天，不如你一个钟头，懒人有懒福，没办法。马艳认为这是赵一明给她带来的运气。更重要的是，由于赵一明的出现，使她过去在操作过程中不能忍受的细节，现在则做得轻松自如，愉悦无比，因为她不由自主不可避免地把对方想象成了亲爱的赵一明。这个新鲜的发现同时又使她减轻了不少自责，让她有足够的勇气和兴趣迎接下一场挑战。

每当闲下来时，坐在咖啡馆肮脏的椅子上，望着室外旋转、跳跃的阳光，马艳就会想到赵一明。赵一明的音容笑貌是那么迷人，而又把握不定。

马艳和赵一明的约会并不频繁，马艳有意控制在半月见一次面的程度。他们的约会是健康向上的，没有一点儿肉欲的成分。每次马艳都穿着朴素的服装，把自己打扮成深闺小姐的模样去见赵一明。他们在一起平等而意趣风发地交谈，谈过去和未来，或者略显气愤地发发牢骚。有时也到宁静的地方散散步，到电影院看一场并不吸引人的电影什么的。总之，一切都在马艳的预料之中。

赵一明在单位越来越不顺心，他过于认真，甚至迂腐，与这个时代似乎格格不入，因此同领导的关系很难搞好，加之他所在的公司濒临破产，他的境遇和困难可想而知。但他毕竟是个儒雅超拔的男人，有着足够的涵养应付生活，所以他在别人面前很少流露自己失意落魄的内心世界。马艳总感到赵一明生错了时代，如果他晚出生半个或一个世纪，他也许会大放光彩。马艳打心眼儿里同情他，想为他做点儿什么，却又不知做什么好。

为了联系方便，马艳把自己传呼机的号码告诉了赵一明。事实上赵一明一直遵守前约，一次也没呼她，每次都是她主动打电话联系约会的时间和地点。某个星期天的中午，他们在一家快餐店就餐后，赵一明邀请她到他家里坐坐，她痛快地答应了。怀着对爱情的渴望，她像一只柔顺的小猫那样随他走进他的房间。他的父母到外地讲学去了，面前的世界是他们两个人的世界，他们完全可以随心所欲。

赵一明给马艳倒上一杯茶，然后坐在她对面的一个伸手可及的地方。午后的阳光汹涌地照射过来，马艳看到赵一明的侧影在舞动的光线里若明若暗，宛如上苍神秘的召唤，她的眼睛不禁有点儿发虚，身子像风中的花朵一样摇摇欲坠。他们沉默了很长的一段时间，好像突然都丧失了说话的功能。对于两个心照不宣的人来说，这样的时刻也许是最宝贵的，接下来要发生的事情已经是不言而喻了，一切都美好得不可思议……马艳用处女般的胸怀和表情等待着即将来临的重大时刻……

然而，什么都没有发生，赵一明说起了工作上的事，而且说起来没完。他说他已经厌倦了这里的生活，他打算在适当的时候到南方去试试，他的一个大学同学在广州办了一家公司，生意很红火，那位同学已经打过两次电话，邀请他加盟……马艳这时候实在不喜欢听他念叨这些事情，她需要他的行动，他的强有力的行动。不得已，马艳只好有点儿不礼貌地打断他的思路，插话说，一明，当年在学校时咱们接触太少了。赵一明说，是吗？我这人就是这个样子，不大喜欢与人交往。噢，我最近正考虑是否去广州，请你帮助参谋一下。马艳说，我觉得你最好再等等，广州那边不一定就适合你。一明，当年在学校都怪我，我应该主动同你来往，我们不是没有机会。赵一明疑惑不解地说，怎么能怪你呢？确实是我不大合群。马艳你帮我分析一下去广州可不可以，我个人倾向去。马艳说，你最好别去。我相信缘分，这不，缘分最终把我们领到一起来了，一明，你还像过去那样让人着迷。赵一明怔了怔，是吗？谢谢你的夸奖，马艳。真的，你帮我出出主意，去，还是不去？

……

他们一生中也许是最好的机会就这样错过了。马艳有些语塞，感到无措，委屈的泪水差一点儿涌满眼眶。她快要垮掉了，如果不是她极力克制自己，她当时一定是奋力地扑进了他的怀抱。但一个声音提醒她，赵一明原本就是一个透明的人，你怎么好这样？如此一来，他会怎样看待你？罢了罢了，日子长着呢……

马艳为自己唐突的想法感到无比的羞愧。告辞出来，走在夏日热闹的马路上，她的脑子清醒了许多。她庆幸自己没有干傻事，能够在最困难的关口战胜自我，她感到骄傲。她觉得这是自己成熟的表现。

世上的男人里，也许只有赵一明能够使我真正变得纯洁。马艳淡淡地想。

经过一个繁华的十字路口时，马艳看到路边的建筑物上挂着一条巨大的横幅，原来是民政部门的人在张罗着给残疾人捐款。捐款的人并不多，场面显得冷清。马艳摸了摸随身的挎包，跟一位手执五元钱的老头走过去，大大方方往红纸箱里塞了五百元钱。那是昨晚她从一个干部模样的客人身上挣来的。正待转身离开，手持话筒的漂亮女记者迎上来，非要马艳讲几句话。

当晚的电视新闻里，马艳有些不好意思地对广大的电视观众说，我觉得应该这样，我只是一个普普通通的人。

马艳再次见到赵一明，已是夏末秋初时节。傍晚，他们在一家小饭馆里用餐，赵一明突然想起电视上播过的马艳给残疾人捐款的事，就说，你好善良，工资那么低，却一下子捐了那么多钱。马艳警觉地抬起头，小心翼翼地说，就是再穷也不在乎那几百块钱，要是你碰上，你也会那样做的。吃罢结账时，马艳非常想由她付钱，和赵一明相比，她早已是个大富豪了。但她转而又想，男人需要面子，最好别和他争，反正自己存在银行里的几万块钱早晚都是他的。

华灯初上，城市的夜晚令人心旌摇动。他们沿着光滑的水泥路面缓缓行走，彼此挨得很近。也许是喝了点儿酒的缘故，赵一明的眸子晶莹闪烁，呼吸像穿巷而过的热风。刚才走出小饭馆时，经验丰富的马艳就已感觉到，欲望正一点儿一点儿在赵一明的心胸间滋长，他已无法遏止地滑向某个她久久渴望的深渊。果然，没走多远，他就微微颤抖着握住了她的手。他说，艳，我觉得我离不开你……马艳什么也不说，只是紧紧地依偎着他温暖的臂。

后来他们像醉鬼似的摇摇摆摆踏上一片远离道路的草坪，恍惚间马艳看到附近有好几对青年男女倒卧在茵茵草坪上，重复着那个古老的故事。他们席地而坐，赵一明迟疑着把她揽在怀里，她感到口干舌燥，激情像血液一样在体内急遽冲撞。她久已渴盼的时刻终于来临了，亲爱的赵一明慌乱中把热切的唇贴在了她同样热切的脸上。这时她发现，可怜的男人肯定是有生以来第一次接触异性，因为他拥吻的姿势笨拙极了，简直是学前班的水平，马艳不禁为他感到委屈和难过。她不动声色地引导他，就算给他补补课吧……然而，马艳很快发现了自己的错误，如果是一个纯洁的良家妇女，怎么好轻易示爱于人？在这个时刻，她自觉地、理智地把自己当成了视贞洁如性命的小家碧玉，一种莫名的恐惧感随之袭来。于是，她用力推开他，说不，求你啦，别这样别这样，一明你冷静点儿……

马艳并没有意识到，她实在是从一个误区走入了另一个误区。

赵一明不愧是赵一明，他很快清醒过来，像做了天大的坏事似的，嗫嚅道，艳，对不起，我太激动了。马艳喘着粗气说，一明，再给我点儿时间，让我想想好吗？

半小时后，他们来到公共汽车站牌下。一辆驶往赵一明家方向的7路电车过来了，马艳催他先走，她说她坐4路车，一会儿就该来了。目送那辆长长的电车被夜色吞噬后，马艳不想急着回家，赵一明方才把她撩拨得浑身难受，激情未消，她无法安静下来。

马艳漫无目标地款款前行，回味着发生的一切。她仍然觉得她是一个胜利者，不仅战胜了自己，而且战胜了赵一明。后来眼前豁然明亮，抬头看时，她发现自己来到了本市最豪华的金马大酒店前，广场上湿润的地面折射着橘红色的霓虹灯光，令她有点儿眩晕。她注意到身边三三两两站着不少年轻姑娘，她们全都袒胸露臂，香气四溢，同她们相比，她这种打扮简直就像旧时代的妇人。然而，一个精壮的男人却冲出她们的包围圈，径直朝她走来。

马艳几乎没有思索便跟随那人进了金马大酒店的一个套间，而且她很快就进入了高潮。

腰间的汉字呼机不合时宜地叫起来。这时马艳在迷你咖啡馆的火车座里正忙着跟一个香港客人讨价还价。她腾出手，低头拨弄一下，见是赵一明呼她，说有急事，让她去一趟。这是赵一明第一次呼她，也是最后一次呼她，只是她没有意识到罢了。

马艳毫不犹豫地撇下香港客人，简单改换了一下装束，抬腿迈进秋天夜晚微凉的风中，然后打车用最快的速度赶到赵家。推开门，就闻到一股刺鼻的酒味。赵一明半倒在床上，显然他喝醉了。

赵一明已决定去广州发展。他用落魄的方式同这个城市做最后的告别，酒精的作用力使这个优秀的男人失去了抵御诱惑的屏障。见到马艳后，他不由分说，跳将过来，死死抱住她，手忙脚乱亲她咬她撕她抓她。马艳吓坏了，宛若走进坟墓一般，浑身发抖，手脚冰凉。

天哪，这哪里是那个温文尔雅的赵一明？巨大的陌生感和恐惧感几乎彻底将马艳摧垮，她的脑子全乱了。最终她表现出凛然不容侵犯的姿态，奋力挣脱出来，仓皇逃到大街上。回头看，赵一明房间的灯仍在亮着。她一度想折回去一切都听任他。然而，她终究否定了自己。

最后的机会就这样失掉了。在后来的岁月里马艳肯定后悔过，但她无能为力。

那天晚上，马艳像个游魂一样在外面转了很久，她的脑子一片空白。如果不是刘洁把她传呼回迷你咖啡馆，她也许要游逛到天亮。

刘洁在门口等她。刘洁说，你可回来了，那个香港人一直等你，撵都撵不走，你要好好宰他一把。你有福气，那钱我想挣都挣不了。马艳冷冷地说，是吗？

马艳铁青着脸回到火车座，那个香港人迫不及待地动手，她突然感到一阵恶心。谁也不知道她是怎么想的，迷你咖啡馆里所有的人都听到她说，滚，你这头猪！她的声音犹如母狮的怒吼。这个女人像是疯了。

马艳在所有人惊愕的注视下走了出去。她依稀觉得脸上凉凉的，是泪水。夜色一点儿一点儿吞没了她。

自那晚起，马艳没再见到赵一明。

不久，她又回到 5 路公共汽车上，继续干售票员。一年后，她结了婚，丈夫是个大学生，在一家电脑公司工作。他们是在 5 路车上认识的。婚后他们生活得很幸福。她的公婆都是高级工程师，正儿八经的知识分子。

这年底，马艳还被评为车队里的先进工作者。

又过去了一年，马艳已是身怀六甲的妇人。她相信肚子里的孩子一定漂亮、聪明。某个周末的傍晚，马艳同丈夫一起坐在沙发上看电视新闻联播。那晚的新闻里有这样一条消息：广州大力开展扫黄活动，抓获妓女若干名，嫖客若干名。马艳看着看着眼神就愣了，尽管镜头一扫而过，她还是看清了一张熟悉的面孔。赵一明在所有嫖客中是最显眼的一个。

丈夫急问，艳，你怎么啦？

没什么。马艳沉默了许久之后才说，没什么，我只是有点儿头晕。

（1996 年）

动物世界

一

　　在我们这个繁华滚滚的都市里，是没有多少动物的。当然你如果把人类也算作动物，那可就取之不尽用之不竭了。这里除了人类这种高级动物，剩下的无非是一些阿猫阿狗、鸽子小鸟、耗子毛毛虫之类的小玩意儿。耗子毛毛虫令人讨厌，不值一提。鸽子小鸟都关在笼子里，喜欢它们的基本上是那些上了岁数的人，这便使它们不由自主地变得老气横秋，活力顿失，你完全可以视而不见。阿猫阿狗是外国的比中国的好，因此，在前几年的宠物市场上，那些外国种都是抢手货，很有一些人靠它们发了大财，黄龙先生就是其中之一。黄龙先生是我们这个城市里最早和阿猫阿狗打交道的人，所以他出人意料地发了财，成了我们这里的名流。

　　但说到底，无论是外国种还是中国种，它们终究是阿猫阿狗，是低级动物，它们是无法跟人比的。虽然它们大都住在富人家里，像富人一样仕得好吃得好玩得好，像绅士一样优雅闲适、温情脉脉，比穷人生活幸福，但它们脱不了还是阿猫阿狗。这没有办法。

　　可现在，公安部门早就颁布了禁止养狗的律令，在三环路以内，你已经很难再见到狗了，狗们有的被转移到了外地，有的被忍痛宰掉，成了喜食狗肉者的盘中美味。据说那些被宰杀的狗大都是中国种，它们长相虽不及外国同行们漂亮，但味道鲜美，而那些洋狗的肉却臭烘烘的，实在不中吃，就像某些靓得晃眼的女人，看着来劲，真要居家过日子，她们就比那些风风火火手脚麻溜的传统女性差远了。猫比狗有福气，警方眼下尚未出台禁止养猫的法规。历史告诉我们，从古到今，猫一直比狗有福气。猫会捉老鼠只是其中一个小小的原因，狗还会看家呢，猫比狗有福气的主要原因可能是猫肉一直未能成为人类的食物，猫的皮毛也没多少价值。可见那些皮肉能供人类享用的动物都有着潜在的不幸。

我在认识黄龙先生之后，多次听他谈起他的"动物经"。他常常有许多新发现新感悟，给我以启迪和智慧。我甚至觉得，尽管我们这里很多有钱人不怎么讨人喜欢，但黄龙先生是个例外。他直率、豁达，不乏幽默，当然有时他爱认死理，过于执拗，可这并不妨碍他的可爱。

问题是，在执法部门的干预下，前两年的宠物热早已降温。狗是不能养了，喜欢养猫的人也莫名其妙地越来越少了。我住的这幢楼原先几乎家家都养猫，养着各式各样的奇形怪状的猫，每到春天，猫们叫起春来，整座楼都跟着摇晃，连人类都陪着眼睛发绿，情意缠绵，总觉得需要做点儿什么，排遣一下心头淤积的炽热。可转眼之间，猫们差不多全销声匿迹了，偶尔在天气好的时候看到谁家的阳台上有一只毛色并不鲜亮的猫在懒洋洋地晒太阳，显得孤单而背时。本来嘛，喜新厌旧的习性是人类与生俱来的，除了权力和金钱，你很难指望人们长期喜欢某一件东西。总而言之，在我们这座城市里，人口的确是越来越多了，动物的确是越来越少了。明摆着，黄龙先生的生意无法做下去了。

二

后来回忆，我认识黄龙先生纯属偶然。那时我在一家没多少名气的小报当记者，纯粹为了混口饭吃。朋友介绍我结识了我们这个城市最大的大款方达先生，方达先生做家具生意，他有一座占地达数百亩的家具城，他的家具在江北一带很有市场，他的个人资产据说有几千万。都说财大气粗，这话真是对极了，方达先生是个很难接触的人，一般人根本不可能见到他，一般人要想和他套近乎，最好的办法就是找漂亮女人引见。我就是用这种办法和他挂上钩的，我的目的很简单，无非是希望方达先生从手指头缝里漏点儿银子，我则为他写一篇歌功颂德的文章在我们的小报上发表。你想我这么做实在是没办法，而且帮我牵线的 B 小姐过去曾和我有过一腿。B 小姐在离开我投向方达先生的怀抱后，曾用悲壮的语气对我说："我觉得老花你的钱心疼，才决定和你分手的。"鬼知道到底是她心疼还是我心疼。你想，一个痛痛快快把我甩掉的女人再来为我做事，尽管是一件我求之不得的事情，我的心情难免仍然是复杂的，宛若打翻了的五味瓶。

　　方达先生蒙恩见我，说明他很给 B 小姐面子。他在四星级的金鼎大酒店三楼餐厅和我见面，我们边吃边谈，就算我对他进行了采访。吃到一半时，有一个粗壮的戴一副金边眼镜的人朝我们走来，他的年龄和我不相上下，一看派头就知此人也是个大款。这个人就是著名的黄龙先生。黄龙先生不请自来，大大咧咧和方达先生开粗俗的玩笑，看样子他们很熟悉。他们的话题全是围绕着金钱和女人，这也是我们这个时代眼下最重要的两个话题。开始我插不上话，只能做一个老实的听众。轻柔的古典音乐在我耳朵眼里进进出出，使我获得了暂时的宁静。我注意到金鼎大酒店的餐厅装点得金碧辉煌，优质大理石地面能清晰地照出人影，于是，我来了精神，趁他们讲累了换气时，给两位大款讲个笑话。这个笑话自然与大款有关，说是有个老板，买了双锃光瓦亮的世界名牌皮鞋，穿上它去酒店吃饭，服务员小姐穿着裙子，站在他身边为他服务。老板不经意间低头时，看到自己的鞋面上异常清楚地映现出了小姐裤衩的颜色，老板就笑着说：小姐，如果我没猜错的话，你今天穿的红裤头。小姐十分惊讶，心想我的裙子又长又厚，老板居然辨清了里面的内裤颜色，神了。第二次，这位老板采用同样的办法提醒小姐，她今天换上了白色的裤头，小姐更加惊讶。第三次，小姐决定索性里面什么也不穿，她要核实一下老板的眼力是否真的神奇。于是她主动嗲嗲地说：大老板，您再猜猜我今天穿了什么颜色的内裤。老板故弄玄虚地笑笑，装着没事的样子，把一只脚迁回到最佳位置，低头瞄了一眼——谁知他当即失声叫道：哎哎，我的鞋怎么裂了?! 他感到难以置信，又跺跺脚说：刚才还好好的，怎么说裂就裂了！

　　这个故事把两位大款逗得哈哈大笑。后来这个故事在我们这个城市传诵了好长时间，据说大款们到一起就互相开玩笑，说你的鞋怎么裂了。也许就因为我讲了这个故事，黄龙先生才注意到了我，并愿意与我保持交往，所以我才逐渐了解了他的过去和将来。那天分手时，黄龙先生对我评价道："你像一只灵猫，蛮可爱的。"

三

黄龙先生在倒腾阿猫阿狗之前，在一个清水衙门里做事，过得不太顺心。他说挣钱少不是主要的，主要的是他不愿看领导的脸色，而且和周围喜欢拍马屁的同事也搞不好关系，觉得憋气。没事的时候，他喜欢到动物园闲转，和动物们交流一下思想感情。但他并不据此认为自己多么热爱大自然，是个理想主义者，非要和动物们亲近不可。偌大的动物园里，饲养着数不清的动物品种，他转来转去，觉得自己最喜欢的动物就是狼了。他发现，无论老虎、狮子，还是其他原本凶猛的动物，除了狼一刻也不停顿地踏踏踏踏踱来踱去外，其他的大都眯着眼睛打盹，一副彻底疲软了的模样。他就想，如果打开铁门把它们全放出去，老虎也好，狮子也好，它们很有可能在外面溜达一圈再自动回到笼子里来，唯有狼是个例外。狼会以迅雷不及掩耳之势到达它应该去的地方。思来想去，他就决定自己要做一只人群里的"狼"，离开那个半死不活的衙门，去闯荡一番。他说到做到，而且他确实成功了，我想这应该归功于动物对他的启迪。

在我们这个城市里的动物越来越少之后，黄龙先生基本上处于半失业状态。阿狗生意不能做了，阿猫生意也没什么做头了，黄龙先生有点儿失落感是很正常的。他试着炒股，屡屡被套，赔了一笔；他想做点儿房地产，偏偏这两年房地产生意萧条得很；他倒卖了几回汽车，也没赚到什么钱。他就觉得其他的生意自己可能都干不来，也就是说，他的事业只与动物有关。好在他有不少积蓄，那些外国种的阿猫阿狗为他带来的利润够他花销一辈子的，因此，他认为做个寓公也不错，过一天算一天吧。闲下来后，他最愿去的地方仍是动物园。他一遍遍地围着铁笼子转，不厌其烦。但他很快发现，自己不知怎么有点儿不喜欢狼了。他把他的发现讲给我听，我帮他分析道："当你不愿被关在笼中时，你喜欢狼；而当你甘愿被禁锢时，你还喜欢狼吗？"

他想了想，点点头，冲我一竖大拇指说："有道理。"

他后来又对我说："我确实不知道现在喜欢什么好了。"

但他仍断不了去动物园。终于有一天，他发现了一个很大的问题：这里几乎什么动物都有，独独缺一样——狐狸。他不明白自己为什么以前没发现这个问题，而且他偏偏又认为这是一个很大的问题！

于是，问题就出现了。

四

黄龙先生的老家在华北一望无际的大平原上，他从小在那里长大。我的老家也在平原地带，所以黄龙先生对大平原的印象与我如出一辙。具有平原生活经历的人都知道，那种地方的野生动物少得可怜。在他原始的记忆中，只有两类动物最具神秘色彩：黄鼠狼和狐狸。而尤以狐狸为甚。老年人讲述的故事中，狐狸大都以狐狸精的面目出现。所有的精怪故事中，狐狸精的形象最妖冶、美丽、恐怖和刺激。村子里没安电灯的年代，常常有数只鸡在某个深夜里失踪，鸡窝门口散落着许多零乱的鸡毛，大人们一致认定是狐狸干的，只有狐狸有能力一次弄走好几只鸡，黄鼠狼每次只能叼走一只。至于狐狸精变成妖艳的女人引诱好色之徒上钩，甚或索去人的性命，更是老生常谈，百谈不厌。在他童蒙未开的童、少年时代，那些有关狐狸和狐仙的传说曾经在许多个夜晚让他激动和恐惧，伴着他成长，一直到现在。

黄龙先生在长大成人后常常想起他的父亲。他父亲是个木匠，有一膀子力气，能够将打麦场上的石碌碡举过头顶，而且在村里是个有名的傻大胆。有一年，他家的几只正在生蛋的母鸡突然集体失踪，他父亲迁怒于著名的偷鸡手狐狸，提着一杆鸟铳一连守候了好几个夜晚，还真让他碰上了一只，而且一枪就把它撂倒了。他父亲枪毙了一只老狐狸的故事被传得沸沸扬扬，因为人们普遍认为这是犯了大忌。他母亲为此忧心忡忡了好几个年头，直到有一天他家的三间土坯房突然不明不白地坍塌了一间（所幸没砸着人），他母亲这才舒了一口长气，因为——灾难终于过去了。

可现在，偌大的动物园里，连非洲大草原上的犀牛、产于南美洲热带地区的大食蚁兽都不缺，偏偏没有人们家喻户晓的著名动物狐狸！黄龙先生感到不可理解。他去问公园管理人员，人家反问他："你喜欢狐狸？"他摇摇头。他吃不准自己是否喜欢那种带有强烈狐臭极其狡猾的玩意儿，他相信，狐狸在善良人的心目中，是名声最不好的一种动物，它对人类唯一的贡献，就是给我们提供了许多可资玩味的传说。这些传说就像罂粟花一样，可以作为人间生活的一面镜子。

动物园没有狐狸，黄龙先生颇为失望，很长一段时间没再光顾动物园。就这个细节来说，黄龙先生有点儿钻牛角尖的味道了。你可以认为他犯了有钱人吃饱了饭没事干的毛病，是撑出来的毛病，闲扯淡。不过，我却有点儿喜欢他这种执拗劲。当别的有钱人都在拼命谈论金钱和女人，拼命享乐的时候，黄龙先生却甘愿沉湎于神话传说所营造的艺术情境之中，我想这有益于他的身心健康。

但最终的结果却又事与愿违。这是我没有想到的。

五

冬天，下了一场雪，城市披上了妖娆的盛装。雪即将融尽时，黄龙先生突然给我打电话，说是请我共进晚餐。我如约赶到一家名叫蓝蜻蜓的酒吧，黄龙先生已在等我。见面后，他又向我大谈他的"动物经"。他说在他的眼里，全城的人都变成了动物，形形色色的动物；或者说，全城的人都可以被动物取代，人不过是动物们的化身而已。他进一步举例说：市长可以让一只老虎来当。市委书记的办公桌前完全可以坐上一头威严的狮子。公安局长的位置不妨让给一只金钱豹。公共汽车可以让猴子驾驶。可以让长颈鹿站在十字路口指挥交通。百灵鸟或鹦鹉可以到电台、电视台当播音员。酒店里的服务小姐可以被羚羊或梅花鹿取代。可以派豪猪参加正在进行的足球甲 A 联赛。照此类推，老百姓是老黄牛，小偷是土拨鼠，骗子是黄鼠狼，幼儿园里的孩子是小松鼠，杀人犯是来自北方的狼，腐败分子是大白鲨，你们当记者的就是穿山甲，她们当妓女的自然是野鸡。他自问自答说："城市是什么？城市是大森林，中间有沼泽地，你看，那一片片高楼大厦，和树林子差不多嘛，小汽车和甲壳虫一个熊样。"又说："林子大了，什么样的鸟都有哇！"我想起方达先生，就问他此人像什么。他脱口道："他呀，比狼还凶恶，比狐狸还狡猾。和这种人打交道，可要当心点儿……"

我们聊得差不多时，他抬腕看看表说："我今天还约了个女朋友，她有点儿事，晚来一会儿，不过现在也该来了。"

他正左顾右盼时，一个衣着华贵、姿态翩跹的女性朝我们走来。她就是C女士。对于这种浓妆艳抹的女人，你很难看出她的实际年龄，我估计C女士二十八九岁的样子。外面天气冷，C女士穿了件毛茸茸的紫色貂皮大衣，下身却穿着毛呢短裙，贴肉的是一件乳白色的羊绒裤，尖细的黑色高跟鞋像某种迅猛动物的爪蹄。这使她浑身上下看上去不太协调。璀璨的灯光下，C女士通身闪烁着刺目的色彩。她落座后，我发现黄龙先生的脸色不大好看，他显出一副忧心忡忡的样子，望着C女士在镜面一样透亮的地板上的投影，责怪道："我不是说过嘛，我不喜欢你穿这件大衣，你瞧瞧你像什么？"我愣着，插不上话，闷头抽烟。C女士噘起小嘴，赌气不吭声，五官几乎聚到了一起。黄龙先生叹口气说："不是我笑话你，你这样子——活活像一只——狐狸！"

尽管黄龙先生不喜欢C女士的装束，但那天晚上他还是把她带到了自己的居所。后来黄龙先生告诉我，那天夜里他做了个梦，梦见一个妖艳的女人把他领到一个山洞里，他们做爱之后，那女人就露出了狐狸本色，用尖利的爪子扒开他的胸膛，掏出他活蹦乱跳的心脏"咔咔"嚼起来。他就吓醒了，醒来后的第一个动作就是伸手去摸C女士的下身，看那里是否长有毛茸茸的尾巴。结果又把C女士吓醒了。C女士弄清缘由后，大骂他是神经病。

从那天起，他果断中止了和C女士的关系。后来我合计，也就从那时起，他的脑子出了毛病。

六

不久，黄龙先生又结识了D小姐。认识D小姐是黄龙先生命运中的一个大转折。我怀疑在这之前，他一直没找到真正的爱情。回忆和他几次交往的过程，我发现他是一个人过。他好像结过一次婚，但又离了，那是他倒腾阿猫阿狗之前的事了。他在两性关系上不是特别的混乱，轻易不更换性伙伴。我猜测他基本上处于饱汉子和饿汉子之间的一种临界状态。

这下好了，他结识了 D 小姐。他朗声笑着给我打电话，说他以前没怎么付出爱，这回他打算把全部的爱都献给 D 小姐。D 小姐是艺术学院音乐系的学生，主攻民歌。说实在的，她的歌唱得真不怎么样，她不如去学表演，说不定她能成为走红的影视明星。但她就是迷恋唱歌，痴心不改，别人也就不好再说什么了。她想拍 MTV，黄龙先生二话没说就掏了二十万元赞助。他们认识不到半年的时间，黄龙先生账户上的积蓄就被她花掉了一半。

我见过 D 小姐一次。我从心眼儿里承认，她是我有生以来见过的最漂亮的女孩子，看上去她无比清纯，无比靓丽，仿佛出水的芙蓉、戏水的荷花。瞧黄龙先生傻呵呵的笑模样，就知道他把整个的心都交给了 D 小姐。有一次我打趣道："老兄可要当心啊，她别是个狐狸精。"

黄龙先生哈哈笑着说："不管她是什么精怪，我都认了，即便她掏出我的心来吃，我也心甘情愿。"

在黄龙先生出事之后，我揣摸他和 D 小姐的关系时，对于一个男人不遗余力地去爱一个女人是否值得这样一个问题，我真有点儿糊涂了。事实上在我们这个城市的名流圈子里，大家对黄龙先生的所作所为是感到可笑的，都说："也不睁眼瞧瞧，都到了什么年代啦，你还追求真正的爱情，累不累啊？亏不亏啊？不出乱子才叫怪呢！"

黄龙先生后来的结局告诉我：爱是一个枉费心机的企图。

七

这一年春天，我们这个城市一连下了两天"黄雨"，也就是天上落黄土。报纸上说是环境恶化造成的，因为我们大地上的树林子越来越少了，就像我们土地上的动物越来越少了一样。"黄雨"过后，整个城市灰头土脸的，仿佛刚刚被发掘出来的一座古城堡。

大家的心情都不怎么样。黄龙先生的心情更糟糕，因为 D 小姐再也不登他的门了。他开着自己的那辆白色桑塔纳，走遍了全城的娱乐场所，疯狂地寻找，终是一无所获。于是，他开始酗酒，几乎和所有的朋友断绝了来往。有一天我主动给他打电话，询问他的近况，他口齿不清地说："我是一头大黑熊，看不清路了……我要弄一支猎枪，干掉那只骚狐狸……"

他说到做到，真的搞来了一支双筒猎枪。那支枪一直放在他的车里，一次都没使用过。出事那天，时间是傍晚，他在金鼎大酒店门前的广场上泊车时，突然看到一个熟悉的身影钻进一辆红色的宝马车。他认识那辆车，那辆车的车主是方达先生。宝马车随即启动，驶向华灯初上的大街。下面的过程就是我的臆想了——此刻在他醉意朦胧的眼里，方达先生和 D 小姐乘坐的那辆红色的宝马车，渐渐幻化成一只巨大的火红的狐狸。红狐狸跳跃着在树林间穿行，牢牢牵定了他的视线。此时的他已经不可能再有别的选择，他像一个勇敢的猎手，或者像一头凶猛的非洲雄狮，吼叫着追上去——

这个故事最后的结局是，前几年宠物市场上大名鼎鼎的黄龙先生发疯一般，开车横冲直撞，一连撞坏了七辆小车，最终他顶在一辆大卡车的屁股上，当场毙命；而他所要追踪的目标却安然无恙，人不知鬼不觉，成功地逃离了险境，仿佛一条鱼儿游进了大海。

八

时间过去很久，我作为黄龙先生的朋友，渐渐地忘记了他的音容笑貌，却总忘不了他的那一套"动物经"。没事的时候，我在大街上闲逛，与数不清的人擦肩而过，这时的我不由自主地就把各色人等幻化成各色动物。我观察着他们，同时也观察着自己。我对黄龙先生的评价是：他像一头高寒地带的牦牛，肉可食，毛可制衣、帐篷和绳索，绒可制毡。

（1998 年）

杀死一只猫

　　我们结婚仅仅半年，李朔就弄来了这个家伙。这家伙像个不速之客，突然闯进了我们的生活，使我简直有点儿措手不及。我知道这一天早晚会来，但没想到这么快。我心烦意乱地对李朔说："你厌倦我了不是？把它弄来，到底是陪我还是陪你？……"李朔却不以为然，仰脖吐出一个烟圈，轻描淡写地说："不就一只猫嘛，你发什么神经。"

　　说完，他往意大利真皮沙发上一靠，把双脚搁在面前的红木茶几上，冲我挤出一个意味深长、暧昧有加的讪笑。我已经猜到了他在想什么。

　　说起来这是一只十分高贵而漂亮的波斯猫，毛发柔软，几近剔透；眼神明亮，脉脉含情；模样俊秀，韵味悠长；四爪玲珑，犹如花蕾。刚才李朔进门时，没像往常那样掏钥匙开启保险锁，而是抬脚踢门框，我拉开门，就见他怀里抱着一只骨灰盒大小的纸箱。我满以为他又给我带回了什么好礼物，谁知纸盒打开后，偏偏是它蹦了出来，而且它一点儿都没有刚到达一个新地方的陌生感，迈着优雅的碎步在大理石地面上转了一圈，便跳上沙发紧挨男主人眯起了眼睛，仿佛它一跃而成了这个家的真正主人。

　　"怕你一个人在家闲得慌，让它来陪陪你。"这是李朔进门后说的第一句话。他又说："小梅呀，你猜猜，它值多少票子？"我不想回答，就哼了一声。他根本不介意，顾自说："妈的，值一万块！你根本想不到吧？"

　　接下来，我便说了上面的话。

　　也许他想调和一下气氛，于是摆出一副不屑与我计较的表情，无限

71

爱惜地轻轻拍拍那家伙的小脑袋，说："阿丽，来，认识一下我的女主人，她叫杜梅，你以后就叫她梅姐吧，叫梅姨也行。"

这个被他称作阿丽的畜生居然冲我露出一个妖媚的微笑，并且甜美地"啊呜"一声，吓了我一跳。但我随即发现，它的微笑是虚假的、居高临下的；它的叫声是带有醋意的，甚至是敌视的。它把我当成什么人啦？没等我回过神来，它跳上他的大腿，重又眯上眼睛，像是进入了梦乡。

我闻到了一股刺鼻的气味，显然它是一只令人生疑的母猫。从它一进门起，我就闻到了这种气味，现在这种气味严严实实地笼罩了我。

我嫁给李朔可以说是一个偶然。半年多前，我临近大学毕业，正在为继续考研还是就地谋一个职业而犹豫不决时，一件不幸的事情击中了我——我和指导老师王义伟的恋情暴露了。那天下午，王义伟的老婆突然冲进我们约会的地方，先是恶狠狠踢了男人一脚，紧接着更加恶狠狠地扇了我一耳光，然后拎起我的内裤跑出屋子，一边晃动一边喊叫，脚下生风沿着校园奔跑，最后冲进校长办公室。学校里顿时乱了套。然而让我难过的，不是我的丢人现眼，而是王义伟的怯懦。这个床上挺强悍的男人下了床，居然软得像条毛毛虫，他一句安慰我的话都没说，提上裤子压低帽檐就去找校长和自己老婆认罪服法去了。我决定马上离开这个地方，到另外一个城市去。临走前的一天晚上，我独自来到学校对面的金鼎大酒店自我饯行，疯狂地喝了不少酒，摇摇晃晃去卫生间时，冷不丁与一个男人撞了一下膀子。

这个男人就是李朔。他四十出头，不高不矮，不胖不瘦，不英俊也不丑陋。他看我时的眼神格外明亮，使我猛地哆嗦了一下。

后来才知他是一家证券公司的副总，该公司老总刚刚查出患了癌症，且已到晚期，一直觊觎总经理宝座的李朔一高兴，就约了几个铁杆朋友出来饮酒作乐。我从卫生间出来，见他仍没挪步，便口齿不清地说："怎么，你想请我喝酒吗？"

他笑了。

那天夜半时分，他把我带到本市最豪华的远东饭店一个套间里，让我开价。我想都没想，就说一万。他说没问题，天亮后跟他去取。天亮了，我们坐进他的宝马车，来到他家门口。这时，我用豪情万丈的口气说，我不会要你一分钱。他搂住我，眼角竟然湿了。

两个月后，他如愿以偿坐上了总经理的椅子。又过不久，他和老婆离了婚，我们买下这栋宅子，过上了幸福生活。渐渐地，我就发现有钱的日子也不是那么好熬，和没钱的日子相比，是另一种折磨。李朔陪我的时间很少，他总是忙，对我唯一的安慰便是不停地往家拎钱。可我要这么多钱又有什么用？终于熬到今天，他连商量都不和我商量，突然武断地弄回一只该死的母猫！

他昵称它“阿丽”，那口气就像称呼一个同他有染的女人。也许他真有一个名叫阿丽的女人，只是我不知详情罢了。满天下的男人都有拈花惹草的毛病，李朔这种毛病更是短不了，因此我时时处在惊疑和焦虑的状态中。现在，我噘起嘴来，没好气地说：“什么狗屁阿丽，你应该叫它虎妞！”

“你今天怎么啦？”他皱了皱眉头，嘴角挂着讥笑，“和一只猫过不去，你的心眼儿也太小了。”

从这以后，我不得不时常面对和它在一起的尴尬处境。李朔上班去了，家里就剩下我们俩，我装作对它视而不见，压根儿不去正眼瞧它。它却一点儿不把我的冷漠当回事，有时讨好地在我面前兜圈子，隔一会儿就发出一声温柔的鸣叫。它这叫声让我心烦，真想一脚把它踢开。可我是个有教养的女人，轻易不能发作，免得被它瞧不起。我只能做到不理它，蔑视它，摆出一副眼中无它的样子。大部分时间我用来化妆，往梳妆台前一坐就是半天，仿佛存心想和它比试比试，看谁更能讨得男主人的欢心。它偏偏是个绝顶聪明的家伙，很快就看出了我的心思，索性收起了讨好我的那一套，而且变得比我对它还要冷漠。

我坐在那里化妆，或是仰靠在沙发上百无聊赖地翻阅一些时尚书刊，它则大摇大摆、旁若无人地在客厅里踱来踱去，过一会儿就去阳台上晒晒太阳吹吹风。常常在我快要遗忘它的时候，它却又回到客厅里，仿佛在提醒我它的存在似的。

后来想想，它对我的冷漠只不过是一个前兆。没多久，它便发起了对我的进攻。进攻是从它的叫声开始的，我越来越觉得，它的叫声增添了挑衅的成分。你听，它叫道："咪——呜——啊……咪呜啊！"好像在说："你——哭——啊……你哭啊！"既含着自鸣得意，又有幸灾乐祸的凶狠。它的味道也越来越让我受不了，靠近它就好像挨近了一个烂婊子似的，熏得人睁不开眼睛。紧接着它得寸进尺，不知从啥时候开始，它也迷恋起了化妆，见我离开梳妆台，它就跳上去，摇头摆脑对着镜子打扮，搔首弄姿，而且不时地朝我呲鼻瞪眼，仿佛我是闯进这座宅子的不速之客，干扰了它的正常生活似的。有一天，它居然想使用我的口红和眉笔，我实在忍不住了，挥手把它掀到了地板上，它气哼哼地叫了两声，抬爪狠狠抓了几下地面，一跃上了阳台。

　　又有一次，我在卫生间里方便，听到电话铃响，慌慌起身出来接电话，见它已把听筒拿开，嘴巴凑上去发出甜腻腻的呢喃呻吟。不用说李朔在电话那头，我听到了他同样甜腻腻令人肉麻的声音："阿丽，丽丽，我的宝贝儿，你好吗？想我了吗？乖乖，可要听话噢……"我心里像打翻了五味瓶，气不打一处来，上前抓住话筒，猛地扣上了。我以为李朔会接着打过来，等了好一阵，却不见电话铃响。难道他心虚了？害怕了？他存心想折磨我不成？……

　　傍晚他回到家，我冷冷地说："以后你再用那种口气和那个畜生说话调情，我就搬出去住！"

　　他愣愣地看着我，鼻孔里喷出两股阴风："真是邪了，你！"

　　这天李朔深夜才回家，我从他的头发里闻出了摩尔香烟的气味。这是一种女士喜欢抽的品牌，李朔从来不抽这个牌子的烟。可他身上竟沾染了这种暧昧妖冶的气息！我同他吵闹，把一杯凉咖啡浇在了他的皮尔卡丹西装上。他气呼呼地推开我，冲出大卧室，钻进那间小卧室。我听到那个叫阿丽的畜生也跟了进去，一个劲地叫唤，像在安慰他，也许它还流了泪。我觉得它貌似心疼的叫声掩不住它的得意，这种情景不正是它希望看到的吗？

　　天亮后，李朔没吃早饭就开车走了。我睡到半上午，慵倦地起床，梳洗。肚子咕咕叫，但毫无胃口。它蹲在墙角落里，眯着眼睛，一定又在想什么歪点子。我早就发现了，每逢我不高兴，它就高兴；每逢李朔不高兴，它就同他一起不高兴。现在，我的情绪坏透了，它肯定偷偷乐呢。果然，它爬起来，高傲地、目空一切地从我身边经过，到达阳台上，欢快地左扑右跳。

十点多钟时，我下了楼，站在楼前的草坪边上发呆。这一片名叫亚泰花园的住宅区新建不久，住在这里的都是有钱的白领阶层、商人或级别不高但过得舒心的政府官员。楼与楼之间的花坛草坪专门有人负责侍候。

正愣怔着，就见一个身材健硕结实的小伙子拖着根塑料水管往我这边走。他把塑料管接到水龙头上，给小草浇水。明亮的阳光下，他裸露的肌体放射着很有力度的光彩。这小伙子我认识，以前闲得无聊时我曾经和他说过几次话。好像我还梦见他一回，醒来时浑身滚烫滚烫……

这时，他抬起头来飞快地看了我一眼，我看到他的脸腾地红了。我迎着他的目光，冲他友好地笑了笑。他的脸更红了。他红彤彤毛茸茸的脸令人心疼。我没话找话同他聊了几句，聊着聊着我的脸不觉也发起烫来。一个怪念头突然涌上来——我想请他到家里坐坐。但没等我把这层意思表达出来，就觉得气氛不对。我抬起头，四处打量，白色的楼群像一柄柄刺向长空的利剑，使我头昏眼花。后来我终于明白了，因为我的目光和一对狡黠的、怀有恶意的、闪耀着蓝火的目光撞在了一起。这一对目光来自我身后两层高的带落地窗的阳台上！那里就是我的家。于是，我的情绪全盘坏掉了。

可是等我气急败坏进到家里时，它却像一点儿事都没有似的，趴在沙发上打着小呼噜。这个可恶的东西，居然敢盯我的梢！我气咻咻地转着圈子，简直愤怒到了极点。我觉得我和它已经到了不是你死就是我活的地步，想了想，我便扑过去拎起它，进到厨房，打开海尔冰箱，使劲把它摔了进去。它呜呜地在里面叫着，绝望地扑腾，我平静下来，心想晚上李朔回来，如果他愿意，我就给他做红烧猫肉吃。

然而刚过了半个小时，李朔就鬼使神差一般回来了。他中午极少回

75

家的。他说他不放心我（鬼知道他是牵挂我还是牵挂那只该死的猫），特意回来看看，中午陪我共进午餐，下午开车出去玩，晚上一起参加一个活动，然后去打保龄球，玩一个通宵。"阿丽呢？"他故作漫不经心地问。

我以为那家伙已经冻成了冰坨，谁知这时候一声尖厉的鸣叫从厨房里传来，犹如来自地狱。我的心随即凉了，仿佛冻成冰坨的是我而不是它。李朔终于发现了异常，一个箭步冲进厨房，迟疑着打开冰箱，然后脸色铁青地拎出他的阿丽。虽然它变成了一个雪团，可它还不至于马上死掉。现在它可以为所欲为、堂而皇之地撒娇了。它软软地瘫在他怀里，眼角挂着委曲而悲怆的泪，像一个遭到陷害死里逃生的美人儿。

"你太不像话了！"他吼道，"怎么老是和一只猫过不去！太不像话了……"他气得浑身哆嗦。为了一只该死的猫，他竟敢和我反目，我的心彻底凉了。我羞愤不已地捂住苍白的脸："它是猫吗？它不是猫，它是个人！在你眼里，我连它都不如……"

铁门哐当一响，他不见了，阿丽也不见了。好啊，你就带它出去兜风吧，走得越远越好，最好别再回来……我伤心地哭着，不知哭了多久。

第二天就发生了那件事情。

第二天上午，我醒来后，懒得梳洗。定了定神，我推开李朔昨夜栖身的那间小卧室。他按时上班去了，而此时那个畜生还在酣睡——天哪，它居然睡在李朔的被窝里！我的脑袋轰的一声，几乎要炸裂。恍惚间我看到睡在他被窝里的是个妖娆的女人，而且见了我，她一点儿都不感到羞耻，照样把一夜风流后的怡情挂在脸上。我跌跌撞撞奔到床前，咬牙切齿地说："你个婊子！骚货！给我滚出去！"

她哼了哼，一动不动，根本不把我放在眼里。

我简直要疯了，掀开被角，朝她吐了一口，伸手去抓扯她的头发。但她比我还疯，只一下就把我的手抓出了血。此时她又变成了猫的面目，疯狂无比，腾地蹿起来，在我脸上留下了两道火辣辣的痕迹。我和它厮打在一起，最终我战胜了它，死死掐着它的脖子进到厨房。这次我没有开冰箱，而是把它摁在不锈钢台面上，拿过锋利的菜刀。我听到"咔嚓"一声，一朵红云便蒙住了我的眼睛。

后来，我在客厅里的地板上又见到了它。那把菜刀深深插进它的身体，它早就无声无息了，呛人的血腥气弥漫开来，黑色的血星星点点，到处都是，乍一看像是谁撒落的梅花。我颓然坐在几朵梅花上，脑子一片空白，连呼吸都仿佛停止了⋯⋯

傍晚的时候，李朔从外面打开门，他一下子愣住了。但他马上明白过来，上前抱起我，扶我在沙发上坐好。他丝毫没有责怪我的意思，这有点儿出乎我的意料。我抽泣着说："亲爱的，我把阿丽杀死了⋯⋯"

"没关系。不就一只猫嘛！"他用力挤出一个我熟悉的微笑。

"一只猫？不对，是一个人。我杀死了一个人⋯⋯我成了杀人犯⋯⋯"

"宝贝儿，你可真会开玩笑。我小时候也杀过猫，没关系的。瞧，它把你脸都抓破了，说明它该死。既然你不喜欢猫，过几天我再弄只纯种狮子狗来陪你，好不好？⋯⋯"

他往下说了些什么，我没有听清。天就要黑了，屋子里只剩最后一缕霞光。我伸出手想抓住它，到底没有抓到。

（1999 年）

老康的判决

　　老康大学毕业后来到市里这个大机关已经十多年了。老康刚来时是个科员，现在仍然是个科员。虽然行政级别一次次地长过了，工资待遇也越来越高；虽然不少人见了老康都尊称他为康科长，但老康实实在在仍是个不带长的科员。套用一句军队里的行话说：参谋不带长，放屁都不响。在机关里，不带长的老康确实是个屁都放不响的人。

　　起初老康觉得没啥。后来老康见那些和他一起进机关的人呼呼隆隆都上去了，最典型的就是刘子明，他们是同学，一块儿来局里报到的，可人家五年前就当上了副处长，不久便扶了正。没当处长的刘子明和当了处长的刘子明立马就不一样了，原先他们在一起时，无话不谈，亲密得不行，但很快就没什么可谈的了，发展到后来，老康找他汇报工作时，他打着官腔，甚至连眼皮都懒得抬一下。那些晚来的，也是不甘示弱，比如二处的小赵，三十出头的毛孩子，文化程度大专，平时不哼不哈，蔫不叽叽的，人前特会装孙子，谁能想到，年初一纸任命下来，也出人意料地干上了副处长！那天老康见他夹着个公文包慢悠悠往外走，就笑嘻嘻地说："小赵啊，忙活啥呀。"那家伙眼珠一转，哼了一声，脖子　梗就从老康身边走了过去，快得像一阵风。老康这才意识到，人家当上副处长了。

　　老康思前想后，越琢磨越不是滋味。老康吐口唾沫，冲路边的一根电线杆子说："日他娘，这叫咋回事呀……"

　　老康不由想起了自己的父亲。

　　老康的老家在几百里外的乡下。十多年前，老康大学毕业，考进这个大机关的时候，他的父亲当即就双膝触地，对着亮晃晃的天空一连磕了八个响头，激动得差一点儿闭过气去。老康迷迷瞪瞪地说："爹，你这是干啥？"

父亲抹抹眼角的浊泪，颤着声说："几百年啦，咱老康家做了几百年的平头百姓，总算盼来了一个官坯子。光绪爷坐天下时，你祖爷爷差点儿考中秀才，没中上秀才的你祖爷爷又羞又恼，一根麻绳把自己吊死在枣树上了。这下好了，你进大机关了，升官有望，我这个儿子没白养活呀……"

老康觉得父亲满脑子封建残余，好笑极了。于是，老康苦笑着说："我主要是想做学问的，可没想过要当啥官。"

父亲怒斥道："胡说，不想当官你做学问顶个屁用。老祖宗不是讲过嘛，学而有……有啥来着？"

老康说："学而优则仕。"

父亲说："对，学而优则仕，我辛辛苦苦供你学出了名堂，你要是不给我弄回个仕来，就是你对不起我，对不起祖宗。"

父亲可能觉得这些理论缺乏说服力，又带老康到现实中去实践。父亲指着村支书刚刚盖起的十间红砖大瓦房说："看到了吗，这都是做仕做来的。"父亲带老康到了县城，父亲指点着大街上横冲直撞的小轿车和光着膀子拉板车的庄稼汉，指点着路东一栋栋的楼房和路西一片片的破平房，振振有词地说："你睁开眼睛好好瞧瞧，这就是做仕与不做仕的差别。"老康突然有些反感，他反感父亲的低级庸俗，他在心里对自己说，人活一辈子，什么也比不上学问重要。

后来老康每次回老家，父亲都十二分严肃地问他："你到了什么级别？"当父亲知道老康报告给他的副股级、股级、副科级、科级全是些中听不中用的时，父亲的脸子就越来越难看了。听说父亲请人看了风水，风水先生说，老康家的阳宅尚可，但阴宅地势太低，被前面的山挡住了，后人难以风光。于是，父亲决定自己百年之后不葬在祖坟里，而是选一个依山傍水的福地，以庇荫儿子的人生仕途。父亲甚至不惜为此破了祖上的规矩。春天时，父亲即将归西，老康风尘仆仆赶回家，老康信誓旦旦地对只剩最后一口气的父亲说："爹，你放心走吧，以后每年

79

我都回来给你送纸钱。"父亲却说："老子不稀罕。你若是搞不来个仕，就别回来了……一根麻绳……枣树……呃，呃，噗。"

老康望着荒山腰上父亲孤零零的坟墓，流下了羞愧的泪水。

老康垂头丧气地回到市里的家里，买菜做饭洗衣服。近来老康每每垂头丧气地上班，丧气垂头地下班。不仅老父亲死前没给过他好脸色，渐渐地，连一向温顺的老婆吴爱萍也不待见他了，仿佛他真的成了二等公民。想当初，老康和这个女人谈恋爱时，她还是纺织厂的挡车工，一天到晚累得臭死，能嫁给老康这样的名牌大学的学生，又在大机关里工作，简直是她祖坟上冒了青烟。老康对她说："我可不是个当官的料，我只是个做学问的人。"她哈哈一笑，说："我就喜欢做学问的人，吃饱喝足了就行呗，当啥官呀，累不累呀。"结婚后，老康费了九牛二虎之力才把老婆调出车间，安排在厂里的招待所当保管。女人眼窝子就是浅，这两年，原本很知足的老婆翻脸不认人了。先是喋喋不休地埋怨老康窝囊，后来索性发展到把家务活全推给了老康。年初，局里宣布了一批任职命令，上面当然没有老康。老婆不干了，指着老康的鼻子说："故事里讲，龟兔赛跑，兔子赛不过乌龟，那是扯淡。兔子就是比乌龟跑得快，你就是跑不过兔子的乌龟！"

老康讪笑："我早说过嘛，我是个做学问的人。"

老婆冷笑："那好，你给我说说，这么多年，你做了啥学问？"

这话让老康吃了一惊。细一想，老婆并没说错，毕业十好几年了，儿子康小民都十二岁了，自己做过什么学问？每天上班下班的，除了干那些可干可不干的庸常工作，除了发那些可发可不发的无用牢骚，就是过那些鸡毛蒜皮的无聊日子。老康颓丧地摸一把头顶已经变得稀疏的毛发，彻底感到了问题的严重性。

经过一番脱胎换骨似的忏悔、自责、权衡和思量，老康决定向机关里大多数同志学习，他要不待扬鞭自奋蹄，霜叶红于二月花，争取迎头赶上，好好地逮一个仕装进口袋里，以告慰老父亲的在天之灵，以安慰妻儿的人之常情，以证明自己的人生价值。

老康在夏季的一个刮着大风的傍晚，忐忑不安而又壮士断臂般地向

80

妻儿袒露了自己的心境。老康把腰间的围裙扯下来，狠狠地甩在灶台上，然后命令老婆和儿子坐好。老康一脸的庄严，大声喝问："我在单位表现好不好？"

老婆说："当然好。你勤勤恳恳，任劳任怨，谁要说你表现不好，老娘就跟他玩命！"

儿子说："我写过一篇作文，说我有一个好爸爸，他只知奉献，不知索取，吃的是草，挤出的是奶，简直是头老黄牛。可敬的牛啊！……"

老康挥手打断儿子："可就是这样一头老黄牛，居然不被重用，公平吗？"

老婆儿子齐声说："不公平！"

老康小脸涨成了猪肝色，额角的血管突突跳，他艰难地打了一个嗝，摆出"大跃进"年代超英赶美的英雄气魄，吼道："现在觉醒还来得及。但我们已经没有退路，我们只有背水一战，冲上去！不达目的，誓不罢休！"

宣誓完毕，老康感到自己终于成了一个男人。十多年了，老康都不记得自己这样"男人"过。儿子康小民嘿嘿直乐，说："老爸呀，你这才算得上是两个小母牛对屁股——比较牛×。"

老婆吴爱萍则收起二郎腿，迈着小碎步进了厨房。

然而洗心革面后的老康并没收到明显的成效。老康比任何时候都积极，每天早来晚走，抢着挑重担，抢着下基层，别人上班时间泡电脑上炒股票或是上网聊天，老康坚决不干；别人利用工作之便拿公款吃喝、洗浴、享受三陪，老康更是沾都不沾。有一次，下属对口单位的人给他送来一台笔记本电脑做纪念品，老康第二天就拎到了纪委。对于老康的这些变化，处长刘子明全看在眼里，但刘子明除了例行公事一般表扬老康几句外，一点儿口风都没向老康透露过，从来也没冲老康暗示过什么。害得老康只好赔着大大的笑脸，羞答答地对刘子明说，他想要求进步，请老同学格外关照一下。刘子明脸上挂着含意不明的笑，说："我知道，我知道，有机会我会向局里建议。"又说，"关键在局长。"

是的，关键在局长。局里的大权都在局长兼党组书记王昭的手里攥着，老康比谁都清楚。半年多时间过去了，局里又有几个人当上了副处长、处长，或是到下面任职，老康这边，仍是波澜不兴。老康就有些沉不住气了，工作也有所松懈了，每逢见了局长王昭，老康就感到脸上的肌肉僵硬，眼神也不对，浑身别扭死了。

老康对老婆吴爱萍说："见了他，我想笑都笑不起来。"

吴爱萍斩钉截铁地说："气可鼓而不可泄，你要卧薪尝胆。首先你必须学会微笑，甜蜜地冲领导微笑。就这样，瞧我的。"吴爱萍边说边甜甜地微笑了五秒钟。老康却感到肉麻。

下次再遇见局长，老康便调动浑身解数，试图甜蜜地冲局长点头微笑。但是，老康仍然感觉到，他的表情是不自然的。老康绞尽脑汁，在老婆吴爱萍的帮助下，终于想出一条使自己甜蜜微笑的灵丹妙药。这天，老康看到局长朝办公楼走来。老康的灵丹妙药开始发挥作用——老康仿佛看到王昭赤身裸体，肥大的肚皮像倒扣在胸前的一口大锅，这口大锅的下面，王昭的灵根像一只绿色的小豆虫，一走一晃，一走一晃……老康忍不住灿烂地笑了。老康感到心旷神怡。随着这极为甜美、极为亲近、极为自然、极为舒心的微笑，老康感到自己浑身的皮肤都荡漾着波纹，一圈一圈向外扩散。局长肯定被老康的笑意感染了。局长平时板着的脸也绽开了笑纹，说："小康啊，没事吧？"

老康送给局长的甜美的微笑宛若春风化雨，局长对老康的态度愈来愈和蔼。在老康对局长呈送过第一百零八个微笑后，局长在一个风景迷人的傍晚对老康说："小康呀，好好干，党组对你的看法还是不错的。"

就凭局长这句话，老康激动得两个晚上没睡好觉。

老康四十岁生日的前夕，迎来了一个机会。副处长老侯调省里任职，空出的位置便成了老康最近的目标。为了顺利吃到这块嘴边上的热豆腐，老康淡化了自己的生日，专心致志全力以赴。老康通过秘密观察发现，除他之外，动了这心事的还有张志鹏和林诗昆。林诗昆刚来处里不久，资历太浅，老康不担心他，倒是张志鹏要格外留意。老康合计了半天，觉得张志鹏工作能力虽强，但品行差，前年因为搞三陪被公安局捉住过，去年被情妇的男人打掉了一颗门牙。这样的人，能有什么竞争力？因此，老康觉得胜券在握了。

老婆吴爱萍比他心细，说："天上不会落馅饼。老公呀，不可轻敌，骄兵必败，别忘了大意失荆州的古训。"吴爱萍近来正发愤研究兵书，对兵法术语军事计谋已经到了出口能详的地步。她说她要当一个诸葛亮那样的好军师，辅佐老公成就大事。

老康挠挠头说："我的好军师，咋办？"

吴爱萍说："擒贼先擒王。只要把干局长攻下来，就可板上钉钉。"

老康所在的局是个实权单位，但好处大都成了领导的，领导吃肉，老康这样的小兵就只能喝点儿剩汤。老康听从老婆的吩咐，把平时别人送的而自己又舍不得享用的好烟好酒拿出来，一共六条大中华、四瓶绝对不假的茅台，装进一个包里。老康有点儿依依不舍地啧啧道："就怕肉包子打狗。"吴爱萍当即斥责他："看你这个小气样，就像那扶不起的阿斗。舍不得孩子打不着狼，懂吗？！"

大黑之后，老康神不知鬼不觉溜出门，迂回到王局长家的小院前。王局长的门前停着一辆小车，老康一看车牌，是下边某分局的，不用说也是来求王局长办事的。老康只好原路返回。一连四个晚上，老康进不了王局长的家门，因为局长家里总是有客人。第五天晚上，老婆催老康赶快行动，说兵贵神速，不可贻误战机。老康感到为难，想打退堂鼓。吴爱萍鼓励说："夫战，勇气也。别人敢进，你怕什么。"

正说着，外面阴云四合，不一会儿，下起了大雨。吴爱萍一拍巴掌说："真乃天助我也！你现在就去，淋着雨去，局长更会受感动。这就叫出奇制胜。"

局长家里果然很安静。局长颇感意外，把落汤鸡似的老康让进客厅，还递给老康一条毛巾。老康把包轻轻放在一个角落里。局长只瞄了一眼，目光再也没往那上面落。老康看到，局长的客厅比自家所有的房子还大，禁不住在心里骂了声他妈的。局长和老康东拉西扯，就是不提那个敏感的问题。老康只好吭吭哧哧谈了想法，还把自己和竞争对手张志鹏做了比较。局长面无表情地说："这个嘛，党组研究。当然，我会

83

考虑的。另外，你们处里的意见也很重要。"

老康回家后把过程原原本本给老婆讲了一遍。老婆又让老康重复了两遍。接下来，两口子挑灯夜战，具体分析到次日黎明。他们认为，局长之所以对老康带去的礼物不屑一顾，主要的原因在于局长没看上眼。老康醒悟道："他每年管着几个亿的经费，这点礼品在他眼里不过是九牛一毛。"

吴爱萍急了，说："你想咋办？把家里的存款都送去吗？"

老康说："那倒不必，关键是投其所好。"

吴爱萍说："老东西最喜欢啥？"

老康嘿嘿一笑，说："局里都知道，局长最喜欢和女同志打成一片。"

吴爱萍眉头一皱，说："恶心。"又说，"如果拿这个对付他，这叫美人计。但我们无计可施。"

老康说："就凭你？局长虽老，但天下的老牛偏偏都喜欢吃嫩草，这是颠扑不破的真理。你想施他也不会中你的计。"

"你他妈少糟践我。"吴爱萍推了老康一把，"局长那里，就听天由命吧。刘子明那里还需要活动活动。"

"当然要去，但礼品就不必带了吧？"

"空着手去？你好意思？还不如不去，喊！"

老康去了刘子明家，腋下夹着吴爱萍花五百块钱给他儿子刘权买的一套衣服。自打刘子明当处长后，老康就很少登他的门了，现在老康才感到自己真是愚蠢。刘子明住着三室两厅的房子，面积比老康的要大一倍，家里的摆设比老康的强两倍都不止。老康想，人比人气死人呀。

刘子明的老婆李媛媛当场抖开老康带来的衣服，对刘权说："儿子，快来试试。沾你康伯伯吴阿姨的光，这可是头一回呢，有纪念意义。"

这女人话里有话。老康感到脸上有点儿挂不住，只顾抽烟。老康早就知道她爱占便宜，听说买双拖鞋她都要发票，拿到处里报销——这个刁女人。末了，老康说："子明，我和爱萍都盼着你高升呢。"

李媛媛抢话道："怕是盼着你自个儿高升吧？"

刘子明说："喂喂，大家都高升才好。哈。"

老康顾不上难堪了，顺着话题说："子明，真的，我很想给你当副手。老同学，你可得拉我一把。"

刘子明马上噤声，脸上挂着莫测高深的笑。许久才说："我知道，我知道，有机会我会向局里建议的。关键在局长。"

还是这样的话。老康感到寒心。幸好，老康临告辞时，刘子明又说："唉，也该轮到你了。咱们一起努力吧。"老康马上就感到春风拂面，激动得握住刘子明的手，仿佛抓住了一根救命稻草。

种种迹象表明，事情正在向着老康的愿望发展。老康想好了，任命书一下，他就抽个双休日，赶回老家，到父亲坟前痛痛快快哭一场。想到这里，老康似乎听到了父亲发自地狱深处的笑声。

这天晚上，老康去岳父家送东西回来，路过一家新开张的四星级酒店时，突然看到了两个熟悉的身影，是王局长和张志鹏。他们正站在停车场上交头接耳嘀咕什么，两人显然刚喝过酒，很兴奋的样子。张志鹏掏出一个小东西递给王局长，老康估摸八成是房卡。王局长随即走向酒店大堂。过了一会儿，老康正要走，又看到张志鹏拉开一辆小车的车门，从里面钻出一个挺漂亮的姑娘。张志鹏一挥手，姑娘也朝酒店大堂走去……老康头皮都麻了……张志鹏吹着口哨钻进小车，小车远去了。

这一幕让老康心惊肉跳，脑子里像灌满了糨糊。

半个月后，老康的预感终于应验，张志鹏被任命为副处长。但局里为了照顾老康的情绪，不久也给老康调了一级。老康成了副处级办事员。

老康起初觉得也行，毕竟长了一级。吴爱萍却冷笑道："你真是个傻×。参谋不带长，放屁都不响。你老爹不就是因为你老带不上长才气死的吗！兵不厌诈，你又被人涮了，还乐得屁颠屁颠，真他妈不长记性！"

老康哀哀道："父亲怎么会是我给气死的，他明明得了癌嘛。"

"他得癌就是与你当不上官有关。你要是当了局长，他少说也得活八十。"吴爱萍边说边戳老康的鼻子，仿佛老康是杀害亲生父亲的凶手。

在吴爱萍的开导下，老康终于认识到自己被人算计了。老康恨透了王昭、刘子明、张志鹏这些人。老康实在咽不下这口气。老康带着这种愤怒观察生活，发现王昭等人绝对是不折不扣的腐败分子。谁也不清楚他们捞了多少钱，糟蹋了多少公款。如果让无所不知的上苍审判他们，他们都要被处以极刑。如此说来，王昭等人已经做了鬼魂。

老康愤愤不已。愤愤不已的老康决定写匿名信告状。吴爱萍非常支持老康的这个正义举动，她说："对头，就得给这些坏人来个釜底抽薪，火烧连营七百里，我们好隔岸观火。"

在接下来的这个寒冷的冬日，老康和吴爱萍觉出了一身正气，神圣极了。二人草草吃罢晚饭，就拉上窗帘，精心炮制匿名信。老康打算把处长以上的领导一块儿告，因为"没一个好东西"。吴爱萍认为还是"集中优势兵力，采用黑虎掏心战术，攻其一点，不计其余"好，如果打击面太大，反而显得告状信不真实。于是，他们把矛头直指王昭及其个别亲信。老康先拉出草稿，吴爱萍戴上洁白的手套，坐在电脑前打印出来，装到不同的信封里，显出很多群众告状的样子。最后再由吴爱萍拿到郊区的邮局发出去。在写到一些拿不准的事情时，老康有些犹豫。吴爱萍说："大胆写，只有我们好人想不到的，没有他们恶人做不到的，保证冤枉不着他。"

做这些事情时，他们尽量背着儿子康小民，一来怕小孩子缺心眼儿人前走了嘴，二来担心带坏了孩子，因为这毕竟不是光明正大的事。所以，这个冬天他们夫妻都是偷偷摸摸的。但还是被康小民察觉了。康小民说："你们偷偷摸摸干什么？"

老康说："这个这个，我们在写文章，表扬单位里的好人好事，给报纸投稿。"

"得了吧。"康小民说，"当我是傻×？你们在写告状信。帮我也写一份，我们班有八个人天天坐老爹的小车上学，牛×啥呀，公家的车就那么不值钱？"

老康正色道："儿子，我们是在写告状信。但我们告坏人，伸张正

86

义。懂吧?"

"告也白搭。再说,小人不可得罪,你得罪他,他一辈子跟你没完。你们要是有告状的瘾,就告好人吧,好人一般不记仇。"

吴爱萍火了,一拍桌子:"你小狗日的再多嘴,老娘就抽你!"

康小民扮个鬼脸:"你抽我老爸吧,他要是有本事,咱也坐坐专车上学,哪怕他是坏人,当儿子的也不在乎。"说完,康小民跑回自己的小屋,砰的一声关上门。

老康 连写了二十多封。有寄往中纪委、监察部的,有寄往省委省政府、市委市政府的,有寄往市纪委和反贪局的。然后夫妻二人盼星星盼月亮,做梦都盼着上级来人查办王昭等人,再把老康这种德才兼备的好同志提拔到重要的岗位上。不久,市纪委还真派人来做了调查,分别找人谈了话,机关有点儿乱套,能感觉出局领导明显的紧张。

老康也被叫去谈话。老康差一点儿把王昭等人的问题供出来。过后吓出一身冷汗,因为大多数人反映以王昭为首的局领导廉洁清正,办事公道,具有开拓精神,只有个别人推托说不了解情况。据说刘子明、张志鹏和二处处长小赵等人,声泪俱下地痛斥写匿名信的人唯恐天下不乱,恶意制造事端,对这种人应该查个水落石出,绳之以法,以维护安定团结的局面。

过后,老康虚脱了一般,对老婆说:"幸亏我没当面反映,不然就毁了。"

老婆说:"虽然我们的信打了水漂,但让老东西紧张了一阵子,也算达到了目的。"

老康说:"胳膊拧不过大腿,这事到此为止吧。"

但机会是无所不在的。两年后,副局长老高查出了肺癌,提前退休,刘子明升任副局长,张志鹏当上了处长,机会又摆在了老康面前,几乎唾手可得。老康赌气道:"我看你们这回用不用我。若不用我,天理难容!"老康决定这回谁也不找,任老婆骂着催他再去活动活动,他稳坐钓鱼台,坚决不去。老婆说:"兵者,诡道也。当心别人偷梁换柱,浑水摸鱼。"

"你是说林诗昆吗?"

"李媛媛向我透露,林诗昆正在不惜血本,秣马厉兵,加紧活动。"

"李缓缓是在暗示你,叫我们也给他家送礼。我们才不上她的当!"老康又颇为自信地说,"让林诗昆表演吧,他还嫩了点儿。"

老康耐心等着领导找他谈话。果然刘子明主动暗示他,让他最近谨慎点儿,别出岔子。人事处的人也对他进行了考察。万事俱备只欠东风,老康彻底把心放到了肚里。

可偏偏在这个节骨眼上,局纪委收到一封检举林诗昆的匿名信。而且信上说得很邪乎,说林诗昆贪污了几百万,嫖了几十次娼。一看就是诬告信。前一阵子,局里给匿名信闹得鸡飞狗跳——若问领导恨什么,领导最恨告状信——局党组成员一致认定,这封诬告信十有八九是老康所为,因为唯有老康和林诗昆是竞争对手,老康想用这种卑鄙的手段灭了林诗昆。这种推论顺理成章。局长王昭黑着脸,当即决定这项任命先放一放。几天后,王昭果断拍板:任命林诗昆同志为一处副处长。

林诗昆当副处长的任命一宣布,老康家翻江倒海一般全乱了套。老婆恨不得扇他耳光,把他祖宗八代骂了个遍,把王昭的祖宗八代也骂了个遍。康小民也过来帮腔:"这回服气了吧?前几天你还牛 × 得不行,这下好了,小母牛掉到面缸里——白牛 × 了!"

老康仿佛一下子老了十岁,抱着脑袋蹲在阳台上,任老婆孩子谩骂奚落,就是一声不吭。

老康弄不明白自己再次遭遗弃的原因。许久之后才听到一些零乱的说法。最主要的一种说法是,林诗昆见自己使出浑身解数后,仍不是老康的对手,便于危急关头孤注一掷,炮制了一封匿名信,他不告老康,就告自己。自己告自己总可以吧?恰恰就让他出奇制胜了。

这天的傍晚,天气阴沉,北风怒吼。老康下班后跑到菜市场,买了几个老婆孩子爱吃的菜。老康在厨房里忙活了半天,把热气腾腾的菜端到了餐桌上。但好菜仍是堵不住老婆的嘴,她把一只大个的基围虾塞进嘴里，再用筷子敲敲盘沿说："窝囊废！如果你混个一官半职的，这些东西还用花钱吗？还不想吃什么有什么！"

老康终于忍不住了。老康把筷子一拍："我是窝囊废，但你这个军师也没当好。你这个狗头军师！还说要当诸葛亮，我看你当猪差不多！"

老康想到尸骨未寒的老父亲，想到催命鬼似的老婆和小小年纪就玩世不恭的儿子，简直万箭穿心，怒火中烧。老康眼睛红红的，像个输光了的赌徒。老康没承想自己一发火倒把老婆镇住了。老康好久没这样发火了。老康又说："老子跟他们没完！老子还要告状！"

吴爱萍小声唠叨着收拾碗筷。老康趴在桌子上，奋笔疾书。写完后，老康发现自己居然把告状信写成了判决书。老康觉得这样也不错，憋不住古怪地笑起来。然后，老康命令老婆吴爱萍和儿子康小民规规矩矩地坐好。老康就像威严的法官那样高声宣判——

被告人王昭，男，现年五十六岁，汉族，中专文化程度，原系××市××局局长。经审理查明，被告人王昭在担任局长的十年间，利用职务之便，先后贪污公款两千八百一十二万元，收受他人财物折合人民币四百九十一万元，两项共计三千三百零三万元，数额特别巨大。同时，被告人王昭道德败坏，流氓成性，先后与二十八位妇女发生不正当两性关系，影响极坏。本案现已审理终结。依照《中华人民共和国刑法》有关条文之规定，判决如下：被告人王昭犯贪污罪，判处死刑；犯受贿罪，判处无期徒刑。决定执行死刑，剥夺政治权利终身……同案犯刘子明、张志鹏，分别被判处有期徒刑八年和三年……全部赃款予以没收，上缴国库……

老康宣判完毕后，吴爱萍和康小民仿佛不认识似的望着他，表情严肃。突然，三人冷不丁一起乐了。吴爱萍说："纸上谈兵，纸上谈兵，当心丞相挥泪斩马谡。"

康小民笑得喘不动气，说："都啥时候了，还牛×。老爸呀，小母牛剖腹产——不用牛×了！"

就在这时，电话铃急促地响起来。老康和老婆、儿子交换了一下眼神，小心翼翼地拿起话筒。里面说："老康，我是子明。"

老康哼一声，不满地说："刘大局长呀，有何贵干？"

"你小子少给我来这一套。"刘子明接着庄重地说，"告诉你个好消息，二处副处长孙家同准备调省委工作，局长认为你这个同志还是相当不错的，经得起考验，刚刚在饭桌上向我透露，打算由你过去接任二处副处长……"

刘子明往下说的什么，老康没有听清。老康脑子一时还拐不过弯来。老康木木地放下电话，许久才说："其实，其实，王局长，嘿嘿，我们以前并不了解他……老婆，拿酒来！"

（1998 年）

城市猎人

　　程东的老家在东北的大兴安岭脚下。他家祖祖辈辈都是猎户，世世代代靠打猎为生。只有猎人才是大山真正的主人，程东很小的时候就明白这个道理。虽然他爷爷年轻时被狼咬掉了两根指头，爷爷的一个弟弟葬身虎口，父亲的半边脸让黑熊抓伤了，留下了永远去不掉的疤痕，像电影里的反面角色，但程东仍然为勇敢的猎人感到骄傲。老程家什么样的猎物都打过，不管天上飞的，还是地上跑的，只要遇见，统统灭掉。在程东小时候的印象中，他家的屋檐下、院墙上、树上，挂满了各种各样的皮毛，不论它们生前多么凶猛，但这时一律服服帖帖，在阳光下显得无比温柔。当然，这些皮毛很快就处理掉了，换成粮食和衣物。遵照爷爷的意愿，只留下一张虎皮，作为镇宅之宝，要代代相传的。

　　程东后来进了城，有一天路过动物园，他突然想到，程家祖辈们的枪口下，有数不清的动物牺牲了，如果让它们复活，真可以办一座规模庞大的动物园，他来当头儿，让那些吃饱了没事干的城里人进来寻开心。想到这，程东不由嘿嘿笑了，仿佛他真的被形形色色的动物们推举为园中之王，此刻正得意扬扬地检阅它们呢。

　　程东上学时成绩很差劲，在同学面前总感到抬不起头，他父亲却开导说，学不学的，意思不大，等你扛得动枪，就跟老子进山打猎，那不比啥都强！程东上完初中，果然就退学了，不是他不想上，而是没考上县城的高中。可这时，到处都有人进山锯木头，国家又颁布了野生动物保护法，野物稀罕得不行，老程家的三杆猎枪眼见着锈成了出土文物一般，父亲整天愁眉苦脸，懒洋洋地在二亩责任田里混日子，偶尔进山偷偷伐几根木头换酒喝，越喝越糊涂。

其实，即便这时山里野物到处都是，即便国家不禁止狩猎，程东也不想再做世袭的猎人了，因为——程东有一天对孟雨说——因为，现在早已不是打猎的时代了！

山里的野物真的快要绝户了，比较容易见到的，除了野兔，就是野鸡。这也叫猎物？一说起来，程东的父亲头就摇得像个货郎鼓，满脸的不屑与无奈。然而，程东认识孟雨，却与某一只他父亲不屑的猎物有关，确切地说，是与一只野鸡有关。

孟雨住在另一个屯子。三年前一个秋高气爽的时节，孟雨进山采蘑菇，被一只翩翩飞来的野鸡迷乱了双眼。那只美丽的野鸡大概知道孟雨不会伤害它，赤手空拳的孟雨也奈何不得它，于是它不急着飞走，它在林间的空地上悠闲地散步，发出动听的叫声，不时地抖抖羽毛，和孟雨对视一阵，仿佛在和孟雨交流愉快的心情。孟雨的心情当然很好，她停止了采蘑菇，专心致志地欣赏野鸡的万方仪态。常言道，有福之人不用愁，这一幕正巧被程东撞见了。身高体壮的程东躲在一株巨大的松树后面，被丰腴而美丽的孟雨惊得小肚子一阵阵战栗。就这样，程东欣赏孟雨，孟雨欣赏野鸡，野鸡在孟雨的注视下孤芳自赏，好一幅动人的画面。这个画面最终被破坏，是由于野鸡发现了程东，它加快速度奔跑起来，然后飞到空中的枝头上。程东从藏身之处钻出来，试图去捉住野鸡。程东忙活了一阵，手臂被桦木擦掉了一块皮，终究是两手空空。在程东妄图逮捕野鸡的这段时间，孟雨并没有走开，她沉浸在刚才的情境中，脸上闪着盈盈的笑意。孟雨冲着极为失望的程东喊道，算啦算啦，你又没有枪，咋能逮住它。

程东摇着头来到孟雨面前，说，你喜欢？

孟雨轻快地说，喜欢！

孟雨脚下的草筐里，蘑菇屈指可数。都到了这样的年月了——牛逼哄哄了千千万万年的大兴安岭，不仅野物少见了，连蘑菇都快寻不到了！程东拨开跟前的一丛荆棘，采下两朵比指甲盖大不了多少的鲜嫩蘑菇，扔进孟雨的草筐。他不敢正眼看孟雨。孟雨的美貌程东早有耳闻。此刻，他觉得孟雨的胸脯上像是朝前生长着两朵巨大而肥硕的蘑菇，这不由使他回忆起大兴安岭曾经兴盛的岁月。

两天后，程东拎着一只咯咯叫的野鸡去找孟雨。他费了整整两天的工夫才用线网罩住了它，不惜整得自己身上伤痕累累。这只野鸡肯定不是那天见到的那只，但程东相信它就是那一只。孟雨对他的突然出现似乎并不感到意外，她领他来到一片次生林里，伸手接过几近绝望的美丽野鸡，从它的尾巴上拔下一根最长、最艳丽的羽毛，对着阳光欣赏了片刻，说，我就要它。

最后孟雨一松手，那只野鸡惊喜地飞走了。

三年之后，程东乘火车朝关内进发，他要去黄河岸边的一座城市。坐在拥挤不堪的火车上，程东的脑子里怎么也排遣不掉孟雨身上的达紫香花的气味。他不相信孟雨真的那么绝情。眼看他们就要入洞房了，偏偏这个节骨眼上，孟雨认识了那个来自关内的镶了八颗金牙的木材商。

孟雨和木材商见面不超过三次，就对程东冷淡起来。程东找她商量结婚的事，她说，结婚？你急啥呀？反正结婚后你想做的事都做下了，你给过我啥？你他妈的一点儿都没亏着！孟雨边说边耸耸肩，像一个即将起飞的野鸡那样。终于有一天，程东收到了孟雨托人转交给他的一只牛皮纸信袋，打开看，里面没写一个字，只有一根枯干了的野鸡羽毛，宛若一棵秋后的衰草。程东二话没说，就往孟雨家跑。孟雨的母亲叼着烟袋锅，冷冷地说，去关内啦，这会儿正在飞机上呢！

程东这才傻了眼，他躲进林子里，哭了个天昏地暗，边哭边想，完啦！大兴安岭完蛋啦！它曾经牛逼哄哄的，可它现在居然干不过一个木材商人！那家伙凭着几个臭钱，轻轻松松地就拐走了这里最漂亮的一个姑娘……

程东好歹在家里挨了半年，可他觉得一天也待不下去了，再待下去就得死人。于是，他决定也出去闯闯，最好的落脚地点就是追随孟雨去关内，去黄河边上的那座城市。

临走前，程东没敢给家里说实话。他留下一封信，说是跟几个同学到沈阳打工。手头上没多少钱，他便偷带走了家中作为镇宅宝物的那张东北虎虎皮。反正爷爷早就死了，不会怪他了。在长春转车时，他咬咬牙把它卖给了一个尖嘴猴腮的皮货商，价钱五千。

就这样，程东怀着一颗壮士般的剑胆琴心，乘上了驶往关内的长途列车。程东的祖上原本就是关内人，一百多年前闯关东的，现在，他们的后代程东又独身一人闯关内来了！

到了目的地，程东才发现，这个城市根本没有他的立锥之地。他能干什么？他一不想偷二不想抢，找地方打工没有人要——这个城市到处是打工的人流，横冲直撞的打工者比自由市场上的苍蝇还多。程东在一个建筑工地做了几天小工，窝了一肚子气，直盼着这群混蛋把楼盖歪，把那个蛮不讲理的包工头埋在里面，砸成肉饼。程东咬牙坚持了一个月，然后找工头要工钱。工头说，讲好了的，三个月一开。程东宁可饿死，也不愿再干下去了。一天夜里，他骑着工地上的一辆破三轮车溜走了。他对自己说，这可不叫偷，就算用它顶我的工钱吧！

接下来的日子，程东蹬着那辆几乎要散架的三轮车，在城市的大街小巷里穿行。到这时，他才明白，他来这个城市的主要目的，就是要见到孟雨。而他却差点儿忘了自己的使命。他去木材商所在的物质公司打听，人家告诉他，那家伙早就单干了。程东的运气还算不错——人家把木材商的电话号码抄给了他。于是，程东来到公共电话亭，往木材商家里拨电话。其实，木材商也认识程东，他们一块儿喝过酒，那家伙醉得一塌糊涂，是程东把他背回林场招待所的。

电话里，木材商说，你找那个东北妞？这个小×，早把我甩了，骗走我好几万。程东不想跟他理论，忙问他孟雨现在在哪里。木材商说，你去黄河夜总会找找，如果不在，就是跟人去广州了。

程东好不容易找到黄河夜总会。他觉得这个地方挺面熟，原来他以前曾经路过这个地方，只不过没留意罢了。在程东眼里，城市的高楼大厦都是一个模子脱出来的，就像森林中的树木一样，很容易让他这种没见过世面的人迷眼。程东朝大门口化装成警察的门卫打听孟雨，门卫盯他一眼说，来这里的女人比林子里的鸟都多、都乱，过一会儿她们就该来了，先生你自己睁大眼睛瞅吧。

果然，路灯一亮，就有年轻女人三三两两往这儿奔。程东瞪大眼睛盯着她们，生怕漏掉孟雨。一个身材丰腴的姑娘下了出租车，尽管长头发遮住了她半边脸，尽管她的穿着打扮令程东感到十分刺眼，程东仍然认出来了，她就是孟雨。于是他冲上去，颤颤地叫了一声：孟雨……

姑娘怔了怔，不屑地看了程东一眼。程东眼泪快要下来了，他一闭眼说，孟雨，跟我回家吧。哪知姑娘冷笑一声，孟雨？你搞错了，我不叫孟雨，我叫曼丽。程东满面疑惑。她却又换了副口气，柔声说，先生，你想要我吗？我可以少收你一点儿钱，别人二百五，我收你二百……

听了她的话，程东差点儿背过气去。她说她不是孟雨，可她明明就是孟雨！她就是扒了皮，程东也能认出来，她就是孟雨！程东颤抖着，从怀里掏出那只被汗水打湿了的牛皮纸信袋，抽出那根枯干如衰草的羽毛。她说，这是什么？程东因委屈而气愤地说，野——鸡——的——毛！姑娘登时捂了脸，喝道，你流氓！你凭什么骂我！

姑娘的尖叫引来了门卫。门卫简单问了问情况，态度友好地对程东说，先生，你进去耍好了，进去怎么耍她都不会骂你。程东抬眼再看时，孟雨（曼丽？）已没了踪影。

程东不甘心两手空空回家去。这天，他骑车不小心，撞到一根电线杆子上，撞得眼冒金星，额角出了血。他顺手从电线杆上扯下一块纸片，贴在受伤处。电线杆上贴满了花花绿绿的广告，主要是治花柳病的。这没什么奇怪，程东想，已经有人把这种广告贴到了大兴安岭深处的林木上。但一则推销野鸡崽子的广告引起了他的注意。就在这个瞬间，程东决定按照广告上说的，老老实实养一批野鸡。

程东来到北郊黄河边上的一个牧场，很顺利地找到了卖野鸡崽子的人。每只十块，少一个子儿都不行。他先到附近的村子里租了间摇摇欲坠的农舍，又赶回来掏两千块买了二百只鸡崽。做这件事情的时候，程东的心里洋溢着甜蜜和兴奋。因为他的爱情缘于一只野鸡的突然出现，现在，他要养二百只美丽的野鸡，在它们翩翩的倩影和动听的合唱声中圆一个梦想。

一只野鸡养到三四斤重，约需半年多的时间，可以卖到八十元左右。这一带干这事的人不少，听说他们都发了大财。接下来的这个夏天，猎人的后代程东尽心尽责地伺候着它们，起初还算顺利，不久，鸡崽子们就长出了美丽的羽毛，咯咯的叫声越来越悦耳。程东不失时机地织了张大网罩住它们，防止它们翅膀硬了飞走。但到了盛夏，一场鸡瘟从天而降，很快就夺去了半数野鸡的性命。程东赶紧到镇上的兽医站买来药水给尚还活着的喂下，才避免了它们全军覆灭。天气转凉之后，剩下的四十多只进入高速生长阶段，程东一颗不安的心总算踏实下来。

程东特别喜欢那只领头的野鸡，它的个头最高，它的相貌最俊俏，它的歌唱声最动听，它尾上的花翎和头上的冠子金光灿灿，晃得程东眼花缭乱。程东早就把它当成了孟雨（曼丽?）。他常常痴迷地端详它，眼里涌出笑意和泪水。如果不是怕它飞走（程东不忍心绑住它），如果不是怕被它啄伤（野鸡的喙非常尖厉），程东真想和它同床共枕！漫漫长夜里，程东的孤独和难耐唯有野鸡们清楚，因为他常常彻夜不眠，他就蹲在鸡笼边的一块青石上抽烟，一直到天明。

秋天来了，程东的收获季节也到了。在一个秋高气爽的日子，程东小心翼翼地把四十只健壮的野鸡装进了铁丝编成的笼子。想到这些可爱的东西将要变成有钱人的美味佳肴，程东心里有种说不出的惆怅。但他没有办法，就像当初孟雨跟着木材商私奔时他没有办法一样。

在明丽的阳光和轻柔的风中，程东蹬着他的破三轮朝城市进发。他早就算计过，按八十元一只，四十只可以卖三千二，刨去买鸡崽的两千和饲料钱，他还小有盈余。也许赚钱不是主要的，主要的是他程东在半年多的时光里从它们身上得到了安慰。如果他乐意，他还会再养一批。他想他早晚要把这个过程讲给孟雨（曼丽?）听，他想她肯定会大受感动的。

这半年多来程东很少进城，城市在他的眼里已经重新变得陌生了。满街的汽车和女人大腿闪闪发光，气味撩人。程东就近拐进了一座酒楼，当老板得知他卖野鸡时，不客气地说，妈的，哪来这么多卖野鸡的，简直成灾了。喂喂，我们上次进了　批，根本卖不动。去去！我们不要！

程东有点儿傻眼。他进了另一家酒店，得到的回答是一样的。如此这般，他自己也记不清到底去了多少地方，一只也没卖掉。天无绝人之路，半下午时，终于有个新开张的餐馆答应买，但老板黑着脸说，一只五十，多一分也不要！

程东真想把这些野鸡带回家乡的大森林里放飞了事！按这个价钱，

刚好够上买鸡崽的钱，也就是说，他不光搭上了半年多的工夫，还得倒贴饲料费！可是，他已经没有退路了，只好也黑了脸答应下来。老板却又说，我以前没见过野鸡，你这不会是假冒的吧？程东恨不得咬他一口，说，你仔细看看，家鸡有这么漂亮的羽毛吗？老板说，我是得好好看看。

　　说罢，老板打开笼盖，伸手捉出一只。他捉住的那只，偏偏就是程东眼里的孟雨（曼丽?）！程东心里一紧，愣在那里。老板吐掉嘴里的烟头，腾出一只手来，猛地把它尾上最漂亮的一根羽毛拔了下来。它咯咯叫着，就势一回首，恶狠狠地朝老板长满黑毛的胳膊啄了 口！老板惨叫一声，手一松，它便获得了自由……

　　往下的事情确实有点儿出人意料。笼中其余的三十九只野鸡见它们的头领飞走了，趁笼盖未关紧，而周围的人又忙着去追它时，便以迅雷不及掩耳之势，纷纷涌出笼子。由于长这么大，它们几乎没有自由飞翔过，所以刚逃出樊笼时，它们只是撩开修长的双腿奔跑，跑了一阵后，野性在它们身上复活了，于是，它们腾空而起，歌唱着四散远去……

　　这真是一个少见的壮观场面。想想吧，在繁华如盖的城市，一群美丽的野鸡仿佛从天而降，它们一会儿奔跑，一会儿飞翔。它们的翅膀掠过车水马龙的街道，掠过蚁群般的人流；有的暂时降落在沿街巨大的广告牌上和十字路口的红绿灯上，有的居然仾立在缓缓行驶的小汽车上，做出金鸡独立的优美造型。交通顿时乱了套，好几个主要路口出现了阻塞。

　　程东觉得脑子一片空白，他怀着绝望的心情目睹了野鸡们四散奔逃的短暂过程。他张开双臂，像一只大鸟那样，在机动车道上追逐视野中的某一只野鸡，好几次差点儿被车撞飞。过来两个巡警，不由分说把他拽到人行道上。他呼哧呼哧喘着粗气，大声说，野鸡——我的野鸡！巡警警告他不要违反交通，否则就要罚款。他挣脱开巡警的手，在人行道上狂奔。

　　野鸡很快从人们的视线中消失了，就像压根儿没发生这场闹剧那样。又仿佛城市便是一片莽莽苍苍的森林，四十只野物归隐了山林，消失得无影无踪，要想找到它们，比大海捞针都难。程东不知跑了多远的路，他的手上只抓到一片肮脏的羽毛。后来，天黑了，他也累了，就躺在一座立交桥的桥头睡了过去。

这天夜里，程东做了一个梦。他梦见自己养了四十只凶猛的老虎，他往动物园送这些老虎时，它们撞开了禁锢它们的铁笼，全部跑到大街上。于是，这座城市到处都是老虎的咆哮声……程东懵懵懂懂爬起来，顺手抄起一根木棍，感觉就像握住了一杆猎枪。他要在这个城市里做一名猎人，于是就大步朝前走去。

（1999 年）

爱 归 零

　　龙宝有一次吞吞吐吐对小菊说，他喜欢上了一个人，他简直要发疯了，如果不让他喜欢，他就得死去。"我真的快不行了，真的。"龙宝捏弄着自己修长的手指头，一连说了好几遍，但他并不脸红。小菊是龙宝家的邻居，比他大，平常把他当弟弟看。小菊没听清龙宝的话，说："你唠叨什么，生病了吗？"

　　龙宝说："我没病，我只是喜欢上了一个人。"

　　小菊听明白之后，脸上飞起一抹红晕，小声问他："到底喜欢上谁啦？瞧你这个熊样。"

　　龙宝就说："秋月，电视台的。"

　　小菊眉毛刷地倒竖起来，本来就大的嘴巴扯到了耳朵根，她愣了足有半分钟，然后咯咯地笑着说："你真是发疯啦！"她抹抹眼角的泪水，"要不要我陪你上医院？"

　　龙宝不理会小菊，他顾自低了头，生气地说："我没给你开玩笑。"

　　小菊以为龙宝是在说梦话，就没把他的话当回事。但时过不久，龙宝真的做出了一件不可思议、令人吃惊的事情。

　　那个多风少雨的春天，我们这个城市确实出了好几件稀奇古怪的事情。

　　某个周末的夜晚，一个（或几个）胆大妄为的盗贼躲过值勤的警卫，翻越两米多高的围墙，光顾了市委书记赵建国同志的家。适逢赵书记携妻女到歌舞团观看演出，盗贼得以从容作案。赵家到底丢了多少东西无人知晓，有趣的是盗贼还顺手牵羊逮走了赵家饲养在院内水塘中的几十只甲鱼。几天后的早晨，这些甲鱼几乎在同一时刻出现在市区的一些繁华地带，且龟壳上被人用油漆写上了主人的名字。这些甲鱼约有一半给刑警队的人收走了，剩下的成了最早发现者的盘中餐。不知什么原因，这个传说纷纭的盗窃案一直未破。

又过了几天，我们这个城市的一位做房地产生意的大款被人杀了，同时被杀的还有他的情妇。他的情妇是艺术学院的舞蹈老师，长得妖艳动人，我们这里很多人都见过她。有人猜测是大款的老婆花钱雇人干的，但事情发生的时候，大款的老婆已移居国外。虽然这件命案变成了无头案，但案子发生后，我们这个城市里的大款都变得规矩多了，在接下来进行的给残疾人献爱心活动中，大款们纷纷慷慨解囊，捐款额创下历史新高。

春天快要结束时，那些沸沸扬扬的事情成了明日黄花，我们都以为可以平平静静过一个夏天了，谁知却又发生了龙宝的事。

龙宝的事情也许算不了什么。他是个天真可爱的少年，头发蓬乱，目光灵活，面孔白皙，身材修长；他不爱读书爱幻想；他原本也不喜欢看电视的，自从一个叫秋月的女主持人在电视上频频露脸后，龙宝就迷上了电视。

龙宝迷上了秋月，他想把他的想法告诉秋月，如果可能的话，他想和她一起单独待一会儿，说几句话，去公园或电影院都行。事情的起因就这么简单。

秋月主持少儿节目，下午六点准时出现在屏幕上，家家户户都能听到她的声音。她领着一群幸福的孩子又唱又跳，变着花样玩。说实在的，秋月的普通话说得并不规范，她的声音带点儿婉转的港台味儿，但这种味儿更让人着迷。当然，更让人着迷的还是秋月的容貌。

龙宝迷上秋月一点儿都不奇怪。秋月仿佛是上帝派往人间的天使，她一颦一笑一抬手一投足都令人心潮涌动。你知道的，我们这里很多人都暗暗喜欢秋月，秋月主持的节目在一次民意测验中收视率最高。又据商家提供的消息，几个月来大屏幕彩电的销量一直呈上升趋势，居然外地来我们这儿出差旅游的人也多了起来，他们住进宾馆后的第一件事就是把电视打开。还有外地观众给我们市里的主要领导写信，希望我们市电视台的节目能够上卫星，缺少经费他们可以捐点儿款。虽然我们是个小电视台，但因为有秋月，我们觉得比中央台都风光。

前些日子，小道消息传说秋月有了意中人，竟然有个小青年爬到尚未竣工的电视塔上扬言要自杀，警察把他捉下来后他哭得上气不接下气，据说市委办公会上都议论了这件事。我们这里刚刚创刊的《文化艺术报》在显著位置登载了这条消息，那一天该报的发行量几乎翻了一番，但是受到了上级严厉的批评，被指责办报方向错了。

当然，那个小青年不是龙宝，龙宝还没傻到非要跳楼的地步。龙宝与我们这些人的不同之处就在于，他想什么就表现什么，而且别出心裁地去表现，我们却常常喜欢把想法埋在心里，不到万不得已不外露。

这天的傍晚，龙宝目不转睛地盯着电视上风情千种仪态万方的秋月，对小菊说："我要是年轻十岁，像这些孩子那样就好了。"

小菊哧地一笑："你要是年轻十岁，就该叫我阿姨了。"

"我不叫你阿姨，我叫秋月阿姨。"龙宝说，"我凭什么叫你阿姨？"

小菊一点儿也不恼，小菊是个挺温顺的女孩子，我们这里很多人都认识她。小菊只是假装生气地弹着龙宝的脑门说："你变个蚊子得啦，飞到秋月身上叮她一口。不过呢，叮过以后你就会知道，血是一样的血，肉是一样的肉。"

"你才是蚊子呢！"龙宝有点儿不高兴了。可能在他和小菊说这些话的时候，他已经做好了以后的打算。

龙宝大步流星去电视台。他知道新的电视大楼还在施工，秋月一准在老地方上班。走在清晨干净湿润的马路上，龙宝目不斜视一心前行。他觉得除了秋月，所有的女人都不可能打动他。况且一大早骑车上班的人流中，漂亮女人真是少之又少。都这个年头了，漂亮女人还用得着一大早爬起来去效益大都不怎么样的单位上班吗？用不着了，漂亮女人一般是晚出晚归，而且乘车外出，行踪不定。近来我们都不约而同地发现了这个现象。

龙宝在电视台的大门口等到十点钟，还不见秋月的影子，他有点儿沉不住气，以为秋月今天不来上班了。就在他打算离去时，一辆豪华轿车唰唰地驶过来，在门卫的注视下进到院内。车门一响，下来一个熟悉的背影。天哪！是秋月，真是秋月！龙宝的心提到了嗓子眼，他抬腿往里面跑，被门卫拦住。眼看秋月就要迈进大楼了，龙宝什么也顾不上了，大声喊道："秋月！秋月姐姐……"

谁都没想到，秋月居然停住了脚步，她回过头来，摘下墨镜，仔细看了龙宝一眼，嫣然一笑，然后冲龙宝摆摆手，扭动腰身风摆杨柳一般进入大楼。可是，秋月居然连句话都懒得与他说，龙宝伤心极了。他拨开门卫的一只手，说："我要进去找她。"门卫说不能乱进，必须里面的人同意才行。门卫让他去传达室登记。

负责传达的一个穿制服的大汉像盯罪犯那样盯着龙宝，说："妈的天天有人找这个娘儿们，台长都不如她风光。你是她什么人？"

龙宝愣了愣，急中生智道："我是她表弟。"

大汉说："我看看身份证。"龙宝说忘了带。大汉就往里面拨电话找到秋月，说："你有个表弟想见你……是吗？好好。"大汉放下电话，对龙宝说，"她说她没有什么表弟，你肯定是个冒牌货，快走吧，别在这儿捣乱。"

龙宝恳求说："我就想见见她，请你放我进去，我不会捣乱，我怎么会捣乱？"

大汉极不耐烦地一挥手："快滚快滚，像你这种犯神经的人我见得多了，再扯淡当心我收拾你。"

龙宝失望而归，但他并不气馁。他觉得这才仅仅是开始。

龙宝再次见到秋月，是在一个天气阴沉的傍晚时分。他远远看到秋月在电视台门口拦住一辆出租，他不想就这么与秋月失之交臂，摸摸兜里还有十几块钱，一咬牙也拦了一辆，吆喝司机紧跟前面的那辆车走。见他如临大敌的紧张模样，司机试探着问他是不是公安局的，是不是在盯梢。龙宝没吱声。但他感到自己确实像个侦探，前面车里的人则是世界上最妖冶迷人的女间谍。

秋月在新世纪酒家门前下了车，一个西装革履的中年男人殷勤地迎接她。在他们即将携手踏上酒家门口的红地毯时，龙宝气喘吁吁赶上来说："秋月姐姐！我有话给你说。"秋月和那个男人愣在那里，不知所措。这是龙宝第一次在如此近的距离上面对光彩照人的秋月，他觉得喉咙发干，慌乱得不行。

那个男人看出他的把柄了，恶声恶气地说："你是谁?"

龙宝不想理他，说："我没找你，我找秋月。"

秋月反倒显出高兴的样子，笑吟吟道："你是我的崇拜者吧? 是不是想要我签名?"

龙宝摇摇头。

那男的趋前一步，将秋月挡在身后，口气更硬地说："那你想干什么?"

龙宝反而平静下来，说："没你的事，我想找秋月姐姐谈谈，请你让开。"

那男的涨红了脸，显然被激怒了，他推了龙宝一下，说："哪里来的野孩子，一点儿规矩都不懂，妈的想挨揍吗?"

龙宝说："我不想挨揍，我只想和秋月姐姐说说话。你又不是她男人，管得着吗?"

他们的举动引来了不少围观者，而且人们认出了秋月，对秋月和那男的指指点点。秋月也感到事情比较糟糕，拉着男人的手小声说："快走，咱换个地方。"

龙宝望着秋月，说："秋月你不能走，别人都说你是大众情人，为什么就不能同我谈谈? 我有很多话要对你说呢。"

人们看到秋月和那男的走向停在路边的一辆奥迪轿车。开车门的时候，那男的指着龙宝说："便宜了这小子。神经病，妈的怎么我们这里神经病到处都是。"

龙宝也指着那男的说："你才是神经病! 不用得意，秋月不会跟你好的，不信走着瞧!"他又抬高嗓门说，"秋月姐姐，我叫龙宝，龙宝真心喜欢你!"龙宝在人们兴致勃勃的哄笑声中，觉得自己打了一个大胜仗，开心极了。

有两个巡警朝这边走来。巡警问刚才怎么回事。有人打趣说："有个精神病人开车劫持了电视台的秋月。快看就是那辆奥迪。"巡警笑了，说："精神病人能开上那么好的车吗? 连假话都不会说，告诉你们，开

103

那辆车的是财政局的孙处长，只能说明秋月愿意被他劫持，警察管不着。"

人们笑起来。龙宝走开了。

国际劳动节那天，龙宝终于找到了一个千载难逢的机会。

电视台新落成的电视大厦在这一天举行竣工典礼，我们这个城市的很多头面人物都到场了，扛摄像机和端照相机的人四处乱窜。典礼预定上午九点钟开始，门前的马路边上停了一排排的汽车，还有军乐队和少先队员到场助兴。龙宝肩扛一卷东西往院内走时，值勤的门卫一定是把他当成了布置会场的临时工，连问都不问，挥手放行。龙宝看到大厦前面的空地上和头顶上，人声鼎沸，彩旗飘飘，气球高悬，一派节日景象。在一处显眼的位置上，秋月正和另外几个当红的女播音员陪着市里的领导说笑，他们每个人的胸前都佩戴着一朵耀眼的、带飘带的红花。龙宝经过他们身边的时候，特意停顿了一下，秋月似乎也瞄了龙宝一眼，但她肯定没认出他来。正当龙宝拿不定主意是否过去和秋月打声招呼时，一个戴胸牌的会务人员冲他呵斥道："搬东西的，快走快走，不要在这儿停留，喂，你听到了吗？"

龙宝赶紧扛着那卷东西溜进大厦。

那天的气氛确实热闹，锣鼓喧天，军乐嘹亮，我们这个城市的很多人都跑去观看。当然，我们无法进入会场，只能隔着铁栅栏门踮起脚尖往里面张望。当主持人声嘶力竭地宣布，下面请市委赵书记和关市长为大厦落成剪彩时，一个谁也没想到的壮观场面出现了。

你一定猜到下面的事情与龙宝有关。

事实确实如此。我们先是看到这座十八层高的大厦顶端有一个小小的人影晃动，接着就见那人双手一抖，一卷白布顺势滑落，大约落到十四层高的位置上，白布全部展开了。你肯定见过一些建筑物上悬挂的广告，现在我们见到的就是这种玩意儿，只不过那上面写的不是广告词，而是别的内容。市委赵书记和关市长手中的大剪刀停在半空中，所有人的目光，包括摄像机和照相机的镜头都离开了他们，望向高处。会场一片哗然。

那块横空出世随风飘荡的白布上用红漆写着六个大字："秋月我喜

欢你。"很多人都念出了声。你知道龙宝没有太多的钱，不然他会买一块更长的布，一直垂到楼底。尽管"秋月我喜欢你"这六个红字只占了四层楼高，但我们照样看得很真切。主持会议的人大声说："怎么回事？到底怎么回事？"由于他是对着话筒说的，我们都听得清清楚楚。接着就见几个穿制服的人冲出人群，拔腿往大楼里跑。

五分钟后，那块白布徐徐飘落下来，同时楼顶的龙宝也不见了踪影。

往后的情况我们就不甚清楚了。除了创刊不久的《文化艺术报》在四版不显眼的位置登载了几十个字的消息外，全市所有的新闻单位都对此事只字未提。但过后我们就买不到这张报纸了，卖报纸的小贩说，《文化艺术报》停刊整顿，连主编都给撤了。

再见到龙宝时，我们都发现他瘦了一点儿，话也更少了，但他的精神状态好像还不错。

善良的小菊姑娘这回真的生气了，她不打算再搭理龙宝。她对我们说，龙宝这孩子真是昏了头，无可救药了。我们感到小菊姑娘的话有道理，就都去劝龙宝。"我知道我昏了头，但我没办法。"龙宝这样对劝他的人说。龙宝对人们的议论觉得无所谓，他认为他和秋月的事情还不到完结的时候，因为秋月并没有和他谈一谈，也就是说秋月至今还不明白他的心。

龙宝只有马不停蹄地继续实施他的计划。

秋月和那个中年男人——财政局的孙处长，在一天晚上离开夜总会，开车回秋月的宿舍。此前龙宝已经打听准了秋月的住址，在一个新建的花园小区里。龙宝藏在黑影里，看到秋月和孙处长从车上下来，轻手轻脚地钻近楼门洞。不一会儿，四楼的一个窗口亮了。龙宝从藏身处闪出来，他先走到那辆奥迪车前，愤愤地想不就是一辆破车吗，一辆破车有什么好炫耀的？龙宝越想越来气，这个轻易不发火的少年此刻十分的恼怒，他狠狠朝车门踢了一脚，似乎觉得不过瘾，又补了一脚。

这是一个少见的没有风的夜晚，月明星稀，城市安然入睡。这样美好的时刻让龙宝突然生出一缕诗情。为什么不当着那家伙的面再向秋月表白一下自己呢？龙宝想。但他一时想不出更好的办法。去敲秋月的门显然不合适，硬往里闯更是唐突，龙宝还懂得一点儿法律常识，知道法律上有一条私闯民宅罪，龙宝不想犯罪。

龙宝的目光在月色下游移，两根水泥杆子间连接的一条绳子引起了他的注意，显然那是居民们晾晒衣物用的。龙宝这下有主意了，他解下那条尼龙绳子，用力拉了拉，觉得它很结实，吊住他一百零几斤的身体不会有问题。

于是，龙宝爬到六楼，再从预留的通天窗口里爬上楼顶平台。仿佛一切都是老天爷安排好的，秋月房子的上方，接近平台边缘的地方，恰恰有一根裸露在外的钢筋圆环。龙宝把绳子的一头在这个牢固的圆环上系紧，另一端拴在腰间。估计从楼顶下到四楼秋月的窗口，长度能够达到。

龙宝运足力气，开始进行我们这个城市里难得一见的壮举。他顺利地往下滑落，但在他的双脚试图接近窗台时，绳子绷紧了。也就是说，龙宝只能悬在半空中。好在调整一下姿势后，他的上半身能够贴近窗子的上方。

厚厚的窗帘挡住了龙宝的视线，一阵令人迷醉的声音从里面隐约传出，龙宝不忍心听下去，他伸出右手食指，轻轻叩响了窗玻璃。"轻点儿……你听，窗子在响。"是秋月的声音。"可能下雨了。你快过来呀……"是孙处长的声音，"反正不是地震。"

龙宝耐心地敲着窗玻璃，嘴里翻来覆去嘟囔道："秋月呀我是龙宝，我喜欢你，我就想和你说说话……"终于，窗子被人从里面拉开了。龙宝的头差点儿和秋月的脸撞在一起。龙宝激动地说："秋月姐姐，我想和你说说话！"秋月惊叫一声，倒退两步跌坐在地毯上，双手捂在胸前。"秋月姐姐，别害怕，我是龙宝。你摔疼了吗？"龙宝心疼地说。昏黄的灯光里，秋月好像没穿衣服，龙宝赶紧闭上眼睛。

孙处长到底是见过世面的人。孙处长麻利地穿上衣服，扑过来使劲关上窗子，拉好窗帘。不一会儿，龙宝听到孙处长上了楼顶。龙宝努力仰起脸来，他看不见孙处长的影子，只听到了一个压抑着的声音："你这个贼，我他妈把绳子搞断，立马叫你小子见阎王！"

106

"我不是贼，你才是个贼。"龙宝说，"你敢叫我见阎王，你自己也得跟我去见阎王，不信你试试。"头顶的绳子晃了晃，龙宝闭上眼睛，汗水霎时打湿了全身，他使劲敲了下窗玻璃，含着眼泪说："秋月姐姐，咱们再见了……"

过了好久，龙宝先是听到锁门的声音，接着听到汽车启动的声音。他意识到秋月跟孙处长走了。四周一片寂静，月亮又大又圆。龙宝定定神，打算顺着绳子爬上去，但他挣扎了一阵，怎么也爬不上去。为了防止弄断绳子，他决定天亮再说。

挨到月亮隐去时，龙宝感到疲倦，于是就迷迷糊糊睡着了。醒来后见天已大亮，很多人在地上走来走去，龙宝感到他们的样子很滑稽。除了偶尔有人抬头看他一眼外，大多数人对悬在半空中的他视而不见。龙宝觉得多在上面待一会儿也挺有意思，他也就没有呼救。

大约上午九点多钟时，龙宝才在别人的帮助下回到地面。一个上了年纪的老头说："一大早就见他吊在上面，我还以为他在安装空调什么的呢。"

两个警察带走了龙宝。警察们确认龙宝不是小偷后，踢了他几脚就把他放了。

自那个悬在空中的夜晚后，龙宝没再去见秋月。他觉得自己渐渐快把她给忘了。但他仍是每天在电视上与秋月见面。

有一天，在我们这个城市最豪华的金马大酒店的停车场上，龙宝又看到了孙处长的那辆奥迪车。孙处长和一个胖子从车里下来后，进了酒店。龙宝气不打一处来，他悄悄绕过去，掏出小刀，狠狠在车身上划了十几下。一个酒店的保安人员走过来，友好地问他："先生，你在干什么？"龙宝说："我的车钥匙丢了，明明刚才还在，说不见就不见了。"

保安态度更加友好地说："那你好好找找吧。"说完就离去了。

龙宝觉得光在车身上划拉几下太便宜了那个老小子，正巧他憋了一泡尿，他便脱下上衣缠在右臂上，肘部对准靠近方向盘的那块车窗玻璃猛一用力，只听哗啦一声，咖啡色的玻璃碎出一个碗口大的洞。龙宝双腿贴紧车门，掏出小鸡儿，将膀胱里的液体全部泄进车内。他感到这是他有生以来尿得最痛快的一次，所以他的脸上洋溢着幸福的表情。

这时，那个保安又转过来。保安仍然态度友好地问："先生找到钥匙了吗？"龙宝说："刚刚找到。"

保安说："我知道不会丢的，到大厅里休息一会儿吧。"

龙宝说："谢谢，你们这里的服务态度真好。"

保安说："那当然，我们是四星级，咱们市不就这一个四星级吗？"

龙宝说："是的。"

龙宝穿好上衣准备离去。但就在他转身的瞬间，他看到司机座位旁有一只真皮手包。手包上沾满了他的尿。强烈的好奇心驱使龙宝伸进胳膊拽出那只手包，他顾不得满手的尿渍，拉开拉链。

下面的情况就完全出乎龙宝的意料了。他看到包内有好几个存折，户主都是孙健民，存款总额一百万元左右。他有点儿傻眼，一时不知怎么办好。偏偏这当口，两个保安警惕地朝他走来，龙宝拎上包拔腿就跑，他喊道："我要到反贪局举报他！"那两个保安高叫一声抓小偷，奋力在后面追赶。龙宝跑到一个路口时，迎面撞在了两个并排行走的巡警身上，巡警顺势一把抓住了他。随后而至的两个保安气喘吁吁地说："他是小偷抓住他。"

龙宝把手中的皮包交给巡警，他上气不接下气地说："我不是小偷。财政局的孙处长存了一百多万，他怎么会有这么多钱？我要到反贪局举报！找你们举报也行……"

巡警大致了解了一下情况，对龙宝说："你现在是盗窃嫌疑犯，先跟我们去派出所。你要举报当然可以，我们负责把存折转交给检察院反贪局。"

龙宝在派出所待了几天就被放出来了，事实证明他不是小偷。我们一开始就不相信他是小偷。他这人不爱财，你白送他钱他也不会要的，我们都了解他。反贪局根据龙宝提供的证据，已初步查明孙处长存折上的钱是他收受的贿赂，办案人员还在他家里搜出了一捆一捆的现金；据说那辆奥迪车也是别人送的。

又过了些日子，美丽的秋月突然从电视屏幕上消失了。听说她嫁给了一个老外，准备到国外定居。我们这个城市里的很多漂亮女人都愿走这条路，这使我们感到悲哀。秋月外嫁的消息传出后，不少人到电视台找领导，恳求他们一定要留住秋月。有个愣小子还威胁有关领导，说："你们要是放走秋月，我就从这座大楼上跳下来。"

龙宝没有参与这项活动。别人约他一同去电视台请愿，他冷冷地说："我去那儿干什么？电视台的人我一个都不认识。"

人家说："你不是喜欢秋月吗？"

龙宝拉下脸来说："那是以前。"

善良的小菊姑娘似乎比谁都高兴。她认为龙宝压根儿就不是个坏孩子。她自豪地对我们说："龙宝虽说算不上一个好男孩，但我喜欢他。"

秋天来临的时候，变得沉默寡言的龙宝到工商所办了个执照，在自由市场卖海货，捎带着卖点儿新鲜蔬菜。我们都愿意买他的东西，因为他从来不缺斤短两，更不以次充好，和他打交道大伙儿放心。

（1996 年）

苹果的滋味

　　苹果是什么？苹果就是那样一种圆圆的东西，树上结的，有红的，有黄的，有青的；外面有皮，里面有瓤，中间有核儿。李梅的家乡就盛产这种东西，遍地都是。因为太多，李梅对它到了熟视无睹的地步。

　　但在这年秋天，李梅却认认真真地注意起了它。这与何先生有关。

　　金鼎大酒店是岛城一家有名的酒店，三星级。李梅十八岁那年来酒店当服务小姐，至今已三年有余。三年的时间不算长也不算短，李梅已经习惯了这里的生活，但她并未给自己订什么计划，能干多久干多久吧，年纪一大，酒店不喜欢了，实在不行，再回家乡去。李梅想。

　　何先生先前不常来金鼎大酒店，据说是嫌这儿档次低。何先生虽然才三十五六岁，但在这座城市里，很多人都知道他。他是一家著名民营企业的董事长，经常在电视、报纸上露面。夏末的一个傍晚，何先生来过一次后，就常来这儿了，谁也说不上为什么。

　　何先生有时陪外商、港澳台商或相当一级的领导来酒店就餐，有时单独来。只要他来，"芙蓉"厅就给他留着。来的次数一多，酒店上至总经理，下至一般服务生都看出，何先生喜欢李梅为他服务。为此，总经理特意吩咐，把李梅从"飞燕"厅调到"芙蓉"厅。有一次，何先生问李梅，姑娘，你叫什么？李梅有点儿怯怯地告诉了他。他嗯一声，说以后我就叫你李姑娘吧。李梅觉得这么叫确实不错，显得自然、朴实、亲切，比叫李小姐好，现在人们见了年轻的或者不那么年轻的女人，张口闭口都是小姐，俗气死了，李梅来城里三年多了，仍不习惯别人叫她小姐。又有一次，何先生说，李姑娘，你是个挺不错的女孩，待在这样的地方，可惜了。李梅心想我可惜啥呀，大学没考上，家乡的人

110

就会种苹果，我不愿种，托门路找到这么一个金碧辉煌的地方混饭吃，已经不错了。

何先生不像常来酒店的某些大款，兜里有几个钱就不知道姓什么，颐指气使，脏话连篇，当着众人的面就对小姐们动手动脚，刚刚见了一面就赤裸裸地约你出去过夜；偏偏有些恬不知耻的女人像苍蝇见了肉，赶都赶不走。何先生不这样。何先生文质彬彬，十分稳重——稳重得与他的年龄大为不符。总之，何先生是个既有钱又有文化的人。李梅在电视上见过香港大款李嘉诚，李梅觉得何先生的气质和李嘉诚差不多。不久，细心的李梅就注意到，何先生的目光常常有意无意地在她身上停留。其实，金鼎大酒店有很多漂亮的小姐，有的简直貌若天仙，连李梅都禁不住妒忌她们。李梅在这里其实并不太引人注目。也许她比较特别的地方不是她的脸蛋和身段，而是她格外光洁的额头、月牙儿般柔顺的眼睛和两枚小巧精致的虎牙。仅此而已。

李梅还发现，每次用餐完毕，何先生都吩咐她另上一个红苹果。只一个，多了不要。他亲自用水果刀从中间轻轻切开，也不去皮，拿一半在嘴里若有所思地嚼，剩下的一半便不再动，任它躺在光可鉴人的白瓷盘里，看上去像一幅美妙的静物画。一次，厨房里没有红苹果，李梅只好端一个黄颜色的苹果上来，何先生马上就坚决地摆摆手，让她端回去。李梅把这件事报告给餐厅经理，经理非常明白，何先生这样的人物酒店是得罪不起的，于是下令，以后即便厨房没有肉，也不能没有红苹果。

对于何先生的这个癖好，李梅谈不上有多么奇怪。李梅早就发现，越是有钱人，越是大人物，怪癖就越多。比如有个做海产品生意的大款，每次来酒店就餐，都有随从给他带着自备的餐具——一块闪闪发光的银盘子、一只古铜色的碗、一双象牙筷子——他说用别人的碗吃饭，不香；还有个五十多岁的大款，一脸横肉，也不知他做什么生意，每次来酒店，去卫生间方便前，都让手下人先进去看看，如果里面有人，他坚决不进，非要等别人出来才单独进去方便。何先生无非是爱吃个红苹果——不，是半个——可这有什么奇怪的呢？当然，在那些重复不已的过程中，李梅倒是真切地记住了何先生的细致和庄重，也许还含着一点

111

淡淡的惆怅。

　　而那些和李梅要好的同伴们都暗示她，何先生对她情有独钟，劝她可不要错过这千载难逢的机会。是呀，何先生年轻英俊，气度非凡；钱嘛，更不用提了，如果傍上他，就不用在这儿受这份洋罪了。同伴们对李梅羡慕不已，嚷嚷着让她请客。她们的口气酸酸的。李梅清楚大家都希望自己的生活突然有个质的飞跃，不然，大老远地跑来这里干什么？为此，她们有的不惜以身相试，胆子越放越开——并非希望哪个有钱的白马王子来迎娶自己，在那些有钱人身上剁块肉总可以吧？等腰包鼓了，再回家乡或者就地找个纯情的傻小子过日子，照样是一辈子。想开了，这年月，就这样，反正钱掉不到地上。

　　但是，傍上何先生这样的人却是她们连想都不敢想的。她们嚷嚷得李梅心里发烦，于是，她怔怔地说，怎么会呢，咱可没这个福气，天上要是落馅饼，你们就睁大眼睛伸长脖子接吧。

　　说虽这么说，李梅心里仍是期盼着什么。不管希望的结局如何，人没有希望不行，没有希望的日子就没有过头。如果非要指出李梅与她们的不同之处，那便是李梅在这种事情上一向缺乏主动性，后来李梅才悟道，她是守株待兔——一想到中学课本里的这个成语，李梅忍不住就想笑。这似乎也是她在同伴们面前感到欣慰和踏实的地方。

　　终于有一天，何先生细细地吃完半个苹果，然后递给李梅一张名片。是个晚上，外面下着小雨，酒店里客人不多。何先生深深吸了一口香烟，试探着说，李姑娘，愿意去我家做客么？何先生还说了约见的时间，又详细地告诉给她自家的地址，还说他很忙，时间很宝贵什么的。何先生一改往日的简练，变得啰里啰唆。李梅头一低，没说去也没说不去。那一刻，李梅觉得周围静极了，只有她怦怦的心跳像一面擂响的小鼓那样，颤个不停。

　　何先生的家在海边的高级住宅区，那里是岛城人心目中的天堂，这几年刚冒出来的。李梅朝一座乳白色绿树掩映的小楼走去时，心里七上八下，不知道等待她的将是什么。以前李梅并非没赴过陌生男人的约会，但这一次的心情同先前的大不一样。

见面后，出乎李梅的预料，何先生并未表现出过分的热情。他们只是有一搭无一搭地闲聊。其间何先生伸手从茶几上摸过一个红苹果，往下的过程就像李梅经常见到的那样，他咀嚼的时候脸上露出凝重的表情。李梅坐在窗边的一张折叠椅上，感到拘谨和无所适从。她偶尔侧脸往窗外看，看到窗下栽着悬铃木、美人蕉和海棠，这都是很名贵的花木，酒店的花坛里就有。不远处是海，海水很平静，碧蓝如洗。海原本是很大的，但此刻在李梅眼里，海变成了窗户那么大的一小片，像一块深蓝色的窗帘。那个秋日宁静的下午，什么事情都没有发生，李梅深感迷惑。

　　李梅第三次去见何先生时，他突然讲起一件往事。他谈到一个叫蓉的女孩和十八年前的一次郊游。也是秋天，秋天的一个平平常常的周末，学校组织大伙儿到南郊的山上游玩。阳光明媚，漫山遍野的花朵令人心醉。他看到蓉异常光洁的额头、月牙儿般柔顺的眼睛和两枚小巧精致的虎牙在阳光下若隐若现，使他有一种不真实的、梦幻般的感觉。后来，他和她来到一处僻静的地方，她变戏法似的拿出一个红苹果，切开，一人一半，就着阳光吃。虽然他家境贫寒，但苹果还算不得稀罕物。然而，那半个带有她体温和一点点化妆品气味的苹果却使他领略了什么叫香甜和幸福，他觉得那是他一生中最难忘的时刻。此前他所做的一切仿佛都是为了迎接这一刻的到来。后来，他在她光洁的额头上轻轻吻了一下。就一下。

　　李梅不觉心动如潮。她这才明白了红苹果对于何先生的意义。窗外的海正在涨潮，海水的响动铺天盖地，好像何先生的小楼都跟着摇晃。在何先生不紧不慢的述说中，李梅不由想到了自己的事情。她想起在县中学读高中时，一天晚上，大家上晚自习去了，她一个人在寝室里洗衣服。脱身上的脏衣服时，她突然发现窗帘没拉好。她用脏衣服捂着胸脯去拉窗帘，恰在这时，她看到一个人的脸贴在玻璃上。她吓得猛一激灵，差点儿没失声喊叫起来。那个人她认识，是外班的，还是个学习尖子，长相也很帅气，不少女同学倾心于他。但李梅没想到，他会用这样的方式与她交流。她没把这件事情报告老师，也没向任何人透露过，也就是说，这个秘密只有他们两个人知道。李梅非常希望他再来找她，他们可以聊天，可以悄悄地到野外散步，或者到电影院看一场电影。她甚至在深夜有过与他相会的梦境。但是，从那以后，每逢见了她，他都红着脸躲得远远的。一年后，他考上了北大。她知道以后怕是再也见不到他了，忍不住伤心地哭起来……何先生讲完后，点上一支烟，深深地吸了一口。李梅回到现实中来，觉得浑身无力，就叹口气，问，后来呢？

何先生说，后来？我们没有后来。开始我以为是由于我的贫困造成的，后来我才发现，根本不是这么回事，钱买不来一切，所以我们没有结果。

李梅又孩子气地傻问，那她现在在哪儿？

何先生说，她从这个城市消失了。

李梅感慨之余，不明白他所说的消失到底指什么，是她到了外地，还是离开了这个世界？

秋末稀薄的阳光透过窗子照进来。何先生熟练地切开一只红苹果，拿一半慢慢咀嚼。就在李梅发怔的当儿，何先生定定地望着她，然后指了指盘中的另一半苹果说，李姑娘，你为什么不吃呢？

窗外的潮声越来越响亮，仿佛遮盖住了世上所有的声音。李梅吃完那半个红苹果后，才发现自己不知何时倒在了何先生怀中。她甚至没来得及品尝一下苹果的滋味。

李梅在接下来的这个秋天经历了太多的事情，所以她感到眼花缭乱，疲惫不堪。去见何先生的次数一多，就被同伴们觉察了，纸里包不住火，本来也没什么，这样的事在当今司空见惯，问题是她们非缠着她请客，因为有人猜测说她将被何先生明媒正娶，还有人认为她能做何先生的"金丝雀"，肯定发财了。

并非李梅舍不得请朋友吃饭，到岛城最豪华的五星级酒店请一顿她也请得起，她已经工作了四年多，攒了一些钱。问题的最最关键在于，何先生根本不可能娶她，何先生说过这样的话吗？连一点点儿暗示都没有过啊！而且，只有她自己清楚，冬去春来，春去夏来，她吃了何先生不少红苹果，何先生除了送过她几件值不了几个钱的衣物、小礼品外，居然没给过她一分钱！这是她当初无论如何也想不到的。

但是，说这些谁信？显然她被何先生涮了。一个女孩子，被人活生生涮掉，是最丢面子的事情，李梅怎敢说与人听？她只有在她们面前指天发誓，她只是陪何先生聊聊天，听听音乐；再说，何先生挺正派，何先生——不好色。

　　闲来无事时，李梅思前想后，感到委屈极了。看来还是年轻，爱动感情，缺乏身在江湖的经验。现在，她恨死了那些红苹果，在她眼里，那种圆圆的东西纯粹是一个又一个的圈套，严严实实把她给套住了。

　　李梅渐渐地对何先生失去了热情。何先生也基本上不再来酒店就餐。李梅又成了过去那个不爱说话的餐厅服务小姐，淹没在金鼎大酒店如云的美女群里。

　　秋天的一天下午，一件李梅绝对意料不到的事情发生了。她的名字赫然上了当天晚报的头版。报纸上说，为了救助像家乡的穷孩子那样的失学儿童，在本市金鼎大酒店打工的乡下姑娘李梅，将自己四年多来所挣的两万元钱全部捐给了希望工程，其境界殊为可敬可叹，云云。

　　李梅捏着别人扔给她的那张报纸，呆了。她想报社一定搞错了，要不就是酒店还有一个叫李梅的姑娘。想想不对，她便急慌慌给何先生拨了一个电话。何先生说，没什么没什么，这都是你应该得到的，你只要应付好就行了。

　　终于明白过来的李梅仍是木呆呆的，她弄不清何先生的葫芦里到底卖的什么药。这条消息却在岛城引起了极大反响，第二天一早，就有电视台记者前来采访。平素总板着面孔的酒店总经理带领众多员工怀抱鲜花向她走来。几天后，分管文教的副市长又亲自接见了她。市政府随即做出决定，号召人们向她学习，并把她的户口落进本市，再送她到市里某大学进修一年。共青团市委、市妇联等单位纷纷派人来接洽，争着要她。与此同时，她还收到了一摞摞的求爱信。她成了香饽饽。

　　接踵而来的这些事情简直就像做梦，李梅都有点儿招架不住了。冷静下来，她才又想起何先生。她想，这一切的一切都是因为有何先生。她不知道该怎么感谢他。何先生什么都不缺，想来想去，李梅决定买一箱质量最好的红苹果送给他。世上所有的东西中，也许只有红苹果能打动他。她不也是曾经被红苹果打动过吗？

李梅来到果品批发市场。她在堆积如山的苹果摊前转来转去。她从小伴着苹果树长大，水果贩子们骗不了她。她让一个中年人打开了十几箱日本红富士，她先尝了一个，又脆又甜，脆极了，甜极了。又脆又甜的红苹果勾起她繁华如盖的往事，她忍住笑，一个一个对着阳光挑拣。中年人纳闷地说，你往中南海送吗？她笑着说，我付你双倍的钱，好不好？

当她搬着苹果箱兴冲冲走进何先生的客厅时，看到他的面容仍然是凝重的，含着一丝淡淡的惆怅。但她浑然不觉。她妩媚地一笑，说，我把全市最好的红苹果给你送来了。何先生点上一支烟，深深吸了一口，说，李姑娘，我只要一个就够了。

何先生伸手拿过一个苹果，擦了擦，切开，放一半在口中细细咀嚼。她想像往常那样幸福地吃下另一半，何先生却温柔地阻止了她。她愣在那里，不知所措。就在这时，门铃响了。

李梅懵懵懂懂往外走时，和一个姑娘迎面相遇。二人都不由住了脚步，因为她们都发现，她们长得太像了。

天黑下来时，李梅发现自己站在了海边。她觉得脑子里塞满了苹果，好像她的脑袋是一个巨大的苹果筐。长到这么大，她吃下了无数的苹果，但她怎么也回忆不起苹果的味道。起雾了，看不清远处的灯光，大海又在涨潮，轰轰地响。她觉得有点儿冷，有点儿颤，就往回走。在路基边的松树下，她看到一男一女依偎在一起，那女的比她还要小，顶多二十岁，也许十八岁。她冷不丁冲她说，你吃过苹果吗？

(1999 年)

人间的聚会

　　事情的起因缘于一次同学间的聚会。那实在是一次平平常常的聚会，就像春天的一场小雨来临那样，平常得难以留下什么痕迹，过去后陈冬就懒得再去想它了。

　　那天早晨，陈冬像往常一样提前十分钟走进单位的大门，又像往常一样友好地冲门卫刘大爷招了招手，然后迈着轻快的步子上楼。走廊上空寂无人，陈冬的脚步声从脚下散布开去，在宽阔的空间里嗡嗡回响，宛若古老的钟声。单位里绝大多数人都是踩着钟点上班，陈冬每天差不多总是第一个到来。她从随身携带的精制羊皮挎包里掏出钥匙，轻轻旋开办公室的门，接下来是打开水、擦桌子、拖地。陈冬是个勤勉而又朴实的人，无论是在单位，还是在家里，她的口碑都很好。等她干完这一切的时候，单位里的人就该到齐了，一种久难改变的富有秩序的微弱喧器便包围了她，并充斥了这座整洁、漂亮的办公楼。

　　陈冬坐在办公桌前，阳光透过窗玻璃照进来，在她面前洒下点点温柔而虚幻的影子。陈冬所在的单位属于那种官办的公司，经济效益一直很好，人们的收入都很可观，而且地理位置也好，就在省府边上，门前便是这座北方名城的一条最繁华的街道，公司的小院却闹中取静，环境优美，是每一个过路人都忍不住多看几眼的地方。陈冬她们的科室有五个人，活儿不多任务不重，无非是填填报表打打电话，在这样的单位工作，陈冬和同事们一样，都感到诸事顺遂，心情舒畅。

　　春天的那个一如往常的日子，当面前的阳光明亮得晃眼时，桌上的电话响了起来，陈冬拿起耳机，里面传出一个略带沙哑的男人的声音。

我找陈冬，对方说。陈冬微微愣了一下，随即说，我就是。你是陈冬？好久没有听到你的声音了，你猜猜我是谁？陈冬想了想，脱口道，孙建华，狗小子。那边的孙建华就嘿嘿地笑了。

孙建华在电话里告诉陈冬，晚上他安排搞个同学聚会，他已给二十多个同学打过电话，希望陈冬也能参加。陈冬想起，两年前孙建华也曾出面安排过一次同学间的聚会，她参加了，大伙儿都玩得很开心，这次她没有理由不去，于是就答应了。

六点差十分的光景，陈冬打车来到位于城南的金帝海鲜酒楼。这是一家新开张的酒楼，专做时令海鲜，电视上天天打广告，广告上漂亮小姐端着色泽艳丽的大虾款款行走的模样令人心醉。这座城市的食客差不多都知道有这样一个去处。它门面不大，装修得却很考究，从里面飘出的食物的新鲜气息漾出很远。陈冬站在酒楼门口的花坛角上，没有马上进去。那天她脚蹬乳白色的高跟皮鞋，身着藏蓝色的上衣、浅灰色的宽松裤，这副打扮就像她的为人一样，质朴、典雅，又多多少少透出点儿现代气息。

十二年前，陈冬从四十二中高三班毕业，她没有考上大学，她对上大学也没有多少兴趣。在家待了一段时间的业，靠爸爸的老关系进了那家有名的公司，然后谈恋爱、结婚——她的丈夫是爸爸老战友的儿子，丈夫一表人才，非常疼爱她，眼下在市府下属的一个颇有实权的单位当处长——再然后呢，他们有了一个可爱的儿子强强，强强今年已经三岁，刚上幼儿园。和别人相比，陈冬没有什么可抱怨的，她很满足……

已经有三五个同学先她而来，大家见了面，亲热得就像分别了一百年似的，不停地问这问那。但陈冬能够感觉到，这种亲热的背后是丝丝缕缕弥漫其间的生疏，大家虽都在一个城市，终因每个人有每个人的生活法则，加之平时很少谋面，自然就有了距离。毕竟已毕业十二年了，每一个同学的性格和为人都有了难以预知的发展和变化。

陈冬注意到，早来的同学里，有一个中等个头、肤色白里透黄、留着短发的，陈冬对这张面孔感到陌生。上一次聚会时，好像他也来了，但他们没怎么说话，只是轻轻地握了握手，简单地问候了几句。那是他

118

们毕业后的第一次见面。现在陈冬想不起他的名字，好像他叫赵南，抑或是叫张西。陈冬也记不起他如今的职业，好像他在哪家企业干政工，又好像他在哪所学校教书。就在陈冬微微发愣的当儿，赵南或张西热情地走过来，用他温和的嗓音冲陈冬问好，并握住她的手，轻轻摇了摇。陈冬内心略含着歉意，脸上便特意挤出一个更为生动的笑。他们握手的时间较别人长了点儿。趁赵南或张西和别的同学寒暄时，陈冬悄悄地、十分不好意思地对身边一个她熟悉的男同学说，你看我这脑子，记性太差，他叫赵南还是叫张西？

叫赵西。那个熟悉的男同学说，叫赵西，人特老实，当年在学校时那样，现在还是那样，看来真是江山易改，禀性难移呀。噢，赵西在五十四中当老师，教数学，去年还被评为全市十大优秀青年教师来着，上了电视，你可能没看到。男同学并未因陈冬想不起同学的名字感到奇怪，他小声地、详细地讲了一大串。

赵西。陈冬认真地记下了这个名字。

人越聚越多，在金帝酒楼门前围了一堆，像一个小型的街头讨论会，同学们带点儿放肆的粗门大嗓和尖声嬉笑惹得路人频频往这边瞅。有人抬头往远处望，嘴里嚷着，孙建华小子怎么还不来？八成是泡妞忘了这回事。对对，一会儿罚他喝酒……正说着，一辆桑塔纳轿车几乎是无声地在路边停下，高高大大的孙建华费劲地钻出车门，满面春风和众人打招呼。陈冬抬腕看了看表，六点整。

几个同学七嘴八舌含笑指责孙建华，孙建华说，妈的，和一个老外谈生意，磨蹭到现在，一会儿我多喝酒还不行嘛。有个叫周刚的男同学明知车里空着，仍夸张地趴在桑塔纳的茶色玻璃上往里瞅，说，我看你小子带来几个姑娘。孙建华说，咱早就金盆洗手了，眼下正吃素打斋，你行行好吧，别折腾我了。他们引来一片哄笑。

在当年的同班同学里，孙建华是混得相当不赖的一个，学习成绩垫底的孙建华并非没有一颗好脑瓜，他仅仅在工厂干了一年就辞职不干了，做起了生意，起初倒腾海货没赚到钱，后来做电器生意，终于找对了路子，活儿越干越大，眼看着发起来，据说资产已有了二百余万。每次同学间有活动，自然都由他这个大款出面安排。

孙建华在人堆里发现了陈冬，当着众人面故意冲她挤眼睛。陈冬啐他道，狗小子，一肚子坏水。说完她笑了，别人也跟着起哄，跟着笑。

一共到了十九个人，七个女的，十二个男的，分两张桌子就座。

当年四十二中高三班的五十六个同学留在本市的基本就这些了，其他的上大学或当兵到了外地，还有五人分别去了美国、日本、澳大利亚、马来西亚等地方。另有三人已经早夭——一个殁于癌症，一个亡于车祸，一个死于飞机失事。这三个过早夭折的同学令众人感慨不已，就座后几乎人人都在谈论他们，当然，端起酒杯后没人再谈这些，谁也不愿在本该欢乐的时刻让别人和自己感伤，大家有扯不完的话题。待孙建华致过开场白之后，气氛便像浸过水的面包一样愈加膨胀开来。

孙建华拉陈冬坐在自己身边，其余人大都随便坐，坐在陈冬另一边的是紧随她涌进餐厅的中学教师赵西。陈冬也很愿意挨着孙建华坐。当年孙建华追陈冬早已不是什么秘密，陈冬拒绝孙建华更是尽人皆知，但这并不妨碍他们的交往，况且陈冬比较喜欢孙建华的乐天派性格，孙建华的略显粗俗的玩笑很能活跃气氛，谁也不会当真。

酒过三巡之后，接下来是自寻对手，相互敬酒。孙建华有言在先，今晚要是不放倒几个，算他失职。其实不用劝，有酒量的人谁也不会保守，此时不喝更待何时？所以聚会自始至终处于巅峰状态。

孙建华先单独敬陈冬酒。他说，祝你早日离婚，干！陈冬说，狗小子，你等着吧，离了婚我肯定嫁你，干！孙建华说那我他妈的美死了，我得多喝两杯。他连干三杯。然后，他站起来，挨着去给别人敬酒。陈冬的目光落到赵西身上，她仍然对赵西感到陌生。赵西看了她一眼，忙端起酒杯说，陈冬，我敬你一杯吧，碰到一块儿不容易。陈冬说，是呀，大家都很忙。赵西好像不会喝酒，仅喝了几杯脸就红了，他说，我喝酒实在不行。陈冬说，我也不行，今天趁着高兴，多喝点儿没关系。

其实，陈冬并未认为自己多么出色，和同班的女同学比，她的相貌和气质算不得最好的，也许她的迷人之处在于她的贤淑和端庄。上高二时，素以调皮捣蛋著称的孙建华将一张皱皱巴巴的纸片塞进她手里时，她着实吓得不轻。那天在放学回家的路上，孙建华追着她问行不行，她说不行，真的不行。孙建华问为什么不行？她说不为什么，真的不为什么。孙建华将脚下的一块石头踢得飞起来，然后扬长而去。她以为事情过去了，感到很轻松，哪知毕业不久的一天下午，孙建华来家约她去看电影，她本不打算去，又想了想，还是去了，同学之间相约看一场电影是件很正常的事情嘛。那是一部很糟糕的片子，名字早已忘记，电影院里没几个人，空空荡荡的电影院给孙建华创造了机会，他握她的手，说下流话，还抚摸她，她又羞又急，流下了眼泪，起身往外走，孙建华这才住手。出来后她想马上回家，孙建华非拉她吃过饭再回去，她不忍心再让他失望，遂跟他进了一家脏兮兮的饭馆。那天晚上孙建华点了六个菜，她没吃几口，剩下的让他吃得一干二净，就差舔盘子了，那情景令她哭笑不得。一晃四年过去了，她成了别人的妻子，生活幸福美满；孙建华成了别人的丈夫，却过得一团糟。某个秋天的傍晚，久已不见的孙建华突然登门造访，适逢她丈夫到外地出差，这等于又给孙建华创造了一个难得的机会，他一把抱住了她。但这时候的她成熟、老练多了，她轻轻推开他，温柔地说，宝贝儿，我还没吃饭呢，你忍心让我饿肚子？等我们吃点儿东西再来好不好？心急火燎的孙建华居然乖乖地停止动作，帮她洗菜、做饭。她做了满满一桌子好吃的，又拿出一瓶好酒，三哄两劝，孙建华将那瓶酒全喝进了肚里，醉了。她费了很大劲把他抱到床上，帮他脱掉鞋袜，又用温水给他洗脸洗脚，然后给他盖上被子，锁好门，回了娘家。事情做得滴水不漏。后来孙建华多次在电话里笑恼不休地骂她道，你他妈的千真万确是个当间谍的材料……再往后，可能是孙建华赚了钱，身边不缺女人了，没再纠缠她，每次见了面都能保持理智，君子动口不动手。她觉得这样很好……

菜肴极丰盛，但同学们光顾喝酒，很少吃菜，咣咣的碰杯声不绝于耳。孙建华自离开座位后就回不来了，谁都想和他喝，他的酒量也大，来者不拒，他走到哪儿，哪儿就掀起一个小高潮。

陈冬对赵西说，你看同学们多高兴呀，一个个跟小孩子似的。赵西说，我天天跟孩子们打交道，我喜欢这个样子，咱俩再喝一杯。

陈冬饮净后放下酒杯，像突然想起什么，说，赵西，我还不知道你毕业后的情况呢。

很平淡。赵西腼腆地笑笑，很平淡，上了四年师大，然后分到五十四中当教书匠，比上不足比下有余。

你的家庭呢？陈冬又问。

我爱人也是个教书匠，教地理，我们是师大的校友，她比我矮一级。她是个很好的人，我们的女儿甜甜已经四岁了，小家伙挺讨人喜欢。赵西的脸上露出满意的神色，陈冬，你过得还好吧？

陈冬点点头。赵西说，这样就好。

陈冬认真看了赵西一眼。她觉得他是个心境很平静、极容易满足的人，她想她也是这样。这样很好。

那边，已喝到份上的孙建华讲开了笑话，一下子把众人的注意力吸了去。他讲道，一天，一个漂亮女人乘出租车到了目的地，司机问她要钱，她说没钱。司机说没钱怎么办，总不能白坐车吧？她说你随便。司机说那我就不客气了。她说你随便。当时天还亮着，车窗上没挂布帘，出于安全考虑，司机不敢把她放平，司机想了想，就说你撩起裙子，我用脚干吧。过了几天，司机的那只作过孽的脚痒得难受，他只好去看医生。医生诊断后说，小伙子，你的脚上长了梅毒。司机立马不干了，和医生大吵大闹，他说扯淡，我从来没听说有脚上长梅毒的。医生说，小伙子，你冷静一下听我讲，这没什么奇怪的，刚才来了个女病号，她的下身还得了脚气呢……孙建华的笑话引来满堂喝彩。接下来就又掀起一股讲笑话的浪潮，讲的大都是黄段子。

陈冬捂着嘴笑，她说这帮小子，真是越来越混球了，不可救药不可救药。赵西笑着说，平日里大家都很辛苦，今晚就让他们放松一下吧，姑妄言之姑妄听之。

酒喝到一定程度，笑闹劲儿一过，不知从谁那里开始的，大家又都诉起苦来，什么事业不顺，家庭不和，生意难做，收入太少，领导差劲，等等。最后的焦点都集中在家庭不幸福上，似乎每个人都受了天大的委屈，都有一肚子苦水，男同学骂自己的老婆，女同学骂自己的丈夫，聚会变成了控诉会。坐在另一张餐桌前的女同学刘玫含着眼泪历数了丈夫的种种劣迹后，发誓说过几天就跟王八蛋离婚。紧挨赵西坐的男同学王勇气愤地拍着桌子，把妻子说得一钱不值，狗屎不如，说恨不得今晚就跟臭娘儿们离。有人给他们鼓劲，说想离就赶快离，离婚后刘玫、王勇你们到一块儿过，来来来，咱们提前喝你们的喜酒。几个离过婚的同学深有体会地说，世上什么人最快活？单身汉！我劝诸位千万别将就，过不好就离，妈的，世界上所有的婚姻都是不幸福的……

这世界怎么啦？陈冬纳闷儿。她想他们可能喝多了，有点儿控制不住自己的情绪吧。

说来说去，只有陈冬和赵西家庭和睦，生活幸福。陈冬真诚地说，我觉得我丈夫很好。说完她微笑着望向赵西。赵西也望着她说，我爱人对我不错，别说吵闹，我都不记得我们红过脸。

陈冬和赵西几乎同时举起酒杯说，来，为我们各自家庭的幸福，干杯！

天很晚了，同学们相偕走出金帝酒楼。孙建华是被人架着出来的，他喝得东摇西晃，嘴里不停地说胡话。陈冬说，无论如何不能再让他开车。一个在旅游公司当司机的同学自告奋勇替他开车。临上车前，孙建华握住陈冬的手说，祝你早日离婚。他的舌头已不能拐弯。陈冬笑说，狗小子你等着吧，离了婚我就嫁你，祝你好运。孙建华说先送陈冬，她一人回去我不放心。陈冬忙说不用不用，我一人打车走就可以了，不会出事的。这时赵西插话说，我和陈冬同路，我陪她走，你就放心吧。孙建华这才不再坚持送陈冬。

大伙儿望着孙建华的桑塔纳无声地滑出去，消失在昏黄的夜色中。其余人相互间反复道别，好像人人都怀有一种忧伤的情绪。之后，有的打车，有的骑车，不大一会儿工夫，马路边寂静下来，陈冬深深吸了一口夜晚清凉的空气，伸了个懒腰。她感到夜晚城市的景色很美。

赵西拦住一辆出租，扶陈冬上车。出租车在夜晚的马路上飞快地行驶，道路两边的建筑物在霓虹灯的照射下明明灭灭，宛若梦中的情景。陈冬忽然觉得心底有一股潜流在缓缓涌动，她不由看了一眼坐在身边的赵西。赵西默默无语，仿佛在想什么心事。不知为什么，陈冬此刻感到赵西已不再陌生。享受一点儿罪恶感的想法也许就是这一刻形成的……

陈冬说，赵西，你看夜晚多么好啊。

赵西没说什么，只是若有所思地点点头。黑暗中陈冬看不清赵西的脸。

出租车开到离赵西家还有两站地的地方，他们就叫停了。从赵西家到陈冬的家，大约还有三站多地。赵西说，陈冬，咱们慢慢往回走吧。陈冬说，咱们慢慢往回走，赵西。他们保持了约有一米的距离，并排沿着大路边的人行道行走。人行道与机动道之间，是已经返绿的草坪，间或还有盛开的花卉。陈冬意识到，除了丈夫外，她从未在深夜和异性单独在一起过，这种新奇的感受令她耳根处有些发烫，决意冒险的快乐念头使她不知所措。两人沉默地行走了一段距离，都感觉到了对方的微妙的心态。尽管夜已深，但城市的夜生活好像刚刚开始，带着凉意的小风吹拂着他们的面颊，路边的一个又一个白日里不显眼的小店——咖啡馆、餐馆、美容美发店的门头上，闪烁着诡异、暧昧的灯光，充满了诱惑。比他们年轻一点儿的少男少女成双成对，随处可见。陈冬渐渐觉得自己软弱下来，好像双腿被缚住了，而且无法挣脱，她的呼吸便急促起来……

后来他们不约而同地停止了行走，坐在街心花园里的一张石凳上。陈冬清理了一下自己复杂的心绪，对赵西说，真抱歉，也许你是个挺不错的男孩子，但当年在学校，你为什么没给我留下什么突出的印象呢？

赵西轻轻笑了笑，我这人不爱交际，说穿了就是喜欢孤独，不光和你，我和任何同学都不怎么来往，一心只想学习，但我的学习成绩并不好，在那种情况下，我更不愿和别人来往了。

可我学习成绩也很 般呀。

人和人不同，你现在并不比谁差呀。

你是说你不满意目前的处境？

不不，我很满意，我觉得这样很好。

……

他们有一句无一句地聊下去，时间从身边悄悄溜走。陈冬说，天不早了，回去晚了，你爱人别不高兴。赵西说，今天是我岳父的生日，她

124

领女儿回娘家了。陈冬说，哟，岳丈过生日，你却跑去参加同学聚会，她不生气吗？赵西说，是她劝我去的，她说老头的生日可以年年过，同学们的聚会不一定年年有，大伙儿凑一块儿聊聊天，比啥都强。陈冬，你回去晚了，你爱人会不会有意见？陈冬说，他这人很大度，从来不在这类小事情上和我计较，当然，他主要是相信我，我也相信他。

再往下，好像就没什么可说的了。一阵难挨的沉默之后，陈冬恍惚中发现赵西轻轻握住了自己的手。陈冬没有拒绝。陈冬觉得一股湿润的水汽包围了她，令她不寒而栗。她意识到她和赵西已经滑向了危险的边缘，但她仍没有拒绝。头顶上一片云松的枝叶缓慢摇摆，再往上看，是又大又圆的月亮。陈冬在这座城市生活了三十年，好像是第一次见到月亮，她感到惊奇。城市的灯光太明亮了，城市里的人是很难见到月亮的呀。在月光的照耀下，他们都感受到了似乎从来没有出现过的动人的激情，脑子里一片空白……

赵西将陈冬拥在怀里。陈冬说，不，不，为什么要这样？赵西忙松开她，微喘着说，我不知道，实在对不起，我知道这样不好。陈冬用手捂他的嘴，别说了，怎么好怪你呢，不怪你的不怪你的。赵西说，我觉得今晚很幸福。陈冬说，我也这样想。陈冬的眼里突然涌满了泪水，她又说，赵西，告诉我为什么？赵西认真想了想，无力地说，陈冬，我说不上来，真的……

半个小时后，陈冬随赵西到了他的家，他们没有开灯，黑暗中他们看不清对方的表情。陈冬的脸上挂着清冷的泪滴，她说，赵西，赵西赵西。宛若呓语。赵西说，陈冬，陈冬陈冬。犹如梦幻。陈冬仿佛听到自己身体里面有什么东西在断裂的声音，她一忽儿感到沉重的滑落，就像一块巨石被推下悬崖；一忽儿又感到轻松自如，就像一片不断飞升的羽毛……

陈冬最后是满怀恐惧离开赵西的，她像逃离死亡之谷那样飞快地下楼，来到大街上。跑出很远后，陈冬不由得回了回头，她看到赵西家的窗子亮了。那栋六层高的居民楼，唯有他家的灯亮着，像一只不怀好意的夜的眼睛。陈冬抬腕看了看表，此时已是凌晨一点。

又过去了两年光景。陈冬仍像先前那样准时上下班，她们公司的效益越来越好，她的丈夫已经当上了副局长，她的儿子强强愈长愈可爱。无论是在单位，还是在家里，陈冬的口碑一直很好。生活并没有改变它固有的模样……

一天，陈冬到一家新开张的超级市场买东西，突然听到有人叫她的名字。原来是一个面孔比较陌生的老同学。老同学也在领着他的爱人和孩子逛市场。陈冬一时想不起老同学的名字，他好像叫赵南，又好像叫张西。陈冬想，可能生活太平静了，年龄也大了，搞得记性太差，这脑子，真成问题。陈冬拿不准，没敢轻易叫出口。老同学把陈冬介绍给自己的爱人。老同学的爱人很热情地和陈冬握手，说，我们家这位曾提起过你，欢迎你到我们家做客。陈冬说谢谢。陈冬注意到，老同学的爱人长得十分清秀，蛮讨人喜欢的。

老同学领着爱人和孩子消失在陈冬的视野里，陈冬仍然想不起来老同学的名字。她问自己，他到底叫赵南呢，还是叫张西？接着她又想，想不起来就算了。

（1995 年）

126

歧　路

　　有一段时间，我住在狭窄的小阁楼里，很是艰难地写一篇名为《歧路》的小说。我笔下的男主人公——他——是一个十六七岁的少年，他长相英俊，面孔白皙，身材修长，一头自然生成的卷发随风飘扬，犹如一只黑色的火炬。他家住在城西一带，父母都是工人。那时他正上高中一年级。他在学校是个好学生，在家里也是个好孩子。所有的迹象都表明，他是一个天真、纯洁、聪明、好学，追求上进因而前途无量的人。他是早晨八九点钟的太阳，祖国的花朵和未来。

　　然而，他却在一个阴沉沉的夜晚，鬼使神差一般来到城南一带的某个地方，完成了自己一生中最重大的一件事情：他在一座颓败的待拆迁的房屋里，对本文的女主人公——她——施暴，并基本得手。她比他小一点儿，也许十三岁，或是十四岁，最多十五岁。说他基本得手，是由于这是他有生以来第一次干这种事情，没有任何经验，一切都在慌乱之中进行。按照古典小说里常用的词汇，他充其量仅算作：灵根半人。

　　写到这里，我嘿嘿笑起来，有点儿不怀好意。不知为什么，近来在我的作品里，常常出现剧烈变化的人物，比如我喜欢让一个不错的人突然变坏，或是让一个很坏的人突然变好。我隐约感到这是我本人和我的作品逐渐成熟的表现。可能还有点儿恶作剧的成分，但恶作剧有时也能给人某种有益的启示。反正我是这么想的。

　　接下来我遇到的问题是，该怎样让小说发展下去。是让他和她交臂而过，此生永不再相遇呢，还是让他和她在某个适当的场合重逢？如果不相遇，那件事情除了在他们心中留下一道遥远的痕迹外，别的就没戏了；如果重逢，他们之间必然会产生激烈的交锋和动荡，这样戏就多了。但我仍是拿不定主意怎么办好，因为前一种结果令人感到太虚飘，后一种结果令人感到太实在。

于是，我不急着往下写。我有很多事情干，譬如蒙头睡觉，我可以一连睡上三天；譬如推开快要散架的窗子，久久地望着不远处的一棵法桐树出神，它的叶子的摇动让我感觉到时间的汩汩流逝；再譬如让某一种表情长久地凝固在脸上，即便蚊子飞过来叮、苍蝇扑过来爬也一动不动，任它们叮任它们爬。在做这类事情的时候，我往往有一种入定坐禅般的奇异感受。

渐渐地，我就有了一个预感——我虚构的这个故事会在现实生活中像一阵风那样，飘飘悠悠来到我的面前。因为生活是复杂的，无所不包容，它会告诉我该怎样做。

我的预感常常很灵验，虽算不上一个伟大的预言家，但可算是一个不错的预言者，我有这个自信。有例为证：一次，我上街办事，经过某处地方时，一辆出租车以极快的速度与我擦肩而过，差一点儿撞上我，我预感这车要出事。果然，两分钟后，出租车撞上了路边的电线杆子，司机被行人抬出来时，满脸鲜血，也不知他后来是死是活；又有一次，我的邻居喜气洋洋买回来一台二十九英寸画王彩电，我预计事情不妙，这彩电是谁的还说不清呢。果然，盗贼没多久就光顾了他家；还有一次，我晚上出去散步，路过一片高级住宅区时，一座新盖的小别墅吸引了我的目光，这房子确实豪华，但阴气很重，我预感到大事不好。果然，几天之后晚报上登载了这房子里一家三口悉数被杀的消息……

真是太可怕了。

好像是个早晨，天还未亮，一阵犹犹豫豫的敲门声惊醒了我。但我以为是梦中的事，翻了个身又睡过去。仍然有敲门声响起，突醒后我相信了，确实有人一大早敲我的门。我很不情愿地爬起来开门。

一个蓬头垢面的人差点儿倒在我身上。仔细辨认了好一会儿，我才认出来人是我大学时的同学丁一。他毕业后留校任教，如今是我们母校历史系的讲师。

我扶住他，把他放在一张肮脏的木椅上，急问："你他妈的怎么啦?"我们大学毕业已有四年，见面不超过五次，最后一次见面是在他的婚礼上，而且是两年多前的事情了。大家都很忙，平时没工夫到一块儿闲扯淡。

丁一像死去一般瘫在椅子上，昔日俊美的脸庞枯干得如一张秋天的树叶。我把保温瓶里已经没有温度的水渣全部倒进他嘴里后，他才慢慢缓过劲来，然后他又把我饭碗里早已变馊的剩饭吃了个精光。他告诉我，他已离家三天，三天里不吃不喝，在外游荡，他以为他活不成了。

"为什么？"

"一件重大的事情一直纠缠着我，如果不把它讲出来，我真的要崩溃了。想来想去，我决定讲给你听，因为你是我最好的朋友。"

丁一古怪的表情一下子攫住了我。我预感到我先前的某种预感将有变为现实的可能。

"那是十几年前的事情了。"他困难地补充说。

我清清楚楚地记得，那年我十六岁，刚升入高二不久。在学校，我的为人和学习成绩虽不是最好，但还是相当不错的，老师和同学们也都很喜欢我，按理我不应该干什么坏事，我的前途应当很光明远大才对。

然而，就在我十六岁那年的秋天，一个阴沉、潮湿的日子里，不知什么原因，我的心情很不好。那天放学回家后，我听到我的父母亲又在吵架。他们经常吵架，弄得左邻右舍都不得安宁，也弄得我在人前感到气短。当然，每次都是母亲找事，父亲被她骂得无法忍受时才爆发，父亲一爆发就摔东西，全家就跟着闹地震。后来我一直认为，是我的家庭影响了我，使我身不由己地陷进了一桩重大的事件。

天快黑了，外面刮起了风。我在他们激烈的争吵和摔打声中，恍恍惚惚出了家门。肚子虽然很饿，但我没有一点儿食欲，我只是感到心烦意乱。

路边的树木和草坪已经发黄，秋天的气象和景物让我无端地伤心。你知道，我家住在城北地带，那一带当时还很荒僻，道路极不平坦，路灯也很少有亮的，大多数路灯被顽皮小子们用弹弓打碎了。我沿着一条坑坑洼洼的道路走，没有任何目标地走，也许是九点多钟，也可能十点多，我来到了城东的一个地方，因我没有表，说不准确切的时间。

这地方比我家附近繁华一些，有不少居民楼和平房，路上的行人也比较多，还能听到从一些建筑物里传出的轻柔的歌声，当时这种歌被认为是靡靡之音，刚从港台地区舶来不久，有一点儿诱惑力和神秘感。

我又饿又累，唯有那歌声稍稍给我送来一点儿安慰。天气阴沉得厉害，好像要下雨，我停下脚步，在夜晚潮湿的风中呆立了一会儿后，决定回家。然而就在这时，我一生中的一个重大时刻来临了。

借着微弱的光亮，我依稀看到一个影子从一座居民楼里飘了出来。起先我没有在意，以为是个上夜班的人。渐渐地那人走近了我，我才察觉是个女的，从她走路的姿势看，她比我小，估计也就是十三四岁，顶多十五岁。我还发现，她头发长长的，风一吹能飘起来。但我看不清她的脸，周围光线太暗了。我想，这么一个小女孩晚上出来干什么呢？肯定不是去上夜班，我想她可能是去同学家玩，玩着玩着忘了时间，现在她是回家去。

我又想，这么晚了，她一个人路上遇到危险怎么办？反正我闲着难受，不如陪她走一段，就算我学雷锋做好事吧。但我感到她肯定不相信我，以为我是个坏人，于是，我只好悄悄跟着她，与她拉开一段距离。估计她发现了我，加快了脚步。而我鬼使神差一般，脚步比她还快，很快我就追上了她，离她也就是七八米远。也许就在这个关口上，我感到我着魔似的，已经控制不住自己，因为这个陌生的女孩像黑暗中的火苗一样，一点儿一点儿照亮了我，让我无法脱身。这个罪恶的念头彻底改变了我的初衷，真是太可怕了。

逼近她的欲望如此强烈，我那时好像已没有别的选择。如果她大声呼救，事情或许还有变化的可能，但她没发出任何声音。偏偏一个行人也没有，甚至周围没有一点儿光亮，黑暗完全笼罩了我们。如果她穿着紧身的衣裤，慌乱之中我可能无法得手，偏偏她穿着裙子，我一下子就给撩起来了。

整个过程中她一声未吭。她准是吓坏了，蒙了，无力反抗。其实那个过程很短暂，前后不过三分钟，可能更短。那是我第一次接触女性，我没有想到会是在这种情况下进行，它给我带来的耻辱令我终生难忘。

天哪！我都干了些什么？那是我做下的事情吗？几乎所有的人都夸

赞我是个好少年，而我却背地里成了地地道道的强奸犯！恐惧像洪水猛兽，吞没了我。我丢下那个可怜的女孩，一口气跑回了家。然后大病一场，差点儿死去。

要命的是那个女孩没有给我留下任何印象。后来我努力回忆她的特征，除了她的长发和稍稍发胖的身材外，其余的我什么也想不起来。那天晚上我作案的地点太黑暗了，简直像地狱一样。我想，如果我能察觉她的一点点儿形象特点也好啊，譬如眼角的一粒黑痣，或是她转瞬即逝的痛苦表情；再譬如她的一声呻吟，或是她香甜的呼吸。这些微不足道的特征起码能让我在跌进深渊之后抓到一根救命的稻草。

然而没有，什么也没有，我什么也抓不住，完全是空白一片。为了填补这个空白，有时我忍不住把她想象成美丽的天使，以使我得到片刻的抚慰；更多的时候我把她想象成披头散发的魔鬼，祈求这个魔鬼用最残酷的方式惩罚我。

虚无的想象最终使我变得绝望，我甚至怀疑我的思维出现了偏差。也许压根儿没有发生那件事情？难道是我的臆想吗？或是一次梦遗时的情景？……

但我宁愿相信前者，不愿相信后者，因为我本是一个纯洁善良的少年，纯洁和善良使我容不下哪怕是任何一点儿过错。就这样，那可怕的一幕像一块巨大的磨盘，压得我喘不过气来。

后来我考上了大学，咱们成了同学，很多事情你可能知道了。

毕业时我留校任教。就在留校的那年，我认识了现在的妻子刘玫，你见过她的，她长得很漂亮。

刘玫学的中文，比咱们晚两级，她在中文系挺出名的。我觉得她的天真和纯洁打动了我，使我下决心和她结婚。那段时间很多女孩围着我转，比她更出色的也不是没有，但我就是心仪于她，想来想去，还是她的天真和纯洁从中起了作用。由于那个不堪回首的过错，我比任何时候都更加看重天真和纯洁。我觉得只有刘玫能够净化我的灵魂，将我拯救出苦海。

因此，她刚毕业我们就结婚了。婚后，我们生活得很幸福，我挺知足。人们常说时间能改变一切，但在我身上，时间不仅不能改变什么，反而把我一生中那个唯一的污点放大了。我还发现，生活越是幸福，刘玫对我越好，我越是不能原谅自己的过去，罪恶感像空气和阳光那样，无时无刻不伴随着我，使我难以摆脱。我甚至希望刘玫过去也曾有过不洁的经历，或者婚后她有稍稍背叛我的地方，那样我可能更好受一些。

但是没有，绝对不会有，刘玫太纯洁了，太令人感动了。

就在三天前的晚上，我们做爱之后，幸福感促使我把那段痛苦而龌龊的经历讲给她听。她吓坏了，从床上翻滚到地上，凄厉地喊叫起来，泪流满面，脸庞扭曲，面无人色。我去扶她，她扬手给了我一个耳光。

虽然她不能原谅我，但我却觉得我突然获得了某种解脱，从未有过的解脱。

于是我便逃了出来，我没有脸面再回去了。

丁一的叙述停顿在这里，然后，他像个旧时代的妇人那样掩面抽泣。

他的经历让我感到极度震惊。但面前的事实却又与我最初的预感大致吻合，这个神奇的事实使我兴奋不已，乃至心头一阵狂喜。我抑制住内心的喜悦，脸上挂着认真的表情说："事情过去这么多年了，就是石头也该风化了，何必还那么当真。"

"我不是石头！"丁一愕然道，"我怎么会是石头？我不明白你的话。"

我为他的迂腐感到可笑："你他妈想怎么办？难道你非要去跳河、跳楼、上吊、撞车、喝药、割腕自杀才算完结？"

"我没那么想。我只是感到难过。"

此刻，我仍然沉浸在预感应验后的战栗中，漫不经心地安慰他："我认为，你最大的问题，并不是你犯下了那个过错，而是你的过错太少的缘故，不然你就不会这样耿耿于怀了。"

没想到我的话居然惹恼了他，他愤怒地盯着我："你真让我失望。两年不见，你变了，堕落了。"

他摇晃着站起来往外走，我没有拦他，只是嘿嘿笑着问他："你去哪儿？"

"我不知道。"他甩下这句话，摔门而去。

丁一走后，我开始接着构思那篇名为《歧路》的小说。预感的再次灵验使我对生活和作品都充满了信心，我觉得在无所不包的生活面前，人人都可以成为作家。

三天后的一阵敲门声又惊醒了我。我赶紧爬起来开门，这次进来的是丁一的妻子刘玫。她的确漂亮，令人心醉。丁一的这位老婆曾经让熟悉他们的不少人怦然心动，把她当作寂寞时的一个闪光的靶标。

刘玫顾不上落座，急问："丁一来过你这里吗？你是他最好的朋友，他一定找过你。"

我装出难过的样子说："三天前，他什么都对我讲了。他走后没再露面。"

"他是个好人。但他离家一个星期了，一直没回去，我真怕他想不开。"说完，她嘤嘤地哭起来，泣不成声。我想上前抱住她，用最现代化的方式劝她不要哭——女人哭泣的时候一般不会反抗——但考虑到她是朋友之妻，我只好打消了这个强烈的念头，拉她坐到我肮脏的床边，然后理智地站在离她一米远的地方。

窗外是明媚的春天，我感到心情不错，劝她慢慢说。

那天晚上丁一讲了那件事情后，我确实吓坏了，因为我没有想到他会是这样的人。在我眼里，我们结婚几年来，他光明磊落，感情专一，纯洁善良，洁身自好，是个难得的好丈夫，我很知足。

我并非不原谅他，当时我做出轻待他的举动，完全是条件反射，所有的妻子在遇到这种事情时，恐怕都会这么做。

人活在世上，谁能保证自己不出点儿过错？……唉，事情已经这样，我也不想再对你……隐瞒什么了。实话实说吧，其实，我也有点儿……问题。我十四岁那年，也可能是十五岁那年，一天晚上，我到城南的一个同学家里玩，玩着玩着忘了时间，往家赶时，天很晚了。一个人走夜路，我当然有点儿害怕，担心遇到不测。正这样想着，还真让我碰上了——经过一段没有路灯的街区时，一个男人盯上了我。

由于我成熟得比较早，对男女间常做的那种事多少懂一点儿，以前我曾偷偷和一个男同学好，拥抱亲吻什么的，已不在话下。在别人眼里，我是个相当不错的女孩子，学习好，身体好，劳动好，口碑很好。当然这些好并不能妨碍我偷偷和那个男同学好。

问题是那段时间，我的心情很糟糕，原因是和我好的那个男同学又和别人好上了，我当然很难过，不然我不会晚上一个人外出的——难过的心情增加了我的胆量。

当时我可能蒙了，我想加快脚步逃离，但腿上像捆了一块石头；我想呼救，但嘴巴不听使唤。往下的结果你已经猜到了——那人把我抱到一个黑暗的地方，做了……那事。

奇怪的是整个过程中我没有反抗，恐惧是个原因，可能还有另一个深层的原因：我觉得事情本身含有惩罚那个忘恩负义者的意味。我实在是怀有一种极其复杂的心情，复杂极了。

然而，冷静一想，我毕竟被一个陌生的男人占有了，我的痛苦可想而知。我又不能向任何人诉说这种事情，只好让它烂在肚里。

后来我渐渐忘掉了那个恐怖的夜晚。我觉得总想着没什么意思，徒增烦恼而已。和丁一结婚后，我们生活得很和睦，这样，我更没必要回忆痛苦的往事了。

你也许会说，我终归是无辜的、被动的，婚前那些小小的罪过可以原谅。但是……但是……一年前，丁一到外地出差时，我和我们公司的一个男同事……偷偷好过一次，这回是我……主动的。

"你瞧，我也是个不洁的人，我没有资格埋怨丁一，他是个好人。"刘玫抽泣着结束了她的叙述。

我差点儿跳起来。丁一和刘玫的经历正一点儿一点儿接近我的小说。天哪！生活又一次征服了我，天下竟然有这么巧的事情吗？真是活见鬼了！我用力按住怦怦乱跳的心口窝，想澄清其中的疑点。

"刘玫，我想问几个问题，可以吗？"

她抬起头来，抹了抹脸上的泪，望着我，算是回答。

"你和那个陌生人做爱时，是在城东还是城南？"

"怎么叫做爱？明明是他强奸！"她断然纠正道。

"对不起。"我讨好地一笑，"你能记得具体地点吗？"

"具体地点记不得，天太黑了，什么也看不见。但我能肯定是在城南，因为我家就住城南，那鬼地方离我家不太远。"

"那人有什么明显特征吗？譬如年龄、长相、衣着。"

"那家伙个头很高，很壮，胡子挺长，我判断他有二三十岁，可能还要大些。"

"你再想想，到底他是小孩还是大人。"

"是大人，二三十岁。"

"你当时是什么样的身材？也就是说你胖还是瘦？"

"不胖不瘦。我一直这样。"

"那时你喜欢留长发还是喜欢留短发？"

"记不得了。"

"那晚你穿的裙子还是穿着长裤？"

"记不得了。"随即，她戳穿了我的想法，"你不用问了，我明白你的意思。不是丁一干的，肯定不是！哪有那么巧？"

我颓然坐在椅子上。这个结果让我感到失望，它说明生活远远超过我的想象。到这时候，我觉得我们的谈话已没有必要再进行下去。

沉默了许久，刘玫又说："丁一会出什么事吗？"

"不会的。"我自信地说，"苦海无边，回头是岸，你回去吧，也许丁一正在家里等你呢。"

"是嘛。"她突然笑了笑，"我是不是也把我的经历讲给他听听？"

我斩钉截铁地说："不行，绝对不行！因为他一直认为，你是世界上最纯洁最神圣的女人！"

临出门时，她对我说，又像在自言自语："唉，要是丁一干的就好了，一了百了，我们谁也不欠谁了……"

刘玫走了，她遗留在我的小阁楼里的气味挥之不去，令我迷恋了半天。

接下来，我怀着愉快的心情，紧闭屋门，刻苦创作。

最后，我在那篇名为《歧路》的小说里，这样安排故事的走向：

他在一个阴森可怕的夜晚将她强暴之后，他们交臂而过，从此什么事情都没有发生。许多年过去了，他们各自组成了自己的小家庭，并且逐渐淡忘了曾经有过的一次刻骨铭心的遭遇。他们彼此家庭幸福，事业有成，前途远大。当然，他们住在同一座城市里，不是没有见面的机会。譬如，某个美丽的黄昏，他领着妻儿在林荫路上散步，她骑车路过，他看了她一眼，她也看了他一眼。这时，她下了车，柔声问：

"同志，请问，到××路怎么走呀？"

他热情、友好地为她指点："从这儿往前，再往左拐（或往右拐），过一个路口（或两个路口）就到了。"

她感激地说："谢谢您。"

"不用客气。"他真诚地说。

（1998 年）

日常行为

除了征服自己，我们在这个世界上并无其他的使命。

——笛卡尔

一

邓群打很小的时候起就喜欢绘画，当然他也是从胡涂乱抹开始的。他用各种颜色各种样式的笔，痴迷而随意地在墙壁上、地板上、纸面上勾画一些简单的图案，那认真劲儿令大人们欣喜异常。两年前，父母居住的老房子拆迁，邓群赶回去搬家，他看到被衣柜等物品遮住的早已发灰发黄的墙壁上，有不少陈旧零乱的线条，就问母亲谁画的，母亲说："除了你还有谁？"

邓群细细观赏了一会儿，说："画得棒极了！绝对有收藏价值，可惜要毁掉了。"

父母都是普通劳动者，家中祖祖辈辈没出过一个搞艺术的，所以谁也没指望邓群将来吃绘画这碗饭，他们认为这不过是小孩子的一种天性，就像乡下的孩子喜欢玩尿泥一样，玩玩而已，不必当回事。他们希望自己的儿子好好学习文化才是正道，只有好好学习，才能天天向上。邓群没有辜负他们，虽然他后来没间断胡涂乱抹，但他顺顺利利地考上了大学。

邓群在大学里学的经济专业，毕业后到了一家效益相当不错的大型国企。可他只在那里安心待了三年，就再也待不下去了。这时候，热爱绘画的老毛病炙烤着他，使他一日不得安宁，终于，他辞了职，到一家

137

广告公司搞设计。但很快他就觉得，那些庸俗不堪的广告画实在没什么干头，他也不愿与那些庸俗不堪的广告商为伍，因此，半年之后，他彻底告别了单位，把自己的档案袋塞进床头柜，专心致志搞起了美术创作，成了一个自由职业者。

这期间，邓群结了婚又离了婚。他的妻子原在妇女儿童活动中心教舞蹈，身条绝对一流，面相一般，有点儿凶。她是邓群的第一个模特，邓群在她身上几乎穷尽了自己的积蓄，她才跟他来到他的筒子楼。起初几次她只同意半裸，邓群又费了九牛二虎之力才把她剥得一丝不挂。画过几次之后，邓群自然就不失时机地把她引上了床。那段时间，邓群觉得灵感纷至沓来，技艺突飞猛进，由此才明白模特对于画家的极端重要性。他们结婚不久，邓群又接连找了几个模特，主要是这几年女人们的观念变了，花不了几个钱就能把她们请来，想怎么画就怎么画，何乐而不为？带来的副作用是夫妻二人开始争吵。尽管邓群指天发誓他只是描画她们，一点儿邪念也没有。但谁相信他的鬼话？无奈之下，他们只好分手。对于这个结局，邓群并不感到难过，他想老婆对于画家来说，纯属多余，既然天要下雨娘要嫁人，那么就随她去吧。只是过后才听妇女儿童活动中心的人说，他的前妻早就与人有染，被她拉下水的男人一打都不止。很快又听说，前妻也辞了职，随一个生意人去了南方。邓群这才觉得自己最终输给了一个荡妇，有点儿亏。

二

邓群居住的筒子楼在一条街边，站在窗前，透过法国梧桐的枝叶，能够看清街上的车辆和行人，不远处的一块草坪格外使他动心。离婚之后，邓群喜欢伫立在窗前，点上一支烟慢慢吸，同时望着街上的静止或活动物出神。他的衣服上、手上、脸上到处都是油彩，在别人眼里，他也成了一幅超现实主义作品。站得累了，觉得乏味了，他再回到画案前干一会儿活。先前他国画、油画、水彩、炭笔，几乎想画什么就画什么，甚至还搞过版画，自从有了模特之后，他基本上专攻油画。

夕阳下的城市是迷人的。在邓群眼里，只有这样的时刻，城市才可以入画。这天傍晚，邓群又听到了洒水车的响声，便丢下画笔来到窗前。他喜欢观赏洒水车喷出的水珠，那数不清的晶莹的水珠跳跃着，滚动着，前赴后继，有一种动感的近乎极致的美，而笼罩着水珠的雾气却又是静止的、缥缈的，动与静的完美结合恰恰就是邓群追求的最高境界。邓群恋恋不舍地目送洒水车远去。就在他收回目光时，他突然看到不远处的草坪上，此刻正款款飘动着一个令他惊愕不已的身影。

事后回想起来，那个身着一袭白衣的少女肯定是从邓群窗下走过的，只是邓群起初没有发现罢了，因此邓群看到的只是她美轮美奂的背影。邓群呆立片刻，飞快地跑下楼，来到草坪上，急慌慌四卜睃巡。但她已消失得无影无踪。就在他变得绝望时，他隐隐约约看到，好像一道白光一闪，进了马路对过的翠红楼。于是，邓群又仿佛绝望之中抓住了一根救命稻草，他飞快地穿过马路，钻进翠红楼。翠红楼这个店名让人疑心是一家妓院，其实它是一座茶楼，邓群经常光顾，不少服务小姐都认识他。邓群气喘吁吁地问她们，是否见一位穿白衣白裙的姑娘进来，她们都摇头。邓群不信，楼上楼下巡视一个遍，这才不得不信了她们的话。往外走时，他疑心自己刚才走了眼，或者压根儿就没有什么白衣少女，一切不过是幻觉而已。

事情虽然过去了，但邓群总忘不了那个美轮美奂的背影，觉得只有最伟大的画家才能在画布上复制它，抑或它根本不可复制。那么，她的面容呢？邓群不知道。也许永远无法正面凝视她了，想到这里，邓群不免感到惆怅。

几天后，邓群又一次走进翠红楼。他要了一个雅座，一壶菊花茶，几样小点心，然后慢慢品。为他服务的小姐也着一袭白衣白裙，当然裙子很短。邓群见她面生，就问："刚来的?"

小姐莞尔一笑："我以前在金鼎大酒店干。"

邓群又问："叫什么?"

小姐说："刘玲。先生您需要什么尽管吩咐。"

邓群上上下下打量刘玲一阵，突然发现这个小姑娘还是不错的，健康、结实、丰满、白皙，面部的线条也有特点，是个模特材料。邓群又想起那个梦幻般的白衣少女，疑心她和刘玲说不定就是同一个人。随即他又否定了，他冲刘玲点点头，有些生硬地微笑一下。其实在刚才这个短暂的过程中，邓群的肉眼已经毫不费力地穿透了刘玲的衣服，看到了她峭立的乳房、腰部的曲线，乃至下体的纤毫——这是他作为画家的基本功，是一种日常行为，没什么好稀奇的。

刘玲再次进来往壶中续水时，邓群就产生了冲动。当然是创作冲动。他撸一把乱蓬蓬的连腮胡子，说："刘玲，愿意为我当模特吗？"

三

刘玲如约来找邓群。刘玲的高跟鞋敲响楼道时，斜对门的周老太探出一张皱巴巴的老脸，鄙夷地哼一声，然后砰地摔上门。据说这周老太已守了四十年寡，肯定要一寡到底了，所以她见了年轻男女在一起特别来气，和她住邻居的邓群成了她发泄愤恨的最佳目标，邓群的门上经常发现鼻涕痰迹，邓群拿她也没办法。有一次，邓群请来一个模特，画着画着，突然门被擂得震天响，他忙给模特披上一件风衣，气急败坏地拉开门，没承想进来几个派出所的警察。邓群马上想到是周老太报的警。警察审问了一通，确知他们不是嫖娼卖淫，态度和缓下来，但却又提出现场观摩一下。邓群说："我每小时付二百元。你们想看我没意见，你们问她吧。"模特断然不同意。邓群说："要不我说说情，你们每人付给她五十，可以吧？"结果警察悻悻地离开了。

邓群笑殷殷地把刘玲请进他的卧室兼画室兼会客厅。屋里乱得不能再乱，画案比床还大，上面摆放着几十支笔，以及纸张、砚台、笔洗、颜料碟、镇尺、印章。墙角散乱地堆放着木框、画架和画布。邓群按照惯例，先陪她聊天喝茶，给她讲凡·高、达·芬奇、雷诺阿、张大千、齐白石和刘海粟，以此消除模特的羞涩，使模特放松，予以良好的配合。有时他还喜欢讲几个短小精悍的黄段子，引模特发笑。但邓群很快发现，这些对于刘玲是多余的，刘玲三下五除二，十分麻利地就把自己剥光了，而且还主动往邓群身上靠。邓群反倒不好意思起来，轻轻推开她，说："哎哎，我光画不干，请你坐好。"

刘玲不信，惊疑道："不干？那你不亏了吗？"

邓群说："不亏不亏，画比干好。"

邓群让刘玲摆了个姿势，他开始画素描。刚画完一张，周老太又在门外弄出恶狠狠的响动，刘玲紧张地去抓衣服。邓群止住她，说："老不死的，我要给你画一幅遗像！"刘玲吓得一吐舌头。一个小时很快过去了，邓群画了三张素描，颇觉满意。他感到刘玲挺实在的，决定多付她一点报酬。刘玲仍是不相信邓群光画不干，穿衣服之前，又试探了一下邓群，邓群仍未动心。刘玲困惑地剜他一眼："真有意思，光看不练，我头一回见你这样的，嘻嘻，你真是个老实人。"

刘玲走后，邓群才感到浑身燥热。刚才并非是他不动心，而是他有所克制。他向来认为，如果和模特发生肉体行为，那么，创作出来的作品难免带有淫荡色彩，就会破坏作品的和谐、清纯。作品完成之后，如果对方又不拒绝的话，他倒可以考虑，也就是说，先画后练，各得其所。当然，到了这时，将是他们最后的告别。

邓群打算再约刘玲几次。

四

邓群心里仍放不下那个一袭白衣白裙的圣洁少女，为此都影响了他的创作。星期天，他背上画夹，到湖滨公园画速写。

阳光明媚，白云悠悠，秋高气爽，是一个少见的好天气。邓群租了条柳叶船，上了湖心岛。他坐在岛子的一端，飞快地画了几幅湖光山色、亭台楼榭、树木花草、小船游人，竟觉得兴味寡然。太阳升到了头顶，他感到有点儿饿，便站起来，收起画夹，打算回去。这个瞬间，他差点儿错过了一个千载难逢的机会，事后想起来都后怕得要死——就在他往泊船的地方走时，无意中一回头，看到不远处的湖面上，一条红颜色的小船像一个梦境，出现在他的视野里。船上只有一个人，一个着一身白衣白裙的姑娘，她缓缓地划着，小船行进的速度很慢，像是被风吹动，而非人力所为。有一段时间，邓群看不清她的脸，可能是阳光的缘故，也可能是邓群紧张的原因。直觉告诉他，小船的这个人就是那个早已进入他心灵的白衣少女！邓群觉得自己的呼吸都停止了。他下意识地坐下来，支起画夹，飞快地勾画起来。事后他感到奇怪，因为在画的过程中，他几乎没有抬起头来看她，全凭一种难以言喻的神力，凭着某种光辉的照耀，他在极短的时间里，完成了一件素描。而当小船划到他跟前时，他才看清她的脸。那是一张闪烁着古典光芒的面容，邓群恨自己仅是一个画家，而不是一个作家，无法用言语描绘她和她的一切。

邓群感到心都要碎了，全身的力气也耗尽了。他放下画夹，叹了口气，抹了把汗。姑娘仿佛刚发现他似的，猛地一怔，小船摇晃了一阵，涟漪像新织就的蛛网，发出炫目的色彩。邓群嘴里说不出话，情急之中他把画夹举给她看。她释然地一笑："原来你是个画家呀。画得挺像的。"

邓群颤抖着说："让我再为你画一张，好吗？"

她又是一笑："真对不起，我该回去了。"

邓群说："哎，哎，能告诉我你叫什么吗？"

她低了头，欲言又止。邓群又说："你在哪个单位工作？"

这回她挺痛快，脱口道："彩虹公司。"但是话音未落，她和她的小船已快速驶向远处的水面，眨眼工夫，就消失在碧水波浪之中。

邓群揉揉疲倦的眼睛，小心翼翼收起那幅速写。此时他也不觉得饿了，只是内心感到空落落的。回去的路上，邓群突然想起他大学里的同班同学胡耀国就在彩虹公司，而且还是公司总裁，便找个公用电话拨通了胡耀国的号码。胡耀国算是这个世界的宠儿，不但相貌出众，风流倜傥，而且财运亨通，事业有成，他领导下的彩虹公司在本市几乎无人不晓。当年在学校时，邓群和胡耀国曾经因为共同追求一个女同学而生出芥蒂，结果自然是以胡耀国大获全胜而告终，不过，胡耀国后来并没和她结婚。现在说起来，这件事情反而成了一个温馨的、青春的回忆。因此，邓群在给胡耀国打电话时，心情还是颇为愉快的。

胡耀国在那头说："我的老同学，你在说梦话吧，什么白衣少女？我看你是想女人想疯了。要不晚上我带你找个地方玩玩，哈哈哈。"

邓群有点儿着急："真的，她说她是彩虹公司的。穿白衣白裙，脸蛋身材没说的，天生的模特相。你再想想，你们公司有没有喜欢穿白衣白裙的姑娘？"

胡耀国用不容置疑的口气说："这个嘛，肯定有。但我公司里的女孩子一个比一个丑，没有你说的那一个。你就别枉费心机了！"

邓群没了话，呆呆地愣在那里。胡耀国最后说："老兄，喂喂，我昨晚碰到一个老嫖客，你猜他说什么？他对我说——改革开放就是好，老牛也能吃嫩草。哈哈哈，精彩吧？"

五

冬天下第一场雪的时候，本市有个叫马兰的女孩子因感情问题割腕自尽，据说马兰是个极为美丽的姑娘，她的香消玉殒令许多知情者唏嘘不已。晚报登载了这个消息，当然报纸上隐去了她的真实名字。当时邓群正闭门不出潜心作画，对这个消息一概不知。邓群用三个月的时间创作出一幅名为《水边的少女》的布面油画，画面上，一个几乎全裸的纯情少女侧身坐在宁静的湖边，略带忧郁的面部表情定定地望着你，勾人心魄。画毕，邓群大病一场，似乎这幅画耗尽了他平生之力。

邓群的身体尚未复原时，对门的周老太谢世了，说是无疾而终。邓群抱病用最快的速度为周老太画了一幅肖像，送给周老太的独生女儿。那位大腹便便的中年妇女非常高兴，说她的母亲照过不少相，也请人画过像，但这一张是最好的，可惜她看不到了。邓群说："都怪我，本来可以早一点儿画好的，耽误了。"

一天傍晚，邓群出了门，直奔翠红楼去找刘玲。他想他和刘玲的关系也该结束了。当班的小姐却反问他："你还不知道？刘玲跳槽了，去彩虹公司当公关小姐了。"小姐又讨好地说，"邓大哥，听说你的同学在彩虹公司当老总，能不能把我也推荐去？"

邓群吃惊不小，嗫嚅道："我还欠她二百块钱呢。"

不久，这个城市搞了一次书画拍卖会，邓群把那幅《水边的少女》拿到了会场。它引发了轰动，有一个不愿透露身份的买主以令人咋舌的价格买走了它。刘玲在一个偶然的机会见到了这幅画，她当即就愣了。画面上的少女刘玲不认识，但画中人脖颈以下的躯体明明就是她身体的翻版，胸脯、腰肢、臀部等部位十分相像不说，另有一个醒目的部位可以用来做证：刘玲左肩下有一颗黑痣，画中人的左肩下也有一颗同样的黑痣。也就是说，这幅画是由两个生活中的原型合构而成。刘玲忍不住笑了，她自言自语道："他光看不练，真是个老实人。要不就是有毛病吧?"

接下来的日子里，邓群仍痴念那个一袭白衣白裙的纯净少女，有空就去湖滨公园转转，期望再次与她相遇。秋天来临时，邓群上湖心岛写生，迟疑间见一个身着白衣长裙的少女独自划一条柳叶船朝他驶来，他霎时流下了泪水，喃喃地说："我终于把你等到了。"

(2000 年)

恋爱季节

　　我不明白我为什么写下这样一个题目，也许我想勾引你看下去吧。不过，你别上当，因为这实实在在是一个没有意思的故事。

　　但这实实在在是我的一段经历，一段恋爱季节的经历。

　　这年春天的一个早晨，我妈坐在我爸刚给她买的梳妆台前，慢慢腾腾往她那张老脸上抹雪花膏；我坐在床沿上，慢慢腾腾搓我那双年轻的脚上的黑泥巴。我妈慢慢腾腾地说：

　　"今天是你的生日。"

　　于是，我才晓得，我已经整整十九岁了。我狠狠搓了两下脚后跟，将搓下的黑泥巴捏成一个十分好看的圆蛋蛋，一扬手甩在我妈厚实的背上。我看到圆蛋蛋在我妈后背上弹了一下，掉在地板上，滚了几滚，就不见了。

　　我慢慢腾腾地说：

　　"妈的我长得太慢了，今天要是我四十九岁的生日，该有多好。"

　　我只记得这是春天一个早晨的事情，至于是哪一天，我实在记不得了。

　　三岁那年，我知道我爸姓曲，我也姓曲；四岁那年，我知道我的大号叫曲送礼，我弟弟的大号叫曲行贿。当然，那时我还不会写这几个字。那时我经常流鼻涕，肚里长蛔虫，比我小一岁的弟弟曲行贿有一次把我刚生下的一条又粗又长的蛔虫捏到邻居家，喂了邻居家的那条杂毛狗，邻居很高兴，赏了一颗糖豆给曲行贿。遗憾的是我弟弟刚要往嘴里放，就被我夺了来，扔进自己嘴里。他急了，捣了我一拳；我也急了，

145

踢了他一脚。因为他一急，弄得我来不及嚼就将糖豆囫囵咽进了肚里，所以我也就急了。

二十多年前，有一阵子天下大乱，红卫兵横行，坐火车不用买票，从来没坐过火车的我爸高兴坏了。有一天，他爬上一辆往东的火车，在火车上，我爸认识了一个同样从来没坐过火车的女孩。我爸凭一膀子力气，于混战中抢到两盒不要钱的米饭，我爸十分慷慨地送给那女孩一盒，那女孩夸我爸真不简单。

后来，那女孩就成了我妈。

当时，我爸在我们这座城市的一家家具厂当木工，我妈是另一座小一点儿的城市里的印刷工人，我爸想把我妈调过来，为此，他到处托人、送礼，甚至把我爷爷闯关东时搞到的一件虎皮大衣都送了人。我出生的时候，我妈调动的事快办妥了，我爸一高兴，给我起了曲送礼这个名字；等我弟弟出生的时候，我妈刚调来不久，我爸又一高兴，我弟弟就成了曲行贿。

这是我十岁那年我妈告诉我的。

我爸多次说过，给我和我弟弟起这样的名字是他智慧的结晶，而我却觉得别扭死了。十一岁那年，我自作主张改了名字，把中间的字去掉，成了曲礼。有一段时间，有人还是叫我原来的名字，为此，我和别人打过三次架，其中有一次是和我爸打的；还和别人红过十五次脸，其中有两次是和我妈红的。

一年后，我弟弟曲行贿学我的样子也把名字改了，他成了曲汇。

曲礼和曲汇，这两个名字蛮不错。

十八岁那年夏天，我高中毕了业，上大学我是连想都没敢想。年底招工，有一家肉联厂通知我去上班，是宰猪的干活。你想我能去吗？我爸举起酒瓶子，嘴对嘴咕咚灌下一口酒，咧开大嘴对我说：

"宰猪，白刀子进去红刀子出来，多他妈的过瘾，是个好活儿。"

"要是宰人还差不多。"我说。

"想干别的，还得去送礼。"我爸又兴趣盎然地灌下一口酒，"你

146

想，不送礼就能办，世上哪有这么便宜的事？要是我当了官，说了算，也得这样干。当然，要真那样，你和你弟弟就该改名叫曲收礼、曲受贿了。"

看他那得意样子，仿佛真有人给他送了厚礼。我乜斜他一眼，没吱声。心想：你送得起吗？如今可不像你们那时候，送几瓶赖酒几条赖烟就能解决问题。

"将来你有了儿子，也可以给他起名叫曲送礼了。嘿嘿，这名儿多有意思。"

我不明白他为什么那么高兴，便在心里说：老爹，你少来这片儿汤吧，这名字害得我够苦的，再让我的儿子叫这名儿，除非你掐断我的脖子。又想，这阵儿哪有心思说什么儿子，媳妇还不知在哪位丈母娘家养着呢。

于是，除了看我爸自得其乐地喝酒嚼花生米和搓我脚上的黑泥巴，我就在大街上闲逛。

后来我碰上了杨杨。

杨杨比我大两岁，是一家纺织厂的挡车工。

那天，我看到在一个小十字路口，围了一堆人，从人圈里有争吵声传出来，就走过去。原来是一个解放军和一个挺洋气的姑娘撞了自行车。解放军个儿挺大，声音却很小；女的个儿挺小，调门却很高，唾沫星子乱喷，搞得那解放军直往后退。我赶到时，二人争论的焦点是关于给那女的缝扣子的事，那女人上衣最上面的两粒扣子被撞掉了，她非要解放军给她缝上不可，她把两粒挺漂亮的纽扣掿在手心里，说：

"不缝上你今天别想走。"

"这……这……"解放军显得六神无主，急得脑门儿直冒汗。围观的人不说话，只是呆痴痴地看，那样子像在看卖艺人耍猴玩。

"你缝不缝？"女的调门更高了。

解放军干脆什么话也不说，光知道抹脑门儿上的汗。后来一位老太太说：

"姑娘，别难为他了，我身上正好带着针线，我给你缝上。"

"就让他缝，没你的事。"姑娘不依不饶。

我挤进人群，一看这阵势，就乐了，冲解放军大声说：

"给她缝嘛，损坏物品要赔嘛。"

解放军看了我一眼，十分为难地摇摇头。你看他那模样，就是把他的裤裆掏了，他也不会缝了，真是个蔫货。换上我，肯定替她缝上，不过，我得借机在她的奶子上穿两个洞儿。

不会有好戏看了，我很扫兴，垂头丧气地往外走。

就在我离开小十字路口二十几步远的地方，我看到了杨杨。这季节街上穿裙子的人极少，而杨杨却穿了一件乳白色的短裙，很显眼。

当然，这时候我还不知道她叫杨杨。这时我在心里叫她短裙子。短裙子的头发短短的，皮肤很白净，个头不高，微微有点儿胖，小鼻子小眼睛小嘴巴圆脸蛋，像个白瓷娃娃。那一刻我觉得短裙子白白的皮肤能照出人儿，走近了一试，发现这不可能。接着我又觉得短裙子的短裙里面可能没穿裤头什么的，我琢磨着如果能路过一片水洼照一照，兴许就能现原形，于是很快便忘了刚才不缝扣子那一幕。妈的老天爷半年多不降雪不落雨了，走了半天也没见到水洼。我对自己说：

"怎么总让你碰到丧气事儿。"

短裙子手提一只编织袋，看样子是去自由市场买菜什么的。有一刻我想到别处去，又一想到哪儿也是闲逛，跟着短裙子再走一段吧，也许好戏还在后头，便打消了去别处的念头。

多日以后我才明白我的想法多么正确，大概是我有生以来最最正确的事儿。

短裙子果然去了自由市场。她走到一个长一双三角眼的卖鸡蛋的老太太面前，问：

"鸡蛋咋卖?"

"两块五。"老太太一双三角眼轮流眨巴了一下。

"用粮票换呢?"

"十斤粮票换九两。"老太太一双三角眼又轮流眨巴了一下。

"多点儿行吗?"

"不行不行。"

"那我换三十斤粮票的。"短裙子不再坚持。

这当儿，我插上来，像在训斥老太太，大声说：

"十斤换一斤，好算账。"

"不行不行。"这回老太太的三角眼轮流眨巴了两次。

短裙子很感激地看了我一眼，看得我左腿肚子有点儿转筋。我更来了劲，冲老太太说：

"不换不行。"

"算啦算啦。"短裙子又看了我一眼，看得我右腿肚子转起筋来。

短裙子往老太太的秤盘里捡鸡蛋，我也在一旁装着挑拣的样了，只是趁老太太不注意，我把几个鸡蛋掖进了袖口里，之后，我把袖口抓紧。

短裙子换完鸡蛋又买了些蔬菜往回走，我跟上她。一出自由市场，我从后面叫住她，我对她说：

"哎，这儿还有你的鸡蛋。"

在她发愣的当儿，我把双手伸进她的编织袋里，就有五个鸡蛋滚了出来。她一愣，接着咯咯大笑，笑得我脚后跟都发木了。她对我说：

"你真不简单。"

你看这不成了嘛。当年我爸抢到两盒米饭，我妈就这样夸过他，后来他们成了好事。好事不能总让他们占，这回该轮到我啦。

短裙子很乐意和我一块儿走。我说：

"你应该知道我住什么地方。"

她摇摇头："我不知道。"

"我住你家前面那栋楼。"

"25 楼？"她深感意外，眉毛一挑，"我怎么没见过你？"

我诡谲地一笑，心里有底了，说明她家住 24 楼或 26 楼。我说：

"我家刚搬去。"

"难怪。"她认真地说。

"而且我还和你同姓。"

"你也姓杨？太巧了。"

这傻帽儿，又露了馅。我故作深沉地说：

"小杨，你是咱们那片儿最漂亮的姑娘，知道你的人很多。"

听了这话，她脸微微一红。但她很高兴，我能看出来。

来到××居民小区——请原谅，这里我用了两个"××"，我怕有心术不正的人到这个小区24楼或26楼找杨杨和她妹妹的麻烦。杨杨挺漂亮，她妹妹也挺漂亮，所以我用"××"来代替。

来到××居民小区，短裙子小杨说：

"咱们到家了。"

我想了想，觉得没必要再骗她了，就对她说：

"小杨，刚才我是逗你玩的，我不住这儿，住唐兴街；我也不姓杨，姓曲，叫曲礼。"

令我感到惊奇的是，她并不气恼，反而咯咯笑了一阵。她说：

"噢，我上当了。曲礼你真聪明，比我们厂里那些男孩强多了。"

我冲她一挤眼睛："逗逗你这样的女孩玩，是我的光荣使命。"

说完，我挺起胸脯，潇潇洒洒同她道别，大步朝前走。我提醒自己，坚决不回头，因为我明白，见了姑娘一步三回头的男人，很容易被她们瞧不起。

从后脑勺上的温度判断，我走出好远了，短裙子小杨还在望着我。

那天我没白出来。我想。

第二次见短裙子小杨，是三天后的一个傍晚。

她刚下班，骑着辆崭新的自行车回家。起初她并没有看到我，我就咳嗽了一声。

她说："真巧，又是你。"

"又是你，真巧。"我不易察觉地笑了笑。我心里清楚，其实并不巧，昨天傍晚和今天早晨我都来过这儿，是慢慢走着来的，从唐兴街到这儿需要半个多小时。我等在小区的入口处，她的必经之地，不知什么原因，两次都没等着。功夫不负苦心人，她终于出现了。

在马路边，她扶着自行车，我蹲一会儿站一会儿，我们有一搭没一搭地聊。她告诉我，她爸姓杨，她妈也姓杨，所以她叫杨杨，所以她妹妹叫杨小杨。她妹妹比她小五岁，还在上高中，人不大倒是臭美得不得了，一天刷三次牙，洗五遍脸，照几十次小镜子，脸上长个小疙瘩什么的，就愁得吃不下饭，睡不着觉，听不进功课……她还告诉了我她所在的工厂车间，以及电话号码——54289 转 236 找杨杨就行，接电话的人都认识她……

后来我们聊大葱和大蒜、臭豆腐和腌黄瓜；聊男人的臭脚丫子和女人的香水儿；聊快有蚊子了，蚊子真他妈的不够意思，连声招呼都不打咬了就跑；聊谈恋爱和吃豆瓣酱差不多，有点儿酸有点儿辣更有的是甜是香……

天快黑了，我说："杨杨你回家吧，不然你爸你妈挂着你，以为你碰上了坏蛋什么的。"

杨杨说："我还从来没碰到过坏蛋呢，我特别想碰个坏蛋，好尝尝是什么滋味儿，你要是坏蛋就好了……"

我想我得和她告辞了，再待下去显得我太没水平。于是我对她说："今天就到这儿吧，不然，把话说完了，以后再见面就没的说了。"

她欣然同意。

我抬腿往大路上走，提醒自己走慢一点儿，并且回了三次头。我明白，这样才能说明我心里有她，好让她感到高兴，得到满足。

回头看杨杨的时候，我发现杨杨也在全神贯注地望着我。

走在路上，我想：这下行了，再发展发展，我就可以给儿子找到妈妈了。我在心里郑重告诉还不知道在什么地方的儿子，我对他说：

"你放心，为父我不会给你起曲送礼曲行贿这样的鬼名字，即使有人掐断我的脖子也不行。"

我还琢磨，今晚上得多在身上脚上搓些黑泥巴蛋儿，最好让老娘放油锅里炸一炸，明天中午给老爹当下酒菜，那味道说不定比他最喜欢吃的油炸花生米还要好。

接下来，我睡了一个星期的懒觉，基本上连大门都没出。到了第八天，我到街道办事处去给杨杨打电话。在一个老太太的严密注视下，我拨通了杨杨的电话，对方是个女的，电话里杂音挺大，好像还有机器的轰鸣声。

"我找杨杨。"我说。

"又是找杨杨。"对方不大乐意。

"找你也行啊，大姐。"我开始耍赖。

对方咯咯笑起来："看你嘴挺甜，我帮你叫一下。"

杨杨来接电话，她似乎有点儿生气，说：

"是你呀，我还以为你腿让车撞断了，住院了呢。"

"我给你打了十次电话，不是占线就是你不在。"

她这才高兴起来。

她比我还着急，真让我感动。

我们在电话里约好，下午四点在她们厂门口见面。放下电话我才发现老太太一直盯着我，目光不大对劲。她对我说：

"我们电话不外借，以后不要再来打。"

出门的时候，我笑着对老太太说：

"大娘，您的脸蛋真漂亮。"

"滚你个小×养的。"老太太在我身后骂。那声音听起来像公鸡打鸣。

下午三点我离开家，到三点五十分，赶到了纺织厂门口。四点钟一过，就有一阵香风扑过来，像养鸡场的大门打开了一样，一群群花枝招展的女工们拥出来，吓得我赶紧躲到一边。我没看见杨杨，杨杨却看到了我。她大声喊我的名字，女工们就用热辣辣的目光使劲盯我。

等她们走远了，我对杨杨说：

"她们的眼睛真厉害，再磨炼磨炼，以后杀猪宰人，可以不用刀枪了。"

杨杨说："厂里男的少，她们着急。"

我陪杨杨到商店里逛了逛，什么也没买，天黑后，便分了手。

后来，我又找过几次杨杨。

杨杨是个很大方的姑娘，我很喜欢她。

一天下午，我又去纺织厂门口等她。然后我们沿着工厂门前的马路向南走。这是一条通向郊外的道路，越走越窄，人车也越来越少，灰尘倒是越来越厚，每每有车辆驶过，就卷起一股黄尘，落在我们身上和路旁的小树上。晚上可有活儿干啦，我想，身上的灰尘够我干搓一阵子啦，这也是一种功夫呢。

杨杨的目光停留在我的脑袋上，她说：

"我喜欢头发乱蓬蓬的男人，最讨厌梳得油光光的脑袋。"

真是歪打正着了，我妈起码埋怨过一千次我的乱如草窝的头发，想不到杨杨却喜欢上了。于是，我得意非凡地说：

"什么叫风度？这就叫风度。"

"就是就是。"杨杨也挺得意。

"我给我爸说过了，将来他退了休，就在我头发里养鸟。"

"养出鸟来，别忘了送我爸一对儿，他喜欢云雀。"

"怎么会忘呢，你爸就是我爸嘛。"

"你的嘴真甜，不知心眼儿怎么样。"

"相当好。"我拍了拍胸脯。

不知不觉，我们来到了郊外。此时太阳快要落山了，西方的天际一片火红，整个大地都受了感染，显得很温柔、宁静。这可正是谈情说爱的大好时机，成功的可能性要大得多。回去我得把这个感受有偿传授给我弟弟曲汇，让他请我吃几串羊肉串什么的。我想。

路旁有一片不大的小树林，我们俩不约而同地把目光移过去，又不约而同地走进去。

种这片小树林的人可真是积了大德，我衷心祝愿他活着时升官发财，死后灵魂升天。

我想，现在你一定想知道我和杨杨进小树林后干了些什么。

我和杨杨先是每人找个地方坐下来。

报告上帝，这时候我心里确实没想什么坏点子，如果您老人家认为那是坏点子的话。

有一阵子，我和杨杨就那么坐着，谁也不说话。后来杨杨沉不住气了，说：

"你嘴巴不是挺巧的吗？怎么哑巴了？"

我说："我还从来没经历过这样的场合，心里发慌。"

我说的是实话。

停顿了一会儿，她扬起红润润的脸蛋儿，说：

"男的应该主动点儿。"

"又不是国务院的硬性规定，女的主动点儿不是更有味吗？"我确实有点儿紧张。

"我提议，咱俩一起主动。"

"这还差不多。"

说完，我俩互相看着对方，朝一块儿挪动。大约过了十秒钟，我们靠在了一起，脸几乎贴着脸。我喘着粗气说：

"我完成任务了。"

"我也完成了任务。"

杨杨脸微微发红，我想我的脸也一定红通通的，像革命的红太阳。又过了一会儿，我问：

"下面进行什么节目？"

"真让你气死人，还用问吗，没吃过猪肉还没见过猪跑？"

我想她说得有道理，我应该鼓起勇气，将革命进行到底。于是我运了运气，毫不犹豫地搂住她的脖子，张了张嘴。正要采取进一步的行动，我突然想起一件事情，便对她说，同时也是对我自己说：

"且慢，你还不知道我的家庭情况呢，没整明白之前，我不能害你。"

"问那些显得太没出息，我杨杨不做没出息的人，只要你好就行了。"

杨杨真是正经不赖，通情达理。听了这话，我不再犹豫。

下面的事情我想你可以猜到了，我不好再描述，免得有淫秽、低下之嫌。不过，你别想得太深，因为一分钟后我把杨杨的脑袋往后扳了扳，我咽了一口唾沫，说：

"你嘴里好像有股大葱味儿。"

"行啦行啦，你他妈的毛病还不少，你嘴里有股鸡窝里的味儿，知

154

道吗?"杨杨有点儿不高兴。

我忙安慰她:"说这些倒胃口。我们接着进行吧。"

"这还差不多。"

又过了一分钟左右,我把嘴移开,激动地说:

"真香,真甜,杨杨。"

她说:"真甜,真香,曲礼。"

"就是。"

"就是就是。"

杨杨全身都在抖动,我感觉到她挺幸福。我想,看样子我对这个世界还有点儿用处,起码对杨杨有点儿用处,如果我爸我妈知道了,也许他们就不会三天两头说我是个废物了。

太阳早已藏起来了,月亮还不知在什么地方,从树叶的隙缝望上去,天空很低暗、沉重。有一辆车开着大灯从不远处的道路上穿过,部分光线漏进小树林,星星点点照在我们身上。我说:

"杨杨,咱们回去吧,天都黑了,要是真碰上坏人,我怕保护不了你。"

"干吗要靠你保护,我从来就不指望谁来保护我。"

我们是手拉手往回走的。我问杨杨:"你说我们这叫谈恋爱吗?"

"你净废话。"

"我总觉得不太像。"我摇摇头说。

具体我也说不清楚。

有一天,杨杨对我说:

"你还没到我家去过呢,今天去玩玩吧。"

"可以,"我说,"不过……"

"不过什么?"

"我在……琢磨,空着手去你家,不好意思;买些东西,又显得太庸俗。"

"得啦得啦,说穿了是你兜里没钱。"杨杨撇撇嘴,从小挎包里抽出五十元钱拍在我的手上。

"记上账，年底一块儿算。"我抬高嗓门说。

提着一条烟、两瓶酒跟着杨杨来到她家，她的父母很高兴地接待了我。看上去杨杨的父亲男老杨比杨杨的母亲女老杨要年轻好几岁，他们都是纺织厂的老工人。寒暄了几句可说可不说的话之后，他们三人就进厨房忙活吃的去了，剩下我一个人在客厅里，我便琢磨今天中午吃什么。从门缝里钻进来的香气说明中午肯定有好吃的，早知这样，早晨我就不吃那块干馒头和那根臭咸菜了。

一阵轻快的脚步声顺楼梯爬上来，杨杨家的大门响了一下，接着，客厅的门被拉开，是一个挺带劲的小姑娘。看到我，她愣了一下。我落落大方地说：

"你好，杨杨的妹妹杨小杨。"

她很快就明白过来，嘻嘻一笑，说：

"你好，杨杨的男朋友曲礼。"

杨小杨的肤色比杨杨稍黑一些，但个头比杨杨高，挺苗条，虽然才十六岁，可发育得却像个大姑娘了。闻着她身上散发出来的阵阵香味，我努力平静一下，对她说：

"小杨，你比杨杨漂亮。"

她两眼一亮，挺了挺胸脯，说：

"我自己也这么认为，可我姐总不承认。"

"承认也罢，不承认也罢，这是事实。"

"这话可不能让我姐听到。"

"听到又咋样，我还怕她。"

"对，你别怕她。我姐上次谈了一个，那男的总怕她，后来我姐就烦他，和他吹了。你越怕她越不成。"

"哎，"我换了一个话题，"你们班上的同学谈恋爱的多吗？"

"嗨，别提了。"

"和我们那时一样，起码有一半同学在谈，课堂上纸团满天飞。"

"都是屁大的孩子，啥也不懂。"

"杨小杨，你肯定也在谈。"

"你怎么知道。"

"我当然知道。再狡猾的狐狸也逃不过我的眼睛。"

"喂喂,我可不是狐狸。"

"那就再狡猾的谈恋爱的人,也逃不过我的眼睛。"

"这还差不离。你在学校时谈过吗?"

"能不谈嘛,我们班上有十几个女同学给我写过字条。"我在骗她。

"嚯,你真了不起,"想了想,她又说,"你要是在我们班上,给你写字条的女孩肯定更多。"

……

菜端上来了,满满一桌子,我查了两遍也没查清有多少,大概十二三个吧。

"吃菜曲礼,别客气。"男老杨说。

"曲礼喝酒,别客气。"女老杨说。

男老杨用筷子一指桌子中间的一盘烧鸡,对众人说:

"这鸡过去几毛钱块八钱一斤,现在都涨到六块多了。"

顿了顿,男老杨又说:"趁热,吃鸡吧。"

"吃鸡吧。"女老杨、杨杨和杨小杨也都跟着说。

我差点儿扑哧笑出声来。有一次,我爸过生日买了只烧鸡,我说吃鸡吧,话音未落,老爹就照我后背扇了一巴掌。他说,以后不准在饭桌上把鸡字和吧字放在一起,因为这容易使人想起一个与此同音的见不得人的小东西。

大家都夹鸡吃,我看到箭镞一样闪着油光的鸡屁股对准了我,想把它挑开。男老杨说:

"曲礼,这可是好东西,是下酒的好菜,晚报上说还能防癌,你把它吃了。"

我连忙摇头。男老杨再三劝,我都快急了,说:

"我吃了它身上起疙瘩。"

女老杨说:"那就算啦,老杨你吃吧。"

"老杨你吃,老杨你吃。"男老杨说。

女老杨不再谦让,津津有味地嚼,直搞得我心惊肉跳,我赶忙把目光移向两个年轻女人，好减轻一下鸡屁股对我的沉重压力。

"曲礼，以后你打算干什么？"男老杨问。

我回过神儿来，心想：老头子大概在审查我，想了想，对他说：

"干什么呢？进工厂吧，挣那几个钱，咋孝敬您老人家？不如我去干个体户，贩卖点儿带鱼倒腾点儿鸡蛋什么的，攒点儿钱后，我就开个酒店，店名我都想好了，叫公牛大酒店。"

"这名儿太好了，太过瘾了。"杨小杨拍着巴掌说。

"你就知道过瘾。"杨杨瞪了妹妹一眼。

"但这可不是件容易事。"男老杨说。

"难说。就像×××，"我喝下一口酒，抹抹嘴，说出一位大人物的名字，"当年他是个放牛的，大字不识一口袋，投了红军，二十多年后人家成了上将军。要是回到多少年前，大叔您要是也去当红军，说不定日后也弄个中将上将的干干。比如我，现在不咋样，可谁敢说以后就没有出人头地的时候？没准儿二三十年后我能当上省长、省委书记呢。"

"小曲说得有道理，"女老杨点上一支烟，"老杨你千万别小瞧人，我是连扫马路的老太婆都不敢小看，说不定世道有变，这老太太变成个什么书上写的双枪老太婆那样，了得！"

大家都笑起来，趁杨杨不注意，我腾出一只手，捏了坐在我左边的杨小杨屁股一下，她咯咯笑得更欢了。杨杨对她说：

"神经病。"

接下来的事情说出来有点儿不太好意思。

一天，我从我妈衣服兜里摸出十元钱，来到街上，在小摊前吃了一个刚上市的西瓜，还剩二块多钱，想了想，买了两张电影票来到杨杨家。碰巧杨杨去厂里顶班了，杨小杨在。你说像我这种一个子儿不挣的人有什么权力浪费两张电影票？我便邀请杨小杨去。不出我所料，杨小杨很乐意，我们就去了电影院。

至于放的什么电影我是记不住了，杨小杨说她也没记清，我们没必要记住。我所能告诉你的只是我拉了几下杨小杨的手，她的手在我手心里直抖，滑腻腻的，像只小蛤蟆。

这事后来被杨杨知道了，我想肯定是杨小杨说漏了嘴。杨杨看着我，半天不说话。我心里发毛，便故作镇静地对她说：

"请你眼下留情。"

她终于开了口："我他妈看错人了，真应该哭一场。"

"免了免了。"我劝她，"留着眼泪以后再流吧。"

再接下来，我就更不好意思往出说啦。

盛夏来临的时候，我认识了叶花。叶花和杨杨是同事，我们是在电话里认识的。有一次，我给杨杨打电话，是叶花接的，她的嗓音非常好听。坏就坏在她的嗓音好听，我便和她多聊了一会儿，我叫她野花，把她高兴得恨不能顺电话线钻到我这边来亲我一下。

"野花比家花香。"我说。

"家花不如野花香。"她说。

我们就这样认识了。

我和叶花之间倒是并没有发生什么大事，值得一提的是我和她逛过一次公园，我们还划了一会儿船，票钱当然是她出的。划船的时候，我有一个强烈的想法，把船弄翻，等我们落水后，我再把她抱上岸。想了想这太危险，弄不好把她淹死了，再香的野花也得枯萎，还得落个杀人嫌疑，做一辈子噩梦。

奇怪的是杨杨的消息极为灵通，她很快就知道了这事。她像个女判官似的板着脸对我说：

"你他妈的太不像话。"

我觉得这没什么，对她说：

"你又不是我的谁，干吗非要我坚持。再说，你整天上班，我确实是闲得慌，如果我去倒腾臭鱼烂虾什么的，你肯定不同意。你让我怎么熬日子？"

"看来我真的碰上坏蛋了。"说完，就有两行眼泪顺着她的面颊流下来。我想帮她擦了，又怕她的后续眼泪流不下来，岂不让她尴尬，便作罢。

"你走吧，我不想再见你。"她冷冷地说。

她竟然当真了，我有点儿发蒙。

杨杨其实是个挺不错的姑娘。

这下完了，大概我得和别的姑娘合作生儿子了。我想。

令我意想不到的是，半个月后，杨杨却来到了我家，鬼知道她是怎么摸来的。一进门她就说：

"想来想去，你还是个挺可爱的小弟弟。"

我大大地受了感动，几乎要给她下跪。我说：

"杨杨，我对天发誓，将来我做了大官，绝不会抛弃你。"

"先别吹大话。天太热，心里闷得慌，咱们去临山水库游泳吧，游泳衣我已经穿在了身上。"

"我听从你的命令。"我很干脆地回答。你想，这时候我能不听吗？

后来我常常想，如果那次不听她的，也许就什么事情也没有了。让我百思不得其解的是，杨杨为什么偏偏生出去水库游泳的念头。

从市区到临山水库二十多里，我们是骑自行车去的。

水库修在两座山之间，大得很，水碧清碧清的，实在诱人。这里禁止游泳和钓鱼，但看守水库的人一则偷懒，藏在石屋里睡觉；二则水库太大，确实看不过来，所以偷着来游泳的人并不鲜见。

在一段无人处，我们爬上堤岸。杨杨说：

"咱们游吧。"

她脱掉外衣，露出鲜红泳衣裹着的紧绷绷的身段，弄得我心尖子上如蚁在爬。我说：

"我没有游泳裤头，要么穿着裤衩游，要么脱光了游。"

"你随便，我不管你。"

"脱光了游怕吓着你。"

"我倒不怕，"她边说边笑，"只是……只是你那小东西别让鱼儿咬掉就行。"

我一时下不了决心，就说：

"你先下水吧，我考虑考虑。"

160

后来我常常想，如果我和杨杨一块儿下水也许就什么事情也没有了。

杨杨小心翼翼往水里走，边走边往身上撩水，她咯咯笑着说：

"真舒服啊。"

我看到她像一条肥硕的红鱼无声地旋进水里，给这一望无际的碧水增添了勃勃生机，令我的心胸为之无限开阔。好久没有这样的心情了，我嗷嗷叫了几嗓子，然后慢慢腾腾脱衣服。我打算穿着裤衩游。我还没到那种厚颜无耻的程度。

突然，我脚下的水翻起了不小的波澜，杨杨在水里胡乱扑腾起来。我对她说：

"你尽情游吧，我知道你的游泳技术不错，在厂里得过名次。"

有一个声音压过扑通扑通的击水声传上岸来：

"我咋全身……发木呢……曲……我要淹……死啦……"

"你在逗我玩呢。"我笑着说。

"你……其实是个……挺好的小……男孩……"

等我的耳朵里灌满了这个声音后，我猛然发现，水面平静如初，杨杨消失得无影无踪了。

当我箭一般射进水里后，我发现这座该死的水库简直就是一个迷宫。

杨杨是第二天上午被打捞上来的，她的身上沾满了黑泥，就像一截刚挖出来的莲藕。我感到我的躯体好像被人扒开了，表皮以内的东西全被掏去，放进了这根莲藕。

我想，既然放进去，就别往外拿了。

我又想，要是这根莲藕在我的躯壳里发了芽，芽儿从头顶上冒出来，再开一朵漂亮的莲花，我也许就成为稀世珍宝了，钱也不愁花，好工作也不愁找了，说不定还能到国外巡回展出，等于免费出了国。

后来我常常一个人到临山水库去，枯坐在高高的堤岸上，望着浩渺的水波出神。我一直在幻想，幻想女鬼杨杨爬上岸来，如果她乐意，我就同她一起下水，永远不再上来。

有一天，我的身后响起窸窣的脚步声，不用回头我就知道是杨小杨。我大声说：

"我他妈的这辈子不想谈恋爱了。"

"我他妈的下辈子也不想谈了。"杨小杨说。

就在那天夜里，我躺在床上想，妈的捞不着宰人，就去宰猪吧，白刀子进红刀子出，不同样过瘾吗？

看来我爸说得对。他真是位了不起的大哲学家。

在前面，我用"××"代替了杨杨家的住址，免得你说我不够意思，最后我告诉你：杨杨家住在本市光明小区 24 栋 305 室。但是，你去也没用了，杨杨死了，她的妹妹杨小杨已不打算再谈恋爱。不过，你如有兴趣，可以去第三纺织厂二车间找叶花，叶花又叫野花，她是来者不拒，实行三包，代办托运，保您满意。

（1993 年）

流浪河滩

那两个外乡人在鲁西北的苇河一带出现，大约是半个月以前的事情。起初大头和狗子并没有留意，但听了镇上人对两个外乡人，尤其是对那个外乡女子绘声绘色的说道之后，他们决计到苇河滩上走一遭，去看个究竟。

这是一个枯水季节，昔日水旺时摇船摆渡的老头儿早已收起柳叶儿小船，不知藏匿到什么地方去了。宽阔的河滩上几乎不见人影，只有几只寂寥的水鸟懒洋洋地起落，苇河水击不起一点儿浪花。

两个陌生的外乡人是顺着苇河高高的堤岸走来的。看样子二人是父女。老的六十出头年纪，穿一件已经发黑的白粗布小褂儿和一条黑粗布裤子；少的梳一根又黑又粗的长辫子，穿的是当时在此地少见的洋布裤褂。那老人似乎重病缠身，他一步三晃，蹒跚而行，两眼无光，见着的人都说他是个瞎子。至于他是不是瞎子，日后镇上人有诸多议论。那年轻女人却是面皮白净粉嫩，双目顾盼有神。好像还描了眉，身上散发着淡淡的脂粉味儿，绝不像个下地干活的庄稼人。

他们先在靠近苇河镇的那段大堤上歇息了一会儿，老的抽完三袋烟，试探着说："早晚要找个地方落脚，这儿离家不近了，我看就留在这儿吧。"

少的说："爹，听你的。"

于是，他们就在附近找些碎砖烂瓦片儿，掺和着成块的坚硬的胶泥，垒了一间小屋，上面用树枝和野苇子封的顶。

这两个外乡人的到来引起苇河镇人的许多猜测，有人说那女的是为了逃婚才携老父出逃的。也有人说她是汤阴城里的烟花女子，受不了千人骑万人压的那个苦才出来。还有人说那老头是个生意人，谋了人命吃了官司，为逃避官府捉拿而远离家乡……

大头和狗子在靠近苇河的一孔小桥上撒了一泡长长的尿，提上裤子直奔大堤。

那座突然出现的草泥小屋孤零零地立在河堤上，令大头和狗子略感意外。堤内的河滩上有一小片地湿乎乎的，刚刚翻过，看样子这父女想在上面种点儿庄稼什么的。那女的正坐在地头愣神儿。

大头小眼睛一亮，顺坡下堤。他走到离那女的十几步远的地方，双手掐腰，清了清嗓子。狗子也跟着咳了一声。

那女的一点儿也不惊慌，乜斜了二人一眼，没加理会。

"这滩地太薄，不长庄稼。"大头挤出一个笑。

"长不长庄稼与你无关。"女的一甩脑袋，长辫子飞到身后。

这时，堤上的小屋里飘出一个苍老的声音："花姑，谁在外面？"

花姑头也不回："睡你的觉吧，没你的事！"

大头赶紧赔个笑脸，扯上几句无关痛痒的话。花姑仍不愿搭理他。

后来大头很诚恳地说："花姑，跟我回家过吧，就凭你这脸蛋子、腰条儿，我大头还不把你当娘娘供着，我有的是力气。"

大头边说边攥紧拳头，运了口气，黑亮的胸脯上硬肉一棱一棱的。大头着实是条壮汉。

"跟我过，我也不会薄了你。"狗子小声说。

大头瞪了狗子一眼，狗子忙改口说："当然当然，还是跟大头过好。"

花姑啪地冲他们吐了口唾沫，站起来，晃动着腰身进了小屋。

"当心，夜里河滩上闹鬼。"大头压低嗓门说。他怕小屋里的老头听见。他还没见过那个来路不明的老头，有些怵他。

在大头和狗子之前，苇河镇家境最富足最殷实的王昭明其实已经注意上了河滩上那两个外乡人。

164

在镇子中心一块地势较高的地方，立着一座全是青砖青瓦结构的挺大的四合院儿，这便是王昭明的家。镇上人路过这儿，望上一眼，无不觉得自矮三分。论地亩和家底，在镇子周围方圆几十里内，恐怕无人能和王昭明比。王昭明是苇河镇及其周围庄户人的榜样，经常有人说，好好混吧，看看人家王大户。

王大户这年五十三岁。

有一天，王大户在四合院里那棵状如巨伞的古槐树下闭目静坐，王家的小帮头广汉轻手轻脚走过来，恭恭敬敬地说："大爷，西边河滩上来了两个外乡人。"

王大户翻了翻眼皮，并没睁开眼。

"大爷，是一个糟老头和一个小妞儿。"

王大户鼻孔动了动。

"我偷偷去看了，那妞儿蛮不错。"广汉不甘心，继续往下说，"大爷，这可是个好机会啊……"

王大户猛不丁睁开眼，他定定地望了广汉一阵儿，若有所思地点了点头。

一天上午，小帮头广汉肩扛一只鼓鼓囊囊的面袋子来到河滩上。

紧挨大堤的那片滩地已经翻好，花姑正用瓦盆端水浇地，她打算种玉米。

玉米种子是她的可能是瞎子也可能不是瞎子的爹从镇子上一点儿一点儿讨来的。

广汉将面袋子放下，拍了拍手，说："大小姐，忙着呢。"

花姑抬起头来打量了他一眼，没吱声。

"滩地薄，种上也不会长。"

花姑看广汉像个规矩人，就柔声说："多少得长点儿。"

"长了也没用，夏天一到，大水过来，怕是连根都要拔去。"

"要是今年不发大水呢？唉，到时候再说吧。"

"别瞎忙活啦，"广汉朝前凑了凑，手指着脚下的面袋子，"我们主家可怜你，叫我给你送来了白面馍馍，大小姐你就可着肚子吃吧。"

165

"你主家是谁?"花姑将瓦盆放在地上,略带惊异地问。

"王昭明王大爷!"广汉十分神气地说。

"噢,俺们一来这儿,就听说了。"

广汉瞅瞅堤上的小屋,没动静,大概那个老头儿又外出乞讨去了。广汉便抬高嗓门说:"是啊是啊,王大爷在这一带声名大得很,只要你愿意,我保你白面馍馍吃不尽。"

花姑明白这里面有名堂,牵了牵嘴角:"俺们没这福气,你背回去吧。"

"我背回去,主家会怪罪我。"广汉不容分说,便将面袋子提过来,放在花姑面前。

花姑甩了几下脑袋,长辫子在身前身后飞来飞去。她重重地哼了一声,弯腰打开面袋,拿出一个白馍,掰开,咬了一口,又啪地吐出来,"这个不香!"

广汉有些发蒙,他愣怔地看着花姑摔在地上的两块正在滚动的白面馍,不知所措。

花姑又拿出一个,掰开,咬了一口,再吐掉,扔掉,"这个不甜!"

广汉惊愕得说不出话。

不大一会儿工夫,一袋子白面馍全被花姑摔在了地上,白生生的一片残馍十分刺眼。

广汉回过神来,踮起脚尖骂道:"好你的,送你白馍,是我们主家瞧得起你,别他娘的不识抬举!"

"你个小狗腿子,回去告诉王大户,姑奶奶不稀罕!"花姑柳眉倒竖,双手掐腰,胸脯子一鼓一鼓,奶尖子一颤一颤。她转身端起瓦盆到河心灌满水,远远地泼过来,泥水星星点点溅了广汉一身一脸,广汉跳着倒退几步,然后扭身往堤上爬,花姑咯咯笑得前仰后合。

站在堤顶,广汉恶声恶气地喊:"小骚货,你等着吧,好戏还在后头!"

回去的路上,广汉碰上了扛着锄头的大头。广汉假装没看见,低头走路。大头放下锄头,锄把子顶住下巴颏,慢悠悠地叫:"广汉!"

"哟,是大头啊。"广汉讪讪一笑。

166

"想好事去啦?"大头晃着大脑袋,挤了挤细小的眼睛,依然慢悠悠地说。

"不敢,不敢。"广汉小声说。因为广汉是王大户家的帮头,所以镇上人大都惧他三分,大头却不买他的账,在大头面前,广汉自己也感到底气不足。他清楚,若论拳头,就是三个广汉加起来,也不是大头的对手。

大头把顶住下巴颏的锄把儿移开,瞪圆了小眼睛对广汉说:"谁他娘的要是打花姑的主意,老子跟他没个完!"

话毕,大头一甩手,锄头呜的一声飞出去,划了个亮闪闪的大弧,横进路边的水沟里。

广汉吓得倒退几步。见大头走远了,广汉梗起细长的脖子粗吼道:"大头兄弟,别忘了王大爷更不好惹!"

此后,广汉每隔几天就去一趟河滩,除了送白面馍馍外,还送去新鲜蔬菜、瓜果以及油盐什么的。

后来花姑不再将东西乱扔,尽管她每次照例抖落广汉一顿。

花姑说:"爹,以后你别再外出讨要了,吃现成的多好!"

老头说:"王大户不会平白无故送东西的,他没这个善心。"

"管他呢!先吃了再说。"

"日后麻烦来了咋办?"

"到时候会有法子。我花姑也不是个善茬儿!"

老头长长地叹息一声。

"这地也别种了,累死人。"花姑说,"我哪里吃得了这种苦。"

经过这些天的风吹日晒,先前花姑白嫩的脸蛋儿就成了红通通的颜色。但这种色调反而使她别有一种风韵。她咬了一口白面馍:"还是这个香甜,你讨来的馊窝头吃得我肠子疼。"

老头子长长地叹息一声,咕噜道:"你享你的福,我受我的罪。如今享福,日后要受罪,如今受罪,日后会有福享……"

老头仿佛在念叨一段秘诀,他灰绿色的脸膛如一个发了霉的玉米面饼子。

鲁西北的重镇聊城附近，有一个叫高店子的小村子。先前在鲁西北，没有几个人知道有高店子这么一个小而又小的村子。

　　后来高店子却出了名，出名的原因是由于高店子有一个叫张半仙的风水先生，他谙熟阴阳八卦、五行八作，精通占星占卜相面术，并具有拿妖镇鬼的高强本领。因此，来高店子找张先生的人也就络绎不绝。

　　这一年的早些时候，大约是在春分之日，官道两旁的小草刚刚露出嫩芽儿，一辆蓝印花布遮盖的花轱辘马车在路人注视下，急急驶向聊城附近的著名小村高店子。赶车人是广汉。

　　近十年来，最令王昭明焦虑的事情是，他的孩子没有一个成器的。这也是他唯一感到在人前人后挺不直腰板的地方。

　　王昭明的老婆叫桂子。桂子是黄河岸边的位山镇人。他们的婚事缘起于一桌酒宴。王昭明的爹赶集买牲口，桂子的爹也是赶集买牲口，二人在集市上偶遇，谈得十分投机。结果牲口没买成，二人兴高采烈地进了酒馆，而且喝得兴高采烈，几近酩酊。席间，他们一时兴起，嘴角挂着长涎为儿女们拍板定了婚事。

　　那一年桂子十七岁，王昭明十二出头。桂子长得小巧娇弱，不漂亮也不难看。王昭明读过两年私塾，肚子里装了些墨水，打算在婚事上自己拿点儿主意，因此起初他不同意。他说："我看不上她。"

　　王昭明的爹一跺脚："看不上也得看！"

　　"我看不上她。"王昭明还是不同意。

　　他的爹恼了，山羊胡子一抖一抖的："你要是不听当爹的话，我就砸断你的狗腿，叫你打一辈子光棍！"

　　王昭明不敢言声了。他的爹一上火，他想不通也得想。他慢慢就想通了。半年之后，他和桂子成了亲。桂子是个贤惠的女人，知情达理，低眉顺眼，待他不错。几年以后，桂子生了一个丫头。王昭明要的是儿子。王昭明有点儿丧气。他望着产后虚弱不堪的桂子，半天不言语。

　　又过了几年，桂子使出吃奶的劲，给王昭明生了个儿子。这着实让他高兴了一阵子，但好景不长，儿子到了四岁才会跑，而且两眼无神，呆头呆脑，笨手笨脚，只知道吃——却很少吃粮食。他喜欢吃泥巴块儿，特别是最爱吃陈年屋墙上的土块儿。

无疑是个痴子。

王昭明对桂子肚子外的东西失望了，他把希望寄托在桂子的肚皮上。又过了许多年，桂子的肚皮终于鼓起来了，他万万没想到，苍天又一次给了他颜色看。

第二个儿子是个哑巴。

而且从此以后，桂子的肚皮再也鼓不起来了。王家的时运难道到他这一辈儿就烟消云散？他不甘心。他想到了名扬鲁西北的风水先生张半仙。

张半仙的家坐落在高店子的东南角，是一个十分简陋的小院子，从外表看和其他人家没区别。王昭明恭恭敬敬抱拳向张先生施礼，落座。他说：“真想不到先生家道如此清寒，看来先生是有意克己，实在令王某敬仰。”

张先生抚须朗声大笑：“王大人莫见笑，你指的都是身外之物，贫道不在乎这些，能救人于水火，贫道就知足了。”

于是，王昭明肃然起敬，他把来意道出一二。

张先生手捧茶盏，沉吟片刻，冉冉的水汽从茶盏里升起，漫过他紫红紫红的脸膛，他的令人钦佩的面庞一会儿清晰一会儿模糊……良久，张先生喟叹一声：“如果贫道没算错的话，王大人的祖上不是本地人。你的祖辈可是兄弟成群？”

王昭明两眼放光，连忙点头。

“可到了令尊这一辈上，尽管你的祖父身强体壮，但他就你父亲一棵独苗儿。轮到了你，也是弟兄一人无帮手。”

王昭明再次重重点头。

“你的子嗣虽不是独苗一棵，但难尽人意……你道为何？”

王昭明如坠入五里雾中，他缓缓摇头。

“你道为何？”张先生猛地将茶盏蹾在桌角，“皆因为你一家是外地人，阳气虽盛，终究压不过本地阴森之气，子嗣的路自然就窄。”

“就没有补救的法子吗？先生指教，先生指教。”王昭明忙不迭地央求。

张先生闭上那只灼灼逼人的独眼，再次沉吟片刻。张先生突然睁开眼睛，王昭明全身一阵痉挛。张先生微微一笑："贫道念你心诚，指一条路给你。如果王大人有心的话，趁精气未绝，不妨另娶一外乡女子，那样就可避开此地盛气，有所超脱。"

王昭明舒了口气，脸上露出一丝笑："这个好办，我可到远处迎娶一个。"

"不妥不妥。"张先生打断他，"最好是自行赶来的外地女子，这样气脉顺通些。"

王昭明颔首。末了，他一挥手，广汉过来将三十块光洋放在张先生面前的八仙桌上。

王昭明说："不成敬意，请张先生笑纳。"

张先生又是一阵朗声大笑："贫道向来只收一块，够顿饭钱便是。其余的如蒙王大人不介意，就散给村民吧。"

听说散给村人，王昭明隐隐有点儿心疼。他定了定神，讪讪一笑："先生实在可敬。广汉，听先生的吩咐，你到街上，见人发一块，发完为止。"

大约这一年的春分之日，日头过午时辰，一辆蓝印花布遮盖的花轱辘马车不紧不慢地驶出聊城附近的高店子，沿着伸向东南方向的官道轱轱前行。赶车人一脸得意之色，引起路人侧目。地里的麦苗正在返青，簇簇新绿连缀成片，湿气徐徐蒸腾，令人悦目赏心。

麦子逐渐饱满的春夏之交，天气开始炎热，在正午的滩地上，可以最先感觉到热。

花姑盘腿坐在苇河细细的水流旁，把长辫子解开，浓密的黑发遮住了她的前胸后背，小风一过，发丝儿轻轻摇动。

花姑一动不动，如一尊泥塑，她定定地望着清幽幽的河水出神。

已经变得火辣辣的阳光均匀地撒播下来，灰黄的滩地蒸发着温吞吞的气浪，散乱生长的野苇子的叶儿耷拉着。一只野兔在花姑身后不远的地方跑过，野兔踏起一串细小的烟尘，蹄印清晰可辨，像河滩上忽然生出两行琐碎的梅花。

花姑的可能是瞎子也可能不是瞎子的爹摇着他的两只八字大脚外出逛荡去了。他说："死待在这儿，心里闷得慌。"

花姑看了她的爹一眼，没说话。

老头拄着一根柳木棍，吧嗒吧嗒远去了。

坐久了，花姑站起来摇晃了几下细软的腰肢，把盖在脸上的长发撩到耳后，复又坐下，脱下绣着一朵牡丹花的黑绒布鞋，将脚丫伸进略含凉意的河水……

背后忽然传过一阵粗粗的喘息声。花姑不用回头，就知道是大头。她说："又来想好事不是？"

"见了你能不想好事？就是神仙也会动心，镇子里没一个女人比得上你……"大头的鼻息越来越粗重。

花姑猛地回过头："呸！你不配！"

"我大头今儿个就想配一配！"大头好像疯了，他一把揽过花姑。花姑感到有一座大山压住了她，压得她喘不过气，头昏脑涨，四肢无力。大头粗大的鼻孔里喷出的气息使她睁不开眼，大头巨大的红嘴里呼出的类似牛圈里的气味令她肠胃乱抖。她尖声喊："大头，你王八蛋！……"

不远处的一丛野苇子后面，有个人影火烧屁股般地闪了闪，是狗子。狗子压低嗓门，急切切地喊："大头哥——你快点儿，还有我呢——"

大头硬如铁钩的黑手在花姑的胸脯上胡乱抓挠……花姑全身像着了火，热辣辣难忍难耐。初夏的天空有一团一团的白云在飘飞，初夏新鲜的阳光啸叫着挥洒而来。花姑的印着小碎花的红绸上衣被大头撕开了，露出贴身的白洋布小马甲……几杆细瘦的野苇子在大头的脑袋上方悠悠地抖动，苇叶儿不住地变化着色彩。花姑长长的发梢儿浸在了水中，她感到头皮凉丝丝的，耳际苇河潺潺的流水声越来越响亮……花姑恨得牙根痒。后来她索性闭上了眼睛。后来就有两行清泪从她的眼角漾出来。她不再反抗，柔声说："大头，我以前一直把你当成一条好汉，哪想到你这么没有出息。"

大头愣了愣。

"既然你是苇河镇数得着的人物，欺负一个弱女子脸就不红？传出

171

去你的脸往哪儿搁？你爹的脸又往哪儿搁？……"花姑明白自己打动了大头，继续轻轻柔柔说下去。

……大头居然慢慢泄了气。他抹了一把挂在嘴角的亮晶晶的口水说："花姑你有眼力，我他娘的本来就是一条好汉！"

不知过了多久，大头无限爱惜地拍了拍花姑艳若桃花的脸蛋儿，屈腿，两手撑地，缓缓站起来。

花姑赶紧爬起："大头你真了不起，我花姑不会忘了你。"

大头很不好意思地垂下眼睛，双手来回抚摸在明亮的阳光下冒着热气的大脑袋，裆部明显扁平下来。

狗子悄悄踱过来。他说："大头哥，这是咋回事？……"

大头说："你狗日的少掺和！"

一个细雨蒙蒙的傍晚，花姑的可能是瞎子也可能不是瞎子的爹心事重重地抽着旱烟袋，和花姑有一句没一句地拉呱儿。正说着，老头猛丁停下来，歪头侧耳听了听，说："外面像是有人走动。"

老头的耳朵特别灵。

花姑说："我出去看看。"

"你最好别出去，免得惹祸。"

"我这人爱凑热闹。"花姑不听他的，抬脚出了小屋。

老头叹了口气，无可奈何地躺在地铺上。

过了足有两个时辰，花姑才回来。她的身上湿漉漉的。她是哼着一支轻快的小曲儿进屋的。老头并没睡着，他警觉地问："什么人在外面？"

花姑说："外面没人。"

"姜还是老的辣，你骗不了我。"老头有点儿生气。

看瞒不过去，花姑轻描淡写地说："告诉你吧，是个逃兵。原先他是城里的洋学生，后来脑袋一热，和同学们一起跑到外地当了兵，当兵后吃不了那份苦，又后悔了，今儿个一大早逃了出来……"

"唉，自古兵匪是一家，你少管闲事，不然没好果子吃。"

"他又文雅又俊气。好久没见到这样的人啦，啧啧……"花姑边说

172

边从柳条筐里拿出三个白面馍，又捏起一根腌萝卜。之后，她没再说啥轻手轻脚出了小屋。

花姑一夜未归。

翌日，天放亮的时候，花姑悄悄走进小屋。她的爹背对着她，许久才开口："我以为你不会回来啦。我是个不中用的人……"

"怎么会呢，你是我亲爹。"花姑心有所动，眼圈一红。她坐在父亲身边，轻柔地抚摸着父亲瘦骨嶙峋的肩背。

"那人呢？"老头转过身来，抓住女儿凉凉的小手问。

"他走啦。"花姑兴致涨上来，"我劝他，当逃兵被逮住，怕是命都保不住。我还劝他，好男儿应该立大志，枪里来弹里去锤打锤打，不能有娘儿们气，回去好好混，挣个一官半职的，比什么都强……他听了我的话，就返回兵营啦。他呀，又文雅又俊气，啧啧……"

"最好有个长眼睛的枪子儿碰上他！"老头抽回手，冷冷地说。

"那太可惜啦，"花姑并不生气，仿佛自言自语，"他又文雅又俊气。好久没遇见这样的人啦，啧啧……"

花姑打了一个疲倦的哈欠。她的头发十分零乱，上面沾满细小的沙粒和碎草叶儿，衣服皱皱巴巴，像是被一遍一遍揉搓过。但花姑的一双眼睛却是亮闪闪的，透出少见的喜色。

那场蒙蒙细雨过后，太阳迟迟露了脸儿。

这天下午，王昭明带着广汉和另外三名伙计大摇大摆出了镇子。

平日里王大户很少出门，所以他一出现人们便猜测说，怕是要发生大事情。

王昭明中等身材，微微发胖，已经开始谢顶。他头戴一顶黑色的毡帽，身着肥大宽松的紫绸子长袍马褂。每迈一步就带起一股风。他少有胡须，泪囊饱满，长就一副慈眉善目的模样。

自那日从聊城附近的高店子回来后，王昭明就吩咐广汉多注意一下过路人里有没有面目和善、形象俊俏的女子。苇河镇虽然过往行人不断，但那个年月出门远游的多为男子，女人很少外出。虽然也有几个女人路过镇子，都是些要饭的，或者是沿街卖唱的之类，不是太土气，就是太水性，王昭明看不上眼。

后来出现了花姑和她的爹，王昭明感到时机来了，心头一阵狂喜。

他们顺大路直奔苇河。王昭明走在前面，两个伙计抬着个紫檀木盒子夹在中间，盒子里装着是五百块大洋。广汉和另外一个伙计断后。

在接近苇河的那座小桥上，一个铁塔般的黑壮汉子迎风而立。广汉老远就看出是大头。离大头不远处，蹲着狗子。广汉紧走几步说："王大爷，大头这狗东西想和咱们做对，得当心点儿。"

王昭明嗤了嗤鼻子，没理会广汉，继续朝前走。见主人面无惧色，广汉来了精神，抢在王昭明前头。走近小桥，广汉高叫："好狗不挡道，大头你滚开！"

大头嘴角挤出一声冷笑，说："王大户，我早就知道你葫芦里卖的什么药！"

王昭明摆摆手，"大头老弟，以前王某人看在你老实巴交的亲爹分上，给过你不少面子。今儿个你要不识时务，别怪我王某人不客气！"

"老子也不是块好搬的砖！"大头举起右手重重地拍了拍脑顶盖。在夕阳的照射下，他的状如冬瓜的脑袋像是涂满了浓浓油彩，晃得王昭明和他的帮手们真有些眼花缭乱。

"大头，"王昭明一字一顿地说，"我承认你是条汉子，但你要明白，我王某人想干的事，苇河镇还没人敢阻拦过。"

"今儿个我倒要试一试。"大头丝毫没有退缩的意思。

见说不通大头，王昭明摇摇头，挥了挥手，广汉便壮起胆子走上前，拉开架势。

蹲在桥边的狗子忙说："大头哥，忍了吧，你要吃亏的。"

在田里劳作的人们见状，纷纷扔下家什，远远近近围过来。

大头稳稳地叉开双腿。广汉挥拳扑过来，大头开初并不还手，任广汉捣了他胸部三拳，身子只是微微晃了晃。然后他大喝一声，没等众人看清是怎么回事，只听咚的一声响，广汉便像个粮食口袋似的，飞出三四步远，扑通仰在地上。

一个伙伴见状，咆哮着逼近大头。大头不慌不忙，瞅准空当，一抬右腿，踢在对手的小肚子上。大头又轻松自如地放倒了一个。

另两个伙计一齐冲上来，没一会儿工夫，双双被大头打得鼻青脸肿，躺倒在地。

大头仰天长笑。众人感慨不已。

王昭明的圆脸尖细了些，他又一挥手，三个伙计连同广汉爬将起来，手伸进腰里，唰啦啦一阵响，每人拽出一根七节鞭。

伙计们抡圆了七节鞭围住大头，四根七节鞭带着风声在大头周围舞动，大头左躲右闪，终究躲闪不及，他的身上不一会儿就生出数条血道道儿。他踉跄了一下，几乎倒地。

四根闪着银光的铁鞭越舞越上劲，几个伙计还不解恨，扔下七节鞭，你一脚我一脚地踢大头。

"别他娘的下手太狠，当心遭到报应！"一个女人的声音递过来。是花姑。花姑分开众人挤到空地上，怒冲冲地直视着王昭明。

王大户看她一眼，满意地点点头。

广汉又踢了大头一脚。

"住手！"王昭明说，"听姑娘的，谁再动大头一指头，我剥他的皮！"

广汉和那三个伙计连忙退下。

狗子哭着扑到大头身上。大头慢慢缓过气儿来。他一掌推开狗子，口鼻流着血，嘴里呜噜呜噜边叫骂边挣扎着立起来。他倒退几步，突然从一个小男孩手里夺过一把镰刀。

广汉和三个伙计赶紧将七节鞭抓在手里。

大头怪声怪气地笑了一阵，右手举起锋利的镰刀，伸出左手食指："王昭明，老子不会放过你！"

话音未落，只见镰刀一闪，就有一截腌萝卜条似的东西飞出去，抖落在地。

狗子说："大头哥……"

众人无不骇然。王昭明右手抚摸着光光的下巴，感慨道："大头老弟，我王某人佩服你，可你也太莽撞啦，真是胡闹……"

大头左手断指处有股鲜血往外蹿，就像长出一根又红又长的手指头。大伙儿愣愣地望着他，一时不知怎么办好。

花姑走上前，弯腰捡起那根断指，紧紧攥在手里，说："我早讲过，大头是条汉子！"

大头吃力地掉转身子往外走，人群闪出一条胡同来。王昭明手伸进怀里，摸出三块光洋，扔过去："去治治伤吧。钱不够再找我的管家要。"

狗子捡起那三块光洋，搀着大头走。大头说："不要狗日的钱！"

"对，不要狗日的钱！"狗子狠狠地将三块大洋摔在地上。

王昭明等人走上苇河大堤时，太阳快要落山了。快要落山的夕阳将如血的光线播撒过来，宽阔的滩地好像罩上了一块红布。一丛丛散乱的野苇子的影子拖得很长，像一幅幅剪纸。

花姑的可能是瞎子也可能不是瞎子的爹倚在草泥小屋的木棍门上，侧耳倾听着越来越近的零乱脚步。他咳嗽了一声，问："是王大人吗？"

王昭明双手抱拳，和蔼地说："是在下。老人家一向可好？"

"俺爷俩流浪在外，不容易呀，肚子里填了不少王大人的粮食，叫老朽不知如何是好。"

"一点小意思，老人家不必客气。"

"不知王大人有什么吩咐？"老头大概站得久了，挪挪身子。

王昭明叹口气："我就直说了，在下有个诚意，就是……就是想和老人家攀个亲戚，以便了却我多年来压在心头的一块心病……"

王昭明从头到尾讲了一遍。

"王大人说的在理。唉，穷人有穷人的苦处，富人有富人的难处，都不容易……"老头轻咳两声，灰蒙蒙的脸上冰冷似铁，看不出是喜是悲。

"老人家意下如何？"王昭明趋前两步，忐忑不安地问。

老人脸上的肌肉动了动，没言声。

"老人家意下如何？"王昭明弯下身子，再问。

老头说："这些天来，俺爷俩吃了你的，用了你的，叫老朽咋说呢？看来你也是个行善之人，容老朽好好琢磨琢磨吧。"

见有门儿，王昭明一使眼色，两个伙计将紫檀木箱子抬到老头跟前，打开盖子。码得整整齐齐的五百块大洋闪出银光，老头的胸前亮了许多。

"这是在下的一点儿心意，请老人家不要嫌弃。"王昭明笑说。

老头手伸进木箱摸了几把，然后捏起一块光洋，放在嘴边噗地吹口气，嘟嘟……的声音震得他耳根子一跳一跳的，他不易察觉地浅浅一笑。

那一刻，老头浑浊不清的眼睛倏地亮了一下。也许他的眼睛并不瞎。

"三天后，在下听老人家的回话。"王昭明的脸膛舒展开来。

三天以后。太阳刚刚升到一竿子高，一辆独轮小车停在河堤上的草泥小屋前。

老头摸摸索索在小屋里收拾东西。王昭明说："老人家，那些大洋够你花一辈子，别要那些破烂了，不值几个子儿。"

老头不理会，继续收拾他的东西，他把一些旧衣物卷进露了棉絮不辨颜色的被褥里，然后用一根草绳捆牢。

花姑立在小屋前发怔，既不帮爹收拾东西，也不说话。

王昭明吩咐两个穿戴齐整的精干伙计："你俩务必平平安安把老人送到河南老家，不许有半点儿差错。"

两个伙计诺诺称是。

老头终于收拾完了，两个伙计帮他把一大捆破旧衣物装上独轮小车。老头喊："妮儿……"

花姑木然走过去。

"你要照顾好自己，"老头揉捏着女儿的手，"多听王大人的。人这一辈子，吃饱了穿暖了，比啥都强。"

"老人家放心好啦，"王昭明说，"我不会亏着她，只待她帮在下了却心愿，她想留，我高兴；她想走，我也不拦她，天南海北任她飞。"

老头又嘟嘟囔囔说了一大堆。

"我已派人到聊城边上的高店子找张半仙张先生去了，让张先生择个黄道吉日，我要排排场场迎娶花姑，办他个镇子上一百年来都少见的喜事。娶亲以前，她先搬到镇上住，我给她买下了一处偏宅。天下不太

177

平，住这儿不保险……天不早了，老人家，请上路吧。"

五个伙计扶老头上了独轮小车。

老头的屁股下是一个棉垫子，棉垫子下是用破布里三层外三层包裹的紫檀木盒子。车轮转动了，一个伙计推着走，另一个跟在后面。老头费力地转过上半个身子："妮儿——"

老头的两只浑浊不清的眼睛眨了眨，旋出两颗挺大的泪珠儿。

花姑终于张了口。她嘶哑着嗓子追上几步："爹，回去后花点儿钱给俺娘修修坟，再给保长送点儿，免得他再欺负你……"

花姑的声音在宽阔的河滩上传得很远。

这当儿，花姑那双好看的凤眼里，射出两道逼人的寒光。

王昭明莫可名状地打了一个颤。

大头的伤是半个月以后才好的。

离黄河八里远，在一大片盐碱地的中央，有一个叫八里营子的小村子。

严格地说，八里营子算不上一个村子，它只有几幢低矮的黄泥小屋。住在八里营子的人，都是些光棍儿，有遭官府捉拿从外地逃来避难的，有专以乞讨为业的汉子，自然还有盗匪和劫匪。

大头就是在八里营子养好伤的。此地的人他大都熟识，他曾和他们中的一些人打过架，当然，他们都败在了他的手下，口口声声叫大哥。

狗子说："大头哥，咱哥俩……"

大头打断他："大头小头的，怪难听，以后就叫大哥！"

"是，大哥！咱哥俩和八里营子的弟兄联起手来，啥样的事干不成！"

大头拍拍狗子的肩膀："你说得对，兄弟！"

大头他们第一次行事，截住了几个拉牲口的外地人，抢到七头毛驴。

不知不觉，麦梢儿黄了。

那年芒种过后的第四天，是聊城附近高店子的张半仙为王昭明择定的黄道吉日。王昭明在自家的四合院里搭上棚子，张灯结彩迎娶花姑。王家宾客如云，方圆几十里内有头有面的人物几乎都赶来贺喜，雇来的三十名吹鼓手在王家正房的窗子下拉开阵势，鼓乐声传遍了整个镇子。

人们大开了眼界，全镇人也都跟着沾了光，王大户发善心，在大门口摆下笼屉，苇河镇不分男女老幼，每人发四个白面馍馍。

午后，那些有头有面的来客饱餐一通准备散去的时候，王家的看门人，一个瘸腿老头儿急慌慌跑进正房大厅，向王昭明禀报说，有七头毛驴进了镇子，领头的是大头。

七头毛驴一字儿排开，噔噔前行，后面腾起股股烟尘，行在最前面的一头高大得不像毛驴而像骡子，驴身上坐着两个人，一个是大头，另一个是位披红戴绿、脸上挂着泪花儿、泣不成声的外乡小女子，她被大头揽在怀里。其余六头毛驴上的六名弟兄个个紧绷着脸，有的身上斜挎着大枪，有的背着大刀片儿。街上的人们纷纷避让，呆痴痴地望着驴队向王家的四合院挺进。

听完瘸腿看门人的禀报，王昭明倒抽一口凉气，忙吩咐广汉等人准备家伙，以防不测。

大头们来到王家大门前，飞身下驴，披红戴绿的外乡女子被大头提在手里。她哀求道："大爷，俺婆家的人还等着呢，你放了我吧……"

王昭明带广汉等人迎出来，他尴尬地一笑，抱拳到胸前说："大头老弟，今儿个是在下的大喜之日，欢迎你和弟兄们肯赏脸来喝喜酒，里面请吧……"

大头朝王昭明脚下吐口唾沫："酒你留着喂狗吧，爷们没那个福气！"

"大头老弟。"王昭明白白的脸膛上像落了一层灰，"冤家宜解不宜结，今天宜喜不宜悲。你给在下留个面子，其他的好说，在下对不起你的地方，你若非要算账，改个日子行吗？"

"账迟早要算，看在花姑的面子上，今儿个我不想动真格的。"大头抖了抖手里提着的外乡女子，"爷的运气不错，在官道上劫了一伙迎亲的，我打算让她和花姑比一比，看哪个更花俏。"

179

"好吧，"见大头不来硬的，王昭明吐口长气，"那咱到屋里去，免得让外人见笑。"

王昭明带着广汉等人在前，大头拽着那个外乡女子居中，狗子提枪跟在后面，一干人进了四合院。另外五名弟兄留在了大门口。王昭明边走边抱拳，向嘴唇油光光目瞪口呆的宾客们说："这位壮士找我有点儿小事情，与各位无关，与各位无关……"

花姑打扮得花枝招展，正坐在床头愣神儿，见一干人踢踢踏踏进了屋，不由一怔。她问："大头，这女的是不是抢来的？"

"这不用你管。"大头一松手，外乡女子差点儿瘫在地上。大头令她和花姑站在一块儿。这外乡女子长相还算标致，小鼻子小嘴儿，眼睛也挺有神，但和花姑一比，显然还差一截儿。

大头失望地摇摇头："奶奶的，你脸蛋儿没花姑的俊，奶子没花姑的高，腚蛋子没花姑的圆，腰儿没花姑的细……王昭明，还是你有福气，不过你可要当心。我们走！"

七头毛驴出了镇子，在一个岔路口停下，大头一甩胳膊，外乡女子滚下毛驴。大头说："唉，咱就是这个命，你走吧，回家好好和男人过日子。"

外乡女子忙爬起来，沿着向东的一条小道跌跌撞撞而去。

"我算死心了，这一带怕是没人能比得上花姑……"大头喃喃自语。

"大哥，你这是何苦呢！"狗子说，"你瞧不上，干脆让给弟兄们，为啥放她走？"

其余的人也都跟着附和。

"都他娘的这么贱！"大头火了。

天将黑，来客方才散尽。王昭明趁着高兴，多喝了几杯，舌头根子发硬。临睡前，他叫过广汉说："今夜里，让伙计们留点儿神，提防大头来闹事……"

那天夜里大头没有去闹事，王家的四合院一片安静。然而，夜半一声女人的尖叫却使四合院里所有的人心惊肉跳了许久，甚至连镇子上的人都未能幸免。

花姑尖叫一声之后，身上搭一条红缎子被单，披头散发赤着脚跑出新房。

王家的四合院乱成了一锅粥。广汉第一个提着灯笼跑进新房，他看到主人赤身裸体平躺在大床上，眼珠子暴突着，黑血从嘴里溢出来，枕下的床单上洇了一片红。"我的娘呀！"他慌了神，扔下灯笼几乎是一下子就跳到院子里。

"王大爷、王大爷他……"广汉抖成一团，话都不完整了。

看广汉的神色，必有大事，伙计们都不敢进屋。那个瘸腿的看门老头连声叹着气，一拐一拐地独自跨进主人的新房。片刻过后，他佝偻着腰退出来，头摇得像个拨浪鼓："准备后事吧。"

王昭明死了。桂子号啕大哭，她的大女儿在县城里的洋学堂读书，没赶回来；呆痴痴的大儿子边往嘴里送土块边绕着四合院转圈子；哑巴儿子啊啊叫个不停……

花姑一抽一抽小声哭，看上去她吓得不轻。她断断续续地说："王大人老了，不中用了，那玩意儿弄了半天也起不来，他就唉声叹气，越叹气越不行。后来他哭，说他看见他爷爷他爹了，两个老人很生气，骂他没给王家争气，连棵好苗都留不下，祖宗置下的基业别说发达，怕是连保都保不住……他爷爷说，昭明，你还有什么脸面活着，他爹说，干脆咱爷仨一块儿走吧……王大人说一会儿哭一会儿一直到半夜，后来王大人在床上打起滚来。我猛丁看见一串火星子从门缝里钻出去，王大人就不动弹了……"

花姑的话令所有的人毛骨悚然。

一口上等的柏木棺材停在王家的客厅里，是在次日下午。盛殓前，看门的瘸腿老头给王昭明换衣裳时，分明看到主人的脖颈儿上有一道黑褐色的印痕！

有两道锐利的寒光刺得瘸腿老头背部冷飕飕的，他回过头，看到花姑正一动不动地站在他身后。花姑头上身上凌乱不堪，双目如炬直视着他。瘸腿老头顿时觉得有一股凉气从脚板心里往上升，一直升到天灵盖，令他浑身麻木。他口齿不清地咕哝："王大人呀，你命该如此，你

181

沾上妖气啦……"

第三天头晌，王家发丧。因为是此地最有名气的王大户的丧事，所以四乡八村有很多百姓赶来看热闹。按当地风俗，摔老盆和打幡由长子来干。老盆即是泥烧的瓦盆，按说一摔就碎，王昭明的呆痴痴的大儿子摔了三次才把它摔碎，令人啧啧摇头称奇。这是极稀罕的事儿，也是极不吉利的事儿，一片黑压压的人头便发出纷纷议论之声："看来王大户家的好运到头了，近百年的兴盛再也不会有啦……"

白幡招摇，哭声缭绕，送葬队伍沿田间小路直奔王家坟地，遗了一地翻卷不休的散乱纸钱。

送葬回来的路上，王家的看门人，那个瘸腿老头再一次看到了花姑两只凤眼里冒出的寒光。他战战兢兢地重复那句老话："王大人呀，你命该如此，你沾了妖气啦……"

于是，四合院里的人，甚至全镇的人都认为，妖气无疑是花姑带来的。

当天下午，花姑低垂双目，一身素装，急步向苇河走去。

从此，她又住进了她和爹曾经住过的那间孤零零的草泥小屋。她很少在人前出现，偶尔也离开小屋到周围的村镇讨些吃的。人们当然绝少到她的小屋去。谁愿意和一个满身妖冶之气的人来往呢？弄不好沾上霉气，赔了性命……

这年初秋的一天夜里，苇河镇周围几十里内所有的狗都叫了一夜。数不尽的人喊马叫声压得这一带的人透不过气来，远处隐隐传来的炒豆般的枪炮声更令人惊悸。

天亮后，人们看到村镇外的庄稼被踏倒了不少，新鲜的土地上叠着无数的脚印，似乎有好几万人路过。有明白一点儿的人说，是共产党的一支大部队打这儿经过，他们过了黄河要到南边的大别山去，和国民党的军队打大仗。过河前，他们和国民党的手枪旅接上了火，手枪旅不是对手，几下子就垮了。

大军过后不久，苇河镇西面的河滩上出现了一个陌生的男人。那人穿一身褪了色的军装，吊着左胳膊，右腿肚上扎一根沾有血污的白布带儿，走路一拐一拐的，像是受了伤。有人看见伤兵就住在花姑的草泥小屋里，经常和花姑在滩地上嬉闹。有人便撇嘴说："真他娘的浪，也不嫌寒碜。"人们挖空心思揣测那陌生男人的来路，有的说是共产党队伍里的人，受伤后留在了这里；也有的说是国民党手枪旅的人，队伍被打散后流落此地……

只有花姑清楚，这个伤兵就是前不久的那个逃兵。

秋天一到，几场雨浇下来，河水宽了许多，滩地窄了不少。

七头毛驴艰难地爬上河堤，人头一眼便看到，此刻花姑正偎偎在一个头发长长的男人怀里晒太阳。金黄色的沙滩反射着刺目的白光，苇河水失却了先前的清澈，变得浓稠而暴怒。

由于战乱不断延续，这一带的土匪多如牛毛，共产党和国民党都派兵进行清剿，大头把人驴拉到东面的大山里躲了一段时间，看风声弱一些，他们便又回到老地方。

斜坐在滩地上的一男一女令大头的头皮一阵乱跳，他咬牙切齿地说："好小子，又抢在老子前面了！"

七头毛驴闪电一般冲下河堤，大头率先飞身下驴，来到伤兵和花姑面前。伤兵十分敏捷地推开花姑，站起来，瞪着大头和他的弟兄。花姑横在大头和伤兵中间，大声说："我愿意。这儿没你的事，大头！"

"你愿意老子不愿意！"大头抬手拨得花姑一个趔趄。他赶上几步，伸手抓住伤兵的衣领，几乎把伤兵提溜起来。

伤兵俊气的脸上沁出细汗，他说："你不能这样，咱有话慢慢讲……"

大头轻蔑地冷笑几声，左右晃了晃手臂，猛一甩光溜溜的大脑袋，朝伤兵的脸磕去，只听砰的一声闷响，伤兵的额角上迸出一道血口。大头松了手，伤兵摇晃着，沉重地倒下，他昏了过去。

大头和他的弟兄们一阵狂笑。

花姑破口大骂："大头你这个没良心的狗东西，他身上有伤，你再动他姑奶奶我跟你拼命！……"

花姑两腮挂着泪扑到伤兵身上，替他擦额角的血。

大头把花姑扯开，"小婊子，看你还怪疼他，你怎么不知道疼疼老子！"

　　大头又踹了伤兵一脚，伤兵翻了一个跟头。大头瞪着血红的眼珠子，命狗子牵来一头毛驴，命一个叫黑牛的弟兄把昏迷不醒的伤兵头朝下绑在驴肚子上。花姑疯狂地去夺伤兵，被大头拉到一旁，她对大头又踢又打，大头一动不动，任她踢任她打。

　　收拾妥当，大头说："黑牛，你骑我的驴，赶着这头驴跑。过一个时辰，这小子不死，就算他命大，放他走！"

　　这时，伤兵苏醒过来，边徒劳地挣扎边哑着嗓子骂："你们这群土匪早晚要被消灭掉，你们等着吧……"

　　两头毛驴驮着两个人快速沿滩地往北跑，只是一人头朝上，一人头朝下。滩地上深深的驴蹄印子越拉越长……

　　大头一手抓住花姑一手气哼哼地掐着腰。花姑无法挣脱，只有拼着劲儿叫骂和踢打。约莫过了半个时辰，花姑的力气用尽了，无声地瘫在地上。大头说："你就死了心吧，往后好好跟老子过日子。"

　　花姑突然哇地大叫一声，在滩地上转着圈子又滚又爬，并把头发扯散，衣服撕裂……

　　大头等人惊愕地望着她，不知所措。

　　她好像疯了。

　　大头似有所悟，忙命狗子追回黑牛，把伤兵解下驴子。过了好大一会儿，三头毛驴跑回来，黑牛将怀中的伤兵扔在地上，大头把两个手指放在伤兵鼻端试了试，伤兵还有一丝游气。伤兵嘴角挂着血块，满脸黑紫如一只茄子。

　　花姑仍在狂喊乱舞，抓得身上青一块红一块，被扯掉的缕缕长发在滩地上飘摇……

　　大头缓缓摇头，用力一拍闪着青光的脑门，低声说："我、花姑，还有这小子，咱们的命都不好，我大头认了，你们也认了吧，没有法子……"

　　说完，大头牵过一头毛驴，十分吃力地爬上驴背。最后他吩咐狗子将两个干粮袋和一块咸肉留下。

在花姑滚过的地方，狗子发现一截腌萝卜条似的东西。他捡起来一看，是一块黑皮，里面裹着三段细骨。他猛然想起，是大头的那截断指。

花姑真的疯了。

同时不见了伤兵。

翌年开春后的一天，有过路人发现花姑死在了河滩上，她蜷缩成一团，长长的头发披散开来，远远望去，像一捆青草。

闻信，大头带驴队急急赶来，他几乎是连滚带爬地蹭到花姑身边，黑着脸半天不说一句话。后来，他脱下棉袄，轻轻盖在花姑身上。

狗子说："大哥，赶紧替她把后事办了吧。"

大头就命狗子和黑牛过河，到河西的王庙村找专卖棺材的王三常弄一口好棺木来。他把花姑抱到河堤上，围观的人渐渐多起来，人们嘀嘀咕咕，指指点点。大头火了，抓过一支猎枪，说："都他娘的滚开，谁再看打死谁！"

大头朝天上放了一枪，众人一哄而散，跑到远处。

大头在河堤上选了一处地方，几个弟兄挖出一个大坑。狗子和黑牛把棺木运到后，大头揭开盖子，跳了进去。他闭上眼睛，在飘着木香的崭新棺材里躺了足有两袋烟的工夫，才爬出来，而后小心翼翼地把花姑抱进去，仔仔细细放好。封盖前，他好像想起什么，在身上摸索一阵，掏出那截断指，掰开花姑早已僵硬的右手，将那截断指塞了进去。他又把别人支开，叫过狗子，说："好兄弟，大哥我求你一件事。要是我死在你前头，就劳烦你把我和花姑埋一块儿……"

狗子眼窝潮乎乎的，说："你放心吧，大哥，大头哥！"

花姑的坟很高很大，几乎和她住过的草泥小屋差不多。圆好坟后，大头他们正要离去时，突然有一阵婴儿的哭声从草泥小屋里传出来。大头一愣怔，随即大步跑进小屋。小屋的柴草铺上躺着一个看样子不足一月的男婴，小东西抓挠着两只小手，一哭脸上的嫩肉就挤成一个小疙瘩。

大头仔细端详了一阵，恶狠狠地说："这个杂种！"

大头慢慢地举起右臂，举起的过程中右手握成拳头。拳头比男婴的脑袋还大。

"这个杂种！"大头的右拳狠狠砸下去，婴孩身旁的一块砖头变得粉碎。

小男孩哭得更欢了。

月亮在天上时隐时现，初春的寒气更令人感到彻骨。野地里有饿狗吞嚼东西的声音，还有猫头鹰似哭似笑的叫声。

大头的驴队漫无目标地在田间小路上游荡，弟兄们很少说话，有人怪声怪气哼起一支淫荡的小曲儿，但没人像往常那样附和调笑。

"兵荒马乱的，走夜路的少了，"狗子说，"今夜看这样子啥也劫不到了，怪冷的，咱回八里营子睡大觉吧，大哥。"

大头蜷缩在高头大驴的驴背上，大脑袋有一半藏在肩窝里，使他平日里比别人高大许多的身个儿，这时候看上去和别人差不多。大头的脸上冷冰冰的，在惨白的月光里，十分吓人。狗子不由打了一个冷战。

狗子又说了一遍，其他弟兄也跟着说："回去吧，别他娘的在外面找罪受了……"

大头没吱声，一拨驴头走上回八里营子的路。七头毛驴拉开一点儿距离前行，毛驴嘚嘚的蹄声杂乱而沉闷，给寂寞的夜行人带来一些安慰。弟兄们不知不觉闭上眼睛打瞌睡……在半醒半睡朦朦胧胧的状态里，狗子突然听到一个闷钝的声响，慌忙睁开眼睛。他看到行在最前面的大头从驴背上滑落在地，他捂嘴一笑，打驴赶过去："大哥，摔疼了吗？"

大头脸挨地，撅着屁股，一动也不动。

狗子说："你睡着啦？真他娘怪事！"

大头依然一动不动。狗子预感到大事不好，他跳下驴来，去扯大头，扯不动。他蹲下身子，摸了摸大头的脑门。他感到手里粘腻腻热乎乎的，尖叫了一声。

"是毛驴一只前腿踩进了一个挺深的土坑里，"狗子后来这样对人讲，"驴失前蹄，把大头甩下来，正好大头的脑门磕在一块露出地面的

186

尖石头上……”

弟兄们纷纷下驴围过来。狗子把大头揽在怀里，他看到大头的眉心上方有一个挺深挺大的洞，血似乎还有白色的脑浆汩汩往外冒。狗子嘶哑着嗓子喊："大头哥！大头哥……"

大头张了张嘴，似乎想说什么，但一句也没有说出来。

狗子清楚大头想说什么。

"咋那么巧呢？咋那么巧呢？……"这话后来狗子不知道说了多少遍。他百思不得其解。

狗子和大头是一对好兄弟。狗子听从大头的话，他把花姑的坟扒开，将大头和花姑葬在了一起。

草泥小屋里的那个来路不明的男婴是狗子养大的。狗子给他取了个名字，叫小小子。

小小子长到三岁了，狗子说："我是你的亲爹！"

小小子甜甜地叫道："爹！"

小小子长到十岁了，狗子说："我是你的亲爹。"

小小子叫道："爹！"

小小子长到十五岁了，狗子说："我是你的亲爹。"

小小子乜斜了他一眼，扭头走了。

（1993 年）

苇河镇风景

神 守

　　青眼战战兢兢地接过父亲递过的大枪。青眼心里酸酸的，额角上的血管"突突"地跳，像要冲到皮肉外面来。他望着父亲皱纹深刻有力的脸膛，父亲用死鱼一样的眼睛望着他。忽然，父亲的眼皮撑开来，眼里发出足以穿透青眼心脏的光。在青眼纷乱如暴风雨后的苇棵子似的记忆里，父亲的目光从来没有这么耀眼过。在父亲眼里射出的强光的笼罩下，青眼激动得浑身发抖。父亲一字一顿地说："如果你是我的种，夜里就到河堤上去，等那大神出来……"

　　青眼说："爹！"

　　那时候，青眼还没有那支枪高。

　　父亲的面容是古老的。那支大枪是古老的。苇河高高的堤岸是古老的。神秘暗淡的夜也是古老的。

　　青眼记得很清楚，那些年，每逢天一擦黑，父亲就慌慌张张地吃掉三个金黄颜色的棒子面饼子，喝下三人黑瓷碗棒子面糊糊，然后用他逐渐干瘪的手背抹一下嘴，从墙上摘下那支大枪，神色慌张脚步零乱地出门，到天亮时才回来。青眼不敢问父亲去干什么，只是定定地望着父亲去，望着父亲来。父亲的头上常常携带着草叶儿苇叶儿，背上和屁股上印着黄土的痕迹。

　　青眼郑重地接过了那支大枪。

　　在幽静、死寂的夜里，青眼坐在苇河高高的堤岸上，心乱如麻。青

188

眼不知道祖辈们什么时候开掘了苇河，筑起了高高的大堤。雨露风霜使苇河坚硬的堤岸变得松软，雨露风霜再把这层松软揭走，又一层坚硬便裸露出来。白日里，太阳把热气注进大堤那深厚的胸脯里；夜晚，黑色再把热气收走。青眼觉得腚下的黄土渐渐凉下去，凉气深入到脚尖、头顶……

芦苇是苇河最壮观的景色，苇河因此而得名。芦苇和河水都无数次地在青眼的眼里跳跃，青眼曾无数次地在父亲灰白的眼睛里看到跳跃着的芦苇和河水。

在芦苇深厚的丛林里，潜伏着人们闻之色变的狐狸。镇上人都相信，自然有不少狐狸经过千百年的修炼已经成了精。白日里，苇荡上空终日缥缈着白烟；夜晚，狐狸们便出没于天地之间。很少有人敢长驱直入进那苇丛。人们吹牛时，最爱说："我敢到河沿的苇棵子里去，你敢么？……"

其实，他们的胆子小得很。

那时候，青眼想，那时候父亲却是一个胆子奇大的红脸汉子。家里的那张一压"咯吱"乱响的木床下，藏有一只挂满蛛网和灰泥串子的黄铜包角的黑箱子，一把绿锈累累的大铜锁锁住了它。青眼不知道这只箱子是哪位祖宗遗下的。有段时间，父亲搬出那只箱子，用他宽阔的衣袖一遍又一遍地拍打着箱子上的泥灰，然后父亲绕着那只箱子转圈子。不知转了多少圈，不知转了多少天。有一天，父亲的眼珠子瞪得吓人，他找来铁锤，敲开了那把铜锁。父亲开箱的声音震得窗户纸"剥剥"地响。

那箱子里面睡着一支大枪！

天边的星星亮了，河水的咆哮声弱了，青眼揽着那支大枪，神思恍惚。这是怎样的一支枪啊！长满黑锈的枪管握上去冰得青眼从头麻木到脚。深不可测的枪口多么像传说中的专门偷吃小孩的狐狸精的红嘴。迷幻的星光里，红褐色枪托黯淡呆滞，这上面一定渗透过爹、爷爷、老爷爷以及老爷爷的爹和爷爷们的血。青眼不止一次地觉得这枪在静止中微微抖动，并有阵阵"嚯嚯"的哨声从这枪身上飞出去，打进苇河灿烂的河水，打进苇丛，打进苇丛里狐狸们的洞子里去，打得青眼全身的血倒流……

父亲倒背着那支大枪，踩着街上满地的鸡屎和碎石头走，乡党们呆痴痴地望着他。父亲的大脚踏得乡党们心头乱抖。父亲的大脚踏进杂乱的芦苇丛，锋利的苇叶割得他皮肉发颤，遍地腐叶的酸热气息猛烈地涌进父亲多毛的鼻孔，父亲的脑袋里像填满了酒浆，两滴黄色的泪颗粒在他眼角的皱纹里奔突。父亲顺着苇丛里新鲜的蹄印走，一直走到一座突兀的黄土小包前。那黄土包背阴的方向有一个烙饼用的鏊子般大小的洞口，洞口布满纵横交错的蜘蛛网。

蹄印明明是鲜亮的，洞口的蜘蛛网却陈旧得像一百年前就织就的，从祖宗的遗训来推测，洞内居住的一定是一只成了精的狐狸！

父亲站在那里，半天没动。黑色的大蚂蚁在他身上爬上爬下。忽然，父亲从怀里掏出一只小酒壶，拔掉盖子，喝完酒把酒壶扔在身后。他的眼珠子瞪得奇大，扁鼻子两侧的纹络变动着部位。父亲把大枪摘下来，装上火药、铁砂和引芯，然后折倒一片苇秆，团成一团用火点着。那团烈火穿透陈旧的蛛网，灰烟直流进那个神秘的洞子里。在股股相接的灰色烟雾里，父亲倒退十步，平端着大枪，闭上了眼睛。一声刺耳的尖啸之后，一团灰黄色从那洞口飘出，那团灰黄色在父亲倏然张开的眼睛里灿烂辉煌，刺得他眼疼。片刻之后，父亲于虚幻中搂动了枪机，一团火舌迸出枪口，直朝那团灰黄色飞去。

在不远处耕作的乡党们都看到，一股白烟从苇荡中飘出来，荡在空中久久不散……

父亲扔掉大枪，从腰间抽出一把牛耳尖刀，在左胳膊上刻下了一道紫黑色的印痕。

父亲收获了一张上好的皮子，也收获了乡党们惊疑的目光和嘀咕不完的话题。

父亲说："值不少钱……"

结果，父亲用那张皮子换回了八坛子薯干酒。

苇河边的夜是沁凉透顶的，青眼揽着大枪，微眯着眼，摸索着卷了一支烟。掏出火柴刚点上，他猛然想起，老辈子人曾经说过，鬼神们见了火就不敢出来了。他来这里的目的不就是等那大神出来吗？他又一次想起了父亲那双苍老的眼睛。于是，他狠狠地把那支粗大的旱烟扔出去，他听到了烟接触苇叶的"啪嗒"声……

父亲的眼睛越来越红，他收获的皮子一张比一张好，他左胳膊上的紫黑色的印痕越来越多。随着震撼四野的一声又一声枪响，整个镇子的人都惶惶不安。有一天，家里那两间黄泥小屋突然着火了，尽管没有风，但火势大得惊人，人们都远远地围着看，没有一个人站出来救火，他们嘀嘀咕咕："救不得，救不得呀，这是天意……"

就在那一天，父亲的左胳膊上又增加了一道紫黑色的印痕，青眼偷眼数了数：三十道，整整三十道了！

父亲挂着那支大枪，冷冷地望着渐渐熄灭的黑色火堆，眼角上似有黄色的泪颗粒在左冲右突。猛地，父亲朝地上吐了口唾沫，把腰间盛铁砂和火药的扁铁盒子解下来。冰冷的黑色颗粒和火药在他手中飞出去，三只秃尾巴母鸡跑过来，它们张开猩红色的尖尖嘴，把铁砂吞进去，再吐出来；吐出来，再吞进去……

过了不久，父亲的一只耳朵突然聋了。青眼看到，父亲的背很快也弯了下来，他开始整夜整夜地睡不着觉，眼前净是一串一串的火星子。在火星子的照射下，父亲看到地上流淌着连绵不绝黏稠刺鼻的黑血，那只独耳里呼啸着悠长的呜咽。父亲嘴里呜呜噜噜不住地念叨："大神啊，你就来找我算账吧……"

一天半夜，父亲从搭在门洞里的那张木床上爬起来，拎着大枪就出了门。

从此以后，父亲每天夜里都出去。

有一天，头上罩着浓厚的黑云，父亲叫过青眼，递过枪，说："你去吧，见到大神出来，你就当着大神的面把这枪摔碎……"

那时候，青眼还没有那支枪高。

就在当天夜里，父亲死了。父亲连哼一声都没哼。父亲本来好好的。难道父亲有了什么预感才把枪交给青眼的吗？

黑夜使青眼的每一个毛孔都大张着，每一种声音都让他十分地惊惧，只有远处此起彼伏的狗叫声给他少许安慰。他把枪揽得很紧很紧，他听到了大枪发出的声音，还听到了自己的骨头生长的"咔咔"声，就像庄稼拔节的声音一样。

终于，青眼发现自己比那大枪高了。

黑夜真长啊。那大神，你什么时候出来呢？青眼觉得自己的脑袋都快要涨破了。父亲等了那么多年没有等到，我等了这么多年也没有等到，如果我这辈子再等不到呢？如果我有了儿子还叫他来等吗？……

青眼想，他该找个女人了。

大神你什么时候出来呢？最好是我这辈子能等到你，哪怕你用大牙撕碎我，把我的血喝干，千万别让这等差事再落到我儿子的头上……

青眼身后的大田里有鸟虫的鸣叫声传来，但那叫声很快被芦苇的"瑟瑟"声和河水的"哗哗"声吃掉。青眼一泡接一泡地撒尿，眼皮子接连不断地跳，像两只小鼓在捶打中哆嗦。

又一个夜，西北边的天上漾着黄光，黄光一会儿强一会儿弱，青眼心里有了一种预感，他的头发和汗毛霎时竖了起来，心里发紧。

西北天的黄光突然消失，借着星星和上弦月的光亮，青眼看到，在黄光消失的地方，突然冲出一片黑云。黑云像公牛群一样急速地涌过来，把沿路的星星都吃进肚里，星星一片一片地减少，不一会儿，满天的星星就被黑云吃光了，月亮也不见了。强劲的冷风扫过来，青眼颤得厉害，他闭上眼睛。当他被一个炸雷惊醒时，他看到流速极快的苇河水面上雨丝在重重地斜射，在雨丝的鞭击下，苇丛疯狂地飘舞，青眼缩成一团。当天地之间再次出现刺目的银白时，青眼惊愕万分，他从来没有见过这么明亮的闪电，好似天上突然出现了九个太阳。就在这阵闪电中，青眼发现弓腰折背的苇丛里有一团更加刺目的灰黄色！

青眼死死抱住大枪，他觉得那阴冷的枪管深入进他的皮肉，裤裆里小鸡儿一鼓一鼓，有湿热的东西顺着大腿滑动。在接踵而来的炸雷和闪电里，那团灰黄色几乎是贴着苇梢飞来，铮铮如钢剑相撞般发出响声，重重地敲打着青眼的耳膜。"爹啊，"青眼念念有词，"爹啊，大神终于来了……"

青眼双脚一蹬，跳将起来，他把大枪举过头顶，用力朝脚边一块大青石摔去。青眼没听见任何响声，只见脚下火星子迸然四射……

那只大枪痛苦地支离破碎之后，青眼抬起头来，定睛看飘飞过来的大神，他一下子愣住了！

一只瘦狗从他身边跑过。

一只耷拉着舌头、拖着尾巴的狗。

古　庙

来客个头高高的，头发很长，很光滑；着花格子衬衫，瓦蓝色的裤子紧紧地兜着屁股。那屁股看上去像成熟的南瓜。

来客将突突欢叫的摩托车熄了火，支在路边，迎着怔怔的苇河镇人走过来。他手里提着个如他的屁股一样鼓胀的黑包，胸前挎着个照相机，在强烈的日光下，额下的眼镜片闪着更加强烈的光。他问："镇政府在什么地方？"

有人指了指方向，他一龇惨白的牙，笑着点了下头，就走过去。

镇长个子不高，四十多岁年纪，已开始脱发，光滑的头皮闪着青光。来客说明来意：他姓李，从省里来，专事古迹考察工作，到县上后，听说苇河镇有一古庙，就动了心，决定来考察一下。来客边说边掏出工作证和县文物局的介绍信，镇长接过认真看了看，就还给对方，连连说："好好，好好。"

鲁西北一带原是有许多庙宇的，几乎每个村镇都有，大都蹲居在村镇的中心，是风水极好的地方，人们走过时，总是默默地望上一眼，心里便蓦然升起一股庄严感。逢年过节或办红白喜事时，人们都不约而同地来到庙里，摆上奉祀用品，烧烧纸钱，磕个头，说些神灵保佑祖宗保佑之类的话……

苇河镇和苇河镇人自然也不例外。

而且苇河镇这座庙宇比其他村镇庙宇的历史还要长些。据镇志载，大约五百年前，苇河镇一带还是一片荒野，杂草遍地，行人稀少。一天，从山西关帝山一带过来一小股逃荒之人，领头的看中这是一块好地方，就说服众人留了下来。他们垒起黄泥小屋，开荒种田，生儿育女，几十年过去，就发展成一个不小的村落。渐渐地，最先到来的人作古了，晚来之人为了纪念他们，同时也为了求得各路神灵的保佑，就凑钱修建了一座庙宇，里面除了安置神灵们的塑像之外，还刻了族谱，登记了逝去先人的姓名生辰。

与此同时，在苇河镇周围，陆陆续续有了其他的村镇，他们也像苇河镇一样，修建了自己的庙宇。不过，由于年深日久，风剥雨蚀，加上战乱和后来的一个又一个的"运动"，不少庙宇都从土地上消失了。当然，庙虽不在了，旧址却在，因为人们都信奉，神灵们待过的地方，人是万万占不得的，如果在那片风水宝地上盖房子，不是房子倒塌，就是人变疯变傻，或得暴病而死。

与众不同的是，苇河镇人爱护古庙像爱护眼珠子一样，他们不惜工本，几经修葺，全力保护，使那古庙至今还安安稳稳地立着，石碑一块也没有少。

镇子里上了年纪的人都记得，四十多年前，两股土匪在苇河边交战，一股土匪着黑色衣服，另一股着黄色衣服。黑色匪和黄色匪直战得天昏地暗。后来，黄色匪吃不住劲了，就且战且退，退进了苇河镇。镇子上的房屋几乎都是泥屋，不经打，无法固守，三转两转，他们就钻进了古庙，紧跟而来的黑色匪就将古庙包围了。进得庙来，黄色匪头领才想到不该到这等地方来，于是，他说："弟兄们，不能在这里开战，咱们另找个地方。"有人说："顾不得了，这地方易守难攻，不能出去。"头领就大骂："娘里个×，冲出去，就是死了，也不能躲在这里，毁了庙宇。"他们就鼓足劲往外冲，结果刚跑出庙门不远，就全被流弹射倒了。黑色匪们围上来，揪住未咽气的，抽出刀片欲砍，黑色匪头领摇摇头："弟兄们，不能在庙门前开杀戒，脏了神灵。"黑色匪们叫一声好，把逮住的黄色匪们提到打谷场上"办了"……

镇长领着来客拖拖沓沓奔向古庙。

镇子里稍稍年长一点儿的人都没有忘记，二十多年前，上级派来破"四旧"工作队。一天，一个姓王的工作队长带着两个队员来到了苇河镇。工作队长下巴刮得青青的，就在古庙前的场子上召开大会，号召人们解放思想，破除"四旧"。会开完了，队长宣布，立即行动，拆掉古庙。就在这时，天上忽然起了黑云，很快黑云遮没了太阳，接着冷风就刮了过来。工作队长禁不住打了个冷战，他看到在黄乎乎泥屋的包围

194

中，古庙威严地立在那里，顶上的金黄色琉璃瓦放着青光，青光逼人眼目。工作队长紧一下裤腰带，尖着嗓子喊："乡亲们，动手吧。"但没有一个人动，苇河镇的男女老少几乎都怔在庙前的场子上，黑压压的，密不透风。他们面无表情，眼睛里放射出直痴痴的光，那目光像铁丝网，罩得工作队长和他的两个队员喘不过气来。工作队长猛地心跳加剧，他看到面前的黑压压的一大片人似乎都变作了鬼，一个个披头散发，龇牙咧嘴，在他们视线里如空了的躯壳般飘忽，而这些鬼们都是从那古庙里无声地飘出来的。工作队长看得眼花缭乱，头晕目眩。他忽然大叫一声，逃命似的离开了现场。

人们都说："那一回，是神显了灵……"

到了"文化大革命"，苇河镇附近有一帮学生乱哄哄闹了一阵子，他们听人们讲了先前的事，只举着拳头高喊了一阵口号就回家帮爹娘干活去了。就这样，这座古庙在建成后的几个世纪里一直未受到损伤。

镇长把来客领到了古庙前。镇长拍拍来客滑溜溜的肩，说："小伙子，好好看看吧，我们这古庙可是地地道道的'文化'。"

来客点点头，睁大眼睛顺镇长手指的方向望去。望了半天，他疑惑地收回目光，定定地望着镇长，古里古怪地摇了摇头。

"看到了吧？"镇长有点儿得意地说。

来客伸长了脖子再看，他似乎坠入云雾，来来回回晃荡细长的脖颈，不解地把目光停在镇长油黑发亮的脸上。

"嗯？"镇长皱了皱眉头。

"哪里有什么古庙，空旷旷的，我什么也看不到。"

"嗨！那不明明立在那里嘛。你看，那是青砖墙，那是琉璃瓦庙顶，那是……"镇长怀疑起了来客的眼睛。

来客摘下眼镜，掏出手帕细细地擦了擦，又戴上，使劲地看。他一个劲地摇头，白汗珠顺着他的长脸往下淌。他只看到远远近近有参差不齐的民房，面前空荡荡的，根本没有什么古庙。

（1989 年）

火　球

那天天气不太好，一直阴沉沉的，空气显得很滞闷，令人烦躁令人不安。

有一阵子，海水倒很平静，平静得甚至让人生疑。

事后向在附近海面捕鱼的人打听，他们惊恐未定地说，起初他们看到一架银白色的飞机在海上转圈子，后来听到一声爆响，抬头就见一团火球高高地挂在天上。大家都呆了，眼看着那团火球飘飘悠悠地钻进了海里……

两条打捞船在失事的那片海域活动了一天一夜，最后打捞上一堆飞机残骸，其他的什么都未找到。

技艺非凡、豁达大度的老飞行员曾汉钦就这样告别了天空。他的家在内地的一个大城市，他的妻子曾经很漂亮，他的儿子明明刚满十三岁。

爸爸第一次见到明明，是在他出生六个多月的时候。爸爸风尘仆仆地赶回家来。一进门就说："真不敢相信，都这么大了。"

妈妈只是笑，不说话。

爸爸顾不上洗手洗脸，性急地拉开手提包的拉链，从里面拿出三样东西：一架塑料小飞机，一个呢绒娃娃，一身小衣服。然后放在围坐在被子中间的儿子面前，说："儿子，你喜欢哪一样？"

明明的小手没有动，他只是不错眼珠地望着面前这个胡子拉碴的人。

"儿子，快抓呀！"爸爸急不可耐地牵了牵他的小手。

196

明明的脑袋晃了晃，他终于抬起了胳膊，小手按在小飞机上。

爸爸高兴极了，捏了捏他的小脸蛋，说："太好了，是我的种，将来也像爸爸那样，驾着它上天……"

妈妈却一撇嘴，嗔怒地白了爸爸一眼："行啦行啦，我可不想叫他像你，让人提心吊胆的……"

这些都是后来妈妈告诉他的。

明明绝不会料到，他几乎在无意间一抬一按小胳膊，差点儿决定了自己日后的命运……

打那以后，爸爸每次回来探亲，都给他带一架小飞机作为礼物。爸爸把这件事情牢牢地记在了心里。

爸爸到底是怎样想的，谁能说得清呢？

一年又一年，明明手中的小飞机逐渐多了起来，有尖头的，有圆头的，还有平头的；有大一点儿的，有小一点儿的，还有中不溜的；有银色的，有红色的，还有花花绿绿的……明明自然很喜欢它们。到底为什么，同样有点儿说不清。

大约在他九岁那年，归他使用的那只小床头柜里已经盛满了爸爸送的礼物。爸爸以后再带来，就放不下了，琢磨了半天，他决定自己钉一只箱子。

同学大宝的爸爸是个木匠，木匠那儿有的是木板。一个下雨天，他跑到大宝家，要来一堆木板，当然还有铁钉和榔头。他开始钉箱子，就像小时候搭积木那样。

"你想干什么？"妈妈不解地问。

"盛飞机。"他头也不抬地说。

妈妈吃惊地张大了嘴巴："小祖宗，你可以放在写字台里。"

他不语。"哐哐"地往木板上砸钉子。

"真是个倔头，和你爸一样。"

"哐！"又是一声。

"你这孩子，真愁人……"妈妈嘟嘟囔囔。

一根小木刺儿穿进了手指肚，有红红的血珠钻出来，他将手指放进嘴里，吸吮了几下。

妈妈气得不轻，在屋里来来回回转圈子。

"哐当"了一个晚上，箱子终于钉好了，他扔掉榔头，蹲在地板上喘粗气。妈妈说："难看死了，你往哪儿放？"

他将床头柜里的小飞机拿出来，放进木箱，然后将木箱推到床下。也许木箱真像妈妈说的，难看死了，但他不在乎。

直到现在，他还保存着那只木箱。

爸爸很少在春天的时候回家，春天好天多，飞得也多，爸爸舍不得那些好天气。

爸爸总是在盛夏或春节时回来。明明说："夏天老下雨，热死人；春节光忙活吃的，没意思。"

有一年春暖花开的季节，爸爸却出人意料地回来了，用爸爸的话说："今年豁出去了，回家好好和儿子玩玩，还还债。"

于是，那个春天明明过得很自在很开心。那个春天发生了很多有意思的事情。

后来明明常常想起一个星期天的情景。那天一大早，爸爸就敲打他的屁股，说："今天不睡懒觉了，出去转悠转悠。"

胡乱吃了点儿东西，他牵着爸爸的手走出家门。春天的一切都是新鲜的，春天的空气爽朗而湿润，爸爸的大手宽厚而温暖。明明觉得自己已经长大了，没有了前些年见到爸爸时的那种陌生的距离感。爸爸高大的身躯似乎是他未来的目标，令他无限神往。他真切地闻到了爸爸黑褐色的飞行夹克上散发出来的浓郁的气息，也许还有爸爸身上的粗重的男人气味。在这些气味的包围之中，他感到自己快要进入了梦乡。有一阵子，他甚至想到爸爸这个与天空打了十几年交道的人，大概周身都缠满了透明的云彩，现在，他就依托在那些梦幻般的云彩上，飘飘欲仙，越升越高，及至消失得无影无踪……

父子二人不紧不慢地走，他们不坐汽车，不逛商店，不进公园，只是走，甚至连话都不讲，好像城市离开了他们，或是他们离开了城市。也许在他们眼里，很多事情都无关紧要……不知道走了多长时间，也记不清谁说了一句："咱们看看飞机去……"

在这座城市的西郊，有一个飞机场，明明还从来没有去过。

出了城，路上的行人和车辆便显得稀少起来。爸爸说："这条路正好从跑道南头通过。"

很快，他们听到了飞机飞行的隆隆声，明明有点儿兴奋。爸爸说："二十多年前，这条路还没修，那时飞机场是个很神秘的地方，四周都拉着铁丝网，不让外人靠近，说是怕坏人搞破坏。我记得有一次我和小伙伴们大老远地跑来看飞机，警卫死活不让，气得我们不行。现在不那么严了，大概坏人都变好了……"

走到正对着跑道的地方，他们停下来，坐在路边。跑道在阳光下白亮白亮的，有点儿晃眼，跑道的四周鲜绿鲜绿，那是憋了一冬天的劲刚刚复活的小草。小风从背后刮来，十分凉爽。不多一会儿，从跑道的北端急速地滑过来两架飞机。飞机一仰头，离开跑道，排山倒海般从他们头顶掠过。明明猛一缩脖子，觉得耳朵不听使唤了，大声说："好吓人呀！"

爸爸说："这叫双机编队。"

"太过瘾啦！"明明仰起脸，望着飞机逐渐变小。

"队形保持得不好，"爸爸嘴角一抖，轻蔑地说，"这臭技术，差远啦。"

停了一会儿，爸爸又说："这飞机也不行，该淘汰啦。你去部队时，不是见过我飞的飞机吗？我们的飞机比他们这种先进。"

明明撇了撇嘴："爸爸你在吹牛吧？"

"吹牛？"爸爸的眼睛瞪得溜圆，"下次你再去我们部队，好好看看爸爸是怎么飞的。爸爸闭上眼睛也比他们飞得好……"

"又吹。"明明扮了个鬼脸，笑了起来。

"小兔崽子，竟然信不过你爹！"爸爸也笑了。

又是一个双机编队越过头顶，浓烈的汽油味儿直往鼻子里钻，明明禁不住打了两下喷嚏，他看到爸爸的神情开始变得严肃起来。爸爸喃喃自语道："唉，干什么都不容易呀……"

明明不太明白爸爸这话的意思。

不断地有飞机起飞和降落。直到日头偏西，父子二人才想起回家。

明明觉得飞机那隆隆的引擎声和浓烈的汽油味儿伴随了他很长时间。

在明明的记忆里，爸爸和妈妈很少吵架。妈妈说："一年见不上几面，能忍就忍啦……"

但有一次，妈妈却没能忍住。

明明十二岁那年的盛夏，爸爸回来探亲。那个夏天十分燠热，就像在油锅里过日子一样。

若干年后，一提起那个夏天，妈妈就唠叨："真搞不清咋回事，我的脾气那么大……"

——要房子没房子，要煤气没煤气，要人没人，要钱没钱，这日子咋过？

——慢慢熬呗。

——熬到什么时候？

——慢慢熬呗。

——说得轻巧，我都快熬干啦，你一拍屁股就走，在外面有吃有喝有玩，剩下我们娘俩没人管没人问的，容易吗？

——我都清楚。像咱这样的，多着呢！

明明一声不吭。爸爸妈妈讲了些什么，他似乎一点儿都没有听进去。他靠在窗前，翻来覆去地摆弄爸爸刚送给他的一架沉甸甸的小飞机。爸爸说小飞机是他自己烧化铝块铸成的。他不明白为什么两个机翼前面各伸出一个尖细的小棒儿。

——你说以后咋办？

——我劝你随军。我们部队在海边，天气凉爽，气候宜人，比这儿舒服。

——你咋不说你们机场离城市有百八十里，生活不方便呢？

——这好办，等咱们富了，买辆小汽车，每到周末我开车带你们娘俩到市里兜风。

——等你买起小汽车，我的骨头都烂了。

……

200

明明想了半天，还是不明白，他实在按捺不住，便问离他不远的妈妈："你知道这小细棒儿是干什么用的吗？"

妈妈不理睬他，继续吵。他再问，妈妈说："烦死啦！"

说这话的时候，妈妈的手碰了一下他的手腕，小飞机猛丁落在地上，跌成两半。

声音很响。他呆住了，爸爸妈妈立即停止了争吵，房间里静极了。后来他蹲在地上，泪水顺着面颊往下流，点点滴滴落在小飞机上……

爸爸走过来，拍拍他的肩膀："那小细棒儿是空速管，测量速度用的。"

爸爸扶起他来，笑了笑说："我再给你做一个，下次探家时带回来……"

然而爸爸没能再回来。

明明默默地用透明胶布将跌成两半的那架小飞机粘好。

他看了一眼坐在灯影里沉思不语的妈妈。他知道，大海上空的那个明亮的火球将妈妈的世界照得一团漆黑。

五年后，妈妈的工厂发生了一场大火，火舌吞没了厂房，越烧越旺。妈妈顺着人流跑出办公楼，当明亮的火光闪进眼里的时候，她蓦然想起了什么，大叫一声，晕倒在地。

厂里派人到学校找明明，等他赶回家时，妈妈已从惊悸中回过神来。妈妈十分疲倦地躺在床上休息，斜阳透过窗子，照在妈妈憔悴不堪的脸上，妈妈昔日动人的容貌已经一去不返……

明明站在门边半天没动，心头掠过一阵悲凉。这段时间，他瞒着妈妈在干一件很大很大的事情，如果日后妈妈知道了，也许会承受不住……他感到了深深的歉意，对妈妈。

"明明，"妈妈动了动，"你过来。"

他蹑手蹑脚走到床前，坐下，握住妈妈冰凉的手，心里非常想说点儿什么，又不知说什么好。

妈妈细细端详他，他觉得脸微微有些发红。

过了一会儿，妈妈说："人这一辈子要经历很多事情……我记得，当年你爸当上飞行员，很多同学都羡慕得不行，他是我们学校开天辟地第一个。后来我和你爸交朋友，不少女同学眼珠子都红了。当然，这些已经成为过去……"

　　妈妈像在自言自语。

　　他想，那逝去的一页一定是个十分美丽的故事。

　　妈妈又讲了许多属于她和爸爸的事情，最后，妈妈睁大眼睛望着他，说："你报名参加飞行员体检的事，学校的老师都告诉我了。"

　　血液快速地涌进脑袋，他低下头，感到脊背冷飕飕的。

　　然而，妈妈却用平静的口吻说："干你爸爸那行，是挺让人提心吊胆，可话又说回来，人活着，就要担风险，走在大街上，还可能撞车，你不撞它，它偏要撞你；就是待在家里不动，还有墙倒屋塌的时候。这些道理我都懂。"

　　妈妈叹了口气，又说："你和你爸脾气一个样，你长大了，有了这心，想拦都拦不住，所以我不会拦你……"

　　妈妈的眼里闪着泪光，他下意识地攥紧妈妈的手，他不敢看妈妈的眼睛。

　　因某一项身体指标不合格而被淘汰似乎是意料之中的事情，为此明明并没有感到太难过，看到妈妈孤独的影子，他想也许这样更好些。

　　秋天是在不知不觉间来到的，秋风接连不断地刮，卷起地上的残叶。他推开窗子，然后从床下拖出那个木箱，打开，一件一件地取出那些当年爸爸送给他的礼物。

　　一共十二件。他把它们整整齐齐地摆在床上，静静地望着它们出神。当一阵凉风吹来的时候，他仿佛隐隐听到小飞机们发出了隆隆的轰鸣，并且闻到了刺鼻的汽油味儿……他看到它们依次在床上滑行，然后昂首飞起来，穿过窗子，乘着秋风越飞越高，霎时便布满了整个天空……

　　妈妈眼圈红红的，一遍遍地说："这可不怪我，这可不怪我……"

又过了几年，明明参加了工作，并且结了婚。他的妻子是个很漂亮的女孩儿。

新婚之夜，妻子看到那些小飞机，笑嘻嘻地说："哟，这么多玩具，可惜都过时了，等咱们有了儿子，要买变形金刚。"

听他谈起爸爸，妻子眨巴了几下眼睛，想了想，说："那天没准儿你爸碰到了外星人，跟着他们飞到另外的星球上去了。说不定哪一天，他老人家突然开着飞碟返回地球，带来高级轿车、平面直角彩电、金戒指金项链什么的，等咱儿子结婚，就不用为买这些东西发愁了……"

妻子的神情挺真诚，不像在开玩笑。

他并没有在意。

此刻，他所想到的是，无论如何，大海上空的那团火球毕竟很壮观，那团壮观的火球毕竟照亮了天空。

（1991 年）

竹椅·课桌

竹　椅

有合欢花的香气传来。

好像不远处有人影晃动，喧声不断；好像身边有蜜蜂飞来飞去，嗡嗡的像一首轻柔的催眠曲。

然而面前却有一张巨大的幕布遮挡着，遮挡着这大千世界，因此除了黑暗还是黑暗。

然而天地之间却又是那样明丽无比。也许此刻太阳正悬在遥远的东方天际，把初晖像献给恋人似的洒向大地，给世间万物涂上一层灿烂的油彩。身上热乎乎的，心却感受不到，他一动不动地坐着。

他一动不动地坐在公园东南角的那张窄小的竹椅上，什么也不去想，只是静静地坐着。肯定会有人注意上他。公园里，像他这样枯坐的人毕竟不多。当然，人们都有自己的事情要做，他只不过是他们一个小小的话题而已。

最近一段时间他常常到公园里来。他现在住的地方离公园不太远，不需要穿越马路。有时他早晨来，有时夜晚来；有时多坐一会儿，有时少坐一会儿，全看心情如何。

几年前他也常来这儿，后来有段时间没有来。本来他打算再也不来了，好在如今他差不多把那段记忆全滤掉了，已经理顺了烦乱的心境，因此，他很坦然。

东南角是公园里最僻静的地方。坐在那张老式的竹椅上，既可以好好想些事情，又可以什么都不想。现在，他不需要想那么多。

　　一个星期天的早晨，他一动不动地坐在公园东南角那张老式的竹椅上，心情宁静非凡。微风吹过，树叶儿沙沙作响，人语断断续续地飘来，使他感到充实和满足……但渐渐地，有一股似曾相识的气息罩向了他。他的心头为之一颤。他屏住鼻息尽量不使那气息钻进鼻孔。

　　然而一切都是徒劳的，他不得不移动了一下身子，以保持内心的平和。

　　他知道十米之外有人在注视他，他还知道那人最近几天也常来这儿。这是他当初无法预料的事实。因此他感到有些不自在，他在考虑是否马上离开这儿。

　　过了许久，有细微的犹豫不定的脚步声响起，熟悉的气息越来越浓。他的心跳陡然加快，他不知道该怎么办才好。

　　"你……还好么？"

　　这声音与那气息一样，他非常熟悉。在此之前，他以为已经彻底忘却了，其实没有，他没能忘却。他开始怀疑自己的判断力，并为此感到自责和尴尬。人什么时候能够左右自己，那他就算成功了。他想。

　　"你还好么……"

　　总该说点儿什么，不然太让人难为情。让人难为情，这不符合他的性格。

　　他微微张了张嘴，却没有说出什么。

　　"这几年来，不知为什么，每过一段时间，我就来这儿走走，在这张竹椅上坐坐。不然，心里总感到不踏实……"

　　心情平静了些后，他淡淡地一笑，涌到嘴边的话又咽了回去。还是不说的好，也不需要琢磨，这样更有意思。

　　"十几天前，突然发现你在这里，我吃了一惊。我想我不便再来了，但是不行，鬼使神差一般，还是来了……"

　　他忽然感到很疲乏，就换了个姿势。他非常想抽支烟，身上又没带烟。他近来在坚持戒烟，效果不错。过去他曾经抽得很凶，是有名的烟鬼，离了烟没法活。

　　又一阵风吹来，将他的头发扫向一边。有合欢花落地的声音，很轻

205

很轻，极难察觉，仿佛一个遥远的叹息。

他决定离开公园，离开这张竹椅。那个轻轻的叹息却一直追随着他。

接下来的几天，他没来这儿，他觉得这样更好些。大约半个月之后，他认为不会发生什么事了，便慢慢走来。果然一切如他所料。于是，在一天早晨，他接着再来。但他失算了，有人比他到得还早。他略一迟疑，很坦然地坐下了。他想应该大度些。他本来就是个很大度的人。

……

"……这张椅子有点儿朽了。"

他感觉得到，因为一坐上去就吱吱响。

"半年前，公园的人打算把椅子都换成新的，知道后我有点儿着急，去找他们头头，央求他们不要换这张。人家以为我精神不正常，当然不同意……还记得吗？我们当初就是在这儿认识的，都五六年了，好快好快，转眼工夫就过来了。你知道的，那是我第一次真正地接触男人……"

他徐徐吐出一口长气。

"迫不得已，我只好去央求爸爸。爸爸被我缠得没办法，就让秘书打了个电话，这张椅子总算保留了下来。但他们一直不理解。他们永远不可能理解。"

烟瘾又犯了。其实他是不可能真正戒掉的。他掏出一支烟，摸索着点上。

"有一天，我看到一对男女坐在上面谈得不投机，那男的就使劲掀动竹板，我心里很不痛快，差一点儿就冲上去和他吵一架……"

他狠抽了一口烟。烟雾环绕着他，久久不散。脑子有点儿涨。

"我总以为事情过去就过去了，其实没那么简单。那天我打开电视——平时我很少看电视——我打开电视看新闻，边看边给南南织毛衣。噢，忘了告诉你，南南是我女儿，小家伙特别聪明、可爱，才两岁就认识八百多个字、五十多个英语单词，会背十几首唐诗，我们全家都很喜欢她。我边给南南打毛衣边看电视，突然就听到了你的名字……"

咬肌滚动了几下，他很费劲地咽下一口唾液。四周很静很静，没有一点儿声息，空气似乎也凝固了。

"开始我不相信。等我弄明白时，我尖叫了一声，手指被针挑破了，但我一点儿都没感到疼。我丈夫正在厨房里洗碗，他问我到底怎么啦。他连问了三遍，我才缓过气来。我告诉他，城郊的一座军营里，一个军官在训练时，为了掩护战士，被手榴弹炸伤了，伤得很重，眼睛可能保不住了……"

他又摸索着点上一支烟。大团大团的烟雾笼罩着他，他像是置身在云雾中。

"我丈夫也很受感动，一个劲地摇头。他也是一个蛮不错的人，几乎挑不出什么毛病。他待我特别好，啥事都依着我，我不希望他这样，我希望他厉害一点儿，他就是厉害不起来，真拿他没办法。南南也跑过来，那天她正好没去姥姥家。南南非要我讲给她听，我说'你不懂'。她不信。我说'你长大了会懂的'。她就说，'妈妈我听你的'……"

有很急促的喘息声送过来，他无可奈何地摇了摇头。烟蒂烧疼了手指，他挥手把它甩出去。烟蒂一定是画了个漂亮的、亮晶晶的弧线，然后不情愿地、缓慢地落在绿茵茵的草地上。

"从那之后，我心里总是不平静……"

再后来说的什么，他没有听到。他已试探着顺小路走向远处。他感到脚步并不沉重。

打那以后，人们再也没有在公园里见到那个戴着墨镜、步履迟缓的军人，公园东南角的那张十分陈旧的竹椅不久也被拆除了。据说是那位军人通过上级找到公园负责人要求拆除的。起初有一个长得很漂亮但神态淡然的少妇常常来这儿，若有所思地在那块空地上呆立片刻，时间久了，便不再来。

课　桌

正是夕阳西下的时候。

远远地就望见了那两座通天塔般的高大烟囱。烟囱里冒出的黄烟很有节奏地上升，然后猛地倒向一边，快速飘散开来，丝丝缕缕挂在空中，把原本是火红的西天染成沉重的乌黄色。风一阵接一阵地刮，卷起地上枯干的残叶和呛人的尘土，放肆地掀动行人的衣服下摆。好像很冷。

"你该多穿件衣服的。"女的说。

"我说过，你不该跟我出来。"男的说。

"可我在家待不住，心里憋得难受。"女的说。女的特别想笑一笑，但就是笑不出来，脸上像涂满了糨糊，紧绷绷的无法舒展。

"我想一个人走走。"男的只顾在前面走，甚至连头都懒得回一下。

赶上下班，街上人车横流，拥挤不堪。穿天蓝色校服的小学生十分引人注目，他们背着硕大的书包，三五成群地紧贴着路边行走。

"你该多穿件衣服的。"女的说。

"我说过，你不该跟我出来。"男的说。

之后，就没了话。男的背影非常厚实，脚步咚咚地敲击着水泥路面。女的小跑几步，追上男的，有点儿气喘。女的很想再说点儿什么。

"……说起来真有趣，"女的撩一下额前的头发，"考上高三，搬到你们原来的那个教室不说，老师安排课桌时，正好又把我安排到你和我姐用过的那张。是不是挺有意思？"

"我想静一静。"男的皱了一下眉头。

"你还记得那张课桌吗？右边最后一排的那张，已经很旧了。"

"……当然记得。旧点儿更好。"

"那上面刻着你和我姐的名字，可惜不知被哪个坏蛋用刀子划拉得烂糟糟的，几乎无法辨认了，真该死。"

"我不愿再去想。我想静一静。"

法国梧桐憔悴的叶子不住地被风扯下来，拉到空中又扔在地上，发出沙沙的叹息声。冬青仍是绿绿的，树尖儿却发黄了，看上去很陈旧。那两座高大的烟囱已被他们甩在身后，但更加高大的各式各样的楼房仍旧充塞着他们的视野。

"好像神仙在那张桌子上显灵。我记得高考时，你和我姐分数在全校一个第———个第二，听说我们上一届用那张桌子的两个校友分数也是数一数二，真怪了。看来我肯定也能考个高分。只是……只是我那同桌长得太难看，小眼睛塌鼻子厚嘴唇粗脖子，让人扫兴。他学习成绩嘛，还不错……"

女的喋喋不休地讲，男的似乎并没用心听，但女的没有气馁。女的嘴角牵了牵，挤出一个不太成功的笑。男的脚步放慢了些，女的感到轻松多了。过了一会儿，男的突然说："考第一又顶什么用？"

女的忙看了男的一眼，停了停，说："虽然那时我还小，不懂事，但我能感觉到你与别人不一样。我想起当时你的好多同学都很佩服你。我呢，也很佩服你。至今我还是要说，你那么高的分数，不上名牌大学，而是报考雷达学院，本身就和别人不一样。和别人不一样的人，往往了不起。我的那位同桌也这么认为。那家伙像个哲学家，有时也挺可爱的……"

"其实我并不指望让谁佩服。"

"别人偏要佩服，你有啥办法？"

"那就随他去吧。"

"我看也是。"

十字路口的红绿灯不断地变换，行人和车辆不断地聚在一起又不断地散开。人们都竖起衣领，缩着脖子，一副凄然的模样。一条秃尾巴灰狗突然从路边蹿出来，横穿马路时闯了红灯，引起一片急促的刹车声。交通警无可奈何地耸了耸肩，司机们愤怒的詈骂传得很远。

"刚才在你家里，我是不是有点儿失态？"男的嗓音低哑地说。

"我想，她也许会后悔的。"女的垂下脑袋，看着自己的脚尖。

"是吗？"

"真的，我想她也许会后悔的。"

"其实没必要，真的没必要。"男的自嘲地摇了摇头。

"当时她虽然没有直接阻止你报考，但我清楚，她心里一直不痛快。她有她自己的考虑。她长得又是那么漂亮，在大学中文系，喜欢她的人挺多。她是越来越漂亮越来越有风度了，真让人没办法。不怕你笑话，我老拿自己跟她比。前几年我觉得她不如我，现在我承认，我不行了，真痛苦……"

"你这个小不点儿，蛮有心计的。"男的认真地看了女的一眼，心情似乎好了一些。

"其实她也是犹豫再三才做出刚才那个决定的。我曾经发现她哭过，用被子蒙住头，哭得很惨。想想也怪可怜。她最近发表的几首诗也挺伤感。她以前不这样的。她自己认为写得不好，我也这样想。同学们都说我是个乐天派，平常嘻嘻哈哈的，很少犯愁。但我就是喜欢看一些伤感文章，所以我挺喜欢她那几首诗，差不多都背下来了。"

"……"

"不过，她会后悔的。"

"这实在没必要。你抽空劝劝她。"

"我才不管呢。她也不让我管。她这人就那样，别人琢磨不透她。"

"你还是要劝劝她。"

风一阵紧似一阵，掀起呛人的黄尘，不留情面地往人身上脸上扑，往衣领和头发里钻。

"那个地方的风沙更大吧？听说刮起来昏天黑地的，着了魔一样。"

"经常的事。"

"我以为毕业时你会分个好一点儿的地方。她恐怕也这样想过。"

"我们那种专业没有什么好地方可分，全是很差劲的地方，你不知道。"

一辆电车驶过，天线上不断摩出耀眼的火花。他们已经走出了很远的一段路程。本来就没有什么目标，他们只是随便走走。差不多已到了城市的边缘，眼前没有了高大的建筑物，视野拉大了不少。男的决定往回走，女的欣然同意。

"刚才在你家里，我是不是有点儿失态？"男的再次问。

"我想，她会后悔的。"女的再次说。

"我还是不够老练，经历的事情太少，特别容易激动。"

"你够可以的啦，很多人都做不到这一点。不过，刚才真把我吓坏了。我隔着房门听得清清楚楚。我以为你会发火，你好像一句话都没说。其实发一通火更好些，你偏偏没发火，所以我害怕极了。"

"现在我又想起了你刚才提到的那张课桌。桌子中间有一道刻痕，你可能看到了。当时我和你姐学习成绩不相上下，互相不服气，为此曾闹过小别扭。有一天我用刀子深深地刻了一道沟，以示划清界限。为这事后来我挺恨自己。"

"这没什么。"

"现在还恨。我常常恨自己，有时莫名其妙无缘无故地恨。"

"依我说，干脆就当那道沟刻在了你心里算啦。"

"能吗?"

"我想应该可以的。"

男的下意识地收住脚步，双肩不易察觉地抖了抖。男的面孔非常冷峻，像一块饱经风霜的石头。女的静静地望着男的，男的并没回望女的，而是将目光投向极远处。天近黄昏，路灯突然间全都亮了，和路旁大楼的窗子里溢出的光线杂糅在一起，形成一道流动而灿烂的光河，极力抵御着正在罩下的夜幕。风也似乎一下子止住了，行人渐稀，车辆渐稀。不远处的一座居民楼上，一个漂亮的小男孩手扶阳台栏杆，大声说猫咪哪儿去啦猫咪怎么还不回家……

许久，男的收回目光，轻轻地说："谢谢你。"

女的紧紧抿着嘴。

男的又说："你真聪明。谢谢你。"

男的说这话的时候，女的缓缓扬起脸来。后来，女的终于露出一个浅浅的、成熟的笑容。女的心里想的是，自己该回家了。

两年后，西北边陲有一个男军人出了名，成了典型，报上登了他的事迹和照片。在内地的一座大城市里，有个年龄小点儿的姑娘买了一叠报纸带回家。另一个年龄大点儿的姑娘看到报纸后，眼帘猛地垂下了。夜很深了，年龄大点儿的姑娘的屋里还亮着灯。

（1992 年）

211

小说二题

疯　四

许多年后，疯四咽下最后一口气，鲁西北的苇河镇人为他举行盛殓时，才想起他爹娘给他起的名字叫瑞祥。

起初人们称呼他四儿，后来称呼他疯四，再后来叫他老四、四哥、四叔或四爷，最后落在族谱上的，是他的真名实姓——姚瑞祥。

瑞祥排行老四。老大瑞兆是个憨子，据说是闹日本那时候，一次，日本人来扫荡，全镇男女老少闻风都逃之夭夭，瑞兆待在麦秸垛里睡大觉没有察觉，日本人的刺刀戳进了他的腿肚子他才醒来，醒来后吓得屁滚尿流。之后，他的眼珠子就没了神，整天背着个粪筐，慢腾腾地到处转悠，一声不响。老二瑞云和老三瑞吉虽不憨不傻不疯不闹，却也老实木讷，老二瑞云娶了个瘸腿女人为妻，老三瑞吉找了个龇着大牙的女人做老婆，倒也快活。老四瑞祥小时候聪明过人，长大成人后找了个漂漂亮亮利利索索的媳妇，谁知后来却突然变疯了……

在苇河镇人眼里，憨子和疯子是大不一样的。憨了只是少心眼儿，疯子却不同了，疯子的眉宇间透着杀气，疯疯癫癫的，吓人不轻，所以，憨子不可怕，疯子才吓人。

一个雾气腾腾的中午，老四瑞祥在院子里急促地转了一阵圈子，就走出家门。他媳妇追上来，问他去哪里，他突然停住脚步，转过身，怔怔地瞪了媳妇一阵子，直瞪得他媳妇从头麻到脚后跟，半天说不出话来，等她回过神儿，瑞祥的身影已经消失在镇子口的高粱地里。

212

傍黑的时候，人们才在他们家祖坟中间的一口古井里找见了他。在一片密不透风的玉米地里，长满荒草的十几个坟头顺坡朝阳拥挤在一起，坟地中夹有一口浇地用的古井，不知是哪个年代掘的，井口都走了形，被肥厚的青苔覆盖，一副古老的很快就要倒塌的样子。人们费了好大的劲，才发现瑞祥泡在黑咕隆咚的井水里。顺井口往下仔细端详，瑞祥像一只大蛤蟆，赤身裸体，两只大眼珠子凸出来，恶毒地瞪着井口。众人吸一口凉气，随后找来绳索，折腾了半天才把双手抠住砖缝死活不愿上来的瑞祥捞上来。

井虽是古井，水却不浅，奇怪的是瑞祥却没有被淹死。众人猜测，可能是他家的哪一位祖宗显灵，在下面托举着他，才使他不至于沉下去。

还未等众人回过味儿，瑞祥便捡起扔在地上的一件破衣服，缠在腰上遮住羞处，急慌慌沿田间小路朝镇子奔去。众人愕然相视。难道瑞祥疯了不成？一种不祥的预感笼罩了他们。

果然，刚返回家喝完汤（苇河镇一带的人习惯把吃晚饭称之为喝汤），碗还未来得及放下，就听见瑞祥的小院子里传出一声女人的惨叫。众人相邀急闯进去，一下子傻了眼。他们看到，瑞祥媳妇脑浆迸了一地，仰躺在房门口，已经无声无息。瑞祥手提一把利斧，正凝固在灯影里，一动也不动——好端端的人，一下子说疯就真的疯了！

不久，县上来了公安员，把瑞祥带走了。后来不断有消息传来，说是瑞祥谋了人命，犯了死罪，本该枪毙，但经检查，确认他患有精神病，政府不予治罪，只是怕再出意外，就把他押到聊城的一家疯人院里进行治疗。

瑞祥的举动使苇河镇人惊心动魄了许久，后来就慢慢淡忘了，直到他被放回来的那一天。

据说是他的三哥瑞吉赶着毛驴车把他从聊城接回来的，见到他时，人们发现他那眼神儿和当年被抓走时差不多，虽然怔怔地显得无神，但盯久了就能看出一股疯狂之气来，令人不寒而栗。人们忘记他原来名字，称呼他疯四就是从这时开始的……

苇河镇是个大镇，过往行人不断。疯四时不时地从小胡同里蹿出

213

来，忽急忽慢地在镇街上行走，他的头发凌乱不堪，长得几乎盖住胸脯。凌乱不堪的灰黄的头发上沾满树枝、黄泥块和杂草叶儿，烂衣服像挂在身上的布片，远远地就能闻到一股霉臭味儿。他一步一晃，嘴里放出一阵高一阵低的嚷叫声，常常引得过往行人驻足而视……

起初有人上前和疯四搭话，他从不理睬，后来就没人搭理他了，倒是有些拖着黄鼻涕的孩子，每每见了他，就结伙追在他的屁股后面，"疯四疯四"地大声叫喊，向他扔石块和干粪蛋儿，疯四便回过头来，大喝一声："娘里个×！"

"娘里个×疯四——"小孩子们齐声回敬他。

疯四刚回来的时候，小孩子们都有些惧怕他，后来见他只是叫骂几声，并不动手打人，就不再害怕。但有一次，疯四却发作了——一天黄昏，疯四倚在镇子边上的一个土堆上打瞌睡，一群割草归来的光屁股孩子见状，喊叫几声，扔下草筐就围了上去。疯四睁开浑浊的眼睛，打了一个哈欠，伸手挡住飞过来的一块土坷垃，突然大喝一声，站起来，飞快地朝离他最近的一个孩子跑过去。那孩子叫铁蛋，是木匠三孬的儿子。铁蛋是那群小孩子的头儿。疯四跑上前捏住铁蛋的脖子，其他孩子吓得一哄而散，退到几十步开外，远远地朝这边看。他们看到铁蛋的脸都吓白了，疯四朝铁蛋的脸上吐了几口唾沫，放下他，然后把浑浊的眼睛瞪成血红色，龇牙咧嘴地乱吼。铁蛋惊恐地站成一根小木桩，过了一会儿，铁蛋就"扑通"一声扑倒在地，像个死人似的没了声息，有那腿快的孩子赶忙跑去唤三孬，三孬提着一根扁担匆匆赶来，上前照疯四的屁股就是一家伙。"狗日的！"三孬说。

疯四连看都不看三孬，三孬接着再打，一连打了几十下，疯四趴在了地上，但他马上又爬起来，毫无惧色，"嘻嘻……哈哈……"挤眉弄眼地笑了起来。此时天色已晚，远处传来几声猫头鹰的短促瘆人的叫声，夜风吹得大片的高粱叶子沙沙作响。疯四零乱的长发披散开来，几乎遮住了上半个身子，从发缝里漏出的血红的目光格外刺眼，三孬忽然打了一个寒战，他想起若干年前疯四手提利斧杀死媳妇的那个夜晚，肚子里一阵咕咕响。"娘呀！"三孬失口而出，他害怕了，扔掉扁担，抱起倒在地上的铁蛋大步流星般地朝镇子跑去，从后面飘过来的疯四"嘻嘻……哈哈……"的笑声令他胆战心惊……

铁蛋一连三天不省人事，三孬请遍了周围的大夫也无济于事，急得他和老婆团团乱转。一些上了年纪的人出主意说，解铃还须系铃人，不如请疯四来看看，兴许管用。尽管三孬心有余悸，半信半疑，但无奈，他还是听老人们的话，去请疯四。找了半天，才在一个乱坟堆里找到睡成半死的疯四。三孬上前，哈下腰，说："四爷……"

疯四翻了个身。

"四爷。"三孬又叫了一声。

疯四睁开溃烂的眼睛，怔怔地望着三孬。

"我办了一桌酒席，想请您老人家去赏脸。"三孬恭恭敬敬给疯四递过一支锡纸包装的香烟，这种烟只有在请贵客的时候，苇河镇人才舍得买。

疯四不知有多长时间没有吃上酒肉了，平时人们总见他抱着根不知从哪儿捡来的羊腿骨啃。一听说有酒肉等着，马上他就像个正常人似的站起来，跟着三孬走。

三孬置办的那一桌酒席被疯四干掉了大半，席间，疯四将一口酒喷到昏睡在炕上的铁蛋脸上，嘻嘻哈哈大笑一阵。过了两个时辰左右，铁蛋呜呜哭了起来，并且能够坐起来。不几日，就能下地走动了。

这使苇河镇人万分惊讶。

事有凑巧，一天晚上，铁匠瑞庚的媳妇出去串门玩，在胡同口和疯四撞了个满怀，当下就吓瘫在地。瑞庚学三孬的办法极其恭敬地把"四哥"请到家里吃了一顿酒饭，瑞庚的媳妇便免了灾……

莫非疯四成了神仙不成？苇河镇人惶惶不安。从那时起没有敢再惹疯四，如有孩子辱骂他，大人上前抓过孩子就是一巴掌。疯四陡然威风起来，来请他吃酒席的人逐渐增多，及至后来，家家户户轮流请他，逢年过节，还有人主动送酒肉上门……

"老四，以后您多点拨。"

"四哥，遇事您给我掌掌眼。"

"四爷，有事您老多包涵。"

众人无不好言相告。

在此之后相当长的时间里，疯四吃了东家吃西家，吃饱了，他就躺在地上晒太阳、捉虱子，或是躲进柴草垛里睡大觉。他不再龇牙咧嘴，乱吼乱叫，不再瞪起浑浊的或是血红的眼睛，整个镇子相安无事。

就这样一直过了若干年。

有一个下雨天，轮到铁匠瑞庚去请疯四吃饭时，在大场院上的一个麦秸垛里，瑞庚发现疯四的身体已经发硬了。

疯四悄无声息地死掉了，苇河镇人感到很难过，各家各户凑钱给他举行了隆重的葬礼，这是苇河镇有史以来最隆重的一次葬礼，就连德高望重的老镇长过世时，都没有疯四这么荣耀。

给疯四下葬回来的路上，苇河镇人心底生出极大的遗憾。他们都在想，日后如再碰上不测，谁来给消灾免祸呢……

麻　五

和疯四刚从聊城疯人院里出来时那样，麻五的身后也常常有一群小孩子兜着屁股追着叫喊："麻五种芝麻，芝麻磨香油，麻五挑着担子转，把香油往人家——腚沟子里灌……"同疯四不同的是，麻五从没动怒过，他要么是不理睬，要么是回过头来，嘿嘿一笑，说："把香油灌进你娘的腚沟子，保证滋润……"

麻五有一手磨香油的手艺，苇河镇及其周围四乡八村的人们一提起麻五的手艺，无不啧啧称叹。

据说麻五小时候生天花，等病好后他娘看到他小脸上布满了细密的小坑坑，一下子就背过气去。他的爹想有麻五的四个哥哥给自己养老就足够了，留着这样一个小孽种将来恐怕连个媳妇都讨不上，肯定是个累赘，不如弃掉了好。适逢鲁西北一带有名的算命先生张半仙路过此地，半仙老人闻风前去观看，他睁大一只独眼端详了半天，猛然击掌叹道："主家，你放心好了，令郎将来定是个有福之人……"

尽管麻五的爹娘半信半疑，但还是放弃了抛掉麻五的念头。就这样麻五保全了一条性命。遗憾的是许多年里并未见他享到什么福分，他只知道低头磨他的香油，然后挑着担子，摇着货郎鼓走街串乡叫卖。他那

216

张扁平的大脸上数不清的麻坑格外引人注目，令人心寒，好在他听惯了人们的奚落，对泼过来的戏言秽语能做到充耳不闻。

大概由于麻五缺少炫耀的资格，他十分的老实、本分，是苇河镇数得着的大好人之一，谁家有求，他总是爽快地帮忙，从不耍奸使滑。一些大姑娘小媳妇最爱支使他："五哥，帮我挑担水"，"老五，替我推车肥"。渐渐地，麻五赢得了人们的尊重。也许，这就是麻五的福分吧。

然而，一件更大的福分忽然在某一天里落在了麻五的头上。

那天，阳光很好。中午时分，一个外乡女子拎着个小包袱进了镇子。那女子个头高高的，面皮白净，尤其是她那水灵灵的大眼睛和长长的辫子引得小伙子们发怔。只见那女子怯生生地问卖香油的发常住在什么地方。人们琢磨了一阵，才想起麻五的大号叫发常。此时正是午后上工时间，众人聚集在街筒子里准备下地，见状，人们叽叽喳喳议论开来，纷纷打问这女子是麻五的什么人。是亲戚？没听麻五讲过，也没见来往走动过；是未过门的媳妇？这无疑癞蛤蟆吃天鹅肉，绝不可能，除非他麻五是皇帝的儿子……

那女子连声问卖香油的发常住在哪儿，有人指给她看，她道声谢，在众人如麻的目光下快步行走，片刻就闪进了麻五的小院子。

那女子进去之后的情景起初苇河镇人不知道，整整一个下午他们就在纳闷得奇痒难耐的状态下度过。到了晚上，喝完汤，大家都来到街筒子里拉家常，素以溜墙根听人家私房话而著称的二光棍晃了晃缺毛的脑袋，神秘地眨巴了几下眼睛，道出了他的重大发现。

那女子走进麻五的小院子时，麻五正光着膀子在他那黄泥小屋里啃又大又圆黄金颜色的玉米饼子，听窗外有脆脆的声音问："是发常哥家吗？"麻五一愣神，赶忙吞下满口的饼子渣，找一件小白褂披上，扶住门框向外望。他一下子就呆住了，等姑娘第二次发问时，他才回过神来，说"呵，是、是、是我家"。那女子在麻五愣怔而纳闷的眼神里进屋，找了个小凳坐下。麻五不敢抬头看那女子，在这个容貌非凡的女人面前他大概觉得自己如屎壳郎一般。那女子解释说，她是南边靠近黄河的位山镇人，离此十五里远。她问麻五是否还认得她，麻五摇头，她便说，五年前，她还小，她一人去黄河岸边割草，因天气太热，她中暑倒

217

地昏死而去，适逢一个卖香油的路过，那好心人见状慌忙背上她送到六里外的镇卫生所，还替她交了医药费，之后，那好心人不辞而别，大夫说，再晚送来一步，她的命就保不住了。五年来，她一直惦念着那位恩人，也一直在寻找他，今天终于找到了。

麻五想起来了，脸上的麻坑放出少见的光芒，他极不好意思地说："救人应该，救人应该。"

那女子说："你心眼儿好，心眼儿好比什么都好。"

二光棍说，那女子坐了一会儿就走了，她说她过段时间还会来，给发常哥洗洗衣裳缝缝被子，她如今长大了，是报答恩人的时候了。"你瞧，看样子用不了多久，她就会和麻五睡到一个被窝里去了。"二光棍咂了咂嘴，酸酸地说。

众人虽未对二光棍的话表示赞同，但也都觉得心里酸酸的。

果然过了不久，那女子又来了，同来的还有她娘和一个膀大腰圆的哥哥，并在麻五处吃了午饭。又是二光棍传出话来，说那女的全家有意让丫头嫁给麻五，麻五开始不敢应承，而后喜不自胜……

人们不约而同地想起若干年前麻五天花刚愈时，鲁西北有名的算命先生张半仙说过的话。看来，麻五的福气来了，张半仙的话没有落空。麻五自然早从别人的嘴里知道了是张半仙的一句话，才使他保全了一条命。于是，麻五在大喜之余，首先想到的是早已谢世的张半仙。麻五选择了一个时日，穿戴整齐，日夜兼程到了聊城附近张半仙的坟上，磕响头烧纸钱敬老酒还了情，并许愿每年张半仙的忌日都来给他老人家上坟……

麻五没有料到的是，打那以后，镇上不少人对他板起了冷脸。原来镇上人越来越觉得那花儿般的小女子和麻五结秦晋之好实在不合适。于是，不论麻五走到哪里，都有人在背后大声地议论，说三道四，来找他帮忙干活的人也越来越少了。终于有一天，他的几个本家长者黑着脸找上门来，麻五诚惶诚恐地听候训诫。

"五啊，照照镜子，看看自己，不合适不合适啊！"一个说。

"不配，不配，实在不配。"另一个说。

"应当明白自己是吃几碗干饭的料。"再一个说。

......

整整一个晚上，麻五蹲在灶台前，翻来覆去说一句话："人家女方家没说别的，光说当个亲戚来回走动……"

"要记住，福兮祸所伏！"末了，一个初识文墨的本家叔叔郑重告诫说。之后，一干人余怒未消地步出院子。

麻五似乎一下子蔫了，一连几天没有出门。在一个阴雨天，他忽然急匆匆地离开镇子，傍黑的时候才回来。此后，就一心一意地磨起了香油。过了很长一段时间，也没见那女子登他的门，更没有见他去位山镇。众人大感蹊跷，纷纷跑去找二光棍打探，二光棍故意卖关了，捧着大碗稀溜稀溜津津有味地喝饭汤，直到喝得脑门上出了细汗，才说："断了！"

众人大惊。二光棍说，那日麻五出了镇子，直奔位山镇那女子的家，央求她以后别再登他的门，任谁劝也不行……后来那女子送他，到无人处苦苦相求，麻五甩手打了她一个耳刮子，那女子就哭着跑了……

二光棍说，这些都是他从麻五的醉话和梦话里听来的。

果然，不久就听说位山镇那女子出嫁了，嫁给了一个卖烧鸡的。众人长舒一口气，说："这就对啦……"

打那以后，人们又恢复了对麻五的笑脸，找他来帮忙干活的人日渐增多，麻五跑上跑下，忙个不停，仿佛有使不完的劲。麻五十分高兴。

自然有很多热心人在关心麻五的婚事，他们想，麻五三十好几了，和他差不多大的人都已儿女成群了，他还是光棍一条，大家都应当来帮帮他，给他说（介绍）房媳妇。木匠三孬打算把自己的一个姑家表妹说给麻五，那表妹的男人被拖拉机撞死了，她正奶着个孩子。表妹心眼儿不错，就是右腿有点儿跛，不过，说给麻五是蛮般配的。也有人在打算把自己的什么什么人说给麻五。

（1992 年）

半边世界

一间房子。一张单人床。一张桌子。一把椅子。一个衣架。一把八磅暖水瓶。一个脸盆。一双拖鞋。一个木箱。一只皮箱……

还有一个人。

一柄弯刀似的瘦月亮懒洋洋地走在天上，透过气窗，能够看到它残缺不全的尊容。

房子不大，却显得空落落的。借着窗外积雪的光亮，能清楚地看到屋中的摆设。

大约在后半夜，刮起了北风。那刻儿秦承祥正醒着。北风来势挺猛，刮得门窗哐吱哐吱响个不停，屋外光秃秃的杨树枝子在无边的夜空里疯狂舞动，搅扰得他浑身不自在。

这一夜，他几乎没睡成觉，躺在床上，一遍又一遍地算计，妻子和女儿已经在中转站换上车了……车开出一个小时了，现在到了某某站……开出两个半小时了，到了某某站……直算计得他脑袋木木的、乏乏的，却是一点儿睡意也没有。

昨天下午，他接到了妻子林淑霞拍来的电报：15 日接 214 次霞。本来他打算春节回家休假的，偏偏指导员的父亲生病住了院，需要做手术，指导员便急慌慌地回了家。按规定，过节时连队必须有一个主官在位，他只好留下来。给林淑霞写信解释了一下。林淑霞回信说，一年没见面了，秦力很想你，干脆我们娘俩到部队过春节……

接到电报，他忙打电话找家属招待所的管理员吴胖子要房间。吴胖子哼哼唧唧说了半天废话，才转到正题上。吴胖子夸张地叹一口气："秦连长，老秦啊，你他妈早点儿告诉我就好了，现在招待所满满当当的，尤其是一些志愿兵的家属，半年半年地住，撵都撵不走。要不你自己先想想办法，等空出房子来，我保证给你留一间，骗你是孙子……"

"那好吧。"他无可奈何地放下电话。

只有让林淑霞和秦力住在自己的办公室兼宿舍了。周围都是兵，住这儿出来进去的，太不方便，但又没有别的办法。

天微微亮，他就起床了。此时北风小了些。一夜未睡，身子骨就像缺油的机器零件一样，十分酸涩。他简单归整了一下房间里的东西，把那张单人床朝窗边靠了靠，找块抹布擦了擦一应摆设。

起床的哨声刚刚响过，文书小温揉搓着眼睛敲门进来，说："连长，什么时候把指导员的床抬过来?"

他想了想，说："现在就抬。"

小温出去喊了两个战士，把指导员的床抬了进来，同他的那张并排放在一起，两张单人床就变成了一张双人床。

他不错眼珠地望着床，心想自己在这座破旧的宿舍楼里住了十几年，竟是在这儿第一次见到双人床，不由淡淡地笑了笑。三个抬床的战士也望着双人床出神，似乎勾起了无限遐想……

十几年前，秦承祥当兵走的时候，海男执意要到火车站去送他，他连忙摆手："别别，让人看见多不好。"

海男满不在乎地一仰脸："我才不怕呢!"

海男和他是同学。不知从啥时候起，同学们中有不少偷偷成了双，结了对，并且像瘟疫一样四处蔓延。他和海男也在不知不觉中染上了这种"瘟疫"，当然，他们并没有想到太多的事情，只是感到挺好玩。

这些都成了秦承祥最初的记忆。

海男眼睛不大，但灼灼闪亮。她果真说到做到，秦承祥随新兵们进站后，猛然发现她站在一个小商亭旁，他惊得低下头，又抬起头;抬起头，又低下头，脊背冷飕飕的。

所幸的是海男没有过来搭话，她只是频频往这边张望。

一走就是两年多。起初海男一封接一封地给他写信，他也不间断地回信。直到有一天，高鼻梁短下巴的指导员在全连军人大会上，用茶杯盖敲打着桌子说："我们有些同志军装都没洗过几水就谈情说爱，这样不好，要注意呢！……"

搞不清指导员说的是谁，但秦承祥的心里却敲起了鼓。当晚就写信给海男，嘱咐她以后少写信。她不听，仍旧一封接一封地写，没办法，他只好不回信。

慢慢地，海男的信就少了。

回去探家前，他拍电报让海男去接站。下了火车，他前后左右打量，并没有见到海男的影子，心里就凉了半截。抽空去她家找她，正好碰上她和一个男的从电影院回来。他便想，他和海男的事情该结束了。

结束就结束，不是什么大不了的事情。那时大家太年轻，像开春的黄瓜纽儿一样，离上市还早呢！

此后漫长的岁月里，秦承祥极少想起海男，他甚至连她的模样都忘记了，只有在夜深人静而又百无聊赖的时候，脑子里才偶尔闪现一下。

早饭后，秦承祥到团管理股要车。股长摊开双手说："老秦你咋不早说，妈的车都派出去了：团长、政委到关系单位走访，参谋长到医院接老婆，主任到靶场搞慰问……就这么几台破车，根本不够用！"

"好啦，别冲我发牢骚了，反正一到我用车就没有。"

走出团部大楼时，他恶狠狠地骂了一句。回到宿舍，文书小温正等着他，小温一看他的脸色就知道没要到车，便试探着说："要不我带几个兵骑自行车去接嫂子？"

他已经决定了，他和小温两人去接。"我驮我老婆，你驮秦力，还有东西什么的。"他说。

214次车十点半到站，他们九点出发。军营离小城火车站三十多里地，原先团里每天都发班车的，上午一趟，下午一趟，后来发现有些熊兵经常不请假乘班车外出，团长一怒之下，下令取消了班车。

他和文书小温骑着连里的破自行车，沿着曲曲折折的小路，猫着腰行进。北风依然刮着，卷起路边肮脏的积雪，卷得脸上火辣辣的。想到再过个把小时就可以见到老婆孩子了，他越骑越快，把小温拉下一大截。小温气喘吁吁地追赶，嘴就像喷气管一样，往外喷着惨白的气体。

小温想说"连长你着啥急，时间还早呢"，又不敢说，只好弓了腰没命地骑。

认识杨青的时候，秦承祥已经上了一年多的军校。放寒假时，一天傍晚，有个要好的同学前来拉他去参加一个家庭舞会，他极力推辞，再三说不会跳，真的不会跳。同学说不会跳不要紧，可以学，如果不想学，就坐一边看看，感受一下气氛，换换脑子。

他硬是被同学拉去了。当然他只有坐在墙角的沙发上看别人跳的份儿。

恰巧杨青也在。杨青跳得棒极了。杨青刚大学毕业不久，分在一家研究院工作。杨青的身姿和舞姿吸引了所有人的目光。杨青偏偏注意上了他，休息时，冲他妩媚一笑，说："我一眼就看出你是个军人。"

当时他穿着便服。他十分佩服杨青的眼力。

"我还看出你不会跳舞。可惜啦，本该是舞场上的一个白马王子。"杨青又说。

是否带有挑衅的意味？他摸不透她。不过，一个念头却在那一刻萌发了：我应该在舞场上露一手，不能让他们太猖狂……手脚不禁痒痒起来。

后来他又听到杨青说："最好你不要学跳舞，一来当兵的管得严；二来呢，男人一上舞场就不是他自己啦，还是保持住你的纯正吧……"

这句话让他感动了许久。那个念头也随之消失。

二人赶到车站时，离火车进站还有半个小时的时间。文书小温出了一身汗，透凉透凉的，小温看到连长的额角上也挂着冰凉的汗珠。

候车室里烟雾腾腾，早已爆满，不少旅客只得在一片狼藉的广场上候车，乱糟糟的，看着让人心烦意乱。他们在靠近出站口的厕所旁抽烟、跺脚。厕所里飘出的臭气熏得人晕头转向。不到一支烟的工夫，就有五个乞丐过来要钱。最早来要钱的是个半大不小的男孩子，嘴唇上挂着悠长的稀鼻涕。小温看了连长一眼，摆摆手，没好气地说："去去，我们没带钱。"

223

乞丐唇上的稀鼻涕很有节奏地晃荡："解放军叔叔你可怜可怜我,我爹死了娘改嫁了撇下我一个……"说出一大串真假难辨的天灾人祸。

小温厌烦地说："老大不小了,自己去挣。"

乞丐男孩赖着不走,且说出难听的话:"当兵的心也这么狠。"

马上就要和老婆孩子见面了,他心里涌出一股暖流,笑了笑,伸手掏钱。小温见状,忙抢在他前面掏出两角钱扔给乞丐,乞丐欢天喜地地离开。

口子一开,众乞丐源源而来,有拄着拐杖的老头,有抱孩子的妇女,有四五岁脸上黑乎乎脏兮兮的小女孩……小温把身上的零钱都掏光了。

一看不好,他们赶紧挪了下地方。到点了,正要去出站口,这时车站的大喇叭里说,214 次列车晚点一小时。

接着等。一支接一支地抽烟。终于等到出站口涌出乱成一团的人流。他和小温靠上去,睁大眼睛搜寻。眼看人都出光了,却见不到林淑霞和秦力的影子。小温说:"会不会出去了,咱们没看见。"

"不会不会。"他边说边回头望了几眼广场。

"可能还在后头,东西多,嫂子提不动,走得慢。咱刚才冲进站就好了,都怪这狗娘养的车站不卖站台票。"

出站口归于宁静,仍旧没见妻子和女儿出来,他喊住走在最后面的一个穿黑大衣的老头问:"大伯,是 214 次吗?"

"啥?"老头抖了抖白胡子,"啥? 俺不知道,俺是从郑州上来的。"

话未说完,老头已踉跄着走远。小温说:"真是个傻帽儿!"

他问出站口的一个中年女检票员:"同志,刚才出站的是 214 次吗?"

女检票员咕哝了一句,他没听清,又问,对方一瞪眼睛:"都告诉你啦,耳朵长毛啦!"

窝了一肚子火。赶忙绕广场转了一圈,还是毫无收获。小温说:"嫂子肯定没坐上这车。妈的这么多熊人坐车,我看车票提价提得还少,再翻一番才好! ……"

下午两点多还有一趟车,356 次。换不上 214 次,她们可能坐

356 次。

接着再等。一支接一支地抽烟。小温说:"连长你离家太远了,真应该调回去。"

"说得容易,你给我调?"

小温一吐舌头,忙住了嘴。

后来接到杨青的信,并没有使他感到太大的意外。给杨青回信,自然也是顺理成章的事情。

军校一毕业,他当了排长。一来二去的,他和杨青都感到,果实已经成熟了,可以摘下来享用了。

就在这时,他所在的部队接到了去南线作战的命令。那段时间,南线很热闹,虽然规模不大,但敌对双方的脾气都不小。他从军校一些同学的来信里,知道同学中谁谁阵亡了,谁谁挂了彩,一大串,听了让人心惊肉跳。

自己也难免有个三长两短的,他不敢往下想了。如果真的不幸而言中,杨青该怎么办?

杨青不知从哪儿得到了消息,慌忙数千里迢迢赶到部队。一天傍晚,他陪神色焦虑的她在营院外的小河边散步,狠了狠心,咬了咬牙,他说:"要不咱俩散伙算啦,免得让你担惊受怕,弄不好还会拖累你……"

若干年后,他无数次地感到自己这话带有明显的虚假成分,就像一句玩笑一样。但既一出口,就成了现实。于是,杨青哭,呜呜地哭,哭成了泪人儿,完全失却了她在舞场上的潇洒与豁达。

杨青是哭着离开部队的。若干年后,他无数次地想,如果杨青不哭,而是镇静地一笑了之,他会毫不犹豫地收回那句半真半假的话的。但在杨青色彩浓郁的哭声里,他的确是乱了方寸,脑袋似要爆炸一般,只得铁下心来,无限惆怅地看着她走掉。后来他甚至觉得,杨青的哭本身就是一个阴谋,一个陷阱……

一年之中,他参加了大大小小几十次战斗,却是一根毫毛未损。兴高采烈地往回撤,他再次强烈地感到自己当初那句话太虚假了。但为时

225

已晚，杨青已有了崭新的男朋友。

幻想彻头彻尾地被粉碎了。这时，他唯有坚信，那句话是真的，是发自内心的，是斩钉截铁的，是不容置疑的。

肚子饿得咕咕叫。本来光想着接站，早饭就没有好好吃。他说："走，咱们去填填肚子。"

车站附近的饭馆一家比一家脏，他们硬着头皮选了一个进去。小温执意要掏钱，他说："我来我来，你才挣几个钱。"

"连长你别小瞧人，我再穷，一顿饭钱总能拿得出来。"

"去去，一边去。"

"连长你咋这么犟。"

二人争得面红耳赤，引得众人纷纷往这看。

小温家在农村，很想入党，转志愿兵，因此入伍以来一直很谨慎，如果不让他掏钱，恐怕他晚上会睡不着觉。想到这里，秦承祥只得作罢，又想让他少花点儿，就说："一人一碗面条就行了。"

"要几个菜，咱喝二两。"

"不是讲过吗，不允许在外面喝酒。"

"光吃面条也太那个啦……"

除了面条，小温又要了两个菜。

356 次倒是准时进站的，但林淑霞和秦力仍然没露面。他有点儿生气："啰唆死了，妈的以后再也不让她们来部队了！"

"一个女的，带个孩子，人又多，坐车太难了。连长咱们再耐心等等。"

"还等个屁，今天就这两趟直达车。这样吧，明天咱俩再来接 214 次。"

以后再探家，谈对象就成了他的头等大事。

见了一个，不合适；再见一个，还不合适。见得他心里烦烦的。烦，也得见，在介绍人家里，或是在公园、路边，就像谈一笔生意那样，总也产生不了激情。

不等有个眉目，假期就该结束了。还要再等下一年，直等得老母亲两眼发黑。母亲说："人家谁谁比你小好几岁，都结婚了；谁谁孩子都会跑了，你大军官一个，不比谁差，到如今还是光棍一条，我能吃得下睡得着吗？……"

母亲唠叨起来没个完。

有一年，母亲说："也别挑三拣四了，你常年不在家，依我说就该找个老实巴交的，丑点儿不要紧，脸蛋子漂亮顶饭吃？净给你惹祸，你这兵能当得安心吗？"

母亲又说："今年你无论如何得定下来，不能再等到明年。"

母亲说这话时，离他回部队只有三天时间。

林淑霞就是在这种情况下出现的。她是一个小商店的售货员，长相平平，但据说很老实，人缘好，是个可以放心的人。

慌慌张张地见面，慌慌张张地逛商店、进公园、照相、出入电影院，然后慌慌张张地回部队。

那一年，他提了副连长，林淑霞说是她给他带来的好运。他说但愿是吧。

心里记挂着妻子女儿，晚饭又没吃好，胡乱扒拉了几口，就回到宿舍。

天擦黑时，有个兵在走廊里失了魂一般地喊："连长连长——嫂子来了！嫂子来了！……"

他吓了一跳，忙拉开门，果然就看到林淑霞领着秦力跨进了楼门，顺走廊而来。林淑霞的脸色蜡黄蜡黄的，神态十分疲惫，见了他，懒懒地一笑。秦力却很活跃，爸爸爸爸叫个不停。秦力刚满四岁，正是逗人的年龄。他抱过秦力，再也不想放下了。

文书小温从一个兵手里接过又大又沉的旅行包，放进屋后，知趣地退了出去，到炊事班找人做饭。

"路上怎么回事？"他问。

"唉，"林淑霞叹了口气，"别提了，中转时签不上字，人太多了，没坐上 214 次，也没坐上 356 次，只好乘别的车，在徐州又倒了一次。

227

都怪我，电报拍早了。"

秦力说："妈妈想不签字，带我进站，让检票的胖阿姨抓住，说了一顿。"

他问："下车后怎么到的部队？"

"坐三轮车来的。说得好好的，给蹬三轮的二十块，走到半路，他偏要再加二十，不给不走。气死我了。"林淑霞眼里汪着泪滴。

"不就二十块钱吗？想开点儿，别生气了，平平安安来就行了。妈的，小子也太缺德了……"妻子消了气，他的火气却又上来了。

再往下，竟然没话了，又亲了亲女儿，跟着叹了一阵气。憋了一年的话，到这时都不知溜哪儿去了。过了一会儿，才猛然想起什么，问："带啥好吃的哪？"

"光衣服就够我带的。只捎来了点儿你爱吃的春卷。"

待会儿大伙儿肯定来玩，总不能让弟兄们干坐着。他抱着秦力，来到隔壁房间，拿出三十元钱给小温，让他赶快到五里外的镇子上买些糖果瓜子橘子香蕉什么的。军人服务社早已关了门。

筹备结婚事宜时，他和林淑霞闹了点儿小矛盾。

他提出到部队去办喜事，林淑霞不同意。他说："我主要考虑让弟兄们也跟着乐一乐。"

林淑霞说："是你结婚，又不是他们结婚，你想得也太多了。"

"再说到部队去，不用在家请客了，可以省些钱。"

"一辈子就一回，多花点儿也值得。"老实人犟起来你一点儿办法也没有，"咱……拍屁股就走，店里的同事们也瞧不起我，让我日后怎么做人？"

双方老人出面撮合，商定的办法是，先在家里办，该请客就请客，然后再到部队办。

拿出差不多一半的积蓄，到饭店里请客，亲戚、同学、同事、朋友，来了百十人，云山雾罩，海吃海喝，猜拳行令，好不热闹。没喝多少酒，他却醉了。有的客人说："原以为当兵的豪爽，海量，其实不是那回事。"

随后赶到部队，在连队的俱乐部里摆下了战场，全连弟兄都到了，自然不需要请客，抽支喜烟吃块喜糖就足够了。弟兄们兴奋得发狂，平日极少见他们这么高兴过。他们闹着嚷着让他和林淑霞介绍恋爱经过。有什么好介绍的？他实在说不出口，最后被罚唱了几支歌，唱得五音不全，但极舒坦，引出一串一串的笑声。后来就说笑话，大家抢着说，还猜了几个谜语，有的谜语谜面很粗俗，让人听了脸红，但谜底却很健康。闹到很晚才散去。一些老兵说："副连长够意思，我们特高兴，像自己娶媳妇一样。"

虽然没有喝酒，但他照样醉了，当然和请客时的醉不同。

林淑霞和秦力刚吃完炊事班长端来的鸡蛋面条，就有兵们敲门进来看望。

送走了一拨，又进来一拨；再送，再来；再来，再送。大家有说有笑，抽烟吃瓜子吃糖吃橘子吃香蕉，逗秦力玩，逗得秦力咯咯直笑。虽然在此之前，秦力只来过一次部队，但她天生的不怕见外人，和叔叔们玩得很开心。

时候不早了，才消停下来。

洗漱一下，上床睡觉。秦力总也不睡，精神头儿十足。林淑霞说："想你呗，在家时整天爸爸长爸爸短的，我一把屎一把尿地拉扯她，她一点儿都不想我，讨厌死了。"

"她咋不困？"

"在火车上，我往人家座位底下铺了张报纸，她钻进去睡了整整一天。我站了一路，全身都快散架了。"

"淑霞……"夜幕里，他的眼睛爆出炽热的火花。

"承祥……"林淑霞娇羞得骨头都要化了。

"爸爸你搂紧我嘛。"秦力软软的头发蹭得他脸上痒痒的。

"淑霞……"

"承祥……"

"爸爸你咋不喊我呀？"

……

很晚了，好不容易才把秦力哄睡着。他艰难地咽了口唾沫，柔柔地叫："淑霞……"

没有回音。林淑霞发出了轻轻的鼾声。两天两夜没睡觉，她太累了。

这时，他也觉出了累。明晨还要带领大伙儿进行五公里越野训练，上午要进行作风纪律整顿，下午要迎接团里组织的战术考核……后来，他像往常一样，平静而自然地睡去。

一柄弯刀似的瘦月亮懒洋洋地走在天上。他没有看到。

大约在后半夜，刮起了北风，刮得门窗哐吱哐吱响个不停，屋外光秃秃的杨树枝子在无边的夜空里疯狂舞动。他没有听到。

外面积雪的光亮透过窗子照进来，清晰地映出屋中的摆设：一间房子，一张桌子，一把椅子……

还有一张……双人床。

只是两张单人床并成的床不如整张床那样牢靠，一翻身就咯吱咯吱响。

（1992 年）

黄 瓜 园

　　黄瓜园离营院一里多地，出营院东便门，顺一条田埂小路，经过一排臭气熏天的猪圈，再走几十米便是。每天沿这条小路往返几次，我甚至能分辨出路边的一棵草、一块石，还有猪圈里每一头懒猪的哼唱。

　　猪圈隶属全营三个连队，那些猪们似乎总也长不大，宛若瘦狗，用营长的话说，猪们要是能飞起来，我一点儿都不感到奇怪。不断有猪去世，满身脏污的饲养员便提着死猪来找我，讨一根烟，然后将死猪埋在黄瓜架下。也许得益于死猪和活猪们排出的臭气，我种植的黄瓜十分茂盛，硕果累累，连长夸我："小子不赖，果然是个种瓜的好把式。"连长又对负责养猪的王小虎说："跟人家学学，让你的猪少长毛，多长肉，年底大伙儿等着打牙祭呢。"

　　王小虎说："一定一定。妈的这世界的猪有毛病，也不见少吃，就是不长肉。"

　　王小虎转脸对我说："年初买了二十头猪崽，到现在才死了五头，已经不错啦，听说刘不周养猪时，死的比活的多。我可以保证，活的比死的多。"

　　"你喂猪方法不好。"

　　"呫呫，你小子站着说话不腰疼。"

　　王小虎是城市兵，据他说当兵前从没听过猪叫。训练时他不卖力，队列动作全连最差，才被派来伺候猪。他气不顺。其他连的饲养员基本也属此种情况。

　　说来你可能不信，我当兵三年，却种了两年黄瓜，父亲知道后说："在家种地，到了部队还种地，要知道这个熊样，不如不当兵。"

我想，同样种地，情况不一样，在家是什么心情？在部队又是什么心情？

要是不去种瓜，我想我不会认识迟小桂。

又想，认识她又能怎么样呢？

再想，也许认识比不认识要好，毕竟知道有这么一个人。

全营每个连队都有一亩多菜地，跟养猪差不多，菜地只见长草，不见长菜，过路的百姓笑问："你们这是草地还是菜地？"有人答："菜地。"百姓们就嘿嘿地笑。有人赌气说："草地。"百姓们便收住笑，一本正经地说："长得不赖。"

一连、三连的头头一怒之下，将菜地承包给附近的老百姓，租金少得可怜。我们连的连长说："他妈的我就不信我们二连找不出会种菜的人。"连长八方打听，不知从谁那儿得知我在家时常跟父亲种菜，便找我做工作。我不愿去，但又没办法。我说："我只会种黄瓜，别的不会。"

连长说："那就种黄瓜，就这么定了！"

于是，我成了穿军装的瓜把式，从春天到秋天，收了春黄瓜，再种夏黄瓜。直到霜降来临，收完最后一茬秋黄瓜，就算完成了任务。

跟父亲学的那点手艺总算没让我丢脸，这一年我的黄瓜园格外红火，一茬一茬的黄瓜多得吃不了，贵时，连长派人到自由市场上卖一部分，或卖给一连、三连；便宜时，便送一些给附近村子的老百姓，权当拥政爱民吧。

这一年全连人在我的黄瓜面前叫苦不迭，一天三顿饭都少不了黄瓜，什么凉拌黄瓜丝、黄瓜片，炒黄瓜，酸菜黄瓜，腌黄瓜，各种吃法均试过，新鲜劲儿一过，大伙儿的胃口就受不了，见了我发牢骚："你他妈少种点儿不行，再吃下去，我们头顶该开黄瓜花了。"

连长对我说："别管他，妈的有黄瓜吃就不错了，初级阶段想过高级阶段的日子，你有那个条件吗！"

年底我受到嘉奖，写信告诉父亲，父亲让弟弟回信问，嘉奖是什么玩意儿。

连长找我谈话，说再种一年，明年争取给我报三等功。

第二年我就认识了迟小桂。

其实我并没累着，每逢有重要活儿，比如翻地、施肥、拔草、收黄瓜等，连里都派人来帮着干，我的任务主要是下籽、把苗保全、定时打开电泵浇园；整理枝秧、打打荒权等，空闲时间挺多。饲养员王小虎有时晃晃悠悠蹚过来，我们坐在小屋门前的石板上，抽一阵子烟，胡侃一通。脚下有蚂蚁在爬，王小虎朝蚂蚁堆上吐唾沫，蚂蚁们艰难拱动，一会儿便散开，他跟着吐，三吐两吐失了兴致。

隔一条水渠，是老百姓的土地，那些土地和我的黄瓜园一样，很平整，也很肥沃，只是被分割得七零八碎，地头竖着木头或石头界桩。农民们三三两两在自家的承包地上劳作，他们腰弯得很低，像一根根粗大的拐棍，皮肤和黄土一个颜色。那些地归属七里营子。七里营子是个小村子，坐落在一片土冈上，站在黄瓜架前，可以望见它灰蒙蒙的模样，听见村子里饿狗或牛羊的喊叫。七里营子离县城七里远，所以才叫七里营子。我不明白我们的营院为什么建在这种地方，我总觉得我们的营院也是一个小村子，住在这里的人有一大半是农民的子孙，对土地并不陌生。七里营子的人常常来营院转悠，顺便从晾衣绳上抄走件衣服什么的，或者从食堂门口的泔水桶里捞几个馒头拿回家喂鸡。弟兄们散步也常散到七里营子，那里有个开杂货铺的女人，三十出头，丈夫是个瘫子，打扮得妖里妖气，说话声嗲得让人又痛快又不痛快，白白的大腿晃人眼睛。后来听说她因靠那玩意儿卖钱，进了监狱，杂货铺随之关了门。

老迟家的地和我的黄瓜园紧挨着。老迟不到五十岁，看上去有六十，身板却很硬朗，干活不惜力气。低头不见抬头见，我和老迟很快熟了。老迟有时一个人下地，有时和老婆一起来，他老婆要比他年轻许多，头发乌黑油亮，腰身也还柔软，裸露的皮肤尽管颜色算不上光鲜，估计仍有一定的弹性。老迟种植的麦子或玉米长势不错，我问他，为啥不种点儿蔬菜什么的，改善一下生活。

"农村人吃饱肚子就行了，哪顾上什么菜不菜。"老迟笑呵呵地说。

老迟干累了，喜欢到我的小屋里坐一坐，聊聊天，或是讨水喝。我说"你摘瓜吃吧"，他就去瓜园里摘瓜，咔嘣咔嘣大嚼一顿。我让他多摘些，捎回家去。他说："使不得使不得，你种瓜不容易，当兵的像你这样舍得花力气的，我以前没见过。"当然，说归说，临走时不用我再劝，他嘿嘿一笑，便把吃剩下的装进肥大的衣兜。我说："别让我们连的人看见。"

他狡黠地四下望望，冲我咧咧嘴，意思是放心吧，不会有人。

老迟有一个女儿、一个儿子，女儿叫迟小桂，儿子叫什么，我记不得了。迟小桂如今在县城化肥厂干临时工，她弟弟还在上初中。老迟说，女儿有希望转成国家正式户口，厂长对她不错。还说厂长和他是同学。

"你上过学？"我不解地问。

"刚解放那阵儿上过，只上了两年，老爹就不让上了，家里分了五亩地一头牛，回家干活。"

"怪可惜的。"

"可不。后来地和牛都归了公，我想再上，学堂不收了，嫌我年纪大。"

"怪可惜的。"

"可不。人家没退学，现在当了厂长，管千把号人哩。我呢，只好土里刨食吃。"

"没文化不行。"

"我打算咬牙供儿子上学，日后考出个前程；闺女嘛，转了正，不也成了吗？"

他嘿嘿地笑，笑得极欢畅。

"什么时候转？"

"快了快了，厂长，我那老同学早就许下话了。"

我向他表示祝贺，他两眼眯成一条缝，一副得意样子。

迟小桂偶尔在田里露露面，那大约是她倒休什么的，帮父母干点儿活，我隐约记得见过她三两回。其实她不是干活的料，或是舍不得出力，更多时候她在田里晃晃荡荡，和她的父亲讲讲厂里的事，她父亲也

234

不指望她干多少活，老迟总是说："我来我来，你坐阴凉儿里歇着。"

老迟对我说过，小桂是个享福的命。

每逢迟小桂在田里出现，我都不由自主地透过黄瓜架的空隙，悄悄向她张望。我觉得这样不好，但又管不住自己的眼睛。

迟小桂好像跟我说过一回话，她站在水渠边，大声喊："喂，种瓜的!"

我忙从隐蔽处闪出来，装作没事的样子。

"噢，你就是那个种瓜的，我爹说过你。"

我一时竟忘了接话。

第二年开春，黄瓜苗儿刚刚露头，给它们浇水，无法用电泵，怕淹了，我只好提着水桶，手握水瓢，一株一株地浇。因地不是特别干，我浇得并不急，耐着性子慢慢来。

黄瓜苗儿嫩生生的，鲜亮亮的，极耐人喜爱。

老迟在麦田里锄草，干得也挺慢，耷拉着脑袋，无精打采，没滋没味。他以前不这样的。

问他咋了。

他愣怔一下，苦笑着摇摇头，说："没啥。"

总觉着不对劲。

我跨过水渠，走进他的麦田，扔给他一支烟，他放在鼻端嗅了嗅，并不吸，夹在耳朵上。

再问。

他把烟从耳边取下来，划火点着，狠狠吸了一口。

"老迟你怎么啦？出了什么事?"我急了。

他终于开了口："小桂转正的事黄了。日他娘的，天有不测风云，眼看到手的好事，说没就没了。"

问到底咋回事。

"厂长，我的老同学，他下来了，别人谁还管!"

"那小桂呢?"

"转不了正，干临时工就没啥意思了，她在家待着。"

"总在家待着也不是个办法呀，可以找点儿别的活干干。"我好像比老迟还着急。

他摇摇头："只好下地干活呗。"

"当个破工人，挣不了几个钱，活儿也不见得轻哪儿去，老迟你别想不开。"

"我没啥，就怕她想不通。"

不久，就见迟小桂下了地，活多时和她父亲一块儿来，活少时一个人来。

我仍躲在隐蔽处悄悄打量她，以前对她的印象模模糊糊，十分零乱，如今可以不厌其烦、仔仔细细地拜读她了。我想这样不好，这是没出息的表现。

她个头不矮，有些单薄，头发留得很短，像男孩子，据说城里时兴这样的头型，她干过一年多临时工，可以算半个城里人。我注意到，她眼睛不大，但细长细长，月牙儿一般，眉毛挺淡，嘴巴和鼻子很小巧，唇边有一颗绿豆大的黑痣，皮肤自然很白净，和那些常下地的人大不一样，胸脯嘛，不高也不低，还说得过去。

实话说，她长得不漂亮。

看上去，却蛮有味道。

妈的，我这是怎么啦？

其实，若真要干起庄稼活来，迟小桂并不赖，什么拔草、锄地、间苗等，她干得很在行，动作麻利，姿势优美，让我眼花缭乱。

我还注意到，虽然转正的事黄了，却看不出她的难过之处。她的表情十分平静，仿佛压根儿没发生过那种事，这女人够坚强的，我打心眼儿里佩服她。

很长一段时间，迟小桂没有跨过那道该死的水渠，我认为她来我的黄瓜园是迟早的事。

又想：干吗盼着人家来？她弄她的小麦，我种我的黄瓜，互不干扰，岂不更好！

我感到我变得很崇高，是个不折不扣的革命战士。

于是我扯起嗓子，唱一支流行歌曲，肯定跑了调，这不妨碍我往下唱。唱着唱着声音渐弱，顿觉寡淡乏味，便闭了嘴。

然后朝一堆蠕动的蚂蚁上吐唾沫。啪啪地吐。

终于一个声音惊醒了我，迟小桂站在黄瓜园边，她说："你好！"

我吓了一跳，忙抬起头来。"你好。"我轻轻地说。

那是迟小桂第一次走近我，我正在捆绑一些不牢固的黄瓜架，干得专心致志，没听见她的脚步。女人走路的声音总是很轻。

她站在园头，右腿微弯着，脑袋稍稍翘向一边。她抿了抿嘴角："难怪我爹夸你，你可真能干。"

已经是初夏天气，瓜架上绿意盎然，第一批黄瓜马上就要下架，它们成熟的模样令人感动；水渠那边，迟家的麦田随风翻涌，发黄的麦梢反射着阳光，翠绿色的瓜园和浅黄色的麦田相映成趣，动人极了。

我拍拍手，直起腰身："你也挺能干。"

她笑笑："我是没办法，我实在不想干。"

我说我也是。

她的头发变长了些，松散在肩上额角，午后的阳光从她背后照过来，她像一个飘忽不定的影子，闪闪烁烁。

看不真切她的脸。

眼珠子发酸发涨。

"要吃瓜你自个儿摘，这儿我说了算。"

她不推辞，顺手摘了一根："有水吗？"

我也摘一根，在手中掂几下："你看多水灵，不脏。"边说边咬了一口。

"不卫生不卫生。"她咯咯直笑。

小屋里有水，既然她非要洗，我只好领她进我的小屋，走至门口，想起屋里太乱，忙说"你等等"。先进了屋，叠上被子，将脏得不辨颜色的床单翻过来，捎带着把一堆脏衣服鞋袜什么的塞在床下。

她透过门缝看得清清楚楚，扯着嘴角笑。

从桶里舀出一瓢水，她洗净瓜，然后一小口一小口慢慢咬，全然不像她爹那种狼吞虎咽的吃法。边吃边扫视我的小屋。屋子是用红砖草草垒就的，四处透风，瓜未长成之前，我一般回连里住。

我见她皮肤晒黑了，黑里透红，愈发显得健康、结实。

她问了我的名字，叫我姚大哥。我猜她顶多小我二三岁。

床边的墙壁上，贴了几张美人照，袒胸露臂，十分惹眼。她的目光在上面停留一阵："当兵的也兴贴这个？"

"时代不同了，欣赏欣赏，开开眼界。"

"男人嘛，可以理解。"

说得我心里特舒坦。

这女人，有意思。

连长也曾对这几张画提出过异议。我心想你们热热闹闹住在一块儿，我一个人怎么打发日子！便有些不痛快，赌气伸手想撕，连长摆摆手："算啦算啦。"

这才保留下来。

连长解释："我是给你打打预防针。"

坐了一会儿，她告辞。我说："常来啊。"

她笑着看我一眼，没吭气儿。

自那以后，迟小桂来瓜园的次数便多起来，有时进屋坐坐，有时干脆站在园埂上聊几句。

我想这没什么不好。

有次被饲养员王小虎撞见了。又有一头猪谢世，王小虎拖着死猪来瓜园，望着迟小桂的背影，他撇撇嘴，暧昧地说："挂上了？"

"别他妈胡说，人家是良家妇女！"我正色道。

"得了吧，看她走路的姿势，就不大对头。"

"去你妈的！"

"冲我发什么火，你他妈愿挂就挂，我才不管这种熊事！"

见他生气，我换了副笑脸："猪们跟你过日子，算遭了殃。"

"反正它们早晚要死，早死早利索。"

"有六七十斤吧，可以吃。"

"是病死的，不能吃。"

"又不是传染病，我看可以吃。"

"农民意识。"

挖坑葬了死猪，王小虎假模假式地低头默哀了半分钟，缓缓地说："安息吧，亲爱的猪，你会永远活在我的心里。"

临走，王小虎挤挤眼睛："当心点儿啊伙计，缠上就甩不掉啦。"

我冲他的后脑勺恶狠狠地吐出一口唾沫。

对于我们这些零散人员，诸如炊事员、饲养员、公务员等，包括我这个种瓜员，上级总是不放心。

得出的结论是，零散人员容易失控，必须加强管理。

营里专门召开军人大会，请团政治处的保卫干事给大家上课，保卫干事历数了几年来全团发生的各类违纪事件，把零散人员的管理提到了重要位置。

一连炊事员周大明买菜途中和一地方青年发生口角，双方大打出手，周大明受到行政记过处分；

二连饲养员刘不周和七里营子村一农妇乱拉关系，偷偷将连队一头猪送往农妇家，受到严重警告处分；

七连炊事员巩书同私藏不健康书报，受到行政警告处分；

五连种菜的战士陈辉夜间偷看临时来队家属洗澡，被行政记大过一次；

……

连长让我们这些零散人员每人写一份决心书，保证不发生问题，我第一个交上决心书。连长说："要用实际行动回答，脑子里这根弦时刻要绷紧。"

连里安排陈副连长负责管理我们。陈副连长原是我们排长，刚提副连长，是全营最年轻的连级干部，比我大三岁，尚未婚娶，满脑子新观念。陈副连长深得众人好评。

陈副连长隔段时间找我们谈次话，把人叫到他的宿舍谈，我因离不开，一般都是他来黄瓜园。

"上级抓得紧，适当注意点儿。"他说。

"我相信你们。"这是他的结束语。

有些日子没见到迟小桂，心里空落落的。问老迟，说是到镇上学裁缝了。

"不错不错。"我嗑了嗑牙花，"这活适合她干，她手巧。"

"我看干不长，她不定性。"

果然，苞米长到半人高时，迟小桂下田施肥。便问："你不是学裁缝吗?"

"嗨，别提了，"她用手绢扇风，"镇上裁缝铺一个挨一个，活儿太少。"

"就是就是。"

"而且净做些土了吧唧、样子老旧的衣服，看着心烦。"

"就是就是。"

"我想好了，把地里的活儿包下来，让我爹到窑上给建筑队拉砖挣钱，光指望几亩地不行。"

有次她说："认识好久了，还不知道你是啥地方人。"

我说："山东聊城。"

"家在城市还是农村?"

"……城市。"我红着脸说。

"太好了，复员回去找个工作，下半辈子有保障了。"

"……凑合吧，咋不是一辈子。"

"你说错了，人只有一辈子，所以不能凑合，不然亏死了。"

我承认她说得有道理。

记得在一个傍晚，迟小桂向我谈起她在县城化肥厂的经历，我们盘腿坐在黄瓜架下，晚霞映满了天，晚霞裹住了黄瓜园，有些投在我们身上，斑斑点点，虚虚实实。

我不清楚她为啥谈这些。

她讲了不少，我只记住其中几句。

她说厂长搞改革，得罪一些人，后来稀里糊涂下了台。又说有一天厂长把她叫到办公室，厂长说喜欢她……他们就偷偷好上了……

我惊奇地张大嘴巴。

末了，她小声说，"是我愿意的。"

我突然感到恶心。

这女人，真……不要脸。我不想再理她。

她再来瓜园，我表示出了冷淡，她似乎不当回事，或者说感觉不到，仍旧来，很随意地闲扯几句。我觉得我挺难过。

夜里躺在床上睡不着，我就想，其实没必要，迟小桂不是我的什么人，况且各人有各人的活法，我哪管得了那么多！

我感到我开化了。我不知道这是好事还是坏事。

夜晚的黄瓜园是美丽而迷人的，小风吹过，瓜叶儿沙拉作响，像一首摇篮曲；偶尔有几声猪们的嘹亮叫声从不远处的猪圈传来。往远了看，七里营子有几片鬼火样的灯光闪耀；仔细谛听，狗们的吠声亲切感人。我喜欢在夜晚的瓜园里溜达，哼几曲家乡小调。或是坐在小屋前的石板上，默默地抽烟。有田鼠在瓜园里穿行，它们弄出的声响有时让我感到动听，有时则使我心烦意乱。

一个宁静的有月亮的夜晚，迟小桂忽然推开我小屋的门。我吃了一惊。

她怀抱几穗即将成熟的青苞米，进得屋来，往地上一扔："这是我的劳动果实，尝尝鲜。"

我舒一口气，内心平静了许多。昏黄的灯光下，她颀长的脖颈像一条闪亮的缎带。我不敢看她。

突然发现，我是极希望她来的。她非凡的过去对于我的未来，许是一个召唤。

"愣着干什么，傻瓜。"嘴唇儿特湿润。

我忙从床下拖出电炉子，坐上脸盆，加上水，她将剥好的苞米放进去。

我们很少说话。

水开了，咕嘟咕嘟冒热气。

我感到心里也宛若开了锅。热。

"行啦行啦！"我大声说。我在掩饰自己。

"再过两分钟。"她柔声说。

然后开吃，吃得很过瘾。边吃边说边笑，无拘无束。

我们坐得很近。我闻到了一股香甜气味，也许是她的，也许是熟苞米的。

不知什么时候，门被轻轻推开。是陈副连长。我愣怔片刻，忽地站起来。迟小桂也站起来。我有些不自然，嗫嚅着想解释一下，嘴巴不听使唤。

陈副连长面无表情地看我一眼，又盯了迟小桂一眼。陈副连长说："早点儿休息，明天还要干活。"

迟小桂说："我该走了。"

迟小桂走进夜色中，陈副连长的目光一直追随着她。

整整一夜未睡，我反思有哪些过头的地方，不知陈副连长怎样对待我，如果连长知道了，他会发火吗？

几天以后，排长通知我，回连里参加训练。排长说是陈副连长的意思，陈副连长找到连长，说我一直表现不错，应该发挥我的骨干作用；这茬瓜长成，该拔秧净园了，没啥技术活儿可干，派个新兵看园吧。

回连后，没人找我谈话，连长见了我，和往常一样笑嘻嘻的。我心里有了底。真该感谢陈副连长。

年底，我立了三等功，战友们向我表示祝贺，我没吭声，把军功章锁进床头柜。当天晚上，连队会餐，庆祝全年取得了优异成绩。我喝醉了。我纳闷儿，我的酒量本来挺大，没喝多少，却醉了。

大家说我太高兴了。

转过年来，一个叫孙宝玉的新兵到菜园子走马上任，据说孙宝玉是正宗菜农的儿子，样样菜都会种。大家可以吃上各种时令蔬菜了，一时很鼓舞人心。

春日的一天，天擦黑时，王小虎告诉我，一个姑娘在外面等我。

我说："你他妈少扯淡。"

"是那个常找你的丫头，骗你是孙子！"

王小虎已被罢免了饲养员一职，如今是炊事员，他猪没养好，炒菜却有一手，众人皆说他炒的菜好吃。

半信半疑地走至食堂拐角处，迟小桂确实在等我，她打扮一新，完全像个城里姑娘。她说"我来看看你"。我说："你好吗？"她说还行。

顿了顿，她吞吞吐吐说，她订了婚，对象是镇上的王兆铭，是个暴发户，过几天就出嫁。

"……挺好。"我抬脚将一块石头踢出去，石头打在一棵树上，又弹回来。

她淡淡地说："我也这么想……你是个好人。"

"你也是。"我挠挠头，想起一件事情，低下脑袋说，"以前骗过你，我家不在城里，我们那地方……很穷，穷得一塌糊涂。"

她笑笑："我早看出来了。不过，也没什么。"

她走了。扭动的腰身和以前一样好看。

我漫无目标地在营院里转了几圈，后来在宿舍楼门口碰到陈副连长。他问："有什么事吗？"

"还记得那个姑娘吗？你在园屋里碰见过。"

"记得。小丫头，啧啧，不错，蛮有味儿。"

"她要嫁人了。"

"好快呀。"

"副连长，我要是你，我就娶她。到了如今，什么正式户口农村户口，都无所谓啦。"

"是呀是呀……啧啧小丫头，味道不错，妈的……"

"她失过身。"

"是嘛！其实也没啥，都二十世纪九十年代了，我想这不是什么大不了的事。"

"副连长，我真佩服你。"

"回去好好歇着，别想那么多。老兵啦，站好最后一班岗吧。"

打那以后，我没再见过迟小桂。

一天，到菜园帮孙宝玉干活，恰巧老迟正在刚刚返青的麦田里转悠，过去和他聊了几句。

他问："不种瓜了？"

"不想种了。"

"让你们种地，我都觉着不是个事，地由咱这号笨人种种也就够了，你们当兵扛枪的，就得有个扛枪的样子。"

　　老迟家的麦田刚浇过水，粘脚。我向他散烟，他使劲摆手："得得，不能老抽你的，抽我的抽我的。"

　　他掏出一盒三五牌烟，让我吃一惊。我说："老迟你阔了。"

　　"女婿给的。"他似乎有些不好意思。

　　话匣子一开，他谈起女婿："王兆铭小时名声不好，偷鸡摸狗，动刀子打架，坏事没少干。哪想狗日的鬼点子蛮多，这几年吹泡泡似的发起来，买了一辆大解放跑运输，置了一台电锯，给人家锯木头，还开一家饭馆，是镇上数得着的富户。"

　　当初王兆铭托人来提亲，老迟犯犹豫，他这人爱名声，王兆铭过去毕竟不光彩，但女儿挺愿意，他就不好再说什么。

　　"闺女喜欢，由她去吧。"老迟美滋滋地吸口烟，"日他娘，我也想开了，这年头名声值几个钱！"

　　还说女婿打算出钱帮他翻盖一下老屋，他没同意，不想把女儿当成摇钱树。

　　"小桂她怎么样？"

　　"住上了小洋楼，当上了老板娘，该知足了。"

　　告别老迟，走出一箭地，听老迟在后面大声喊："喂——，小桂说过，日后有难处，尽管找她——"

　　这年秋天，我被列入老兵复退人员名单。

　　离队前，又去了一趟菜园。老迟的地里空荡荡的，孙宝玉正给大白菜喷药，他说有虫子，钻心虫，大白菜已开始烂了。

　　"烂光了才好！"我说。

　　孙宝玉惊愕地望着我。

　　我亲切地拍拍他瘦弱的肩："好好干吧，我的黄瓜园曾经很迷人，愿你的白菜园也迷人。"

　　他感激地直点头。

　　回去路上，想起父亲指望我回家再跟他种黄瓜呢。滚他妈的蛋吧，

244

我想，才不种呢，我也像那个叫王兆铭的小子那样，干点儿大事，我就不信干不出名堂来……

只顾胡思乱想，脚下一滑，差点儿滚进路边的水沟，忙收住脚，然后朝好路走去。

（1993 年）

死　水

旺廷的眼窝很深很深，让人看不透。伏在眼窝边缘的细细的纹络呈放射状散开，两只紫色的小眼珠嵌在最深处，显得越发出奇的亮堂。天上到处是星星，月亮又大又圆，被星星簇拥着。四周很静，连一声狗吠都没有。旺廷盘腿坐在一只脱下的布鞋上，裸露的那只脚的大拇指翘得高高的。旺廷定定地望了一阵月色里朦胧一片的剪影似的镇子，把目光投进脚下波光粼粼的大水坑里。他的心情很好。

大水坑在镇子的北面，足有小半个镇子那么大。据老辈人讲，大水坑是当年镇上人建屋垒房时取土造成的，再经大水的冲刷，就成了现在这个椭圆形的样子。水坑的东面坡顶上有一条路，宽宽的，正通镇子中心。有一条水渠把水坑与西面流淌不息的苇河连在一起。苇河的水与上游不远处黄河的水一样，一瓢水里半瓢沙，浊得很；而这水坑就不同了，苇河的水流入水坑后，经过沉淀，变得清亮清亮的，诱人得很。

可以想见，当年这阔大的水坑曾给苇河镇人带来许多快快活活的日子。

令旺廷痛心的是，连接水坑与苇河的水闸不知道已关闭了多少年。

由于傍着苇河的缘故，更确切地说，由于有镇子北面那碧清碧清的大水坑，若干年前，苇河镇曾出过一大批玩浪戏水的著名人物。那个时候，镇子上哪家的男人离得了那坑、那水？劳累了一天，到大坑里游上一阵，会觉得很舒坦，疲乏和烦心事就统统丢到了一边，久而久之，练出了上好的水性，令外村镇的人眼馋、妒忌……

旺廷的爷爷叫水廷。水廷的水性在苇河镇周围方圆几十里之内是有口皆碑的。传说他年轻的时候，一个猛子扎下去能绕大水坑游一圈半。

传说，有一年他挑担去黄河南面的梁山镇贩粮，乘船过黄河时，水大浪急船翻了，一船人像下饺子似的倾入水中。那时正值十冬腊月，水廷毫无惧色，他踩着水麻溜地扒下棉衣，伸手将附近一正欲下沉的小孩扔在肩上，然后一手拽住一个落水者，飞快地朝岸上游。一次救仁人，他一口气救上来三七二十一个，而且面不改色腿不变软。落难者大都被救上了岸，水廷披上别人递来的烂棉袄，接受了人们哭爹叫爷的含泪的感激。试想，那是何等的荣耀……

　　镇子上的人都说旺廷和水结了不解之缘。他出生不久，一天，他娘拉肚子去茅坑。不知哪来的力气，他竟然一翻身就滚下了炕，且正好落在炕边的洗脚盆里。从他圆洞洞的嘴里施放出的哭声抑扬顿挫，像音乐一样，仿佛他不是哭，而是在歌唱。自然，蹲着茅坑的他的烂眼圈的娘根本不知道什么是音乐，但那声音确如音乐一般。他的娘提着裤子跑回屋，胆战心惊地把他从洗脚盆里抱出来，这时他的声音就失去了音乐的美好，好像小狗小猫的嘶鸣了。他整整嘶鸣了一天。大约在他三岁那年，趁家人不注意，他麻溜地蹬着小凳下到了水缸里。鲁西北一带的水缸都是粗瓷烧制的，家家都有，足有一米深。旺廷在那满登登的水缸里不知待了多长时间，等家人发现时，他小半个身子漂在水上，竟安然无恙，众人无不感到惊奇，啧啧称叹旺廷将来肯定有造化。他的参却怒目圆睁，拖过他，脱下大鞋照屁股敲了六六三十六下，他出人意料的一声没哭。渐渐地，他长大了，对于水的兴趣丝毫未减，见了水就没命地作弄，屁股上挨的鞋底子也就越来越多越来越重。终于有一天，他愤怒地砸坏了家里所有盛水的器具，不再对水感兴趣。

　　那时，他的爷爷水廷已猝死了好多年。

　　镇上人谁也不会相信，旺廷的闯过大河大浪的爷爷水廷会在波平浪静的镇北头那水坑里淹死。

　　那天，风很小，没有云，日头很毒，一坑柔水像一面大镜子平放在那里，幽蓝、碧绿，反射着阳光。水坑西北角的浅水处，有七八个小顽皮在起劲地戏水，他们的声音在水面上跳跃，缓缓地向四周扩散。旺廷的爷爷水廷和其他几个年轻汉子推着独轮车往棒子（玉米）地里运粪

247

归来。他们的脸上和光着的脊梁上汗水淋漓。把车子停在坑边的歪脖子柳树下，他们脱鞋扑通扑通下了水。水廷说，在这水里比躺在媳妇身上都自在。他挥动肉滚滚的手臂，飞快地朝水中心滑去，那几个汉子紧追不舍。水廷打一个响亮的喷嚏，然后几乎是无声地扎进水底，其他人目光四散搜寻，估摸着他会在哪个方位露出头。过了足有半袋烟的工夫，并不见他浮出水面，但他们并没有往别处想，他们一定认为那个水性高超的汉子在耍弄大伙儿。又过了一会儿，还是不见他的踪影，众人心里有些发毛，扯开喉咙喊了几声，不见回音，便急急地爬上了岸。很显然，水廷遭了难……

人们忙活到天黑才用大网把沉重的水廷拖上岸来。水廷大睁着眼睛，脸色乌紫，嘴角有一线血污，肚子隆得像一个白皮西瓜。

水廷是这水坑里淹死的第二个人。第一个是个脸子很白净眼睛水灵灵的女人，因逃婚走投无路主动投入了水坑的怀抱。

这似乎是一个前兆，因为在此后不长的时间内，接二连三地有人走上了水廷那条路，悄没声或是在扑腾了一阵子后消逝在水坑里。苇河镇人震惊万分。该不是沉溺在水底的冤魂在作怪吧。正像人们希望自己的势力增大一样，鬼们自然也有这种愿望——苇河镇人都这么想。

很明显，那水坑成了禁地。

望着面前鬼气森森的水坑，苇河镇辈分最高的吉岱爷喉结不住地滚动，他扼腕顿足，几近气绝。苇河镇是极讲究辈分的，辈分高的人说话就有权威，就有人听。这种美好的传统从苇河镇建镇起一直流传了几个世纪，至今都没有丢失。镇子上的支书、生产队长之类要办一件什么大事，也都要找辈分高的人商量一番、征求一下意见。吉岱爷泣不成声地说，要把苇河通水坑的那道闸门关闭，不再放水进来……

众人积极响应。那道大铁闸咣当当放下之后，从此再也没有打开。

由于坐得久了，旺廷站起来的时候摇晃了一下。凉凉的风吹得他身上粗壮的汗毛都伏在皮肤上，痒痒的怪惬意。他脱掉另一只鞋，慢慢地走下路基。多年无人来坑边走动，坑沿子上的水草好茂盛，尖尖的小草划拉着旺廷的脚板和小腿，有点儿疼痛。旺廷在水边蹲下来。他觉得月色里微微晃荡的水坑犹如他喝过许多次的一大锅野菜汤，浓重的略带腥味的坑水气息强烈地钻进他的鼻孔，他感到了一阵高过一阵的亢奋。这才是他梦中、幻想中的那个水坑，与伴随着他长大的那个臭烘烘、脏兮兮的水坑截然不同！他激动得发狂，"嗷——嗷——"地喊了两嗓子，粗粝的声音越过广阔的水面传得很远，和西面不远处的苇河的涛声溶在一起。似乎他从来没有这么激动过。

若干年之后，苇河镇谙熟水性的人已经近乎绝迹。人们把对那水坑的恐惧代代相传下来，几乎演变成了对所有的水的恐惧。谁家的孩子出门，大人叮嘱得最多的就是不要下坑下河；谁家的孩子如果玩水被发现，屁股上挨鞋底子捶打是免不了的。尽管过去了许多年，但等我上小学中学的时候，家长和老师并没有对我们放松。那时每逢夏季到来，中午放学回家，我们善良、漂亮的班主任女老师就用红墨水在我们男生的手臂上重重地涂上颜色，下午如果发现谁的颜色没了——女老师认定那是游泳游掉的——就毫不客气地罚站，或者提问问题，或者布置作业时加码。这一伟大措施起到了积极的作用。那时令我和我的爹娘高兴、激动的是我没有挨过一次罚。有时，为了保持胳膊上鲜明的颜色，坐在大瓦盆里洗涤时就得格外注意。那时我们似乎都很憨傻，据我所知，我和我的同学们没有一个是丢掉老师涂的颜色后，为了蒙混过关而自己再去涂上的……

苇河的水是越来越浑浊了。连接苇河的沉重的大闸放下之后，水坑断离了最主要的水源，水位很快降了下来，过去的清凉、诱人的水不见了，取而代之的是半坑浓稠的、散发着浓郁的腐败气息的死水，上面漂浮着厚厚的一层灰色杂物，泛着臭气的水泡在七彩的阳光下爆裂了再生成，生成了再爆裂。水坑成了鸭子和鹅的世界，它们"嘎嘎"的叫声沉闷地摇晃着死水，沉闷的臭熏熏的涟漪有气无力地扩散，看上去，令人心里寒寒的。

那水坑就那么干涸下去，它病恹恹地躺在那里，像一个无可挽救的毒疮。在苇河镇人的眼里，它已经没有了任何色彩。很少有人再到它的边上站一站。人们发现，若干年后，倒是渐渐粗壮起来的具有传奇经历的水廷的孙子旺廷常常来这儿。他面无表情，憨憨地呆望，众人冷冷地、疑惑地看他一眼，不解其意地摇摇头。

旺廷绕着水坑滞重地移动着脚步，他深深的眼窝里露出迷蒙、凄凉的光。紫褐色的水在他脚下很深的地方静止不动，已经反射不出白光，泛出的臭气汹涌地朝旺廷扑来，刺得他几乎流出泪水。有时，他停下来，抬起脚，将一块顽石或土坷垃什么的硬物狠狠地踢进水坑。他怎么也无法把面前的水坑和老辈人讲的那水坑连在一起……

这使旺廷很痛苦。

一天夜里，旺廷被一阵隆隆的惊雷震醒。等他爬起来时，大雨已经铺天盖地了。他似乎感到了自己家土坯屋子的晃动，雨水唰唰地流出小院，流进胡同，然后再流到不知什么地方去。旺廷突然想起了雨中的大坑，他心里一阵惊喜。天还未亮，他头上顶块破布就出了门，他几乎是摸索着连滚带爬地来到了水坑的边上。透过雨幕，他看到水坑此刻正像一只被按向水中的盆子，雨水闪着弧光欢快地往里面涌……

大雨一连下了三天三夜。老辈人讲，五十年来都未见过这么大的雨。等旺廷再次来到水坑边时，他看到水坑恢复了若干年前的模样。

他心里有一种灵魂飞升般的快感。

一阵聒噪的蛙鸣响过之后，旺廷打了一个哈欠，站起来，伸了伸腰，甩了几下胳膊，踢了几下腿。然后，他庄重地脱掉早已发黄的白洋布汗衫和早已发白的灰布短裤，抬腿挪入水中。有些凉意的水兴奋地舔着他的脚背、小腿和大腿，他舒舒服服地哼了一阵。停顿了一下，他伸手撩起些许水珠，先擦了下胸口，再擦了下肚脐眼。他看到他的周围布满着昏黄昏黄的星星，暗红色的月亮投在水中，拖出长长的影子。他的心激动得抖抖乱跳。脚底下的淤泥柔软光滑，踩上去像踩在了棉花包上。每往里迈一步他都停一停。等越来越温热的水面舔动他的喉部时，他的眼睛被微微晃动的水光刺得几乎睁不开。他肚子里急促地咕噜了一阵，深深地吸了几口芳香的水腥气息，随后，他努力地睁大眼睛，费劲地望了一眼黑黢黢的镇子。再一次响亮而清脆的蛙鸣漫过来时，他的身躯已经像水一样轻飘飘地滑动起来，很柔，很带劲……

是老光棍瑞喜最先发现的。瑞喜老早起床出门捡粪，他绕镇子转了一圈，很快粪筐就冒了尖。他喜滋滋地往回赶，路过水坑时，他发现一件物什漂浮在水面上。起初以为是条大鱼什么的，不觉心头一喜——若真是条大鱼，可以发点儿小财了。待仔细打量时，他的眼睛里直蹿火星子。他扔掉粪筐和铁铲，发疯似的往镇子里跑，边跑边喊，声音都变了调。

旺廷脸朝下屁股朝上漂浮在水面上。男人头沉屁股轻，淹死后浮在水面上一般都是这种姿态。女人则相反。旺廷被打捞上来后，人们看到他深深的眼窝被黑泥糊住了，不见了眼睛。大伙儿搞不明白的是，他的嘴角竟然挂着笑容。

他是这水坑里淹死的第十三个人。据镇志上载，在他之前，已有十二个人把魂魄留在了坑底。

这时候，镇子上辈分最高的哑巴五爷站了出来。当年的辈分最高的吉岱爷早已作古。五爷悲痛地做着手势，嘴里吐出一串别人很难听清的话。从五爷的神态上判断，五爷的意思是要人们填掉这作孽的大坑。

（1989 年）

251

心　河

　　两个月的新兵训练刚结束，管理科的姜科长就带着协理员到新兵连挑选公务员。他们先在连长、指导员那儿了解一下情况，然后绕着排列得整整齐齐的队伍走了一遭，便径直来到第一排的排头兵孙发木跟前。姜科长的大手在孙发木的左肩上重重地拍了一下，意思是：就要你！

　　于是孙发木成了师直机关的公务员。

　　往师部大楼搬东西的时候，孙发木的一个老乡附在他耳边说："你运气好。"孙发木吧唧了几下肥厚的嘴唇，说："反正是侍候人。"

　　"咳，干什么不是一样。"老乡说，"经常在首长身边转悠，能有亏吃吗？你就等着好事吧！"

　　与孙发木同时到公务班的，还有季兵。据说他爸是一位级别挺高的军队干部，若干年前曾是师里郎师长的顶头上司。此番老首长一个电话打下来，郎师长亲自点名，要把季兵留在身边好好培养，所以没有让姜科长费心。

　　公务员的任务无非是替首长打打开水，整理一下办公室，外加打扫走廊、厕所、洗脸间。很清闲，一点儿也不累。起初一段时间孙发木很不习惯，他家在黄河边，祖祖辈辈都与土圪垃打交道，看来他这辈子也逃脱不了这个。当时因家境不好，初中没毕业他就退了学，什么重活都干过。班里的秦平每天晚上都举哑铃、做俯卧撑练"块儿"，而孙发木的"块儿"全是干活干出来的，那一身的疙瘩肉仿佛蓄着永无穷尽的力量。分组干活时都愿和他在一起，特别是季兵，总是抢先咋呼："我和孙发木一组！"

　　公务员们还有一件义不容辞的任务，就是帮首长家里干点儿杂活儿。每次孙发木也总是一马当先，久而久之，首长们就直接点他的名："小孙，帮我去买煤"，"小孙，帮我去买粮"……行伍出身的人大都喜欢爽快利落，孙发木则总能令他们满意。孙发木最喜欢帮郎师长家干活儿，不是巴结师长，而是一个说不出口的原因，因为……因为他巴望见到师长的女儿郎小真。小真是师长的独生女，掌上明珠，刚满十七岁，正在二十里外的省城一所重点中学上学，每天坐部队的班车去学校，有时也骑自行车，她骑的是一辆崭新的深绿色凤凰牌女车。小真喜欢穿红色衣服，夏天穿红裙子，冬天穿红色羽绒衣，远远看去，像一面鲜艳的飘动的旗帜。她有时高傲得像个公主，有时活泼得像只百灵鸟，说话或听人讲话时总爱露出一种微微惊奇的神情，并且毫无顾忌地望着对方的眼睛，常常弄得对方不好意思。在她面前，孙发木总是支支吾吾，说不出一句完整的话。她不叫他孙发木、小孙或者发木，而是管他叫"木头"。这是一个多少带点儿嘲弄意味的称谓，以前季兵、秦平他们曾这样叫过他，他感到别扭，有一次还发了火。但"木头"两字从小真嘴里吐出来，味道就不一样了，不知为什么，孙发木竟感到舒服，感到心醉，真希望她多叫几声。

是他孙发木有什么企望吗？没有，绝对没有！如果站在季兵的位置上还差不多。他自觉配不上。小真和季兵一样，都是前途无量的人物，他们是幸运儿，好比是拴在一根线上的两条金鱼，可以尽情地在大海中游弋，不必担心有一天海水会枯竭；而孙发木不过是海滩上的一只蜗牛，顶多算是浅水边的一条小虾米罢了——况且，孙发木已经有了未来的媳妇。她叫兰香，家在河南，与他家隔河相望。他们的关系是经人介绍后建立起来的，总共见过三次面，且有一次只谈了五分钟，而五分钟里只说了四句话——她问，他答；他问，她答。不过，在她的极力说合下，她爹答应少收他二百元彩礼，这使他非常感激她。

这天，孙发木收到兰香一封信。信是秦平从收发室拿来的，大老远就嚷："孙发木，你的'慰问信'。"他们这儿管对象或老婆来的信叫慰问信。孙发木伸手要接，秦平推开他的手："慢着，先让我朗诵一遍。嘀，这么厚，可能有照片。"将"慰问信"公开是公务班的一项传统，但孙发木却很少公开过，因为兰香只上过四年学，识字有限，字写得歪歪扭扭，足有红枣那么大；内容干巴巴，语句不通，错别字连篇，念出来实在让他尴尬。乘秦平不注意，孙发木一把夺过信，揣进衣兜。"你小子真不像话，被窝里放屁——独吞，也不给大伙儿提提情绪。"秦平很失望地摇摇头，其他人也齐声附和。孙发木有点儿难为情。秦平的对象是幼儿师范学校二年级学生，叫范亭亭。写的信很有文采，有韵味。每逢收到她的信，不用大伙催，秦平就自动放声"公开"，抑扬顿挫，像咏叹调，引得大伙儿时而哈哈大笑，时而脸红心跳。大伙儿跟着得到了不少"享受"，孙发木自然也不例外。在这点上他觉得有愧于秦平，有愧于大伙儿。

令孙发木羡慕不已的是秦平隔三岔五地就收到范亭亭的来信，而兰香的信一月都平均不上一封。"就不能多写封吗？"孙发木不止一次写信责问。她来信总说忙，似乎总也忙不完。比如："太忙了，该给小麦施肥了"，"真忙，眼看麦收了，要做很多准备"，要不就是"忙死了，今年天旱，玉米浇不上水"……

真让秦平说对了，信里果然夹着张照片，二寸的，看样子是从公社照相馆照的，与省城照相馆的水平相比天上地下。信没公开，照片大伙儿自然也看不到。不过，几天后，却让郎小真意外地见着了……

眼看冬季将临，小真家准备搭个菜窖。原来的菜窖在屋子后头，背阴，发潮，每年贮存的菜吃得少，烂得多。师长决定搭在院子的东南角。这消息季兵最先得到，他是师长家的常客。他拍拍胸脯对师长说："包在我身上！"星期天，他拉上孙发木："走，帮师长家挖菜窖。"又补一句："喂，小真也在家。"娘的，什么意思？不过，孙发木不得不从内心里承认这句话的分量。他的热情陡增了一倍。

他们拎上铁锹来到师长家。小真正若惊若痴地观察她爸爸的爱物——挂在门口柏树枝上笼子里的两只画眉鸟儿，见到他们，她做了个滑稽动作，启齿一笑："有劳二位义士啦，先请进寒舍喝杯茶。"

"不，不啦。"孙发木忙说，有点儿口吃。

"干完再喝不迟，小姐。"季兵回了一句，酸里酸气，孙发木感到背上起了层鸡皮疙瘩。

他们脱下绒衣干起来。小真不知从哪儿找来一把生锈的歪头铁锹帮着干，泥土弄脏了白色高跟鞋，她并不在意，干得很卖力，只是扔上来的土少得可怜。孙发木和季兵劝她别干了，省得碍手碍脚，他们施展不开。小真听话不干了。季兵也真滑头，干了不一会儿就喊累，跑到树下和小真聊大天去了。孙发木不攀他。挖个三米长、三米宽的菜窖同样是小菜一碟，他有的是力气。只不过，季兵和小真那股亲热劲让他不舒服。但他真佩服季兵的本事，和姑娘说话那样随便，那样得体。在大街上碰上位陌生姑娘，他能脸不变色心不跳地与之交谈，并且不出三分钟就能拉得很近乎，像十年前就认识似的。这正是他孙发木无法做到的。

孙发木在这边使劲地干，季兵和小真在那边起劲地说，还说得挺幽默。他们扯了会儿在广州上厕所要交钱；扯了会儿耗子屁眼里塞上黄豆会憋得发疯，咬人；争论了一阵现今实行计划生育的情况下生男孩好还是生女孩好，郎小真说生男孩好，季兵说生女孩好，后来季兵折中说最好是个双胞胎，一男一女，最后小真做了概括："噢，天哪！那才叫盖了帽儿啦！"大概觉得乏味了，小真跑进屋拿出副羽毛球拍，他们又打起球来。

"接球！"小真说，"当心脑袋。"

"看，这叫鱼跃救球！"

"凌空霹雳！"

"海底捞月！"

"好。"小真拢了下头发，"你姿势挺优美。"

其实优美的是小真，跳动起来，她柔美的线条儿更加突出了，飘动的头发像波浪……孙发木下意识地住了手，出神地望着小真……等他们打累了，收了球，他才明白过来，狠狠地将一锹土扔上来。

"木头，该歇会儿了。"小真擦着头上的汗。

"不，不累。"

"傻瓜。列宁说，不知道休息的是傻瓜。"

他乖乖从已挖了齐腰深的坑里走出来。

"穿上衣服，别着了凉。"小真从树枝上替他拿衣服，突然钱夹从衣兜里滑了出来。她弯腰去捡，像发现了新大陆似的尖叫了一声——兰香的照片夹在里面，被她看到了。

"快给我。"孙发木的脸腾地红了。

"别急，木头。未来的嫂子叫什么?"

"……"

"说呀! 叫大妞还是叫二妮?"小真哧哧地笑着。

"不是，叫……兰香。"

"兰香? 也够土的，没点儿味道。你看，都到什么年代了，还留长辫子。"

小真说得对，是够土的，长辫子早就不该留了。可他们那地方，长辫子是姑娘的骄傲，人们谈论一个姑娘，不说她多漂亮，而是说:"看，那闺女辫子到腚根儿……"大概小真从来就没留过长辫。她留过披肩发，留过燕尾式，现在留得很短，从后面看像个男孩子。这些式样孙发木觉得都非常爱看，但如果换上长辫，恐怕就差一截，至少不那么顺眼了。他曾写信劝过兰香:"烫烫发不行吗?"她回信说:"家里不兴，别人会笑话……"看样子有点儿委屈。

"快给我吧，好小真。"他脸更红了，脸上沁出了汗。

"别难为小孙啦，小真你听到了吗?"小真的妈妈、卫生队的王医生从窗子里探出头说。

菜窖工程在晚饭前顺利竣工，郎师长兴致很高，他吩咐妻子炒了几个菜，执意要留下他们俩吃饭。"别，师长，班长会等着我们。"孙发木忙说。"要听话嘛，我和你们班长打个电话就行了。"季兵倒不在乎，他和小真去厨房里端菜了。孙发木真不好意思，怎么能在师长家吃饭呢? 干点儿活是应该的。等和师长坐在一条凳子上的时候，他才猛然感到心里热乎乎的。要知道，面前的可不是一般人，而是师长! 与地委书记一般大的师长! 将来实行军衔制，师长起码是个上校，弄好了是个少将、将军! 在家里，别说见地委书记，就连县委书记也没见过。有一年，县委书记下来检查工作，乡亲们都很兴奋，巴望着见见那位父母官是什么模样，好开开眼界。县委书记坐着吉普车来了，竟没有一个人看清他的面容，因为他只是扬了扬肥厚的手掌，小车就一溜烟驶回了公社大院，扬起的黄尘久久不散，落在乡亲们的脸上、身上……孙发木忽然想到，如果将来对兰香讲起:"知道吗? 我和师长一桌吃过饭。师长，不老小呢，和地委书记平起平坐。"兰香一定会惊愕地瞪起眼睛，像望着英雄似的望他……

菜端上来了，很丰盛。师长、小真、王医生不断地让菜，师长还一个劲地给他夹，他都快招架不过来了。他一直提醒自己："注意！要文雅点儿，不要狼吞虎咽"，"注意！不要吃得太多，免得人家笑话"……

刚放下碗筷，孙发木就要求回去。季兵说他再玩会儿。这样，他先走。出门的时候，他听到王医生说："小孙这孩子，真老实。""是个好孩子。"师长说。

又一个星期天，季兵和秦平上省城闲逛去了，屋里剩下孙发木一人。他正闲得无聊时，小真却鬼使神差似的跑来了，进门就咋呼："今天我来视察一下光棍屋。"

"坐，坐。"孙发木有点儿不知所措。

"哎哟，看你们这床单脏的，真懒鬼。"她又瞅瞅床下，"哎哟，烂鞋臭袜子也不洗洗。"

一股淡淡的香水味飘进了孙发木的鼻孔，他觉得自己呼吸都快停止了。她"抨击"了一阵就告辞了，他却好久没回过神来。季兵他们回来后，他把小真的话重复了一遍。秦平撇撇嘴，没吱声。季兵却说："咳，你不懂，现在有的姑娘就爱这个。脖子上的油泥厚厚的，扣子不扣，鞋带不系，这就叫潇洒，懂吗?"孙发木不相信这个，当天他就把床单洗了，床下的脏东西也扫荡净尽。之后，他极力保持它们的洁净和条理，盼望小真再来看看，改变看法。有一天中午，她去锅炉房打开水，路过他们窗下。孙发木看在眼里，忙推开窗子。不过他没有主动打招呼，窗外路上来来往往都是人，让人见着不好，还是让小真先说为好。

"木头，干什么呢?"

"没干什么。你打开水? 我……"他差点儿说出"我的床单洗干净了"，意识到后，马上改口道："进来坐坐吧。"

"不啦。"她一撩额上的散发，"以后来。"然后提着两个铝壳保温瓶向家的方向走去，鞋后跟敲得路面嗒嗒响。孙发木失望地垂下眼帘……

以后小真没再来。一天傍晚孙发木在她家院门口碰到她，还是她先打招呼："喂，木头，晚上看电影吗？日本片子《莆田进行曲》，真绝。"

"售票的吧？我还没买票。"

"我这儿有，给你一张。"她从兜里掏出两张蓝色电影票，撕下一张给他。接票的瞬间，他有点儿迟疑，和她一起看，合适吗？……

他忐忑地吃完晚饭。回宿舍后，秦平问他："看电影吗？"

"不，不看。"他有点儿做错了事的感觉。

"真抠门，一毛钱都舍不得花。"季兵说。

"人家有事嘛！"他着急地分辩道。

他们走了。估计时间差不多了，他向礼堂走去；没敢走大路，大路有路灯，怕撞见人。他是沿着操场边的小路走的，像是去偷东西。

等他来到礼堂门前的大柳树下时，他又却步了。小真正站在台阶上左右张望，很焦急的样子，无疑是在等他。吊灯的光亮将她的影子拖得很远，如果不是大柳树的阴影，会一直伸展到他的脚下。

怎么办呢？走过去和她一起进礼堂？别人看见会怎么想？姑娘和小伙子之间没有关系会一起看电影？无缘无故？不现实，不可能。难道小真有那个意思？这同样不现实，不可能。不过也难说，姑娘对于小伙子，永远是个谜。

进去吧。

刚要抬腿，他又否定了自己，他感到荒唐。如果兰香知道了，该多么伤心呀！虽然与她的感情还谈不上深，但他相信，她会一如既往地忠实于他，不论将来发生什么不测，她都会尽心尽力地守在他身边。这是美德，他们那地方的妇女都信服这美德，顽强地维护它。怎么能让具备这种美德的人伤心流泪呢？……

电影开映了。小真等不及返身进了礼堂。

孙发木也返身往回走，这次他没走小路。

第二天，小真见到他，嗔怒道："木头你真不像话，怎么随便失约！"

"我……有点儿不舒服。"他撒了个谎。

"人家季兵和秦平都去了，就缺你。"

"什么？都去啦？"

原来是她约他们同去的！

真可笑，真后悔。她身上散发出来的淡淡的香味真诱人，和她在一起，是一种享受，就像听秦平念幼儿师范学生的"慰问信"一样。

真可笑，然而又不太后悔。他为自己经受住了一场无形的考验而感到满意。这不是每个人都能做到的。

又 个春天到来了，报考军校的人开始复习功课。那位老乡说得对，在首长身边没亏吃。公务员谁愿报考谁报考，在连队则不同，有名额限制。首长们非常关心他们，师长每人给买了套复习提纲，马政委给买了支钢笔，谢参谋长说他儿子大学刚毕业，谁有疑难问题可以随时请教……孙发木知道自己没门儿，不像季兵，有他爸爸背后给顶着。据季兵讲，他本不想当兵的，可他爸爸在部队多年，地方上的事情插不上手，人虽然认识不少，但真正办实事的没几个，季兵在地方参加工作不如当兵有前途，所以才来。也不像秦平，这小子脑子灵，一学就会。师长劝孙发木："试试嘛！"小真给他打气："傻瓜，咬咬牙，考上了就不用回去扛锄头啦。"他听他们的话，参加了考试，结果未出所料，一塌糊涂。季兵变戏法似的榜上有名，秦平当然也考上了。

他们去军校时，孙发木去送行，同去的还有师里的首长，小真也去了。车站上乱糟糟的，季兵和秦平满面红光地与送行人话别，他们有理由高兴，这一去，他们要走的将是另外一条路，一条前景在望的路。在人群最不显眼的地方，孙发木不由得一阵黯然神伤。

几天前，管理科的姜科长找孙发木谈话。姜科长是直爽人，说话开门见山："小孙，按规定公务班今年有一个入党名额，年初我们内定的是你，你可能听说了。可计划不如变化快，现在决定给季兵，他考上了学，前途更明朗些，你懂吗？但领导不能亏待你，我们准备给你立个三等功。你有什么想法没有？可以说出来。"他摇摇头，没有什么想法，他不是为了入党、为了立功才来当兵的。离家的时候，娘说："好好干，别给家里丢人。"兰香也说："好好干，别让人瞧不起，说闲话。"并没说："入不了党，立不了功，就别回家。"就连后来，乡邻们日子好过

259

了，挣钱的门路多了，一些同期入伍的战友闹着要回去，并且有一部分达到了目的时候，家里也来信说："让回就回，让干就干，听领导的……"给他立三等功，很明显是为了照顾他的情绪，完全没有必要。

离开姜科长办公室的时候，姜科长附在他耳边说："别想不开，复员回农村，即使给你张党票，又能怎样呢？"

也许姜科长说得对，党票对于季兵，用处更会大些。

……

列车长吼一声，启动起来。季兵和秦平频频向送行人招手，大伙儿也挥手不止。

"好好学习。"孙发木追上几步，说。

"祝你回去后当个万元户！"秦平喊道。

"万元户！"季兵也喊。

车走远了，孙发木回过头，竟发现小真眼里汪着两泡泪，他仿佛受了感染，也觉得眼睛发潮。

回来的路上，孙发木想，应该考虑一下复员的事了，到年底服役期就满了。当然，如果需要他再干一年，他还会尽心尽力地干。

宿舍里季兵和秦平的床位已被来顶替他们俩的新兵占了。这两个新兵是万元户的子弟，——听说今年这批兵里有不少家藏万贯。万元户从军一时间成了新闻报道的热门，大报小报踊跃刊登这方面的稿件，试图从中说明点儿比较微妙的东西。孙发木推开宿舍门的时候，似乎是姓李和姓张的两个新兵正大谈特谈其发家经验：

"承包水塘挺来钱，去年我们家承包了一年，净赚九千。"

"跑运输也可以。"

"要看地方，有的地方就不行，关卡太多，地头蛇惹不起，过五关遇六将层层克扣，谁受得了啊！再说，收税的也都黑了心。"

"有道理。就是因为这，我们家把车卖了。搞来了录像机准备放录像，武打片，热门货，一本万利。哟，老孙回来了？"小张站起来，小李也站起来。

"回来啦。"孙发木示意他们坐下。

"老季、老秦走了？"小李、小张同问。

260

"走了。"

"抽烟老孙。"小李扔过来一支烟。孙发木诚惶诚恐地接住。以前季兵和秦平也都这样，总给他烟抽。他们抽的都是高档货，像中华牌、双喜牌等，也不知从哪儿买来的。孙发木比不上他们，季兵爸爸每月给他寄二十元钱，孙发木就不行了，他多少要攒点儿钱，过年过节好寄回家。家里刚给他盖上娶媳妇用的房子，攒了几年的钱一下子都花光了。他抽的净是廉价烟，拿不出手，所以他隔段时间就得去买盒好点儿的，回敬季兵和秦平。

季兵和秦平一走，屋里冷清了许多。以前的晚上，他们不扯会儿淡，不叽叽嘎嘎大笑一阵是睡不着的，而今小李和小张是新兵，跟他不熟。在老兵跟前他们多少有点儿拘束，没说几句话便呼呼睡去，醉入梦乡。

这天晚上，孙发木却好久没有睡着。月光从窗外泻进来，造成一种恬静、诗意的氛围。趴在床上，能看到挂在中天的一轮圆月，月儿中间好像有一团暗影。奶奶说过，那是一个老婆婆经年累月地坐在那儿纺麻线，月亮射出的光环就是麻线编织而成的……有人从窗下走过，足音滞重，在暗夜里传得很远，很远……

这天晚上，孙发木想起了好多事情。郎师长的爱人王医生说过："小孙这孩子，真老实。"郎师长说："是个好孩子。"小真也说过："傻木头，你心眼儿好。"……他心里热乎乎的，他感到满足。送季兵、秦平走的时候，他们说，祝他回去后当个万元户。他能当上万元户吗？但愿能吧。不过，不管能不能，顺心的事情会越来越多，日子会越过越红火。以前为什么埋怨兰香信写得少呢？她本来就很忙的，长这么大她出的力会超过小真十倍，不，还要多；为什么埋怨她辫子不好看呢？她说得也对，家里不兴，人家笑话。终有一天，家乡会兴的，别人也不再笑话；终有一天，兰香会像小真那样，穿上白色高跟鞋，走路时屁股一扭一扭、一颤一颤，像脚跟上装了个弹簧……

他又想起了季兵和秦平。他们在一个屋里住了三年，但从此他们将各奔前程。他能理解，就像棋类，每个子儿都有自己的一个位置，都有自己的用处；就像自然界的万事万物，木头用来盖房子、做家具，石子用来铺路，鱼和鸡供人享用……

后来，他又有了一个奇怪的、久已不想的想法：他家在黄河边，那滔滔的河水塑造了他的憨厚、顽强和坚韧。那水里融入了许多泥沙，融入了许多辛酸，也融入了许多幻想。晚上，涛声伴着他起床，那熟悉的声音仿佛是他的灵魂。当兵刚来的时候，猛然离开了那声音，他睡不着觉，尽管夜很静，很静，同屋的战友鼻息香甜……

　　后来慢慢就习惯了。

　　他怀疑：今晚睡不着觉，是不是又想起了那水、那声音？

（1988 年）

宁静港湾

老王当兵的那年，整二十岁。当然，那时人家叫他小王，叫他老王是后来的事情。

起初爹娘反对他出来，爹用铜嘴烟锅使劲敲打着老屋门前的一块榆木疙瘩，张开缺牙少齿的阔嘴，说："听村头老槐树上大喇叭里讲，军队和老毛子正在争啥子宝刀开火……"

"是珍宝岛。"老王"哧"地一笑。老王在破庙改就的村里小学校上过三年高小，虽说已退学七八年，有些字还识得。

爹狠狠地往地上吐了口唾沫，一瞪三角眼说："管他娘的啥子饱倒，反正在开火。知道吗？老毛子厉害着呢，八国联军的时候……"

爹突然没了词儿，噎了一下子，随即把火气转到老王头上："日他娘，我看你是活腻歪了！"

虽然老王心里也在打鼓，但顾不得这许多了。吃了二十年地瓜干子烂菜叶子窝窝头，空得肚肠里能跑马不说，单是四周那些望不到边的大山就让他头疼死了。由于军队和老毛子开火的事，村里的一些小伙子们吓得不轻，支书正担心完不成征兵任务而发愁，见老王愿意去，支书高兴得直拍屁股。

就这样，老王兴奋而又忐忑地来到了几千里外的一个空军机场。

到部队后，才听说珍宝岛的火已经开完了，规模很小，况且压根儿就没用上空军。捧着白花花的大米饭碗，老王乐得小眼睛乱眨巴，冲老乡小刘说："看看，看看，当初要听老人的，哪有这等好事。老人不行，脑子就是封建。"

感到有些遗憾的是，机场也在山沟里。但山要比家乡的山矮小，也

263

不蜿蜒，一座是一座。况且五十里外就是一座挺气派的城市，比故乡的那个也在山沟里的小县城大多了。星期天节假日什么的，可以请假去城里转悠，开开眼界。

老王的职务是机械员，跟一个姓马的老机械师干活，人们都叫他老马。老马个头不高，没有胡子，唇边只粘着几缕细细的茸毛；眼睛挺大，额头却极窄，看上去那眼睛似要绕到脑后去。据说老马参加过抗美援朝，资格很老，但不摆架子，很随和。第一次跟马机械师上机场，老马开车，也就是启动飞动发动机试车，检查各种参数，让老王站一边看看，体验一下。发动机疯狂地转动起来，隆隆作响，震耳欲聋，老王吓得脸立马黄了，仓皇窜出老远。老马哈哈大笑，关了车，喊回他来，说："看你那熊样子，和我刚当兵时一模一样。"

老王惊恐未定，结结巴巴地说："要是爆炸了，还不要命……"

"你当它是炸弹？妈的土老包一个。"

"我耳朵都快鼓破了。"

"这才刚开始，笼头套上了，慢慢干吧。"

久了，并未见哪架飞机爆炸，心也就踏实了，感到不过如此。机械员的任务是在机械师的具体领导下，加油、充气、打包皮、推飞机就位等，整天和钳子、扳手、螺丝刀打交道。最初老王曾提出疑问："咱又没文化水儿，能行？"

老马一口接一口地抽着自己卷的喇叭烟，说："我还不一样，都快二十年了。妈的，放个大屁的工夫，就过来了……"

确实是快。三年头上，老马转了业；三年尾上，一纸命令下来，老王提了干，当上了机械师。那时不兴考试，笨点儿不要紧，只要努力踏踏实实地干，不调皮捣蛋，提干不是太难的事情。一同入伍的不少战友也都提了干，老乡小刘当上了无线电师。老王美得头皮乱跳，咧着大嘴冲老乡小刘说："看看，看看，当初要是听老头子的，哪有这等好事！日他娘，好赖不说，这金碗银碟算是端上了，这份皇粮算是吃定了！"

"就是就是。"小刘也美得不行。

不曾想到的是，干提了，烦恼也来了，主要的是大伙儿有不少人提干前在老家定了对象。这一提干，再同个扒拉土坷垃的农村妮子结婚，自然不甘心，有人就悄悄动心思，琢磨退婚的事。老乡小刘愁得腮帮子肿成了青面疙瘩，他父母给他定了个生产队长的女儿，他写信提出解除关系，女方死活不依，扬言说如果他想当陈世美，就闹到部队来，碰他个鱼死网破。小刘恨得牙根痒，说："她狗日的订婚时要了我家五百块钱彩礼，害得我爹病了一场。拿捏我两年多了，说什么也要跟她散……"

老王也不轻松，爹娘怕他复员后找对象难，一年前托媒人给他说了个叫兰英的姑娘，是另一个村子的，离他家三里远。

不久，老王回去探家。他多了个心眼儿，在小县城下了汽车后，没直接回家，奔到一个远房姑姑家。当年搞土改时，姑姑贴上了一个腿有点儿跛的土改工作人员，两口子如今在县城工作。见了他，姑姑毫不含糊地说："找个农村媳妇，负担太重，千万使不得。"

姑姑留老王在县城住了三天，火烧火燎地给他介绍了一个在县麻纺厂工作的姑娘。姑娘叫银丹，长相不算好，关键是也有金碗银碟子端。

银丹挺乐意他，还陪他逛了一次城关大集，临别时，送给他一张半身照片，是在县城唯一的一家照相馆照的，质量很一般。但总比兰英强，兰英长这么大，怕是一张照片都没照过。

老王回到家，先没敢提银丹，只是吭吭哧哧向爹娘提出和兰英退婚。爹一听就炸了，浓稠的唾沫星子喷了他一脸："咋啦？刚吃了几天洋饭就想屙硬屎，敢！日他娘，你想让我把脸扎进裤裆里，门也没有！……"

娘说："咱祖上没享过大富大贵，人缘正经不赖，咱不能让人指脊梁骨说闲话……"

看做不通爹娘的工作，老王就直接找兰英谈。兰英不说行，也不说不行，紧紧咬住嘴唇，像是一丝气儿也不出。老王倒希望她大哭一场，哭过去也就完了。

兰英硬是一声也不哭，什么也不说。若干年后老王想，日他娘，敢情是她生就了一条享清福的命。

半个月的假期很快过完，老王垂头丧气地回到部队，刚歇下脚就听说，老乡小刘的干部职务被撸掉了。生产队长的女儿一不做，二不休，果真闹到了部队，跪在团政委的面前不起来。领导多次调解、撮合无效，气愤之下，决定撤销小刘的无线电师职务，当战士复员处理，并把他当作现代陈世美，当作一个活靶子，对未婚干部们进行了严肃认真的教育。

小刘蒙了。那些动心思的年轻干部们蒙了。老王也蒙了。

小刘是乌黑着脸走的。他恶狠狠地说："我跟她狗日的没完！"

又说："谁混到啥样儿还难说，咱走着瞧！"

老王绝不敢再造次了，要是撸了干部，一切都得玩完。话又说回来，兰英对他也确实不错，经常缝些鞋垫、布鞋什么的寄来，时不时跑到他家帮爹娘干些杂活，而且开初订婚时只要了他家二百块钱彩礼，这是最低的数目，很不容易啦……又想，暂时苦一点儿，熬满十五年，她就可以随军，户口自然能解决，到时还不一样甜……

合计好以后，老王就狠狠心给银丹姑娘写了一封信，提出散伙。考虑来考虑去，那张照片没有还她，留着好歹是个纪念。日后老王把照片放在了贴身的口袋里，遇上不顺心的事就悄悄拿出来望上几眼。银丹当真是个不错的姑娘呢！

银丹很快回了信，把老王讽刺了一通，说他当了军官，瞧不上小工人了不是？真是没良心……老王好冤，差一点儿流出眼泪，又写信做了番解释，再三说是他没那个福分。发工资后，赶紧进城买了一条涤卡裤子寄给银丹，算是赔礼道歉，心里才好受些。

年底，老王回老家和兰英完了婚。战友们有的给买了双呢绒袜子，有的送双自个儿穿不着的胶鞋，有的送件的确良衬衣什么的，倒也热闹。

新婚之夜，兰英的眼泪终于流了出来，她哼哼地哭，老王劝，不顶用，就生了气，咚咚拍打着炕沿说："哭！哭！你早不哭，偏偏这时候哭，你欢心了不是！"

兰英吓得一哆嗦，抽泣着说："你心眼儿好，俺会记你一辈子……"

老王差点儿说出记两辈子也没屌用，想了想，忍住了。

婚假结束，年轻的机械师老王带着比他大一岁的新婚妻子李兰英，千里迢迢到了部队。坐在火车上，望着窗外新鲜的景物，兰英不住呷巴厚实的嘴唇，眼睛痴痴的，说："娘找紫云庵的黄道姑给俺测过八字，说俺小日子会越过越红火。其实俺明白，都是跟了你才带来的。真像做了个梦……"

　　你知道就行，老王想。他斜了兰英一眼，没吭气。

　　兰英在部队住了十几天就回了，她得赶回老家挣工分，农忙季节到来了。

　　打这以后，老王就同许许多多的军官一样，开始了漫长的两地分居的生涯。待他再次探家时，儿子王军已经牙牙学语了。尽管兰英吃的是五谷杂粮，奶水却很充足，把个小崽子滋润得光鲜鲜的。老王兴致极高，抱过来一遍又一遍地亲，亲得儿子哇哇大哭。娘高兴得直往衣襟上掉口水，爹说："兰英养了个大胖小子，你总该满意了吧？"

　　老王哼了一声，心想高兴是高兴，但谁又敢说人家银丹养不出胖小子？想到这，兴致就减了些。

　　兰英的兴致始终不减，而且越来越高。再过些年即可随军吃皇粮不说，单是每隔三两月就可收到老王寄来的钱，便让小姐妹们馋得牙花子疼。除了寄钱，老王还不断地捎回他穿不着的解放鞋和旧军装。山里人有几个穿过胶鞋的？他们从生到死，净穿些布鞋、草鞋。兰英将旧军装改小一点儿，罩在身上，蹬上新崭崭绿晶晶的解放鞋，走起路干起活来格外有劲。女人每月都闹一回事儿，山里女人大都用小孩子写过的作业本或破布片子之类的东西擦，兰英不同于她们，兰英用的是红红绿绿软软乎乎的卫生纸。兰英自豪地告诉她们："这玩意儿一卷值好几角钱呢，顶你十个鸡蛋钱，了不得呢……"

　　起初的几年，儿子王军小，坐火车不方便，兰英无法来队，每年都是老王回去，只要没有战备任务，工作安排得开，老王一般春节回家。后来就不行了，后来农村又搞分田单干了，家里分了六亩半山地。大哥分家另过，大嫂总感到兰英日子过得舒坦，所以火气挺大；大嫂火气大，大哥就不敢过来帮忙。爹娘年纪大了，干不了多少，兰英一个人侍弄不过来，老王只好在麦收或秋收的时候休假，春节再想回去就难了。

有那讨了城里媳妇的军官便摇头："唉，找农村女人就是不行，多他娘的操多少闲心！"说完，嘿嘿地笑。

看似同情，实则是可怜，甚至有些嘲弄的意味，可又怪不得别人。有什么办法？该回去还得回去。难以理解的是，吃了没几年白米洋面，身子骨就变娇贵了，往山地头上一站，腿肚子发麻，干不一会儿，心气儿短得不行。于是，脸子不由自主地就拉下来，脾气格外大，没碴找碴儿说上些难听的话。有一年割麦子，干到很晚，回到家见兰英还未做好饭，老王挥手摔了一个碗。兰英见状，立马扯了嗓子哭，一把鼻涕一把泪说："俺连累你了，俺连累你了，要不你休了俺吧，换个城里妮子……"

这当然是不可能的事。见兰英丧兮兮的样子，老王心软了下来，想到自己过分了些，脸上便堆了三分笑，劝慰一番。第二天照常下地。一家人半年的口粮呢，马虎不得，碰上老天爷使坏，下场急雨泡了汤，老王就得加倍地往家寄钱。本来一趟一趟地跑，来来回回花费够大的，在机场撅着屁股干一年，攒不下几个钱，想给兰英买块手表，一直都下不了狠心。

有一年的秋后，老王回部队，在县城换车时，忽然想去看看银丹，看看她变成了啥样儿。然而来到县麻纺厂门口时，气儿却泄得差不多快光了。你算老几？凭什么去看人家？空空离去又不甘心，就蹲在厂门口一根电线杆后面，拉低了帽檐，打算等银丹下班时悄悄望上一眼。下班时间一到，工人们蜂拥出厂，老王瞪大了眼睛搜寻，却没有见到银丹的影子。冰冷的秋风卷起地上的枯叶和黄尘，落了他一身一脸，他忽然感到心里也冰冷冰冷的，落满了枯叶和黄尘。伸手缓缓地从贴身的衣袋里抽出银丹的照片，狠狠端详一阵后，一咬牙一顿脚将它撕碎，猛地撒向半空，看苍凉的秋风将碎片搂进怀里，然后再无情地撒向四野，与枯叶和黄尘为伍。那刻儿，老王像在完成一个神圣的仪式，心里既庄严又虚空……

儿子王军跟他妈第一次来部队探亲，是在他五岁那年。老王领他们参观洞库。洞库就是把大山的肚子掏空，筑上钢筋混凝土，用来盛放飞

268

机，据说原子弹都轰不透。兰英也是第一次进洞库，她很是吃惊，叹道："啧啧，比十个场院都大。"

王军说："爹，咱家里……"

老王忙打断他："爹爹的，喊得我耳根子疼，给你说过多少遍了，以后要叫爸！"

王军怯怯地喊了一声爸："咱家里，也有老大老大的山，咋不挖空它？"

"挖空就好了，"老王瓮声瓮气地说，"你爸爸我就不用跑这儿来当兵了。可惜咱那儿的人福分浅，妈的守着机场，这周围的老百姓早都发起来了。"

一天，上机场过机械日，老王特意带上妻子和儿子去玩。给飞机发动机试车时，老王满以为儿子会吓坏，没承想小崽子并不害怕，只是噪声太大，耳朵受不了，他用手捂紧耳朵，饶有兴味地看。关了车，老王嘿嘿笑着说："行啊，比你爸爸强，将来是个当机械师的料。"

王军说："比开山炮过瘾。"

老王当兵当到第十三年的时候，王军问："爸，我和妈啥时搬到部队去？"

老王心头涌起一股炽烈的喜悦和期待："快了，快了。"

老王当兵当到第十四年的时候，王军问："爸，我和妈啥时搬到部队去？"

老王心头涌起一股更为炽烈的喜悦和期待："快了，快了！"

第十五年说来就来了，老王替兰英和王军办好随军手续，回去搬家。妻子和儿子欢喜得一夜未睡，奇怪的是老王却并没觉出咋样。盼来盼去的，盼的时候有喜兴，盼到手了，只是感到很乏很乏，呼呼大睡了一夜。儿子王军已经十一岁了，小崽子长得猛，只比老子差一头。从儿子勃发的身个上，老王看到了自己的衰老。还有兰英，兰英老得更快，看上去要比老王大五六岁。

接下来是收拾东西搬家办托运，盆盆罐罐的，装了好几个箱子。兰英什么都想带，竟提出带几只老母鸡到部队，好省下买鸡蛋的钱。老王冷笑道："屄！你当部队是你这土院子？部队不让养鸡。"

兰英十分不解："咦？还有不让养鸡的？真日怪了……"

搬了趟家，累得脱了一层皮不说，还毁了不少东西，兰英心疼得直咂舌。

兰英被安排在机场家属小工厂当了一名工人。小工厂里几乎全是随军家属，情况和兰英差不多，没什么文化，一个个粗手大脚，粗门大嗓，开起玩笑来没轻没重，倒也快活。

第一次去上班，兰英心慌得头上直冒虚汗，手脚不听使唤，说话结结巴巴，厂长——一个五十多岁的退休军官笑得脸上的皱纹抱成了团。家属们毫无顾忌地对她评头论足，她身上像长了毛毛刺一般，极不自在。

小工厂生产淀粉，因销路不好，所以只能勉强发工资，一分钱奖金也没有。那些随军早些的，就牢骚满腹，骂骂咧咧的。兰英很满足，能发工资就不错了，比在家种地强多了。

王军插班进了机场小学的四年级。机场小学的条件比村里那座破庙改成的学校好得多。没过多久，老师反映王军跟不上班，建议留级，他又倒回三年级，学习成绩仍旧一般。兰英说："再不好好学，就把你开回老家去种地，拽牛尾巴！"

哪知王军已经懂了不少事体，他乐呵呵地说："你少唬我，我的户口出来了，长大了可以当工人。"

兰英气得一点儿办法没有。

没过多久，老师找上门告状。老师说王军这学生太粗野，好好的课桌，他硬是用小刀刻出纵横交错的道道；放着厕所不上，偏偏跑到教室后面的大树底下撒尿；而且经常逃课，有一回他领着几个男生爬机场北头的山，一个小一点儿的男生差点儿滚下山坡；和一个机关参谋的儿子比谁的爸爸官大，确知自己爸爸官小后，他恼羞成怒，把人家鼻子打出了血……末了，老师说了些难听的话，搞得老王两口子坐也不是，站也不是。

兰英气坏了，拉过王军又是揪耳朵又是撕嘴，但他并不求饶。在老家时，兰英常常这么教训他，他已经习惯了。兰英气冲冲地对老王说：

"你这个当爹的咋不管管！"

老王不是不想管，而是十几年来，和儿子在一起的时间少，不忍心太严厉，遇上事情总是想，随他便吧。这回却不能不管了。在家里，老王具有至高无上的权威，指望兰英是不行的。于是，老王瞪圆了小眼睛，抡起被钳子扳手螺丝刀磨厚了的油手，响亮地给了王军一个耳光。

放下手，老王立马就后悔了。自己的样子太凶了。

王军长这么大，头一回挨父亲的打。老王一巴掌，打得他两顿没吃饭。渐渐地，他就没了山野之气，变成了一个少言寡语的孩子。

初进小工厂时，兰英像种自家那几亩山地一样，不舍力气地做，后来她发现，别人都比她精明，人家是能少做就少做，能不做就不做，守着官儿时猛做，官儿一走马上变样，反正又没奖金。兰英不懂藏奸使滑，不但无人夸，还有人背地里说闲话。她自然泄了气，说："太傻了太傻了……"

家里做饭，烧的是煤球炉，兰英嫌它太费，就抽空到停机坪后面的树林里捡干树枝背回来烧，惹得在机场干活的兵们纷纷看她，老王便不高兴，拉下脸来说："你少给我丢人现眼行不行？"

"咦？"兰英嘟嚷道，"在老家想捡这么好的柴火都捡不到。"

"这不是在老家。"老王仍然没好气。

"俺看你是当兵当得忘了本。"

后来，兰英想通了，感到老王做得对。这毕竟不是在老家，是在外面混世界，人前人后的，不能让人小瞧了。于是，兰英就注意改变自己，每逢做事说话前，先考虑考虑，尽量不干傻事，不说粗话。碰到好吃的，也不贪嘴了，还得保持体形呢。每月都去五十里外的城市转悠几趟，只是来回要花一块六角钱的车票钱，有点儿心疼，干脆骑自行车去，有人问，就说锻炼身体……

老王看在眼里，说："还是女人变得快，不过也别太过分，咱毕竟跟黄土打过几十年交道。"

有一次，老王到制造厂接飞机，要路过一个大城市，打算在那儿停留几天。兰英提出帮她买条裙子，正好老王也有这个想法，就答应了。

在那个大城市里，老王逛了不下十个商店，拿不定主意买什么样的，后来干脆站在马路边打量，见不少和兰英差不多年纪的女人穿那种绿底红花的连衣裙，就去买了一条。拿回家，让兰英穿上，老王却越看越别扭。同样的裙子，别人穿上挺好看，兰英穿上就走了味。兰英反反复复照镜子，也感到不顺眼。老王说："算啦算啦，啥样的马配啥样的鞍，你天生不是穿裙子的料。"

"我咋啦？是你没买好。"

"屁话！你看看你那腰，你那腿，你那走路的样子，配吗？"

兰英闹了个大红脸，小声说："都是你说得对行不？真是！干脆日后留给儿媳妇穿。"

"得得，早过时了。人家王军讨个城里婆娘，稀罕你！"

那条命里不该见天日的连衣裙从此压了箱底，有时老王不在家，兰英悄悄拿出来穿穿，在房间里走上几圈。她曾发狠道："日他娘，明儿个我就要穿出去！……"

终于没敢穿出去。

一天，中队长来老王家串门玩。中队长是个年轻人，老王当兵那会儿，恐怕他还穿开裆裤呢。他兵龄短，老张、老李、老杨他们就有点儿不尿他，经常摆摆老资格。老王想，你文化底儿浅，光摆老资格顶啥用。人家是工程学院毕业的，堂堂正正的大学生，水平高，讲话一套一套的，处事果断，技术也棒，懂好几个机种，不服不行。因此，老王很佩服中队长，中队长也很看重老王。

中队长说："我看嫂子真不错，多能干啊，家务全包了，老王你太享福了。哪像我那个老婆，又懒又馋，啥都不想干，还净找碴儿和我吵架。"

中队长的老婆在五十里外的城市工作，人长得蛮精神，中队不少干部都挺羡慕中队长。

老王说："你可以啦，别要求太高。"

"妈的，惹急了我，跟她离婚！"

"又来了又来了。"

"早知这样，还不如当初在农村找一个。"

272

中队长一走，老王唉声叹气地说："人呢，没有满足的时候。"

听了中队长几句好话，兰英美得脸上放光，说："他爸，你也别不知足。"

老王自顾自地说："谁都有一本难念的经啊……"

转眼兰英随军快五年了。

组织上决定安排老王转业。团政委找他摸底吹风时，他说："转就转呗，早晚的事。"

兰英知道后，直摇头："你找领导要求要求，晚几年再走。"

"为啥？"

"你想，回咱那个山沟沟里的小县城去，有啥意思。"

"机场不也在山沟里吗？"

"机场离城市近，坐车半个多小时就到。再说机场的条件并不比小县城差。"

"你算了吧，晚走不如早走，再过几年，都老成一把骨头了，找接收单位更难。今年我走，"老王掰着指头说，"明年就该轮到老张、老李、老杨他们了，还有老赵、老黄、老周、老宋，也快了……"

老王耿耿于怀的是，入伍以来，连个功也没立上。虽说勤勤恳恳、兢兢业业，没出过什么事，但也没有什么突出的、能上账的事迹。有一次倒是发现了飞机起落架裂纹的重大故障，按说可以记功，可当时忙于各种"运动"，很少组织飞行，没人看重这个，过去也就过去了。记得两年前的一天，在机场维护飞机，他因为头疼发烧，钻发动机检查叶片的活儿让给了机械员小徐，结果小徐意外地检查出发动机叶片被严重打伤。当时老王惊得眼皮直跳，连说："你看你看，真日他娘怪了，我钻了十几年发动机，一次也没碰上，你小子只钻了一次，偏偏赶上了……"

说完，又摇了半天头。

最后小徐立了三等功。

领导安排老王回小县城联系工作。他跑了好几个单位，都说不缺人，本来就僧多粥少。找到县军转办，军转办的人非常亲切地说进县城比较困难，可以考虑把他一家安置到六十里外的黑山镇去。他吓出一身冷汗，赶忙买了些礼品，托熟人送给说了算的头头，头头递下话，尽量想办法把他一家留在县城。

回到部队，已是仲夏季节，太阳很毒辣地暴晒大地，人提不起精神。中队长喜滋滋地跑来告诉老王，说团里已经定了，给老王立个三等功。中队长说："老同志啦，没有功劳也有苦劳。其实苦劳就是功劳……"

老王心头一阵激动。冷静下来，又觉得这个三等功硬度不够。

秋天里，消息传到部队，老王被安置到县农机站，兰英被安置到县面粉厂，具体工作待报到后再定。

接下来又该收拾东西搬家，办托运。这次兰英挺大方，盆盆罐罐的，不值钱的都送给了邻居。

临离开部队的头天晚上，兰英和王军呼呼大睡，老王却怎么也睡不着，索性披衣出门，漫无目标地游移。脚下坑洼不平，但路极熟，闭上眼睛照样能走。后来他蓦然发现，自己竟摸到了机场。

停机坪上卧着一排排刚从制造厂接来的新式飞机，老王维护过的飞机马上要淘汰掉。

天上只有星星，没有月亮，也没有风。远处闪着几丛显得很不实在的灯光。机场真静，像一个宁静的、不见任何波澜的港湾，真真如一个梦境。

二十年了，妈的，放个大屁的工夫就过来了——老王恍惚想起，当年老马机械师曾经说过这样的话。

很晚了，老王才回来。

第二天一大早，兰英惊惊诧诧地说："你猜我夜里梦见啥了？"

没等老王回答，兰英就抢着说："我梦见你变成了三样东西，不不，是这些东西合成了你。三样东西是：螺丝刀、扳手、钳子。螺丝刀把儿是你的脑袋，扳手是你的身子，张开的钳子把儿是你的腿，钳子嘴是你的胳膊。三件东西一连，还真有点儿像你。"

老王没吭气，只是来回揉搓着一双油乎乎的厚手。这手和那些开山种地的人的手并没有什么两样。

一星期后，老王到县农机站农机维修股报了到。尽管他的技术级是十一级，相当于副营，也就是副科级，但按照红头文件规定，安排时不考虑技术级，只能按照他机械师的实际职务——正排来安置。老王成了县农机站农机维修股的一名普通干部，享受副科级待遇。

　　老王在家乡的山沟沟里待了二十年，又在机场所在的山沟沟里待了二十年。所不同的是，有了机场，飞机可以上天。老王没上过天，他只是把数不清有多少架次的飞机送上了天。如今他回到了山沟沟里的小县城，据说可以干到六十岁，还能干二十年。

　　有一天，兰英和老王开玩笑："要是你当初不要我，说不定我嫁的那个人，现在发了大财，小洋楼也住上了，小汽车也坐上了……"

　　老王极认真地说："是啊。"

　　又有一天，兰英说："还记得你那个撸了干部的战友小刘吗？听说他承包了黑山镇的五座石灰窑，一年挣好几万。啧啧，人家一年顶咱半辈子……"

　　老王极认真地说："是啊。"

　　年底，儿子王军兴高采烈地参了军，到另一个空军机场当了机械员。老王写信嘱咐说：是我的儿子你就好好干，争取当上机械师。

（1991 年）

飘然而去

我说过，我就是那个叫宋飞霞的女孩，不管你信不信。我长得不漂亮，但也不丑，马马虎虎，凑凑合合，没什么值得炫耀的地方，也不需要自卑。

大学毕业后，我分在一家公司当职员，工作不好也不坏，待遇不高也不低，马马虎虎，凑凑合合。

我还说过，焦和我是同事。焦是个三十岁左右的男人，相貌平平，不多言不多语，看上去老实巴交。尽管他有一脑子的胡思乱想，但他不轻易表达。同事们对他的评价是，焦嘛，还行。

我去公司报到的那天，同事们都很热情，这个帮着收拾办公桌，那个不厌其烦地介绍公司里的情况，七嘴八舌，好不热闹，让我感到了少有的温暖。唯独一个中等个头微微发胖的男人一声不吭，甚至连眼皮都懒得抬，坐在那儿慢条斯理地抽烟喝茶看报纸。于是我便想，这人怪有意思，以后得小心他点儿。

那个一声不响的男人就是焦。

然而半年以后，春天的一个下着小雨的傍晚，我却依偎着焦走向城边一家刚开张的舞厅。我感到很幸福，但说不上为什么，也许我从焦身上发现了昔日情人的影子。淅淅沥沥的小雨下个不停，打湿了一街的灯火，打湿了我的头发和脖颈，我觉得浑身上下里里外外都痒丝丝的。大街上车辆稀少，行人匆匆地赶路，显露出少见的诗情画意。焦加快步子，尽量逃避我的身体，说："让人看见不好。"

"有什么不好？"我仰起脸来看他。

"影响不好。"焦说。

"真是个胆小鬼。"我有些瞧不起他。

"没办法。"焦的步子越来越快，"再过段时间就好了。"

"你以为我会嫁给你?"我冷冷地问。

"当然。"他很自信。

进出舞厅的人并不多，把门人无精打采地叼着烟卷倚在门旁。音乐声像水流一样溢出来，在空旷的大街上渐渐变弱。焦买票，然后我们进去。之所以选择这样一个偏远的地方，用焦的话说主要考虑不会碰见熟人。然而我们偏偏撞见了熟人，而且不是一般的熟人。

这个诗意的巧合在此后的日子里令我回味不已，平添了种种快意和迷茫。走进舞厅，借着变幻不定的五彩灯光，我看到一个长相不俗的女人正在动情地和一个瘦瘦高高的男孩子跳舞。焦一定也看到了。焦猛地打住脚步，下意识地松开了我的手。

苏琳就是在这种场合出现在我面前的。此前的一些日子，我曾经不止一次地揣摩过苏琳，在焦有意无意地启发下，我理所当然地把她想象成丑陋不堪俗不可耐的女人。城郊舞厅的这次奇遇彻底摧毁了我最初的意愿，我感到悲从中来。但同时也激起了我自由竞争的欲念。我听到焦低低地说:"妈的我老婆。"焦的嘴里像含着一个茄子。

我妩媚地笑了笑，火辣辣地盯着犹豫不决面容青紫的焦。在这个短暂的时光里，雍容不凡的苏琳仿佛从一场睡梦中突然惊醒，她愣了足有一分钟，然后快速挣脱那个瘦瘦高高的男孩。我以为可怜的焦会慌忙从我身边逃走。

事实上慌忙逃走的不是焦。待明白过来后，羞恼和愤怒的苏琳狠狠瞪了我们一眼，一低头离开了舞厅，把那个瘦高男孩晾在了那里。同样羞恼和愤怒的焦让我觉得他离一个真正的男人已经不远。我再次妩媚地笑了笑，拉起焦的手走进密不透风的音乐中。我们翩翩起舞。无意中我看到，那男孩并没有立刻走掉，他似有所悟地离开舞池，坐在边椅上抽烟，一脸的惶惑。

这小子也不赖，我想。

宋飞霞大学毕业到单位报到的那天，一个姓焦的男同事明显冷落了她，让她生出难言的不快。这人特没劲，她想。她当即决定，以后少搭理他，渐渐地，她发现焦是个沉默寡言的人，不独对她，焦对任何同事都保持着一定的距离，仿佛他有满腹心事，而又无处诉说。一个同事悄悄告诉宋飞霞，焦和老婆关系不好。噢，原来如此，宋飞霞心头的不快略略减轻了些。

后来焦对宋飞霞的态度有所转变，焦常常选择同事们都不在的时刻，主动和她说话，说一些无关痛痒的话。她有意不接话或少接话。对于她的过于直露的冷淡，焦好像不在乎。有一次，她猛然发现，焦在偷偷打量她，十分专注地打量她。焦的有些怪异的行为终于引起了她的注意。

"你好漂亮。"焦在某一天这样对她说。

她笑了，一勾脑袋，说："真的吗?"

焦郑重地点点头。

宋飞霞上大学的时候，一个男孩子好像也说过这样的话，当时她激动得不行。那个男孩一直是班上女生追逐的目标。后来她和他有了一段难忘的经历。再后来她发现他对许多女孩说过这话，那些女孩互相通气后一个个义愤填膺、满腔怒火。奇怪的是她并没生气，她只是散淡地说："男人嘛，都这样，不然女孩子怎么会获得满足?"

焦的话似乎唤起了她对过往岁月的留恋。她强迫自己回到现实中来，说："你真的那样想?"

焦没再说什么。焦有些冷酷的脸上此刻洋溢出一汪深情。她想，焦其实是个感情很丰富的男人呢。

她非常清楚，焦说她漂亮不完全是发自内心，这里面肯定有虚假的成分，正像她母亲说她丑一样。母亲的话更是虚假，把她气得浑身发抖。母亲经常说的一句话是：你瞧瞧你，哪像我的女儿? 丑死了丑死了!

母亲话里有话，潜台词是她自己当年很漂亮，美貌绝伦，倾国倾城，女儿却没继承她的优点，仿佛玷污了她，让她不舒服。中华人民共和国成立前，外祖父是这座城市有名的官僚资本家，外出做生意时赶上城市被解放军攻破，老头子没敢回家，据说后来随国军的残兵败将去了台湾，从此音讯皆无，把老婆女儿丢在了故土。落架的凤凰不如鸡，母亲只好嫁给了一个扛大包的码头工人。凤凰虽然落了架，却没改掉貌似高贵的毛病，动辄对父亲颐指气使；好吃懒做，早早办了退休，终日抱着一副扑克牌算命，不知摸烂了多少扑克。她给父亲下的结论是，六十岁上患脑出血；给女儿下的断语是，三十五岁以前结不了婚，不会有人要她，三十五岁以后着急着慌地嫁给一个死了老婆的男人……

宋飞霞对母亲往昔的容貌一直持怀疑态度，有一天趁母亲不在家，她翻出了她先前的照片，那些早已发黄的陈年照片散发出难闻的霉味。她仔细辨认，看到母亲当年比她漂亮不了多少，风度倒是有一些，于是她咯咯地笑了。

她啪地合上相册。

不久，情绪大为好转的焦又对她说："你笑起来最好看。"

"你们的话都不可信。"她说。

但她还是愿意与焦交往，愿意听焦讲他的过去。

说实在的，焦的过去对于我一直具有巨大的吸引力，换句话说，就是我对焦的过去非常感兴趣，远胜于现在的焦。只是很长一段时间，焦对他经历的事情几乎缄口不言，他像是守着一个古老的秘密，非万不得已不肯披露。表面上我做出无所谓的样子，我是受过高等教育的人，绝不能凡事都去刨根问底，尽管我内心焦急得要命。

春季来临时我和焦去了一趟公园，坐在公园的长椅上，起初我们都不说话。整个公园静若止水，偶尔有情人们的絮语声姗姗而来，像来自遥远的天国或地狱；脚下正在变绿的小草一派安详，树木如一把把巨大的伞，遮住了流逝的时光。我突然预感到焦进入了某种状态。到底他沉不住气了，我想。一种倾诉什么的欲望烧烤得焦坐立不安。我想我终于等来了这一天。

在略含凉意的小风吹拂下，焦的脸上闪烁着变幻不定的色彩，记忆的闸门一旦打开，焦便不由自主地掉进了时间隧道，他平静的叙述像一支夜晚的小调，温柔地缠绕着我。

"往事如烟啊。"焦说。焦宛若一个哲人，沉思的额头放射出智慧的光芒。

十年前，我当了兵。我压根儿就没想过当兵，考大学无望，我才决定当兵。我和城市里的十几个人一起，来到了黄河岸边的一座军营，其中就有苏琳。当兵前我不认识苏琳，她是三十七中的，我在四十二中，两家离得也挺远。在新兵连经过三个月的训练，我分到步兵二连，苏琳分到团总机班当守机员。尽管彼此是老乡关系，但我们平时接触并不多，一来男女有别，领导管得严；二来我有些瞧不上苏琳，她长得很一般，而且特别俗气。团总机班的女兵一个比一个漂亮，战友们私下给她们排过队，苏琳好像是最后一个。夜里睡不着觉，我一遍又一遍地幻想别的女孩，脑子里根本就没有苏琳的影子，如果不是发生了一件事情，我和她肯定走不到一起。

那年秋天，我们部队接到了到南线轮战的命令。听说前面上去的部队伤亡很大，现在轮到我们了，大家都有些紧张。但又是没有办法的事情。我倒觉得没什么，我们小百姓命本来不值钱，横竖豁出这一百来斤，轰轰烈烈慷慨悲壮地死，也许更有价值。我信奉赖活着不如好死，所以我很坦然，并且合计着到前线后，如果组成敢死队什么的，我要第一个报名。

也不是没有别的想法，想来想去感到有些遗憾的是，活了二十来岁，从没碰过女人。当初考虑最多的就是这个，越考虑越觉得不是滋味。我想这很正常，不少人都有这种想法。终于忍不住了，想找个女孩聊聊，但总机班的女孩大都有了归宿，我插不上手，只有苏琳还没头绪，万般无奈，我打算找她。一天晚饭后，我约她出来走走，她爽快地答应了。我们沿着一条沙质小路，爬上了黄河大堤。正值汛期，黄河水又急又大，水鸟们紧贴水面飞上飞下，夕阳的影子投在水里，晃得人睁不开眼睛。我们翻过大堤，坐在离水边不远的地方。周围一个人也没有。后天我们就要开拔，这是最后的机会，我顾不上那许多了，红着脸把想法和盘托了出来，反正一个即将赴汤蹈火的人，没啥可犹豫的了。我以为苏琳会拒绝我。事情发展出乎我的预料。听完我前言不搭后语的叙述，苏琳低着头一声不吭。我想完了，白费心思了，我甚至有些后悔。但后来苏琳抬起了头，我看到她眼里汪着泪，她身上的气味很好闻，我整个儿晕了，脑袋涨得很大。再往后我们稀里糊涂抱在了一起。那一瞬间我觉得她很美，是世界上最美丽的女人；我觉得我很幸福，是世界上最幸福的人……

其实错误就在那一刻铸成了。我了却了心愿，获得了成功，但同时也失败了，而且败得很惨……我的错误就在于我不是一个清醒的人，太容易激动。我义无反顾地上了战场，心想可以死而无憾地大干一场了。谁知就在我们开到南线不久，边关日复一日冷寂下来。我们部队在前线待了半年，基本上没打什么仗。半年后，我一根毫毛未损地回到了原驻地。我觉得生活给我开了一个玩笑，一个天大的玩笑，它使我此前的一切努力都变得毫无意义。

服役期一满，苏琳就退役了，回家后还是干她的老本行，在市邮电局长途台当接线员，整天和南腔北调打交道。我又留了一年，想找个机会转干。机会最终没来，我也复员了，进咱们公司当了一名平庸的职员。很快我和苏琳结了婚，婚后的生活我真是难以描述，我想你会很容易猜测到。

"就这些。"焦仿佛经过长途跋涉，看上去他很疲劳。他疲劳地靠在长椅上，默默地抽烟，不再说什么。

"不错，"我笑说，"这故事虽然平坦了点儿，陈旧了点儿，但还是具有相当的深度。"

黄昏不知不觉到来了，我的声音被无边无际的黄昏湮没。

焦讲完了他的故事，仿佛得到了解脱，接下来他表现出少见的轻松愉快。宋飞霞却渐渐发现，自己步入了某种困境。她沿着焦逃离陷阱的踪迹，溯流而上，追根寻源的结果是，在焦解脱的同时，她走进了焦的故事，成了那个索然无味的故事的另一个主人公，内心罩上了一层怅惘的阴影，而且她难以控制自己。

自那以后，宋飞霞加快了和焦的交往，虽然一切都在秘密状态下进行，单位里的人仍然有所觉察，他们对这两个受感情煎熬的人看法不一。聪明的焦时时做出为她着想的样子，她觉得无所谓，没必要。她想干的事情谁也拦不住，她不想干的事情任你说破了嘴皮也没用。

焦提出抽个时间到她家里走走，拜见一下老人。她说："去可以，但我母亲那人不好对付，她话说轻说重了，我概不负责。"

"老人都有小孩脾气，没关系的。"焦很大度。

一个周末的傍晚，焦决定去她家。他说："空着手不好，我买两条烟带着吧。"

"不需要。"她说。

焦执意要买。她说要买就买洋烟，老太太不抽国产的。

焦买了两条希尔顿。焦有些紧张地随她走进她的家。她母亲正斜倚在被子上算命，面前的扑克牌摆放得很奇特，像一个神秘的、无法考证的图案。母亲翻了翻眼皮，懒洋洋地说："我知道你们会来。"

焦恭恭敬敬地将烟献上。母亲说："哟，我可受不起。"

"应该的应该的。"焦讪讪一笑。

"我最喜欢抽万宝路。"母亲又翻了翻眼皮。

焦的脸上涂满了尴尬，宋飞霞冷笑一声，拽住焦的胳膊走向卧室。母亲在身后柔柔地说："霞呀，我刚刚给你算了一卦，你是个克夫命。你自己倒没啥，别人可要倒霉……"

她砰地摔上卧室的门，恶狠狠地说："老巫婆。"

卧室里有些乱，被子没叠，枕巾滑离了枕头，各式衣服乱七八糟地堆在凳子上，暧昧气息因此而显得浓浓的。他们随随便便坐在床上，由于气愤，她的脸苍白如纸，焦好像不在乎，他始终微笑着看她。渐渐地，她的脸颊上出现了绯红。她没开大灯，壁灯的光亮明显不足，屋子里蒙上了一层沉重的帷幕。外面有风，沙粒打得窗子啪啪直响，使屋里的气氛更显虚幻和平和。

在这样的时刻，宋飞霞不假思索地置身于焦所讲述的故事里，他们稀里糊涂地抱在了一起。隔壁房间里传来了一个老女人含意颇深的咳嗽声，这个突如其来的声音让焦有所顾忌，她说"别理她，真让人讨厌，看我以后怎么治她"……焦是个性经验丰富的男人，焦十分得体的举动使她忘记了周围人的存在，她的呻吟缠绵而嘹亮。后来一个苍苍的声音提醒了他们。

母亲站在门外笑着说："霞呀，我刚又给你算了一卦，你身边有小人，可得当心点儿。"

母亲的话仿佛是一个谶语，预示着他们的征途将会遇到坎坷。可怜的焦再一次遭受了失败。焦的青黄不接的脸上重新涂满了尴尬，他翻来覆去地搓着大手，那样子像一个做错了事的孩子，又像一个走错了家门的旅人。

他们没有料到，这个刻骨铭心的时刻正是他们一系列失败的开始。

春天的一个下着小雨的傍晚，宋飞霞随焦到城边一家新开张的舞厅跳舞，她在那个有些冷清的舞厅里极其偶然地见到了一个叫苏琳的女人；当时苏琳正和一个瘦瘦高高的男孩子跳。苏琳的容貌和气质让她感到疑惑不解。舞厅里的这次相遇也许是她生活的一个转折点，只是当初她没有料到。

后来宋飞霞把焦讲述的那个故事进行了部分调整，她相信故事可以有多种讲法，就像有的谜语，谜底不止一个。调整后的故事虽然基本上保持了原貌，没有产生质变，她却从中获得了某种乐趣。

故事仍然从十年前开头。

十年前，刚满二十岁的焦高考落榜，垂头丧气的焦面临两种选择，要么待业，要么去当兵。思前想后，焦选择了后者。焦其实是个很本分的男孩子，他的悲哀就在于本分有余聪明不足，在学校时，他的成绩一直处于中下游水平。他和本城十几个男女一起来到了黄河岸边的一座军营，其中就有苏琳。当兵前他不认识苏琳，苏琳在三十七中上的学，他在四十二中，两家离得也不近。在新兵连经过三个月的训练，苏琳分到团总机班当守机员，他分到步兵二连。虽然是老乡，但在差不多两年的时间里，他们接触并不多，见了面仅仅打个招呼而已，一来由于领导对男女之事抓得紧；二来苏琳有些瞧不上他。苏琳的长相在总机班的女兵中数一数二，气质也不错，当然免不了有点儿俗气。愿意为她效劳的男孩子一定不少，可以想象，他曾经在某个场合向苏琳表露过心迹，但遭到了温柔的拒绝。如果不是发生了一件事情，他和她肯定走不到一起。

那年秋天，他所在的部队接到了去南线轮战的命令，这个非同一般的现实在他和战友们心中掀起了巨大波澜，他既感到兴奋，又有些紧张。后来他想通了，慷慨悲壮地大干一场也许正是他早已企盼的，他信奉赖活着不如好死，于是他变得很坦然，他发誓要成为英雄，而不是一个软蛋。当然，也不是没有别的考虑，在最后的关头，对女性的渴望更加强烈。这很正常。他首先想到了苏琳。两年多来，苏琳在他心目中一直占有重要的位置。他抱着试一试的想法，在一天傍晚打电话约苏琳出去走走。苏琳竟出人意料地答应了，他们沿着一条杂草丛生的小路，爬上了黄河大堤。一路上两人话不多，都低着头想心事，想了很多很多。当时正值黄河汛期，从天边流来的浊水占满了整个河滩，夕阳的影子拖得长长的，投在水中晃人眼睛，一些叫不出名来的水鸟贴着河面飞翔，它们无忧无虑的样子让人嫉妒。他和苏琳翻过大堤，坐在水边。周围一个人也没有，流水声很响亮。

两人仍然沉默着，沉默了很长时间。后天就要开拔了，他想，再不说就没有机会了。于是，他先把必死的决心亮了出来，一副风萧萧兮易水寒，壮士一去兮不复还的悲壮神态。苏琳睁大眼睛，静静地听他讲。苏琳受到了深深的感动，眼里汪着清泪。这个时候的苏琳更是美丽，美丽的苏琳一言不发，好像在期待着什么。他红着脸前言不搭后语地描绘了一番对苏琳的留恋之情，他的眼里冒着炽烈的火花。苏琳未置可否地低下了头。此时天已黑尽，脚下的流水声在无边的暗夜里传得很远。苏琳清晰地闻到了他身上的男性气息，泪水终于游离了眼眶，顺着面颊往下滚落。后来他们稀里糊涂地抱在了一起。那一瞬间苏琳觉得他是个真正的男人，多少修正了以往对他的看法，并且为自己的过去感到难过……

很显然，错误就是在那一刻铸成的，而且无可挽回。不久，几乎所有的人都知道了他和她的事情，她也不把这当一回事。他心满意足地上了前线，前线却打摆子似的失却了往昔的热闹，他在那里待了半年，基本上没参加战斗。半年后，他面带愧色地回到了原驻地。她突然发现生活给她开了一个玩笑，一个天大的玩笑，它使她此前的一切努力都变得毫无意义，甚至有些可笑。年底，她复员了，到市邮电局当了一名守机员。第二年他也退役了，成了一名平庸的职员。很快，他们结了婚，婚后的生活十分复杂，不大容易说清楚。

宋飞霞沉浸在她所编织的故事里，这个平坦的、有些陈旧的故事让她感到很好玩。

那天晚上，我母亲的那个谶语似乎打掉了焦的锐气，很长一段时间，他的脸上重又罩上了呆板的表情。我为焦感到难过和不安，同时对母亲的表现大为愤怒。

母亲说："我是为你好。"

"用不着！"我一字一顿地说。

"翅膀硬了不是？"母亲一撇嘴，"你早晚要摔跟头，丑丫头！"

"这个丑那个丑的，也不照镜子看看自己，一脸的沟沟坎坎，就像革命道路。"

母亲呵呵笑了起来，学一位著名人物的口气说："我老啦，无所谓啦。"

夏季到来时我和焦又去了一趟公园。进公园前我们先在一家肮脏的饭馆里喝了点儿酒，确切地说是焦喝酒，我不胜酒力，不敢沾，只是咕咚咕咚灌了一肚子饮料，忍不住老要打嗝。我发现焦的神色有些不大对劲，劝他少喝点儿，他舌头打着弯，说不碍事不碍事，在部队时，他是有名的酒坛子，从来不知道什么叫醉。还说当兵的日子才叫快活，现在不行了，今非昔比，哪像个人。他喝了不到半瓶，眼珠子都红了，我赶紧抓过瓶子，递给了门口讨饭的一个肮脏老头，老头冲我作了个揖，当即将瓶中酒喝光，笑眯眯地说，好酒。

我搀着摇摇晃晃的焦走出饭馆。我说"回家吧"。焦说："那怎么行，说好了去公园的。"

我们摇摇晃晃进了公园，所有的凳子上都排满了情人，我们找一处干净的草坪坐下。焦打了一个酒嗝，说："我他妈倒霉透了。"

我打了一个水嗝："你可以啦，应该说还算幸福。"

焦说："狗屁。"

我说："也是。"

夏夜的公园凉爽而寂静，十分迷人。情人们的呻唤声随处可闻，密密麻麻如天上的星星。我仰躺在焦的怀里，焦问："我他妈该怎么办？"

我笑而不答，紧紧钩住焦的脖子，一动不动。

"我一定和她离婚！"焦说。

"我一定和她离婚！"焦又说。

焦的大手在我身上揉搓，弄得我上气不接下气。我躺在地上，焦也躺下，松软的小草衬托着我，浓浓的青草气息覆盖了我，我觉得自己像一朵云。

然而脑袋刚一挨地，焦就睡着了，我咬牙切齿地骂了一句，推他，摇他，扇他耳光，他像头死猪，没有反应，甜蜜的鼾声经久不息。

最后，我慈爱地拍拍焦的脸蛋，说："亲爱的，好好睡吧。我要回家了。"

一年后，我和瘦高个头的赵建国结了婚。赵是司机，开推土机，业余写小说，也写电视剧什么的。

焦和苏琳夫妇送给我们一对精致的花瓶做礼物，还附了几句贺词，蛮像那么回事。赵说贺词语法上有毛病，我说："意思到了就行了，你还当真？"

婚礼那天，我们在饭馆请客，亲朋好友来了一大群。我原打算把焦和苏琳夫妇请来，我挺喜欢苏琳，就像喜欢焦一样。想了想，不大合适，便作罢。

酒过三巡，到了高潮处，母亲踮着小脚来到我和赵面前，她压低声音说："丫头，我不得不告诉你，昨晚我给你算命，发现你在三十五岁那年要离婚，然后嫁给一个有钱的糟老头。"

我面带微笑说："谢谢你。"

小雨还在下，窗子上挂满了漾漾水珠，透出动人的凉意。音乐占有了这家新开张的舞厅，为数不多的舞者有些伤感地起跳，动作迟缓。枝形吊灯的光线很暗淡，四周桌子上有蜡烛在燃烧，还有一些不太新鲜的花儿。羞恼和愤怒的苏琳甩手离开后，宋飞霞和焦相拥着进了舞池，他

286

们先跳了一曲华尔兹，接着跳快三、快四和伦巴，他们感到很愉快。

宋飞霞注意到那个陪苏琳跳舞的男孩并没有走掉，他退到边椅上默默吸烟，一脸的迷茫。宋飞霞能感觉到，他的神态很高傲，是那种介于成熟和不成熟之间的迷人男孩，愿意把一切都袒露给人……跳得差不多了，身上起了微汗，宋飞霞建议休息一会儿。

宋飞霞和焦坐在离那个男孩不远的地方，焦来回搓着手，好像在盘算什么，宋飞霞专注地盯着那个男孩，她相信男孩一定也注意到了她。她想要是男孩请她跳舞，不失为一件有意思的事。她用眼神鼓励他。过了一会儿，男孩站起来，她以为他要走。男孩子没有走，男孩果真如她所愿，径直走向她。她心头一阵诗意的快活，随他步入舞池。

透过绵密的音乐，她柔声问他："你叫什么？"

"我叫赵建国。"他说。

（1992 年）

287

天路历程

　　本该是春天的一个平平常常的日子，平常得不留一点儿痕迹。如果不发生那件惊天动地的大事，上尉飞行员尹凡绝对不会记住它，自然，神采飘逸的幼儿女教师冉力也不会记住它。

　　偏偏那个日子不平常。可谁能想到呢?

　　校园里的日子也很平常，上课，下课，急急忙忙来，慢慢腾腾去，尹凡感到没意思透了，起初大家对谁和谁好上了甚至谁谁肚子大了这类事比较感兴趣，听多了也就感到乏味了。

　　突然有一天，老师讲完课，随随便便地宣布："空军来咱们学校招收飞行员，谁愿意去，先报名体检，到教务处去报名。"

　　这倒是一件很不错的事儿，挺刺激。男生们反应强烈，女生们却反应冷淡，因为没有她们的事，人家不招收女飞行员。

　　尹凡漫不经心地扫了邻桌的江水寒一眼。江水寒是副班长，班长是一个留着小胡子，说话却嗲里嗲气的人，没有人听他的，大家佩服的是江水寒。江水寒人长得精神，学习也好。尹凡只佩服江水寒学习好这一点，他感到自己比江水寒长得更精神。

　　江水寒冲尹凡点了点头，然后侧侧脑袋，瞅了瞅同桌的冉力。冉力扯了扯嘴角，淡淡一笑，笑得尹凡脑子里乱糟糟的，他赌气不再看江水寒和冉力。

　　下课后到教务处报名，教务处的门前聚了不少人，排了半天队，才轮到尹凡和江水寒。登完记，他俩一起往回走，尹凡说："我考虑江水寒你不该报名，你学习成绩那么好，考名牌大学没问题。"

"考上名牌大学又能怎么样?"江水寒冷眼瞧着他。

"你会成为硕士、博士、科学家,还可以出国。"

"出了国又能怎么样?"江水寒颇有耐心地跟他周旋。

"挣大钱,过好日子呗!"

"过上好日子又能怎么样?"

"去你妈的!"尹凡不轻不重地捣了江水寒一拳。两人大笑。

天气不错,大楼门前的草地上露珠儿又大又亮。太阳早早地钻出了地平线,把东方的天际涂抹得一片血红,十分生动和壮丽。

是个飞行的好天气。

团里组织飞行,飞双机编队。这同样很平常,不值得大惊小怪。

先是初检,全校一百多人一下子刷掉了一大半。最后是终检,初检合格的人来到北郊的空军医院,又被刷掉了一大半,只剩下可怜巴巴的五个人。

所幸尹凡是其中之一,江水寒也是其中之一。

尹凡拍拍胸脯说:"我早知道自己能行。我这块头如果不行,谁还能行?"

"别吹牛皮。"江水寒说,"我并没想到自己能验上,我只想试巴试巴,纯粹是歪打正着。"

接到录取通知书的时候,尹凡心里美滋滋的,但他看到江水寒并没有流露出喜悦之情,便凑过去,悄声问:"是不是不想去啦?"

"扯淡!"江水寒依然紧绷着脸,面无表情。

能当上飞行员,毕竟是挺稀罕的事情,同学们羡慕得不行,不少人围着他俩转,问这问那,尤其是那些长得漂亮、感觉良好的女同学不断飞来放肆的,抑或是羞涩的媚眼,尹凡实在不感兴趣,他知道,江水寒也不感兴趣。

冉力站在稍远一点儿的地方,静静地望着他俩。其实冉力的目光更多的是停留在江水寒身上。冉力和江水寒之间似乎有一种默契,一种神秘的、来无踪去无影的默契,别人极难察觉,但尹凡有这种预感,他相信自己的判断。

后来冉力挤上前来，当着众多人的面，响亮地冲江水寒和尹凡说："祝贺你们！"

冉力细小的发辫搭在胸前，辫梢儿有节奏地晃悠，晃得尹凡不知所措。冉力唇边的一颗青春美丽痘红通通的，如秋天的一枚成熟的果实。

一个多月后，尹凡和江水寒同这座城市里的十几个准飞行员一起，踏上了北去的列车。他们先在航空预备学校培训一段时间，之后，再转往飞行学院深造。

飞行计划昨天上午就制订出来了，挂在团部值班室的墙壁上，一目了然。上尉飞行员尹凡飞 007 号飞机，上尉飞行员江水寒飞 010 号；尹凡的任务是三个起落，江水寒两个。看完计划，江水寒嘟囔了一句："妈的，怎么又少给我安排一个起落……"

在航空预备学校，主要学飞行理论，全是基础课，尹凡感到枯燥得很。江水寒似乎不觉得，整天皱着眉头，除了捧书本，就是死琢磨。有一天，江水寒难得露了露笑脸，把尹凡吓了一跳，忙问："有什么好事？"

江水寒脸上的笑意倏然不见了，愣了愣，问道："尹凡你告诉我，你为什么当飞行员？"

"那还用问！教员不知讲了多少遍了，保卫祖国的蓝天呗！"尹凡没有想到江水寒会提出这样的问题，他感到有点儿好笑。

"当然当然，"江水寒很潇洒地一挥手，"还有呢？"

"很复杂……最好先说说你。"

"你小子真鬼。"江水寒思忖片刻，"我总想人能飞上天，实在是一件了不起的事情。问题是，不是每个人都能上天，我们却能！"

尹凡睁大眼睛望着江水寒，听他说下去。

"到云彩里闯荡闯荡，我想一定美极了，你会找到在地面上不可能有的感觉，你会觉得自己像一股轻烟，神仙一般逍遥自在，多过瘾啊！"

蛮有诗情画意。尹凡似乎受到了感染，忽然就觉得自己很神圣。江水寒说的同他想象的并无二致。搞飞行的人没有不喜欢幻想的，幻想即是翅膀。

盼星星盼月亮似的盼着到飞行学院去，因为到了飞行学院，就有了驾飞机上天的机会。然而当机会真的来了，心里却恍恍惚惚的，总有一种不踏实的感觉。临升空的头天晚上，尹凡许久睡不着觉，手心脚心一个劲地冒虚汗，他从床上坐起来，想和江水寒随便聊聊，便轻轻地喊："江水寒……"

江水寒并不答应，尹凡知道他在装蒜。

第二天是个好天，就像若干年后上尉飞行员尹凡和幼儿女教师冉力牢牢记住的那个好天一样。尹凡抖抖精神，跨进教练机的前舱，带飞教员跨进后舱。接到塔台指挥员"可以起飞"的命令后，按照默记了不知道多少遍的操作程序，尹凡驾机滑出起飞线，对正跑道加速……

还好，尽管惊出了一身冷汗，总算顺顺当当着陆了。走下飞机后，尹凡才猛然意识到刚才在天上忘了仔细观察一下蓝天和大地。真该死。他掐了一下大腿根。

江水寒比他有心计，一下飞机，隔老远就冲他喊："那些白云真他妈的美妙，要是能摘回一朵来该有多好！"

带回来给谁？送给冉力吗？尹凡感到牙根酸酸的，不说话。

"待在天上往下看。发现地上的很多东西那么渺小，就觉得自己非常……非常伟大！"江水寒的眉毛一扬一扬的。从上初中到现在，在一起待了六七年了，尹凡从未见他这么兴奋过。

"别高兴得太早。"尹凡冷冷地说。话说出口，又有点儿后悔。不管怎么说，这是此生的第一天起落。第一个起落是最值得庆贺的。于是，他笑笑，"日子还长着呢，以后你好好体验吧。咱们都好好体验吧。"

预计七点钟进场，八点钟准时开飞。

机场建在山坳里，四周的山脉虽然不算高，但很绵长。

乘车赶到机场的时候，太阳已经越过了东边的山脊线，正好处在跑道的延长线上，抬眼望去，熔金一般光彩夺目，如一个巨大的诱惑，令人神往。四周曲曲弯弯的山脊线不断地变幻着色彩，使人想起生活中的某些场景。

十几架飞机整整齐齐地排列在起飞线上，穿深蓝色工作服的机务人员正在紧张地进行起飞前的准备工作：加油、充气、通电检查……

终于结束了两年多的院校生活，分配到部队。在一个地图上很难找到的小县城下了火车，乘部队的班车往机场赶，发现路越走越不平坦，道路两旁的建筑越来越破败。后来，就看见了这些令人畏惧的山峦。尹凡有点儿泄气，江水寒两眼望着窗外，沉思不语。

"妈的真不明白，怎么把机场建在这种地方……"尹凡禁不住发了几句牢骚。其实心里清楚，机场建在山沟里是为了战争的需要，便于隐蔽。

很早就想着将来毕业，分到一个靠近大城市的机场，看来又成了泡影。江水寒若有所思地说："当初我们想象得太好了……"

"只好日后飞行时，在高空多朝大城市、朝家乡的方向望上几眼了。"尹凡说。

好在这是一支战功卓著的部队，当年在朝鲜战场上出过大名，威风八面。给分到好地方的同学写信时，尹凡便不由自主地加上了下面的话：我们部队厉害得很，听说美国中央情报局都有我们专门的档案。你那个部队不行，无名小辈……

算是一个安慰，一个挺值得骄傲的安慰。

尹凡把写信之事告诉江水寒，江水寒羞羞答答地承认，他写信时也加上了类似的话。

机场附近没有什么好玩的，离最近的县城六十里，且那个小县城到处飞扬着黄尘，土得掉渣儿。空闲时间只好散散步，在营院里散，在弯弯曲曲的山路上散，最惬意的是在跑道上散。宽阔而坚实的跑道在脚下铺展，走在上面，有时便觉得自己十分威武，雄壮非凡，众多的苦恼便被抛在了脑后。

在跑道上散步成了尹凡和江水寒最固定的节目。

自然是边散步边交谈，谈得最多的是飞机和飞行。有一次，不知是谁先提到了莱特兄弟。二十世纪初，美国的威尔伯·莱特和奥维尔·莱特两兄弟研制的以内燃机做动力的双翼机"飞行者"号，在北卡罗来纳州的幼鹰海滩试飞成功，从此开辟了一个划时代的天地。后来，他们甚至谈起了埃里希·哈特曼，这个德国空军的著名飞行员在第二次世界大战中共击落三百五十二架飞机，是迄今为止世界上击落飞机最多的飞行员。击落飞机超过三百架的还有一名飞行员，那便是哈特曼的好友法尔德·巴尔克霍恩，他的成绩是击落三百零一架。

"这两个小了，真让人眼馋。"江水寒摇摇头说。

"耐心等着吧，"尹凡说，"待日后有机会，谁敢说我们成不了哈特曼和巴尔克霍恩那样的人？哼！这两个小子……"

他们有时也提起冉力。冉力如今在北方一所著名师范大学的数学系就读。但一提到冉力，尹凡便不知该怎么说她才好。江水寒倒很愿意谈谈她，却常常是欲言又止。

那年晚些时候，大队教导员把两份党员登记表放在尹凡和江水寒面前。教导员一走，尹凡挤挤眼睛，说："我觉得我早就是党员了。"

"又吹牛皮！"江水寒说。

十几架飞机沐浴在霞光里，虎视眈眈地仰望着天空。

准备工作已全做完，只待命令一下，它们就要昂首升空。

八点整，塔台上方升起三颗绿色信号弹。飞第一编队的两架飞机同时开车，引擎声顿时笼罩了整个机场，震耳欲聋。两架飞机对正跑道，加大油门朝着太阳方向起飞，某一瞬间，竟将太阳遮住。

今天师长亲自在塔台上指挥。第一编队的长机是团长，僚机是江水寒。大队长和尹凡飞第二编队。尹凡远远看到，007号反射着炫目的阳光，似乎在向他招手。

轮到第二编队上了，大队长咧咧嘴，冲尹凡一挥手，他们朝起飞线走去。

好像在秋天的一个傍晚，江水寒终于认真地谈起了冉力。

吃过晚饭，在宿舍里待着极没意思，江水寒约尹凡出去转转。他们沿着石块裸露的小路朝机场的方向走，道路两旁的泡桐树在秋风里起劲地甩动着枝条，遍地是干枯的叶子，踏上去脆响一片，十分动听。四周连绵的山峦和阴沉沉的天幕融为一体，看上去很沉重。跑道上飘荡着氤氲的雾气，不见任何生机。

他们先聊了点儿别的，后来江水寒用很奇怪的眼神瞟了瞟尹凡，弄得尹凡疑惑不解。

"冉力来信了，"江水寒试探着说，"她毕业分配到咱们母校，教高三。"

"是嘛！"尹凡大大咧咧地说，"那再好不过了。"

接下来却没了话，江水寒张了张嘴，并没有说出什么。尹凡瞪眼看了他一阵，说："你他妈好像有病，最好干脆点儿，像你飞行那样。"

江水寒避开尹凡的目光，吞吞吐吐地说："冉力来信了……她在信里向我表达了那个……那个意思……我想征求一下你的意见老同学……"

尹凡看到江水寒一脸的歉疚之情，心想：你他妈的完全不必要这样，你他妈的放心大胆地干就是了，干吗和自己过不去……

尹凡大声笑了一阵，十分真诚地说："小子，那是你的福气，你最好马上给她回信，向她挑明。我总觉得像冉力这样的女人太难得了……"

"我又想她在大城市，我们待在这大山沟里，离家这么远，我怕亏待了她。"

"你过去办事很果断，今天怎么婆婆妈妈起来了？我们虽然待在这大山沟里，可我们并不窝囊！"

……

天很晚了，他们才回去。

那天夜里，尹凡没有睡好。

不久，上级组织较大规模的陆空联合演练，陆军弟兄为假想入侵之敌，空军的任务是在"敌人"推进途中，出其不意飞临目标上空，突然实施攻击，摧毁其重要目标。团里优中选优，挑了八名飞行员执行任务，其中包括尹凡和江水寒。

演练之前，尹凡暗下决心，一定得露一手，给江水寒看看，给别人看看，最好也能让冉力知道。果然，演练结束后，"战绩"公布出来，他的攻击命中率很靠前，把江水寒甩下了一大截，也使一些老飞行员吓了一跳。

江水寒冲他歪了歪脑袋："你可真了不起。"

他微微一笑，心里平静了些，觉得自己得到了一种补偿。

007号飞机像一匹被驯服了的天马，乖乖地带着尹凡飞行了半个多小时。

第一个起落很顺利。

冉力发来加急电报，说元旦来部队结婚。江水寒本打算一个人去车站接，尹凡知道后，说："你小子太不够意思，怕我抢了冉力不成？"

江水寒很高兴，说："你愿去接她那太好了。"

冉力穿一件红色的羽绒衣，长发平飘在脑后，像一面迎风招展的黑旗。她提着大包小包出站，脸蛋冻得青紫。不见了她唇边上的青春美丽痘，让尹凡深感遗憾。尹凡总觉得那粒醒目的红色小痘痘是她的魅力所在。

冉力先同尹凡握手，再和江水寒握。

婚礼定在元旦晚上举行，地点在团俱乐部。前来参加婚礼的人很多，几乎全团的飞行员都到了，师长、副师长也赶了来，胡子拉碴的团长亲自主持婚礼。俱乐部门口贴上了一个大红喜字和一副独具匠心的对联。对联是大队长领人拟定的，据说得到了团长的首肯。上联是"双机编队飞夜航"，下联是"单机俯冲打地靶"，横幅是"首发命中"。这副对联把飞行和两性完美地结合在了一起，既有飞行特点，又使人产生有关两性的遐想，没搞过飞行的人绝对想不出来。前来参加婚礼的人都被这副对联逗得捧腹大笑，笑得冉力莫名其妙，江水寒闪闪烁烁做了一番解释，冉力羞得不行，连脖颈都红了。

窗外北风呼啸，室内温暖如春，大家开心地说笑、抽烟、吃糖果，闹到很晚。团长概括说："这大概是咱团有史以来最热闹的一场婚礼。"

婚礼快结束的时候，江水寒令人惊讶地宣布，为了让他安心飞行，冉力已经决定随军，到部队来，到这个山沟里的机场来找一份工作。

众人都有点儿发蒙。尹凡最先反应过来，他心里热辣辣的，浑身燥热难耐。他真诚地为江水寒祝福，那个唇边长着青春美丽痘的女孩魅力无边，若干年以前他就清楚地看到了这一点。如今他甚至比江水寒还要高兴，好像新郎是他而不是江水寒……坐在上首的师长感叹一声，率先起立朝江水寒和冉力鼓掌，一时掌声连成一片，在寂静的夜空里传得很远。

婚礼结束，临出门时，师长拍拍尹凡的肩膀，说："小伙子，就看你的啦！"

他能有那个福气吗？他没说什么，只是抿紧了嘴唇。

来年春天，冉力果真办妥了随军手续，来到机场幼儿园当了一名教师。幼儿园共有十一名幼儿，由一个脖子上皱褶连篇的老太太负责看管。见了冉力，老太太就摇头，尖声尖气地说："哟，天不热就穿这么短的裙子，当心受风啊……"

冉力的爷爷是一名数学家，冉力的爸爸也是一名数学家，冉力可是早就幻想将来也成为一名数学家。她的这个梦幻到此结束。她常常在天气晴朗的日子，领上十一个流着稀鼻涕的孩子到野外去，指着身边的景物说："这是柳树，这叫杨树；那是绿色，这是红色……"

耳边传来一阵阵飞机的轰鸣声。

第二个起落降落时，飞机掠过跑道正东方的山巅，尹凡禁不住往下多看了几眼。山上怪石丛生，某些平坦的地方长着松树、云杉和灌木，并被绿油油的小草覆盖，并不显得荒芜，倒是别有一种情趣。

突然拥来那么多的热心人，不知疲倦地围着尹凡转。在部队时是这样，回到家也是这样，看那阵势，似乎想把全天下的姑娘都介绍给他。因为见了几个都没有成，所以尹凡变得更加慎重，不轻易去见面，免得浪费感情。

夏天回到家里，母亲极力鼓动尹凡去见一个。母亲说，是隔壁王阿姨给牵的线，姑娘在研究所工作，单位不错，人缘也挺好，追她的人不少。隔壁王阿姨也过来帮着劝说。王阿姨说："姑娘见过你的照片，很满意。"王阿姨又要来姑娘的照片，让他看。他仔细端详了一下，感到可以，就答应了。

按照王阿姨两边约定的时间，尹凡准时来到离家不远的一座街心公园。他想到小时候常来这儿玩，每次都玩得很开心，无忧无虑。而今来这儿，却怀着另一种心情，令他不能轻松。

刚在石凳上坐定，就见来了一个似曾相识的姑娘。对方愣了一下，也认出了他，二人客套了几句，沿着公园窄细的小径边走边费力地交谈。

姑娘个头高高的，比冉力挺拔一些，巧的是她脸上也有一颗青春美丽痘，只是不在唇边，在鼻梁上。这多少有一点儿冉力的影子，尹凡想要是长在唇边就太好了。想到这里他感到极好玩。

第一次见面，印象不错。

就有了第二次、第三次见面。姑娘的大胆和直露让尹凡吃惊。他想许是现在大城市的姑娘都这样，自己在山沟里，在冷寂的天空待得长了，已经落伍了，因此起初他并不在意。直到有一天，在一条脏兮兮倒人胃口的小河边，姑娘说："你们干飞行的，怪危险……"

他点点头。这不需要隐瞒。

"听人家说，给飞行员当老婆，巧克力好吃，寡妇难当。想想真害怕呢！"

"……"

"说实话，我并不是冲着你当飞行员来的。你长得帅气，我喜欢你这一点。"

很显然，已经没有了冉力的影子。于是，尹凡失去了兴趣。

空空而来，空空而去，又耗掉了一个假期。回到部队大队长又该骂他了。

夏天快结束的时候，大队长的爱人在六十里外的小县城给他物色了一个。姑娘是县棉纺织厂的工人，长相没说的，比冉力强不少，尽管尹凡不愿承认这一点。尹凡十分惊异，没想到在这个土里土气的小县城，会有长相如此出众的姑娘。见过第一面，大队长爱人问："满意吗？"

尹凡笑了笑，没表态。

"我看人是不错，可惜这地方太小，没法和大城市比。"大队长爱人叹了口气。

尹凡想这已经无关紧要了，他不也是在这山沟里吗？其实机场连那个小县城都不如。他并不清楚自己还要在这山沟里待多久，也许要待一辈子，既然选择了这条路，再说后悔之类的话已经没有必要了，就像当年招飞时江水寒那样。

不知那个漂亮的纺织姑娘身上有没有冉力的影子？哪怕一点点儿也行。

还剩下最后一个起落。

就在机务人员给飞机加油、充气，尹凡和大队长准备飞第三个起落的时候，尹凡忽然感到脑袋发疼，发晕，伸手一摸，好像有点儿烧。妈的，不知咋搞的，近来身体老想捣鬼。他本不想给大队长说，坚持一下，飞完就算了。又一想，还是按规定来吧，有情况及时报告。他向大队长说了。大队长琢磨了一下，答复道："我给指挥员报告一下，任务取消算了。"

江水寒已经完成了两个起落的任务，他正同其他飞行员吹牛，大家你一言我一语地开着他和冉力的玩笑，休息室里笑声不断。听到大队长的话，江水寒忙说："别别，别取消，我替尹凡上，本来今天就少给我安排一个，正好补上。"

大队长说："也行，那我请示一下塔台。"

在塔台指挥的师长同意江水寒上。

此后漫长的岁月里，尹凡总觉得那天他的身体挺好，没出什么毛病，第三个起落自然应该由他来飞……

一百天之后，一大早，上尉飞行员尹凡和幼儿女教师冉力骑自行车往太阳出升的方向赶。

正值盛夏，尽管是早晨，依然暑气逼人，二人热汗淋淋，冉力柔柔的发丝粘在腮边，她那原本生动不凡的脸显得十分冷酷。远远就望见了跑道东头延长线上的那座山，但那山却像一个飘忽的影子，仿佛极难靠近它。驾驶飞机只有二三分钟的行程，他们骑了一个多小时。

"到了。"尹凡说。

"到了吗？"冉力似乎不大相信。她消瘦的面孔和发黑的眼圈令人不寒而栗。

面前是一座很漂亮的山。太阳正在山的那面蠕动，万道霞光越过山脊，铺天盖地而来，将尹凡和冉力照成一片金黄。

尹凡按住脑门说："让你小子捡了个便宜。"

江水寒笑嘻嘻地说："来得早不如来得巧。"

自打和冉力结婚后，江水寒的性格开朗多了。尹凡看到他的脸膛红润润的，煞是诱人。他做了几个扩胸动作，然后拉上飞行服的拉链，戴好头盔。两个起落之间只有半个小时的休息时间。大队长问："记住航线了吗？"

江水寒一撇嘴："都成老飞行员了，你放心吧。"

时间快到了，大队长喊上江水寒离开休息室，往起飞线走。临出门时，江水寒冲尹凡一挤眼睛："别心疼，下次我也让给你一个起落。"

"快滚吧你快滚吧。"尹凡晃了晃脑袋。两人都笑了。

愣了一阵，尹凡捂着脑袋来到休息室前面的草地上。他看到大队长和江水寒正在开车，随后两架飞机异常威猛地滑离起飞线，一前一后在长长的跑道上加速，灵巧地脱离地面，朝东方的天际飞升，排山倒海一般。真雄壮啊，尹凡禁不住想。作为旁观者看飞行，得到的感觉是雄壮和威武，当亲自飞行时，感觉最多的却不是这些，而是一腔柔情。你说奇怪不奇怪？

尹凡清清楚楚地看到，双机队形保持得不错，江水寒飞编队的技术可以打满分。尹凡还清楚地看到，就在飞机升空二三分钟后，僚机007号的尾部突然喷出大团大团的火舌。没等他明白过来，转瞬之间，火舌猛烈地变大变圆，炫目无比，就像东方的天际又冒出一轮太阳。后来他听到了一声沉闷的巨响……

肯定来不及跳伞！

尹凡不敢相信自己的眼睛。整个机场一片死寂。

此后漫长的岁月里，尹凡总觉得那天他的身体挺好，没出什么毛病，第三个起落自然由他来飞。如今江水寒好好地活着，他和冉力生活得很幸福，他们有了一个可爱的儿子。毫无疑问，那是一颗飞行的种子……

后来又想，至于由谁来飞，已经并不重要了。飞行嘛，就这样。

尹凡和冉力缓缓抬起头来，他们看到在接近山顶的地方，有一片黑色的印迹。是事故现场。江水寒的血肉深深地融入了那一片山体。

两人久久地仰望。

不知什么时候，山上出现了几个身穿红蓝两色衣服的人，是勘探队的人在进行野外考察。据说他们在这一带的山上发现了优质铝矿，据说这种矿石可以用来制造飞机。

尹凡看了神情痴然的冉力一眼，在心里咬牙切齿地对自己说：以后绝不允许你再对她有一丝一毫的杂念，她是神圣的。

背后有隆隆的引擎声传来，团里又在组织飞行。片刻过后，两架飞机编队掠过他们的头顶，很快消失在云端，尹凡的视线也随之抬高。他再一次真真切切地感到，那辽阔而悠远的天空将永远有他一个位置，就像永远有江水寒的一个位置那样。

（1991 年）

一种秋天

中尉住在机关单身宿舍楼的二楼。中尉房间的外面有一棵枝繁叶茂的大叶杨树，秋天一到，秋风起劲地刮，大叶杨树起劲地响，乱糟糟闹嚷嚷的，吵架一般，常常弄得中尉睡不好觉。更令中尉不堪忍受的是，它时不时打退他的梦境。

中尉有做梦的习惯。中尉大都做好梦，极少做噩梦。中尉对此的解释是，生活中不可能有的，就到梦里去寻找。这是一种平衡。世上万事万物皆不能离了平衡，否则就要出问题。

上尉说极对极对，当年我家穷得揭不开锅，肚皮贴到脊梁骨上，可我夜里老是梦见粉条炖猪肉和白面馒头。

科里乃至部里的人都清楚，上尉特别尊重中尉，无论中尉说什么，上尉都很感兴趣。

夜里，中尉费了好大的劲才睡着，还算凑合，这觉没白睡，中尉梦见了一个叫佩玉的女人；佩玉身材姣好，但面容模糊，中尉瞪大眼睛想看清佩玉的脸，却总也看不清……突然，中尉不明白怎么说醒就醒了，捏了一把大腿才悟到，是窗外那棵树捣的鬼。夜里秋风刮得急，大叶杨正叫得欢。

我早晚要刨掉它。中尉恶狠狠地想。

我早晚要杀死它。中尉恶狠狠地又想。

折腾了好长时间，才又睡着，那个断了线的梦却没有再续上去。

早晨醒来的时候，中尉没滋没味地咂嘴。喧嚣了一夜，那棵该死的杨树终于停歇下来。楼道里很静，中尉以为还不到上班时间，想再小眠片刻，又突然觉得不对劲，从枕下摸出手表一看，已过了上班时间半个小时。中尉骂一句，赶忙穿衣服，到水房简单洗漱一下，一步三阶地下了楼。

宿舍离办公楼很近，只几十米远的距离。一出宿舍楼，阳光晃得中尉有点儿睁不开眼。办公楼前有一排半死不活的冬青树，许多年来它们一直是这副模样。专门负责打扫卫生的临时工老孟正挥动大扫帚扫地。秋天刚到，地上落叶极少，老孟却一丝不苟、一处不落地清扫，弄得乌烟瘴气，令人恼火。

中尉快速穿过尘区，他停在办公楼门前的台阶上，回过头来说，老孟你是在打扫卫生还是在破坏卫生？

老孟眯缝着一双小眼，露出一口残缺不全的牙，笑嘻嘻地说，首长，你不清楚，要是地上不见扫帚印儿，领导们以为我偷懒耍滑哩！

净他妈怪事。

嘿嘿，首长，不怪不怪，都这球样。老孟依旧笑嘻嘻的，依旧卖力地挥动大扫帚将地上的尘土扬得热热闹闹。老孟见了当兵的，不论官大官小，即便是刚穿上军装的新兵蛋子也叫首长，常常让人不好意思，但心里却美滋滋的。

老孟啊，以后你最好不要叫我首长。我算哪门子首长！中尉摇了摇头。

要叫要叫，已经习惯了。别说你，就是收发室管收发的那个小同志，我也喊首长。咳，习惯成自然，见了哪个不叫首长也觉得不对劲儿，老孟嘟嘟囔囔没个完。

中尉转身走进办公楼，一眼就瞧见了收发室的裂了纹的木牌牌。收发室设在紧靠门厅的一个房间，整天人进人出乱作一团。中尉马上意识到，今天会有他的信。他透过镶在墙上的滑动玻璃窗往里望了一眼，被老孟头称为首长的上等兵也看到了他。上等兵拉开窗子叫道，老乡老乡，进来玩一会儿？

上等兵和中尉是老乡，但不是纯老乡。上等兵入伍后，被分在收发室，有一天中尉来拿信拿报纸，上等兵听出了他的口音，问他是不是×× 市人，中尉说你小子耳朵还挺灵。上等兵说我也是那个地方的人，太巧啦。中尉问你住哪个区？上等兵说我家不住城里，在郊区×县，近

302

得很，请抽烟老乡。上等兵掏出的是万宝路。中尉略感惊讶，说你小子够阔气的。上等兵尖细的小脸上掠过一丝扬扬自得的笑意，连说小意思小意思，我这儿别的烟没有，凑合着吸吧。

部队兴拉老乡，不是纯老乡也没关系，照样可以拉得挺近乎。中尉有点儿讨厌上等兵，原因说不清。但有一点可以肯定，就是上等兵太油滑，见人三分熟，动不动套近乎。上等兵油滑的原因主要是家里太有钱，据说不少于一百万。不久前上等兵的父亲开着一辆自家的皇冠车千里迢迢来部队，说是路过，看看儿子。车后盖下好东西装得满满当当，师长、政委按接待军区首长的标准请他吃了一顿饭。听说和中尉是老乡后，上等兵的父亲特意前来拜访，害得中尉提前腾出半个下午的时间叠被子拖地板整理房间。上等兵父亲仿佛无意间提出，想请中尉到附近最高级的饭店吃顿便饭。中尉连忙推辞，说使不得千万使不得，传出去对上等兵不利。上等兵父亲是个聪明人，没再坚持。虽说腰缠万贯，上等兵父亲却衣着朴素，脸上也挂着朴素的笑容，令中尉生出些许好感。言谈之中，中尉说你们家如此富有，还送儿子来当兵，实在难得。上等兵父亲说咱富了不能忘记国家，让儿子来部队吃点儿苦，锻炼锻炼，对他自己也有好处，况且我们全家也光荣。上等兵在一旁插话，你们看我这熊样子能入党吗？中尉说怎么不能，你完全可以。这样吧，我写篇稿子，你们的事迹即使上不了《人民日报》，估计上军报和军区小报没问题。上等兵父亲击掌说那太好啦太感谢啦，你要多少报酬不妨提出来，我都答应。中尉说我什么报酬也不要，这是我的本职工作。对方说那怎么行，不能白麻烦你。中尉说真的不要什么报酬，老先生你别忘了我这个小军官就行，日后我家揭不开锅了，讨饭讨到你门上，多施舍点儿就是了。对方拊掌大笑，说不可能不可能。中尉似笑非笑道，难说，如今啥事情都有可能发生。

中尉是师宣传科的新闻干事，号称全师第一笔杆子，大报小报见稿不计其数，登篇稿子对于中尉来说小菜一碟，因此中尉是师里的名人，人人见了人人夸，连师长、政委见了他都客气三分，师里的声望指望他呢。

老乡老乡，进来玩一会儿？上等兵将头伸出窗框。上等兵尖细的下巴一翘一翘的，窄小的脸盘变圆了些。中尉略一愣怔，再次想起今天肯定有他的信，便答应一声，推门进了收发室。收发室分里外两间，里间是上等兵的卧室，平时轻易不放人进来。中尉随上等兵来到里间，一屁股蹲儿在床上，上等兵极其麻利地扔给他一支万宝路，并替他点着。中尉猛吸一口，心想他妈这万宝路抽起来就是过瘾。

喂，你和王宇王护士的事咋样啦？上等兵凑过脸来，极神秘地问。

你操这份闲心干什么？中尉不耐烦地看了他一眼。

革命队伍的同志要互相关心嘛。上等兵赶紧赔了个笑脸。

最近你干得怎么样？中尉斜着眼睛问。

上等兵大大咧咧地挥挥手，抖擞着小脸盘说，放心吧，你这个小老乡不会给你抹黑，最近还受了一次表扬呢！

受表扬？为什么？中尉将一截长长的烟灰弹落在地。

嘿嘿，主要因为……最近没捅娄子，挺平稳。上等兵吐出一串烟圈。

中尉愣了愣，将烟头甩在地上，狠狠捻了一脚。中尉不错眼珠地盯一会儿上等兵，突然哈哈大笑起来，笑得上等兵莫名其妙，头皮一阵发紧。上等兵站起来，坐下；坐下，又站起来。

你笑什么？

我没笑什么。

你肯定想起了什么。

中尉环视了一下上等兵的房间，说，嗨！我他妈不和你绕圈子啦，干脆明说吧。我笑你现在虽然没捅娄子，但快啦，快出事啦！

咦？真日怪了，此话怎讲？上等兵瞪大了眼睛。

近来机关里有人传言，说你和一个女兵拉拉扯扯，关系不大正常。有人曾看见那女兵一天晚上在你宿舍里待了很久才走，而且眼圈红红的，十分可疑。中尉嚼着牙花子慢悠悠地说，有这事吧？

上等兵跺着脚说，没有的事，绝对没有！

没有就好。中尉含意颇深地一笑。

真他妈怪啦，老有人盯着我。就算有这事，又怎么样？难道只许你们当官的放火，就不兴我们当兵的点上一盏小油灯？上等兵愤愤然地说。

你说清楚，谁放火啦？中尉翻了上等兵一眼。

哎哎，我没说你，我压根儿就没把你当什么官儿。

这倒也是。中尉卷了卷舌头，含含糊糊地说。

不过话说回来，我可是绝对没有那种事！

没有就好。其实我才不管这些能事！喂，你该去邮局取信和报纸啦。

上等兵气呼呼地说，今天不去啦，妈的那辆老掉牙的摩托车又坏啦，离市邮局二十多里，让我怎么去？

我估计今天有我的信。中尉打了一个哈欠。肯定有，我敢打赌。

是嘛！要真那样，干脆……干脆我骑自行车去，妈的累点儿就累点儿吧，谁叫咱们是老乡呢？

办公室的门半开半敞，中尉在门口放松了一下，泰然走了进去。坐在窗口办公桌边的上尉科长抬起头来，讨好地冲他一笑。科长正叼着烟打电话。科长漫不经心地瞄了一眼挂在墙上的石英钟。九点整，科长然后又漫不经心地瞄了中尉一眼。科长刚放下电话，中尉便叹了一口气。中尉也漫不经心地说，昨晚加班赶稿子赶得很晚，早晨硬是睡过了头，体力真是不行啦。科长走过来，非常诚恳地拍拍中尉肩膀说，注意休息，注意身体，别弄出病来。

中尉有些疲倦地坐在自己凌乱不堪的办公桌边，闭目思索了一阵。阳光从身后的窗子里涌进来，打在他的脊背上，后脑勺灼乎乎的。中尉忽然感到脑袋有点儿昏昏沉沉，嗓子眼里像有小东西在爬，禁不住连打了几个喷嚏，并且引发了一长串轻重不一的咳嗽。中尉嘟囔道，妈的不大对劲。

科长警觉地望着中尉说，你看看你看看，让我说准了不是？你可千万别生病，昨天韩主任问我，怎么最近报纸上没见我们师的报道；主任说，这季度师里有几项工作搞得不错，可能会受到军里和军区表彰，我们要反应快一点儿，你病了，谁来干？

中尉有些厌烦地趴在桌子上，心说有啥意思，真是的。他又咳嗽了一阵。

我劝你赶快去门诊部瞧瞧，这个这个……顺便看看王宇。科长心照不宣地浅笑两声。王宇王护士在咱们师的姑娘中数一数二，大家有目共睹，其实人家对你挺满意的；你呢，也别太挑剔，快三十的人啦，早点儿解决算啦，免得耽误孩子上学。

科长也许说得有道理。中尉想。王宇的确是个不错的姑娘，美貌而又多情。中尉前些日子曾住过一段时间的院，本来以前就认识王宇，这下更熟悉了。科长不失时机地给他们俩牵线，说追王护士的人不亚于一个排，又说前前后后对中尉感兴趣的姑娘不少于一个班，你们俩蛮般配的。起初中尉十分高兴，说好极了，竟然有这种好事。当时答应和王宇认认真真约会一次。

他们初次约会，地点选在紧傍营院的小河河滩上，时间在晚饭后太阳将落未落之际，别有一番野趣和风味。中尉脱掉军装，套上一件皱皱巴巴的风衣，故意把头发弄乱，这样似乎显得有风度，更潇洒。中尉提前十分钟走进松软可人的河滩，远远的，他看见王宇出了营门，极有节奏地扭动着腰肢款款而来，心头不由掠过一股温吞吞的潮流。王宇走近中尉，冲他点点头，说让你久等了不好意思。中尉说我才等了一分钟算不得久等。王宇身着戎装，体态半显半掩，令人生出不着边际的联想，但冷峻有余热烈不足。中尉说你穿便装更好看些。王宇眨巴着一双不大不小的浅蓝色的眼睛，露齿一笑，说别人都认为我穿军装好看，你却不然，看来你和别人就是不一样。中尉谦虚地说，一样一样，大伙儿都一样。

河滩经日头灼晒了一天，散发着温暖的气息；秋日的天空异常高阔，似乎并不遥远的西方天际涂满了动人的红云。中尉和王宇在宁静的河滩上悠闲地散了一会儿步，然后随便找个地方坐下来。沙中积聚的热气穿过屁股往上溢，中尉有了一种微醺的感受。王宇的脸蛋像刚刚降落下去的太阳，鲜艳华丽，光彩照人。中尉散淡地想，这个女人怕是同自己一样，已经深深浅浅地接触过不少异性，而她仍未见出疲惫，每一次如同初恋，保持着最动人的表情，确实不容易。中尉坦然地说，以前我和女孩子约会，从来没提前过，都是准时到达，今天是个例外。王宇微歪了歪小脑袋，咯咯一笑，柔声说，我才不呢！我从前和人约会，别说提前，连准时的时候都没有，都是稍晚几分钟到。中尉跟着笑说，你厉害你够可以的。王宇嗔了他一眼，说你也够可以的。中尉说是呀。王宇说是呀是呀……

西天的红云渐渐消失，太阳落下去不久，月亮很快升起来，整个河滩充满了另一种景致。两人坐在逐渐降温的沙滩上，不由自主地互相朝对方一点儿一点儿挪动，离得越来越近，彼此感觉到了心跳和呼吸。王宇好像在耳根和脖颈上洒过花露水，味道挺冲，热辣辣地直扑过来……后来他们费力地站起来。王宇身材颀长，比中尉矮不了多少，中尉不断挺胸收腹，感觉很累。

接下来他们顺理成章地又约会了几次。然而就在科长逢人便讲他做了一件引人注目的好事单等着喝喜酒时，中尉仿佛大梦初醒一般，冷不丁失了兴趣，情绪呈直线低落下去，着实让人摸不着头脑，连中尉自己也搞不明白到底为的啥，弄得科长跟着不大自然，脸上挂不住，有意无意地动辄提起王宇，仿佛这事是科长的一块难以消除的心病。

中尉打算去门诊部看看病。科长说不用急着回来，见了王护士替我问个好。中尉不想碰上王宇；又一想碰上也无妨。于是，进得师门诊部后，他有意放慢脚步，脑子里钻出些七零八落的念头。迎面走来几个身着白大褂的年轻女人，其中有一个长得极像王宇。但毕竟不是王宇，中尉略略感到遗憾。看过病取完药，即将走出门诊部的小院子时，中尉觉得后背有点儿刺痒，猛回头，就见有人在仔仔细细望着他。

是王宇。王宇也穿着白大褂，戴着消毒帽和一只硕大的口罩。王宇双目顾盼有神，脸上未遮住的皮肤晶莹明亮，长长的脖颈如一截刚出水的莲藕。

中尉平静地和她打招呼。

我病了，伤风感冒，浑身不舒服。中尉晃了晃手中托着的几包药物。

我看你是心里有病。王宇摘下口罩，露出一张完整而生动的脸。

也许是吧。中尉讪讪一笑。妈的，这个女人愈发迷人啦。

没想到在这儿又碰上你，大才子。王宇边说边朝前移了两步。

不敢不敢，我是个地地道道的庸人。

何必这么谦虚。王宇将额前的乱发理了理。

喂，王护士，我们科长向你问好。

谢谢。你们科长心肠不错。

当然。现在国泰民安，形势大好，眼下世上没有坏人，到处都是热心肠。你也不错嘛。

我差远啦……

瞧瞧，你也谦虚起来啦。

……

两人贫了几句嘴，中尉告辞。

路上他想，这女人真是愈发迷人啦，可就是……唉，真他妈怪。

索性不再想。

中尉赶回办公楼时，已到了下班时间，师里的头头脑脑和机关的参谋、干事游鱼一般往外涌，片刻工夫便四散开去。上等兵站在门厅里，看样子是在等人。中尉一出现，上等兵就说，老乡老乡，神啦，真有你的信，一准是个姑娘写的，请客！

狗屁！我哪有钱请客。中尉一把夺过信。

别抠门，你一月二百多块，怎么能说没钱！上等兵分明有些瞧不起中尉。

就那几个屌钱，除了吃饭抽烟喝酒，还能剩多少。

你不是还有稿费嘛。

中尉懒得再理上等兵，抽身上楼。咣当推开办公室的门，发现上尉居然还未走。上尉说，我正等你呢。我和老婆讲好了，晚上请你吃饭。

不必啦不必啦，怪麻烦的。

没别的意思。我调到科里后，你对我帮助很大，我想表示一下感谢，本来也想请王宇，她确实没空儿。这个面子，你总得给吧？上尉唾沫星子乱迸，态度十分恭敬。

有人请吃饭自然是好事，中尉想。但一个人去有啥意思。于是他说，真的没必要，我又不是外人，你还不了解我吗？

得得，就这么说定啦。上尉摆摆手，急慌慌离开办公室。

机关灶的伙食非常糟糕，单身汉们叫苦不迭。晚上有好吃的，中午这顿饭可以免掉。中尉想，但早饭没来得及吃，肚子早就咕咕叫了，看样子还得硬着头皮去食堂胡乱塞点儿。

中尉打算先不忙吃，看看信再说。

其实信的内容中尉再清楚不过，不用看就知道。

中尉咬咬牙，憋足了力气拆开信。信中写道：中尉，近来好吗？非常想念你。听你说最近心神不宁，到底怎么搞的！估计是你对那个叫什么佩玉的女人琢磨得太多。作为你最好的朋友，我劝你算了吧，别冒傻气啦……当前最主要的是……祝你走运，等你的好消息……

中尉没有看信尾的署名。

信尾的署名是中尉自己。

信封是他仿照女孩子的字体写的。

中尉苦笑一下，将信撕碎，碎片撒了一地，如一丛枯萎而飘零的花儿。

秋天，风很大。也是在秋天，当然是另一个秋天，中尉乘火车回家休假。火车驰过高山，滑过平原；高山和平原上的草木、庄稼在秋风的鞭击下疯狂舞动。中尉的对面坐着一个年轻女人——其实这女人已经算不上多么年轻了，看上去比王宇年岁要大得多，而且脸上闪耀着点点雀斑。

这女人就是佩玉。

车轮发出空洞无聊的声响，车厢里的旅人各怀着无聊的空洞。当火车钻出一座长长的隧道，阳光重新照耀过来时，佩玉有意无意地盯了中尉一眼；中尉也有意无意地盯了佩玉一眼。佩玉和中尉互相再盯，盯得人浑身痒刺刺的。后来就是无边无际地闲聊起来。佩玉是一家化纤厂的闭路电视播音员，曾经主演过一部反映该厂好人好事的电视剧，在另外三部电视剧中当过配角，扮演的角色分别是姨太太、女侠客和按摩女郎。她说，有一次张艺谋差点儿选中她主演一部电影，陈凯歌也曾打过她的主意。

趁与中尉同座的人下车，佩玉便和中尉坐在了一起。佩玉的语言和动作掌握得恰到好处，耐人寻味。佩玉的一举一动都令中尉感到真实可信，他仿佛掉进了没有尽头的时间隧道，心中唤起某种神圣的情感。同时他隐隐觉得，佩玉也宛若拂去了满脑子的陈年旧事，兴致勃勃地站在了长途跋涉的起跑线上……中尉相信这不是幻觉。

他们同坐了一天一夜的火车，下车分手时，佩玉含情脉脉地说，希望以后多联系。

中尉主动给佩玉写了信，佩玉马上回了信。中尉的信写得很长，佩玉的信也写得不短。然而相互通了几封信后，佩玉突然不再给中尉写信了，中尉发出的信石沉大海一去不回……

趁办公室里没人，上尉羞羞答答地拿过一篇稿子给中尉看。上尉原是师直属通信营的副教导员，刚调宣传科不久，部里上上下下都认为上尉文字功夫比较差，上尉因此急于在报纸上发篇新闻稿或是上级能在内部转发一篇经验材料之类。上尉写的是某团二营四连炊事班长邓家坤勤勤恳恳、兢兢业业，不怕苦不怕累，一心扑在工作上的事迹，文字还算通顺。中尉认真看过之后说，啧啧，这稿子我觉得不大行。

上尉尴尬地笑了笑。

这篇稿子没新东西。中尉点上一支烟，徐徐吸了一口说，邓家坤只知道撅着屁股干，没什么新招数，目前报纸对这种老黄牛不感兴趣，既能干，又会说，干在点子上，花样多一些的人和事新闻单位才欢迎。

对对对。上尉说。

所以我劝你，这稿子暂时别发了，当然，这是我个人的意见，不一定对。稿子你先留着，说不定过段时间，报道路子一转，这种老黄牛精神再度提倡，到那时说不准发头版头条呢！

对对，你经验丰富，就按你说的办吧。上尉收起稿子，有些难为情。

下了班，上尉悄悄带着中尉回到家里。上尉的老婆已经准备得差不多了。中尉说，千万别弄太多，吃不了，浪费，嫂子你给我多搞点儿肉，比什么都强，越肥越好。

收拾妥当，二人举杯叮叮当当干将起来。喝到兴头上，上尉说，你和王宇的事该有个头绪了。中尉摆摆手说，今天咱哥俩只喝酒，不扯别的，怎么样？上尉说，行行行。想了想，上尉又说，我最近听到一段顺口溜，蛮有趣的。中尉说，赶快讲讲。上尉清了清嗓子：出门常在外，老婆有交代，（碰上）会喝的，跟他赖；（碰上）不会喝的，跟他赛；少喝酒，多吃菜；够不着，站起来；吃不了，别见怪，饭店回锅继续卖！有意思吗？

棒极啦！中尉一拍大腿说。这才是新闻。对啦，我突然想起近来上面号召搞廉政建设，反对公款吃喝、行贿受贿。我看可以在这方面做做文章，明天你就去采访一下师领导，写篇稿子。

不知有没有这方面的事。上尉嘀咕道。

多少总会有一些。写完后交给我，我给你改改，推荐给军区报纸，保证能发。

那太感谢啦。上尉脸膛红扑扑的。来！再干一杯！

差不离了。中尉端起酒杯。晚上小礼堂有舞会，我想去乐和乐和，醉醺醺的，不带劲，这是最后一杯。

砰！两人一饮而尽。

中尉来到小礼堂时，舞会已经开始。进舞场的人挺多。但真正会跳的并不多。

王宇肯定在。中尉想。

王宇舞跳得不错，机关里的人都清楚。中尉抬眼睃巡了一遍，果然看到了王宇。此刻王宇坐在边椅上，看样子还没开跳。

有人从后面拍了拍中尉的肩膀。中尉回头，见是上等兵，就说，师里不是有规定吗？战士一律不准进舞场。

你那是老皇历了。上等兵笑嘻嘻地说，师长讲过，机关里的战士在某些事情上可以按干部对待。这算是补充规定。你们可以放火，我们也可以点上一盏小油灯啦。

看把这小子美的。中尉想。他呆立一阵后，鼓足勇气走到王宇面前，王宇犹豫了一下，站起来，飘飘然随中尉走进舞池。王宇今天没穿军装，穿了一件墨绿色的旗袍，她形态毕露，落落大方，热烈而又脱俗，吸引了众多的目光。跳完一支曲子，王宇问，喝酒啦？中尉说，真

311

对不起，熏着你啦。王宇说，我虽然不喜欢闻酒味，不过……有时我也乐意喝点儿酒，喝不多……

王宇施了淡淡的脂粉，阵阵香气扑面而来。中尉不知不觉闭上了眼睛，像是睡着了，迷迷怔怔的，脚步零乱开来。

你怎么啦？王宇轻轻踢了他一下。

中尉打了一个长长的哈欠，王宇被迫扭了扭头。

我做了一个梦。中尉卷着舌头说。

梦？梦见什么啦？

梦见……梦见我进了洞房。

和谁？

和……我自己。中尉又打了个哈欠，重复了一遍。和我自己。

神经病！

王宇的眉毛一耸一耸的，她不再和中尉跳，回到座位上。

中尉没有走开，他抖擞起精神，一个人疯狂地舞动起来。他彻底放开了，动作刚劲，节奏强烈，意蕴丰富，但明显和乐曲不合拍，总是快半拍或者一拍……他朦胧中看到，上等兵挺胸收腹不卑不亢地来到王宇面前，潇洒地做一个邀舞的姿势，王宇莞尔一笑答应了。他们旋进舞池。上等兵跳得不赖，够水平，和貌若天仙的王宇姑娘配合默契，一下子成为引人注目的焦点。小子不简单……中尉断断续续地想。

舞会结束了，小礼堂猛然冷寂下来。中尉最后一个离开，他飘飘忽忽往宿舍楼走。行至半路，上等兵从后面赶上来。上等兵说，老乡，看你跳舞一点儿都不过瘾，怎么搞的！……

中尉认真打量了上等兵一眼，说，你小子不简单，好样的。

上等兵说，没什么，我在家的时候，几乎天天跳，当然，感觉和现在不大一样。

过了一会儿，上等兵又说，妈的琢磨来琢磨去，我忍不住，想告诉你件事。我这个人肚里存不住话，特没出息。

什么事？中尉明知故问。

就是……就是王宇王护士的事。她家在安徽农村，小时候特别苦，至今家里日子不好过。我这人心软，很同情她，别的忙帮不上，想从经

312

济上帮帮她，这没错吧？再说……再说她确实挺可爱，除了手以外，我可是没碰过她任何地方，骗你是孙子。我……非常想和她……但又没那个勇气。你说我该怎么办？

脑袋长在你肩上，自己看着办吧。

我觉得我适合做一个慈善家，我想过了，等老爹一死，遗产转到我的账上，我就做慈善家。

等你真有了钱，怕是就慈善不起来啦。

那咱等着瞧。哎，你答应过，给我写篇文章的。

你还不够格。

不够格？为什么？是不是帮她帮得还不够？

中尉没吱声。

上等兵从兜里掏出一个红彤彤的苹果递给中尉。上等兵说，嗓子干得冒火，刚刚到门口果园里摘的，看园老头睡着了，我也就不客气啦。

上尉接过苹果。借着路灯的光亮，他看到苹果红虚虚的、湿润润的、活生生的，极其诱人。像是发现一个天大的秘密，中尉高声说，你看，它多么像一个姑娘的脸蛋！

是有点儿像。上等兵嗫嚅着说。

中尉舍不得擦去苹果表面的毛茸茸的白霜，咔嘣咬了一口。他一气吃了四个苹果。之后，他嗓子哑哑地说，哈哈，我吃了四个姑娘的脸蛋！

夜深了，秋风刮得正欢。中尉静静地站在窗子下面，抬起头来，无限柔情地望了一阵哗哗作响、似乎遮住了整个天空的大叶杨树，然后摇晃着走上楼去。

（1992 年）

美妙瞬间

傍晚时分，他爬上了那座山。

他在登上山顶之后，没有急着打量山上的景物，而是气喘吁吁地一屁股坐下，抬起袖子抹了抹脑门上的汗。回头望，望向自己上山的道路——其实根本就没有道路，这座山很高，孤零零的，缺少树木，不长花草，平时极少有人上来。

正是太阳将落未落之际，这座蛮荒时代的山连同山上那个枯树桩似的人儿被涂抹上一层血样的色彩。远处的营院小得几乎看不见。平日里总感到藏在沂蒙山深处的这座营盘挺大，从高处往下看，才发现它小得仿佛不存在。

这时，他缓缓地转过身子，缓缓地站起来，有些紧张地来回扫视。他看到山顶面积也就半个足球场那么大，怪石嶙峋，石缝里冒出些稀奇古怪的杂草。他听到了自己怦怦的心音。

对这座无名山感兴趣是在他当兵第二年的时候，有一天，他意外地得到一本当地政府印发的小册子，小册子早已发黄，一股霉味，但上面记载的一段文字却吸引住了他的眼睛。小册子上说，解放战争初期，白庙南面五里远的一座无名山曾经发生过一场血战——1947 年，国民党军重点进攻山东，为了掩护主力部队撤退，某纵队留下一个营，在山上扼守。傍黑时他们和敌人接火，一直打到第二天午后，最后全营无一生还……后来就有了孟良崮战役。

在沂蒙老区，打过很多大仗、恶仗，像这样的小仗自然显得很不起眼。于是他才明白，为什么极少有人提起这座无名山，人们一谈过去，就说孟良崮如何如何。人们实实在在是把它忘了。

314

从那以后，他常常望着这座山发呆，默默地想些心事。他问连里的老兵，有谁上过山。人家都摇头。他便想，无论如何得上来一次看看它究竟是什么样子。部队严格限制兵们爬山，原因是若干年前，有人爬山游玩时摔死摔伤，上头为此进行了严厉的通报批评，部队就定下了这么一条规矩。

他小心翼翼地在乱石间走动，身边仿佛响起狂风般的厮杀声，不由激动得浑身燥热，满面潮红，手脚有些僵硬……

一次，他看到一个步履蹒跚的老头也在望着这座山发呆，觉得蹊跷，就问他，老人家，你在干什么。老人姓赵，叫赵铭，是白庙村最年长的人。赵老头嘿嘿笑着说，没啥，没啥。他说，听说这山上死过好多人。赵老头说，是的是的，血把山都染红了。时间久了，他和老头交上了朋友，老头才神秘地告诉他，自己曾经是坚守在这座山上的人之一。

不是都死光了吗？他大为不解。

老头说，敌人冲上来时，还剩下两个活人。两人一商量，跳崖吧。那一个一闭眼睛跳下去了，这一个害怕了，没敢跳，他做了俘虏。

如此说来，赵老头是当时唯一幸存下来的人。对于这一重大发现，他惊喜不已。

老头说，五十多年来，我不敢再爬这山，如今老啦，想爬也爬不上去了……

他想，我爬，无论如何我得爬上去看看。

现在，他就在这半个足球场大小的山顶上徘徊，晚风掀起他单薄的衣衫，他像一个孤独的稻草人，又像一个进不了天堂之门的游魂。他睁大眼睛，试图寻找旧战场的遗痕，乞求发现一点儿什么，哪怕是一顶钢盔，一根白骨；哪怕是一块弹片，一粒弹头。这些遗物都有一个故事，一段遥远的往事。

然而没有，什么也见不到。他寻遍了山顶的每一个地方，手在石缝间抠摸，甚至掀倒了几块风化了的石头，依然是徒劳。

他百思不得其解。

难道五十几年的变化能够消除一页历史吗？一营之众，三百多号人，加上被击毙的成百上千的敌人，从这儿消失了，永远地消失了，像被风刮走的沙子一样，未留下一点儿痕迹！

他失望地摇摇头。他想，也许这就叫岁月。

太阳坠入了地平线，天地之间一片苍茫，山下的景物变得模糊了。他坐在一块巨石上喟然长叹。他没想到会是这样一种情况，现实和想象总有无法跨越的距离，这是一句很古老的语言。

后来，他站起身，拍打拍打冰冷而麻木的屁股，踱到山顶最陡峭的地方。这自然就是赵老头讲过的悬崖了。站在崖边，他不由得浑身战栗，狠狠骂了自己一句，下意识地往后缩了缩。

他闭上眼睛……这时候，他恍惚中看到，面前尸横遍野，火光冲天，血流如雨，刺鼻的腥味令人窒息。死光了，人都死光了，只剩下他和新兵赵铭，那个不爱说话的家伙。敌人嗷嗷叫着冲过来，他对赵铭说，咱跳崖吧。赵铭的小脸焦黄焦黄，可能是吓的。赵铭傻愣着，点点头。他大叫一声，率先跳下崖。耳边呼呼生风，他感到全身的血液在倒流，畅快无比，身体获得了某种自由，宛若鱼儿在水中遨游……瞬间美妙征服了他，时间由此而永恒。

就在这时，他剧烈地震颤一下，猛然睁开眼，汗水霎时濡湿了衣衫。抬头看，夜幕罩下来，天地间已是一片混沌。

（1994 年）

手 拉 手

柳盛方是机关大院警卫连的士官班长。

警卫连没有更多的事情干，无非是站岗放哨。这些年天下太平，坏人不知道躲到啥地方去了，令人紧张的事儿不多，所以柳盛方就感到这兵当得平平淡淡，没多少诗情画意。

当兵当到第四年，一天下午，警卫连组织大伙儿参观新落成的通信大楼。大楼高八层，外观华丽，内部装修也很漂亮，一跃而成为机关最好的建筑。走进大楼门厅之后，柳盛方才突然意识到，通信连的女孩子们就在里面上班。很多男兵可能都意识到了，你从他们的表情上能看出来。

那是一群看上去弱不禁风的女孩子，脸儿白得仿佛能照出人影。要命的是，见了男子汉，她们一个个都羞答答的，不知是真羞还是故意装出来的；不知她们当兵前是不是就这个样子。

这样想着的时候，柳盛方随人三转两转就来到了总机室。一股女性浓郁的气息扑面而来。二十多个女孩子正在紧张地工作，她们的双手在机盘上灵巧地晃来晃去，她们面前的信号灯不停地闪闪烁烁。突然，柳盛方眼睛一亮，他看见了一双与众不同的手！那双手修长柔软，晶莹剔透，宛若一对精致的玉器，放射出耀眼的光芒。他甚至看清了皮肤下的条条细微的血管，殷红的血正汩汩地流淌，犹如春天的小溪那样，流出一片绿意，流出一腔柔情，流出一方景色……

那双似乎具有无限魔力的手着实让柳盛方震颤了一下，他敢打赌，这是他有生以来见过的一双最别致的手，只要看上一眼，一辈子都忘不掉！

临离开总机室时，柳盛方突然想起什么，匆匆打量了一眼那双手的主人——脸蛋嘛，中等偏上，谈不上多么漂亮。不过，这一切都不重要了，有那么一双神奇的手就够了。柳盛方隐约记起，她的名字好像叫程虹，一个江南姑娘。

从此，柳盛方的眼前老是浮现程虹的那双手，怎么也摆脱不掉。

经过较长时间的浓缩之后，一个强烈的愿望在柳盛方的头脑中形成了——拉一拉那双手，哪怕轻轻地拉一下，就像清风爱抚花朵那样，像流云划过天空那样，像溪水浸润土地那样……该多好啊！当然，除此以外，他没有别的想法，真的没有，他仅仅是想拉一拉程虹的那双手，这一点绝对不能含糊。

柳盛方在想象中与程虹对话——

"程虹，你好。"

"……柳盛方，你好。"

"程虹……你这双手真秀气。"

"……是吗？"

"我们……我们拉拉手，好吗？"

"嘻嘻……拉拉手？噢，我们是战友嘛，这当然可以呀！"

程虹果真大大方方地伸出了手。柳盛方脸却憋得通红，似乎把全身的力气都用上了，就是伸不出自己的手。他缺乏足够的勇气。

你他妈真蠢！清醒过来后，柳盛方这样骂自己。

夏日里，机关游泳池开放。一天中午，柳盛方正游着时，一抬眼看到程虹和几个女孩子说说笑笑下到池水中。他突然来了精神，预感到机会有了。

程虹游了过来。男女虽然在一个池里游泳，却也乱来不得，男道和女道之间用绳子隔着呢。柳盛方贴着女道游，更确切地说是贴着程虹游，他盼望程虹遇到危险，那样他就可以勇敢地扑过去，拉起她的手（那是怎样的一双手啊！），把她救上岸。但是，程虹游得好好的，根本不可能遇到什么危险。柳盛方比谁都紧张，突然就呛了一口水，手脚都麻木了，脑袋嗡嗡地响。他想，这样也好，离他最近的程虹会赶过来救他。然而，程虹发现后只是尖叫了一声，并未过来救他。一个机会就这

318

么轻而易举地丧失了。

柳盛方临近退伍时，警卫连和通信连组织了一次联欢会。他想，这是最后的机会了。起初，男兵女兵们唱了几首走板走调的歌，接下来主持人宣布，大家可以跳舞。乐曲一响，男兵们却无人敢上前邀女兵，场面很冷清。柳盛方激动得心尖子乱抖，他同样缺乏站出来的勇气。

情急之中，柳盛方命令自己：忘掉程虹那双手，就像压根儿没见过一样；或者又像和她很熟，熟得不分彼此那样。既然是战友嘛，何必这么疙疙瘩瘩，和自己过不去？……柳盛方轻松地笑了，他大大方方、潇洒自如地走到程虹面前，做了个邀舞的姿势。程虹也仿佛期待了很久，毫不犹豫地伸出了手。

两双手轻轻握在一起，引来一片掌声。与此同时，有人举起相机，镁光灯一闪，一个镜头便定格了。男兵们犹如接到号令一般，纷纷离座。于是，几十双少男少女的手历史性地握在了一起。

半个月后，军区报纸上登载了那幅柳盛方和程虹跳舞的照片，题目就叫《手拉手》。但柳盛方看不到了，他已退伍回到了家乡。

（1994 年）

痕

那是一座面积不大的街心花园，栽种着一些随处可见的树木和花草，园子中间矗立着一尊落满了灰尘的大理石雕塑，是一个手擎和平鸽的女人，有几张石凳散置在树下和甬道边。

二十年前，这里并没有这个街心花园。刘汉泰清清楚楚地记得，二十年前，这里是一片杂乱的居民区，道路狭窄，污水四溢，路灯很少有亮的时候。二十年后，这里却大变样了，周围一幢幢新楼拔地而起，宽阔的道路中间，这座绿意盎然的街心花园十分醒目。

刘汉泰每天都路过这里。无论是清晨还是傍晚，他常常见到那张熟悉的面孔。起初他不相信自己的眼睛，后来他终于辨认出来了，那个久久枯坐在一张石凳上闭目养神的老人不是别人，正是当年差点儿置他于死地的刑警老马。

二十年前，刘汉泰是个来无影去无踪的神秘人物，他既偷且抢，屡屡得手，本地好几桩有名的案子都与他有关。相当长的时间里，公安局拿他毫无办法。即便是黑道中人十分惧怕的刑警老马，也是奈何他不得，他像一条狡猾的章鱼那样，数次从老马的枪口下滑脱。

但最终，他还是栽在了老马手里。

那是一个寒冷的冬夜，他席卷了一家小商店，快速逃离，逃到这片杂乱无章的地方来。他正陶醉于又一次得手的喜悦中时，老马却从一条小巷子斜刺里杀出来，挡住了他的去路。他心说不好，扭头就跑。老马比他跑得还快，不一会儿就追上了他。他当然不甘心束手就擒，见没有退路，他凶相毕露，突然掏出腰间的牛耳尖刀，猛地刺向老马。老马闷哑地叫了一声，倒在地上。但是，他仍然没有逃脱——在他跑出几米远

320

时，老马手中的枪响了，他觉得左腿一软，瘫在地上。

后来，他被判处死缓，由于他在狱中表现尚可，死神才没有降临在他的头上。

春天里，他服刑期满，每天蹬着三轮车，到这座街心花园前面不远处的一家集贸市场摆摊卖海产品。挣了些钱后，就在市场边租了两间房，开了个海产品公司，专门倒腾海货，生意居然很红火。因此，他对如今的生活很满意。既然不担风险又能挣到票子，也就用不着再去偷去抢了。

秋末的一个傍晚，他打的离开公司回家。由于刚刚做成一笔生意，狠狠赚了一家伙，他的心情格外舒畅。路过那座黄叶飘舞的街心花园时，他又看到了那张熟悉的面孔。于是他大声吩咐司机停车。

对于这位曾经给过他致命一击的刑警老马，刘汉泰是不会忘记的。时至今日，他左腿上的那个枪眼还赫然在目，并且走起路来仍一跛一跛的，老马留给他的纪念一辈子都抹不掉了。

老马微眯着眼，枯坐在离大理石像不远处的一张石凳上，双手撑着一根拐杖。园子里除了几个刚放学归来在此玩耍的孩子外，没有别的人。

刘汉泰估计老马也就是六十岁出头，但看上去却要苍老得多。老马满脸刀刻般的皱纹，呼吸声像一架老式风箱，站在五米之外的刘汉泰听得清清楚楚。没出来时，刘汉泰常常听到那些栽在老马手下的弟兄扬言，出狱后要找老马算账。他也曾有过这种隐秘的念头。但现在，刘汉泰抽动着嘴角，无声地笑了。现在，他刘汉泰不是过得好好的吗？而老马，那个身手敏捷得像一只豹子、黑道中人畏之如虎的刑警老马，已经成了一个行将就木的老人！刘汉泰开心极了。

刘汉泰以为老马睡着了，仔细看时，却发现老马微眯着的眼睛里，依然有光线漏出，在他身上萦绕。他的笑容随即凝固在嘴角。为了掩饰自己的尴尬，刘汉泰问，你……你还认识我吗？

老马一动不动，喘着粗气说，很多人像你这样问我。太多了，我记不清了。

刘汉泰挽起裤脚，露出左腿上那个醒目的疤痕。老马摇摇头，说腿上吃过我枪子儿的人太多了，我记不清了。刘汉泰报出家门，老马眼睛一亮，表示想起来了。然后，他松开拐杖，掀起老头衫，指着左肺部的一条刀疤说，这是你给我留下的，再往这儿偏一点点儿，我就没命了。刘汉泰愣怔着，他看到老马身上有许多疤痕，各种形状的疤痕。老马又说，你那个疤不算啥，我身上有十一处，不信，你过来数数。

刘汉泰只觉得眼花缭乱。他听到老马又咕哝道，要是每次我枪口再往上抬半寸，很多人脑壳就碎了，你也是。老马闭上眼睛，边说边抬起右手，食指做了个勾扳机的动作。

在夕阳的余晖里，刘汉泰突然感到一阵眩晕，仿佛他的脑壳真的被老马击碎了。

（1996 年）

322

等　待

　　老马四十岁那年，认识了一位名叫刘芸芳的少妇。刘芸芳当时二十七岁，长相俏而不媚，嗓音甜而不腻，是个典型的小家碧玉。老马一见刘芸芳的面，一下子就被她吸引住了。他也给刘芸芳留下了不错的印象，这是后来验证了的。

　　凭直觉，老马总感到他和刘芸芳应该发生一点儿事情，当然是很浪漫的那种。在认识刘芸芳之前，老马一直对青春气息撩人的少女感兴趣（顺便说一句，老马是个缺乏实际行动的人，他所谓的兴趣大多停留在心里，至多流露到口头上）。但在结识刘芸芳之后，老马就感到像刘芸芳这样的韵味十足的少妇才是他最心仪的。

　　老马和爱人的关系很一般，他爱人脾气暴，说发火就发火，二人之间的小摩擦接连不断，这便使老马找到了放纵自己的借口。但经过仔细观察和小小的试探，老马失望地发现，刘芸芳并不是那类红杏出墙的女子，她是一个特传统、特规矩的人，说穿了，就是她不会轻易"上钩"。老马认为，这或许与她的家庭有关。她和爱人的感情相当好，称得上夫妻恩爱，相敬如宾，属于令人羡慕的那种小家庭。老马反复斟酌，感到要想与刘芸芳的关系产生质的突破，唯一的可能便是指望刘芸芳和爱人的感情出现裂痕，到那时，他即可乘虚而入，有所斩获。

　　老马决定等待，耐心地等待。

　　等待是焦心的，痛苦的，但老马别无选择。在此后漫长的时光里，等待那个结局成了老马生活中的大事，也成了他的一块心病。他日思夜盼，希望刘芸芳两口子闹别扭。有时他觉得自己有这种想法挺无聊，但刘芸芳对他的吸引力太大了，他实在割舍不了，所以他就找种种理由原谅自己。

有一年，老马听说刘芸芳两口子吵架了，很兴奋，马上给她打电话。他们先聊了点儿别的，然后，老马适时地把话题引到她和她丈夫的感情问题上。老马试探着说，你爱人挺不错的，你们吵什么架呢？刘芸芳一愣，随即咯咯笑了，说马老师你听谁说的，我们感情一直挺好，根本没吵闹呀，肯定是别人胡咧咧。听她的口气，不像是掩饰，老马叹口气，像倒了牙一样酸酸地说，这样就好，这样就好。

又有一年，是秋天，一个傍晚，老马突然接到刘芸芳的电话，她说最近心情不好，想找他聊聊，让他马上赶到她家附近的一个饭馆。她的声调挺忧郁，甚至可以说是悲伤。老马预感到机会来了，立刻赶过去。果然，刘芸芳和丈夫闹了不愉快，而且还挺严重。她丈夫一气之下到外地出差了，走前连个招呼都没打，她伤心透了。那晚他们喝了不少酒，他怀着矛盾的心理，一边劝她想开点儿（老马真心希望她幸福，这一点不能含糊），一边暗示她，他对她痴迷已久。半夜，他们离开饭馆，刘芸芳说，马大哥，你能送我回家吗，我好害怕。老马简直有点儿心花怒放，挽起她的胳膊，二人摇摇晃晃，踩着遍地落叶到了她家。

这本来是一个千载难逢的机会，可老马还是把它错过了——到了她家，她又拿出一瓶酒，说刚才没喝够，咱们接着喝，来个一醉方休。老马想拦拦不住，只好陪着喝。结果，二人醉得一塌糊涂，倒在地板上睡着了，啥事都没发生。第二天，阳光照进来，他们醒了，赶紧难为情地爬起来，都像做了天大的错事似的，不敢看对方。阳光太刺眼了，气氛挺凝重，老马感到很疲倦，他想到自己多年来的等待，涨红着脸，想重新挑起话题，谁知说出口的却是，我走吧？……她如释重负地吁口气。老马就走了。

一连几天，老马热切地盼望着再接到她的电话，可是没有。三天后，老马找个借口到单位找她，一见面，她就喜滋滋地说，他向我认错了，保证以后不再气我……老马愣在那里，真的不知说什么好。

老马唯有继续等待。

就这样，一晃三十年过去了。在老马七十岁那年的冬天，他的心上人刘芸芳和爱人的感情终于破裂。她约他到一个秘密地点会面，他们互诉衷肠后，自然拥抱在一起。但这时老马悲痛欲绝地发现，他已经没有了男人的激情。怀里的小老太太除了哭泣，就是叹气。她也老了。而时光却不会倒流。

（1995 年）

小小说三题

微　笑

　　A 君，早过而立之年，在机关工作也有十数载，一直不得提升，心急如焚，怨气冲天。先前，A 君每遇单位最高领导老 B，总是面呈媚笑，吟声轻抒，而今，再遇老 B，A 君火气攻心，脸上便不由自主挂了冰霜，场面难免尴尬。

　　其妻获知 A 君表现，颇觉惊疑，既而斥责夫君愚不可及。A 君烦心道："见了此人，我想笑都笑不出来，笑比哭还难受。"妻厉声开导："气可鼓而不可泄，你需卧薪尝胆，等待时机。首先，你必须学会微笑，甜蜜地冲老 B 微笑。"妻边说边荡漾起五官，绽露一个长长的微笑。A 君虽觉肉麻，然为了千秋功业，遂谨记在心。

　　下次再遇老 B，A 君便调动浑身解数，试图甜蜜地微笑致意。但 A 君仍然觉出，自己表情木呆僵硬。A 君颇费苦心，寝食难安，终于在晚间与妻欢娱之际，想出一剂灵丹妙药。次日，A 君又见老 B，灵丹妙药开始发挥威力——A 君恍惚看到老 B 赤身露体，肌肤透亮；肚皮肥大，犹如倒扣于胸前的一口大锅；锅沿下端，老 B 的灵根宛若一只绿色小豆虫，一走一晃，晃晃悠悠……此时 A 君再也按捺不住，冲老 B 灿烂地笑将起来，笑得心旷神怡，极其甜美，极其自然，极其亲近，光芒四射，熠熠生辉。老 B 果真被这微笑感染，平时板着的老脸也绽开笑纹，主动发话："小 A 啊，没事吧？"

　　伴随时光流逝，A 君的微笑仿佛春风化雨，老 B 对他的态度愈加和

326

蔼。年底，A 君荣升科长一职，皆大欢喜。有朋友来打探："送了多少礼?"A 君坦然道："一分未送，只呈上数十个微笑。"朋友大惑不解。A 君感叹："世人只知物质为礼，不知尚有精神之礼。微笑，乃上等精神礼品，有时可出奇制胜也!"

匿 名 信

C 君与 D 君年龄相仿，资历相当，能力稍有区别，C 君略胜一筹。二君在同一科室工作，平时关系尚可。忽一日，室主任调离，遗下主任一职，供人争夺。初始，全室数人展开竞争，众人八仙过海，各显其能，一时好不热闹。到后来，眉目渐显，仅剩竞争力最强的 C、D 二君有戏，余者虽心犹不甘，然回天无力，只得中途退出，潜心等待下一个机会。

就此，C、D 二人展开新一轮争夺，均当仁不让，使出平生气力，拿出百般手段，趔趔趄趄朝目标迈进。争夺过程一波三折，二人筹码交替领先，不及转述。然规则既定，上级只能取一舍一。至最后，C 君终于取得明显优势，D 君败局渐定矣。

至此危急关头，D 君破釜沉舟，施一绝计：写匿名信。绝就绝在 D 君匿名告发自己而非 C 君。信上说，D 某贪污多少多少万，嫖娼多少多少次，骇人听闻。当下，若问上级烦什么，上级最烦匿名信。上级一致认定，此匿名诬告信定是 C 某所为，足见其人品质恶劣，这等人唯恐天下不乱，断断不得重用耳! 遂决定马上任命 D 君为室主任。

数月后，匿名信一事真相毕露，有人指责 D 君。D 君振振有词："我又没诬告别人。我兴之所至，拿自己开涮，何罪之有? 尔等也可告发自己，恐不敢矣!"

梦醒时分

E 公位高权重，煊赫四方，盛极一时。

某日夜半，E 公忽觉胸滞脑闷，冷汗浸身，气若游丝，动弹不得，知大限近矣，浊泪即涌出眼眶。恍惚间闻听窗外铁链索索响动声，更觉不妙。少顷，传说中的地狱二鬼奔至 E 公床前，以铁链锁其颈项，挥阴阳棒驱其行走。E 公仰天悲叹："吾果真寿数尽矣！未承想如此之快，尚有许多大事未及料理，罢！罢！"话毕，泪雨滂沱。

过奈何桥，至阴府大堂。阎罗端坐，速速翻簿至一处，手指一个名字，急问："汝可是某地长官 E？"

E 公曰："正是。"

阎王逼视 E 公："带何礼物晋见本王？"

E 公曰："来之匆忙，未带礼物也。"

阎王大怒："本王注视汝已达数载，见汝搜刮钱财多多。原想汝气数已尽，来本府报到时，会进献给本王庶几。孰料汝一毛不拔，可恶！可恶！"言毕，阎王高提朱笔，要在 E 公的名下勾画丧符。

E 公赶忙叩首，连连告饶，曰："小人可托梦给家人，多捎些冥钱敬奉给阎王老爷。"

阎王止笔，身体前倾，摆手道："本王不喜冥钱，这玩意儿眼下贬值得厉害，远不如美元坚挺，若将美元一叠献给本王，则甚好。"

E 公愣怔："美元？此地可流通？"

阎王微微一笑，曰："早已通用。"

E 公眼睛豁然一亮："早知阎王喜欢，小人可多多带些来。不瞒阎王，小人家中藏有美元三十万，人民币逾二百万，另有金银珠宝、古玩玉器一宗，徐悲鸿、张大千、齐白石等名人真迹数幅……"

阎王眉开眼笑："甚好！现在去取亦不晚也。几位名人之字画无须取来，他们而今皆归于本王麾下，已数次赠画予本王。余者，不妨尽数取来。"

E 公停顿片刻，面有难色："可是，可是……"

阎王黑手一挥："E 君莫担心，本王当不会亏待汝。可酌情为汝增添阳寿三载也！可否？"

E 公窃喜，再三叩首致谢。阎王谓二鬼曰："再劳二位，随 E 君把财物索来。"又拱手与 E 公道别："幸会。三载后见！"

拂晓，E 公猛醒，方知梦也。大汗淋漓，脏腑狂跳。旋起身唤醒老妻，查对存折珠宝等一应重物，俱在，遂轻吁一口长气，放下心来。

天大亮，E 公命秘书铺开笔墨纸砚，凝神片刻，挥笔书写条幅二则：天生我材必有用，千金散尽还复来；老马已知夕阳短，不待扬鞭自奋蹄。

（1990 年）

乞丐与富翁的传说

乞丐在城里的繁华地带乞讨了一年多之后，终于发现了一个理想的乞讨场所。这处场所远离市中心，在城东云龙山下的一条马路边。沿马路的走向往上看，是依山而建的一座座小洋楼，小洋楼掩映在红花绿树丛中，像一个世外桃源。

乞丐的年龄并不大，但为了顺利讨到钱，他不得不将自己打扮得老相一些。他还发现，自己的模样不能太窝囊，太窝囊的话，人们见了你就像见到苍蝇那样恶心地走开，根本没有好心情丢给你钱。

每天都有西装革履风度翩翩的富人从乞丐面前走过，走向不远处的那些小洋楼。乞丐翻来覆去说着乞讨的话，当然大多数富人都对他置之不理，扬长而去，偶尔有个把在他面前停顿一下，丢给他一张票子。乞丐不由心花怒放，因为这一张票子顶得上他在别处乞讨三天还不止。

有一个矮矮胖胖、留着两撇小胡子的富翁刚搬到这里来，乞丐觉得这人面善，再遇上他时，乞讨起来就格外用心用情。乞丐几乎声泪俱下地说，先生，行行好吧，俺爹是个瞎子，俺娘瘫痪在床，俺老婆给人贩子拐跑了，俺女儿又得了白血病，没钱治病，眼看就要咽气了……富翁看了乞丐一眼，嘴角动了动，摆摆手止住他，从兜里摸出一张百元大票，扔在他面前的一块肮脏的白布上。乞丐赶忙作揖跪拜，连说恩人恩人，俺一辈子记着您……等他抬起头来时，看到大恩人已经走远了。

两天后，那位留小胡子的富翁再次从乞丐身边走过。乞丐先作揖磕头，说先生行行好吧，俺想送女儿去医院，但俺交不起住院费……富翁这回连眼皮都没抬，像甩手丢一只烟头那样，扔下一张百元大票后快步远去。

留小胡子的富翁买了辆油光瓦亮的小卧车。从那以后，每逢富翁坐车路过，乞丐都冲着那辆小卧车行大礼。如果富翁步行而来，乞丐就张口乞讨。令乞丐喜不自胜的是，自己差不多每次都有收获，很少有落空的时候。他想，这个富人可真是天底下最好的，这个天底下最好的富人居然让自己碰上了，老天爷有眼哪！

这天黄昏，富翁又款款出现了，乞丐酝酿好感情，待富翁走到五米远的地方时，先作揖跪拜，然后噙着泪说，先生，托您的福，俺女儿住进了医院，但住院费眼看又花光了……富翁大概刚赚了一笔，脸上挂着笑，看上去心情极好。心情极好的富翁这回没有马上走开，甩过一张百元大票后，他蹲下来，说，每次见了我你都编假话，有那个必要吗？

见老底被揭穿，乞丐很不自在地笑了笑，血涌上了脸，好在他脸黑，看不出来。富翁又说，十年前，我就是你现在这个样子。

可是，您现在大发了。乞丐啧啧道。

如果我没记错的话，我已经给过你两千元钱。十年前，我就是靠两千元钱起家的。主要倒腾海产品。如今，全市的海货基本上都被我垄断了。记住，以后不要再朝我要钱了。富翁说完后，腆着小肚子款款而去。

乞丐望着富翁远去的背影，淡淡一笑。一个计划随之在他的脑子里形成了。

乞丐一连十天没在这条幽静的马路上出现。

十天后，乞丐却又来到了这里，他的样子更加落魄，恨不得马上就见到那个留小胡子的富翁。等到天黑，富翁才露面。乞丐顾不得礼节，大声说，先生，我也按你的办法，进了一批海货，但没卖出去，全臭了……

富翁说，是吗。

乞丐痛哭流涕道，两千多块钱哪，全砸进去了……

富翁说，是吗，我没让你也去倒腾海货呀。

可是，你靠这个发了，我却完蛋了。乞丐哭得更加伤心。

富翁一点儿都不为之所动，说，瞧瞧吧，这就是富翁与乞丐的区别。

自此以后，留小胡子的富翁真的没再给过乞丐一分钱。乞丐枯坐在这条美丽的马路上，经常一连数天毫无斩获。又过一段时间，乞丐实在熬不下去，只好重新回到市区的繁华地带乞讨。他对同伴们说，咱他娘的挣不了大钱，就安心在这里一点儿一点儿地讨要吧。

（1995 年）

侦探故事

　　她说过，她所以喜欢我，因为我是一个搞刑侦的警察。

　　她还说过，她最最喜欢听侦探故事，她可以三天三夜不睡觉，三天三夜不吃饭，只要有故事听就行。

　　于是，她便规定，每次见面我都要给她讲一个侦探故事，否则她就不理我。

　　我们自然是通过别人介绍认识的。她长得像个白瓷娃娃，那小圆脸小圆眼睛小圆嘴巴生动得很，惊讶状极为明显。她含在嘴里的那些似乎永远也搞不清楚有多少颗的细碎牙齿时常令我眼花缭乱。第一次见面是在介绍人家里，我说："我这个人别的本事没有，就是喜欢破案。"

　　她的五官挪动了一下，粲然一笑："我就喜欢破案的。讲个侦探故事吧。"

　　我点上一支烟，心想这还不是小菜一碟，就抖擞精神，讲了一个小偷的故事，这是我们局近年来破获的一件比较离奇的盗窃案。果然，她听后起劲地拍了几下又小又嫩的巴掌，说："太棒了！"

　　第二次见面，我讲了一起诈骗案的侦破过程。我津津有味地讲，她津津有味地听。末了，她忽然揽住我的脖子，出人意料地亲了我的右脸一下，兴奋地说："真有意思……"

　　第三次见面，我刚开口要讲，她说："讲个味道足点儿的，越邪乎越好。"我琢磨了一下，就讲了一件电影和侦探小说上常见而生活中却不多见的用毒蛇杀人案，自然她又亲了我，不是一下，是两下。后来再见面我就挖空心思讲蒙面大盗，讲冷血杀手，讲神秘的白衣女人。

　　有一天，说出来可笑，我的家里出了案子——我刚刚买回来的一辆轻便摩托被人偷了！这小偷也太不长眼睛了，居然偷到了我的头上！见到她后，我咬牙切齿地说："我要全力侦破这个案子，把小偷擒到，让他跪在我的面前！"过了几天，她问我："小偷抓到了吗？"我尴尬地摇摇头。我费了九牛二虎之力，竟没找到一点儿线索，真令我脸上无光。她诡谲地一笑，叽叽喳喳说了一串什么，我一句都没听进去。突然，我看到一个乌黑发亮的东西对准了我。天哪，她不知怎么把我的手枪握在了手里，而且瞄准了我！职业习惯促使我机敏地往边上一闪，说："快放下！这可开不得玩笑……"她十分妖媚地笑着，手动了动，枪口重又对准我，说："你说我敢开枪吗？"妈的，她大概发了神经，我看到她圆圆的脸蛋似乎一下子拉长了许多，圆圆的小嘴里无数细小的牙齿像一堆闪光的碎银子，晃得我头昏眼花。她用恶狠狠的口气说："我真要开枪了！"我的头皮简直都要炸了，心想如果她真发了神经，我准完，屋子太小，根本躲不开枪弹。冷汗霎时涌上了我的脸……她搂动了扳机，奇怪的是枪却未响。原来她早已卸掉了子弹。没等我反应过来，她扔下枪，拍了拍我汗乎乎的腮帮子，就一阵风似的离开了我的房间。

几天后，介绍人找到我，十分不好意思地说，那姑娘不想谈了，打算吹灯。

又过了几天，我接到她的一个电话，她冷冰冰地说，我的摩托车是她推走的，只是那辆车子很快又被别人偷走了。不过，她可以赔我。

（1994 年）

神　枪　手

　　现如今刘金河成了全团闻名的神枪手，我们都很羡慕他。而在当初，也就是刚入伍时，他却是个让人笑掉大牙的"臭枪手"。我们都记得，刚下到七连不久，连里搞轻武器实弹射击，他打出的十发子弹全跑了靶，把老班长林长山的鼻子都气歪了。实弹射击一结束，林长山黑着脸把刘金河叫出队列，冷笑一声说，你小子真有能耐，居然连靶子边都不沾，这在咱连的历史上都找不出第二个。

　　刘金河耷拉着脑袋，双手绞在一起，快要落泪了。林长山心软下来，说，小刘你回去好好想想，问题到底出在哪里。

　　说实在的，刘金河虽然家在偏远的山区，入伍前连趟县城都没去过，文化程度也不高，但平心而论，这家伙脑子并不笨，当然有时候他爱认死理。吃过晚饭，林长山找他谈心，他们来到连队的菜地里，刘金河找块干净石头塞到林长山的屁股底下，自己坐在田埂上。林长山说，小刘，想好了吗？

　　刘金河哭丧着脸说，报告班长，俺想好了，原因出在搂火时俺老觉得面前是个真人，大活人，还冲俺笑呢。俺咋能对着活人开枪？俺害怕，手一抖，就跑靶了。竟然有这样的想法，林长山哭笑不得，说，明明是靶子，纸板做的，怎么成了活人，扯淡！接下来林长山耐着性子开导了一番，让他不要胡思乱想。

　　中午，别人休息，刘金河跑到操场上"开小灶"，练习瞄准。林长山不放心，跟过来问情况。刘金河拖着哭腔说，班长，不行，还是不行。林长山急了，说我他妈的真服你啦，干脆你就把靶子当成活人打，行不？刘金河脑袋不能急转弯儿，连说咋能打活人，俺可不敢。林长山的脑袋当然会转弯，林长山说，小刘你听我的，我说能打就能打，干脆这样吧，你把靶子当成日本鬼子，狠狠地打！林长山说完就笑了，为自己的这一发现感到兴奋。

哪知刘金河仍是榆木脑袋不开窍，说，班长，日本鬼子早走了，眼下，中日两国要友好，永远不再开战，前天报纸上还这样说呢，俺咋下得了手？林长山说，那你当成国民党反动派也行嘛。刘金河摆摆手说，班长，你这个提法过时了，报上早就不这样说了，还说台湾回归祖国呢，打不得呀！林长山又说，要不当成越南军队。刘金河提高嗓门，说那也打不得，班长你忘啦？昨天上政治课时指导员念文件，还说中越关系改善了，咱打过越南的部队要正确理解，不要闹情绪；越南一个大头头马上要来咱中国访问呢！……

林长山给这个兵弄得一筹莫展，他使劲按一下刘金河的脑袋，恼怒地说，看你这些穷道道，你他妈的干脆把我当活靶子打死好啦！走出几步，林长山又回过头来咬牙切齿地说，我告诉你，下月连里对你们这些不及格的重新考核，你是头一个出场，到时候再出洋相，哼哼……

林长山没有想到，刘金河从他这句话里受到了启发，也就是说，刘金河的脑袋一瞬间完成了急转弯。他折一根草棍含在嘴里，双手捂住脑袋想了想，便嘿嘿地笑了。他重新卧倒，握枪瞄准。

补考那天，刘金河第一个出场，林长山为他捏着一把汗，比谁都紧张。指挥员一晃绿旗，哨声一响，刘金河卧倒装子弹，在很短的时间里连放十枪。乖乖，居然十发全中。林长山眼睛都绿了，乐得屁颠屁颠。连长倒背着手，吩咐再给他一梭子。谁也想不到，他又干净利落地打出十个十环！在场的人都大开眼界。林长山上蹿下跳，连说神啦，简直神啦！事后，我们围着刘金河，问他枪法突飞猛进的诀窍，他搔着光头小声说，嘿嘿没啥，净扯淡。

这之后他就成了闻名全团的神枪手，很少有失手的时候。个中原因，我们一直不太清楚。直到三年后他复员回乡，我们去车站送他时，他才告诉我们，他把他们村的村长刘大麻子当成了活靶子，因为那家伙欺男霸女，多吃多占，忒不是东西，而且谁也拿他没办法……事情就这么简单。

（1995 年）

336

鸟 儿

　　这时，他又看见了那只鸟。透过九月斑驳的阳光，他看见那只小精灵缓缓飞过来，落在窗外那棵年代久远的梧桐树上。此刻，他的脑袋搁在床头上，脖子有点儿酸麻。中午狠狠地睡了一觉，他感到很过瘾，膝关节和肘部的疼痛轻多了。他想，那是一只什么样的鸟呢？

　　鸟儿逗留在梧桐树上，微风中，树叶轻轻晃动，间或遮住它美丽的羽毛和小巧的脑袋。它不时发出的清脆叫声宛若呓语，幸福而又多情。它究竟是什么鸟呢？他想，画眉？百灵？黄鹂？（书上有时还把黄鹂叫作黄莺，像漂亮女孩的名字，动听极了）因此，他宁愿相信它是黄鹂。没错，它就是黄鹂。

　　平日里，他很少获得如此宁静的时光——说来，这一切都得益于早晨的五公里越野，全副武装的士兵们在山间小路上奔跑，个个都像丢了魂儿。跑着跑着，他面前又浮现出他亲爱的人儿飞鸟般轻盈灵动的倩影，耳畔又回荡起她写给他的那些热辣辣的情话……可是，昨天他收到的那封信却是冷冰冰的，让他难以置信。这时，他的魂儿仿佛真的丢了，眼前火星子一闪一闪，接着，扑通一声，他就结结实实摔倒了。那个瞬间，他迷迷糊糊地想，人死的时候，那滋味恐怕也就这个样子吧……他被人搀回来，一直躺到现在。

　　下午，弟兄们到马路对过的饭堂里练歌去了，楼道里很静。他调整一下姿势，继续观察那只鸟。它偶尔在梧桐树的枝条上跳跃一下，样子十分逗人。有小孩的话语声传过来，他欠了欠身子，看见一男一女两个五六岁的孩子，不知啥时出现在外面的空地上。男孩是连长的儿子，随

337

妈妈来部队探亲的；女孩不认识，估计是外单位哪个干部的孩子。两个孩子玩得很开心，他们可爱的模样宛若树上的鸟儿。男孩突然发现了鸟儿，引女孩抬头看。他真担心他们把它吓跑。两个孩子不懂得鸟儿，就像他不懂得他们一样。还好，片刻过后，他们忘记了鸟儿，专心致志地干起了别的事情，这使他得以舒了口气。

弟兄们正在饭堂里引吭高歌，声音杂乱。他们翻来覆去地唱同一首队列歌曲，在他听来，有些枯燥和呆板。他甚至从绞成一团的喉咙中辨别出那位秃头老兵的怪嗓门。他总是比别人慢半拍，尾音总是翘一下，也许他故意这么干。老兵表现不怎么样，前些日子却入党了。有人为此嘲弄道：这下好了，我们群众队伍就纯洁了。

他有些走神。鸟儿的鸣叫声使他重新振作了一下。夕阳的光辉在室外的大气里穿行，梧桐树的影子渐渐爬上了墙壁，窗口不知不觉间暗淡下来。那只黄鹂加快节奏鸣叫了一阵，声音带着些许的惊恐和焦急。突然，它羽毛一竖飞起来。它要飞走了，他心疼地闭上眼睛。然而，待他再次睁开眼睛时，却惊喜地发现，它滑翔了一圈之后，又稳稳地落在了那棵年代久远的梧桐树上。梧桐树的叶片轻轻摇晃，摇出了秋日的万千景致。

据说，这棵苍老的梧桐树颇有些故事。大约三十年前，一位来自革命老区的士兵亲手栽下了它。几年后，这位老兵却在某天深夜吊死在这棵树上，死因不明，老兵临终前未留下只言片语，只能任人揣测了。有说他入党遇到挫折才自尽的，也有的说他因为失恋，等等，不一而论。总之，是他自己不想活了，不想活了就去死，道理再简单不过。现在，他倚在床头，想，这棵梧桐树还在，这座营院里的兵们却是换了一茬又一茬，它的年龄比师长的兵龄都长，这里无人能忆起它最初的模样了。

鸟儿在树上婉转啼鸣，仿佛在为即将逝去的美好秋日进行祈祷；两个年幼的孩子依然在楼前的空地上玩耍，他们好像还哼了一首不连贯的儿歌，声音影影绰绰，犹如寂静中的花儿落地声；不远处的饭堂里，弟兄们干燥的喉咙周而复始，把队列歌曲唱成了跟大风吹过失去水分的苞米秸一样……

太阳即将落山的时候，那只柔情的鸟儿终于飞走了。同时，两个孩子也不见了。他从枕头下抽出一沓信，撕碎，挥手甩向窗外。数不清的碎片在傍晚的风中飞舞，就像他放飞了一群鸟儿。随后，他又醉入了梦乡。他恍恍惚惚觉得，自己身轻得犹如一片美丽的羽毛……

（1996 年）

好事多磨

我在师里当新闻干事，此项职业决定了我经常下部队采访。

我去 A 团重机枪连采访一个叫胡连的战士。胡连正在宿舍里等我，下面是他讲的——

聊什么呢？您感兴趣的是我学雷锋做好事的情况，那我就多讲讲。但我再提醒您一句，最好别写稿，世上有很多更有价值的事情，您去写那些好啦。

人只要活着，就要做事情。事情不外乎三种：好事、坏事、不好也不坏的事。当兵之前，我也曾做过一些好事，比如帮助村里的烈军属干庄稼活，帮孤寡老人挑水、拾柴之类。当然，也做过坏事，比如往女孩子的衣领里丢毛毛虫，到别人家的田里偷摘瓜果之类。三年前我入伍了，领导三天两头要求我们学雷锋做好事。我想，以后坏事尽量别做了，多做点儿好事吧。

我开始留心做好事，当然都是些极普通的事，像帮厨、打扫卫生、帮别人洗衣服等。渐渐地，我就不满足在部队内部做了，到社会上去做，不更有意义吗？于是，每次上街，不论在何种场合，我都提醒自己，想方设法做好事，也无非是乘车让座、帮老年人提东西等。

干着干着，我猛然发现，我干上瘾了，已经到了一天不做好事手就痒痒的地步，如果说以前做好事是有意的，那么，到了这时，已经是无意识的了。

每次外出，我都把眼睛睁得大大的，看谁需要我的帮助。有时便产生了幻想：一个行人突然发病，摔倒在地，生命垂危，我二话不说，上前背起他（她）就往医院跑去，替他（她）交上押金，守在病床前，待他（她）脱离危险后悄悄离开；大街上，一个歹徒拦路行凶，关键时刻我冲上去，将歹徒制伏，搏斗中我也受了伤；马路边，一个儿童在哭泣，原来他迷了路，我抱着他，历尽周折，终于将他送回家，他的父母正望眼欲穿，丢了魂一般呢；河边，一名过路妇女不慎落水，水流湍急，十分危险，这时，我又出现了，勇敢地跳入水中，费了九牛二虎之力将她救上岸，她叫我恩人，问我的名字，我笑而不答……

可是，这样的事情我一回也没碰上。

一次，我路过铁路，见两个小孩在路轨上玩耍，我想，不好，过一会儿火车开过来，凶多吉少。我劝他们离开，他们不听，我就坐在一边等，等待紧要关头我飞身而出，将他们从车轮下救出来。火车鸣着笛隆隆驶来，我瞪大眼睛，随时准备往上冲。近了，近了……两个孩子却嬉笑着跳离铁轨，安然无事。

还有一次，我去城里。在人民公园门口，一个姑娘死盯着我不放，眼神不对。我想赶快离开，她却追上来，说我特像她男朋友，还说了一大堆别的。我才明白，她失恋了，很痛苦，受了刺激。她求我陪她进公园坐坐。我想，这么一个漂亮姑娘，要是想不开，寻了短见什么的，多可惜呀，我不能不管她，虽然有点儿那个，唉，就算我学雷锋做好事吧。我陪她进了公园，找个僻静处坐下，我劝了她好多话，后来一联想，才知道她根本没听进去。天黑了，我打算离开，她却突然扑上来，紧紧抱住我，嘴里叫着一个男人的名字，还……亲吻我。她真的把我当成她男朋友，那个负心汉了。我长这么大，从未和女人亲近过，很害怕，考虑都没考虑，丢下她落荒而逃。几天后，我从晚报上看到，一个失恋的姑娘在本市人民公园投水自尽。肯定是她。我好后悔，如果那晚我再陪陪她，她也许就不会寻死。当然，那样我可能就犯纪律了。

…………

过几天我就要复员了，上级决定给我记三等功一次。我说我不要，我真的不想要，我做好事不是为了立功。况且我家在偏僻乡村，回去后到地里刨食吃，功劳牌对于一个农民，一点儿用处都没有，让给别人吧，让给那些最需要而又干得不错的人，他们复员回去安排工作时，可能会派上用场。领导不同意，最后还是给了我……

胡连一口气讲完了。我说，你讲的这些，报纸不会感兴趣，报纸喜欢推典型，所以我写了也没用。日后有机会我写篇小说吧，小说不讲究典型。他说，可以，我喜欢看小说。

　　最后，他拿出那枚三等功奖章，把它掂在手心。他对我说，您看，它多像一枚薄薄的鹅卵石，在我家乡的河边，有很多这样的鹅卵石片……

（1994 年）

第一支笔

韩平川十六岁入伍，二十岁提干当排长，二十三岁调师政治部宣传科当干事时，已经崭露头角了。

他写一手好字，更写一手好文章，确切地说，是写一手好材料。大约在他二十五岁那年，就确立了全师第一支笔的地位，而且一直到他十年后离开部队，其他的笔杆子们都未曾撼动他。

他实在是具有这方面的天才，而且肯钻研。刚调到师机关时，人们常见他大中午的也不休息，坐在楼门口的树荫下研究上级转发的、他认为写得精彩的各类材料，裤子湿淋淋的——他这人最烦洗衣服，裤子脏得无法再穿时，他就到水房里往下身泼盆水，胡乱涂抹几下肥皂，然后冲干净，再然后坐到楼门口边研究材料边晾晒裤子。这也可以称得上他的一绝。

写各种文字材料是机关政工干部的一项重要工作，像经验总结、报告、请示、通知、通报、首长讲话等，五花八门，而报给上级的经验材料最难写，因为有个能否转发的问题，转发了就等于得到了上级承认，就是成绩，因此领导们非常看重这个。我们主任常说，工作干好了，通过什么途径让上级知道？一是新闻报道，二是经验材料，有了这两个宝贝，我们的工作就能够锦上添花，勇往直前。每年搞年终总结时，哪个科被上级转发了多少份材料，总部、军区、军里各占多少比例，便成为衡量这个科工作好坏的重要标准之一。

我调到宣传科时，韩平川早已闻名全师了。我发现他简直成了一架写作机器，始终处于良好状态，很一般的事情到了他手上，都能变出花样来，观点新，见解深刻，内容充实，很有转发价值。他每年被上级转发的材料多则二三十篇，少则也有十几篇。那些年里，我们师多次被评为先进单位，韩平川起的作用不容低估。搞得其他师的领导都眼红了，说，你们不就靠一个韩平川嘛。

科长让韩平川带带我，将来好接他的班。起初我的脑子不开窍，太认死理，写出的材料领导不满意，认为高度不够，缺乏指导意义，上级不可能转发。拿给韩平川看，他如此这般地点化一番。我说，事情本来就一般嘛，巧妇难为无米之炊啊，往高了拔，怕不合适。他诡谲地一笑，说不能太认真的，干我们这一行，就得巧妇能做无米之炊。时间一久，我也就习以为常了，水平果然大有提高。

来机关后，我发现很多事情极有意思。比如某某领导的讲话稿明明是韩平川写的，领导甚至一个字都不改，就上台讲了。领导讲完后，各单位照例组织学习讨论。轮到韩平川发言时，他仍然要像其他人那样，一本正经地说这个讲话如何如何深刻，领导讲得如何如何好，我要认真学习之类。有人就说，老韩，其实你是这个材料的作者，领导只是个播音员，你认真学习自己的作品，没必要吧？韩平川摆摆手说，我把稿子往领导那儿一交，它就不属于我而属于领导了，我当然要认真学习嘛。

据说，现在的军政委在我们师当政委时，曾有意选韩平川做女婿。他老伴却不同意，说摇笔杆的，容易惹祸，惹了祸女儿跟着倒霉，划不来。"文革"时政委曾因为一篇文章惹下麻烦，差点儿给开回老家种地，老伴记忆犹新，不敢造次。政委说，他写的都是官样文章，又不是文艺作品，不会惹事的，况且时代也不同了嘛。无奈老伴就是不同意，只得作罢。

有一阵子，军区宣传部想调韩平川，师里当然舍不得，坚决卡住不放，说你们调谁都行，就是不能调韩平川。大概是上头笔杆子多，少一个无所谓，没再坚持要。不久，军长打电话来，说调韩平川当秘书。这回师里顶不住了，放人。但他只干了一个月的秘书，便打道回府。他摇头：我干秘书不合适，不会处理上上下下的关系，太复杂，还是写我的材料吧，省心。

他一回来，师里的领导笑逐颜开，专门在小招待所为他摆了接风酒。他喝醉了，不知是高兴还是有别的想法。

这年，我们师换了政委，新政委从别的师调来。政委第一次在全师干部会上讲话，讲话稿自然由韩平川执笔。稿子中有一处地方，韩平川用括号括着：此处可以自由发挥几句——用来提示讲话者的，哪想到政委给念了出来，台下一片哗然，弄得政委很尴尬。一散会，政委到后台找到韩平川，把稿子丢给他，二话不说离去了。韩平川感到压力很大。好在我们主任了解他，主任说，别管他，自己没水平，怪不着别人。

不知什么原因，韩平川这么一个宝贝疙瘩，却一直没提起来。传说有很多，最权威的一种说法是，他写的材料大都反映政治工作，军事方面兼顾少，军事领导有想法，常委会上意见不统一，几次提升的机会都错过了。后来他好不容易当上副科长，但不久，精简整编，取消副科长编制，他又成了正营职干事。

大约三十五岁那年，韩平川得了一种怪病，每次坐到桌前提笔写材料时，忍不住想呕吐，头晕心慌，脸色蜡黄，直冒虚汗，样子很吓人。终于大病一场，住了两个月的院，也查不出什么原因。出院后，仍然无法写作。师里仓促决定，调他到某团当副政委，不用再亲自写材料了。他不同意去，年底，提出转业。见这样子，别人不好再挽留他。

他原籍的市委宣传部早就盯上了他，放出话来随时欢迎他去，而且可以给他安排一个理想的职务。他没去，最后进林业局当了一名办事员。消息传到部队，都说：可惜了。

（1994 年）

有话直说

在部队，你不难碰到一些憨厚、实在、直爽得令人咋舌的战士。当然，这类人一般都是新兵，而且大都家在偏僻的农村，他们初出家门，不谙世故，傻得可爱，憨得出奇。炮团八连战士皮松算是一个。

皮松，河南商丘人，世代务农，家境贫寒，小学文化程度，当兵那年刚满十七岁。

新兵下连后，指导员照例逐一找他们谈次话，了解了解本人情况，以及提些要求之类。轮到皮松，他走进连部，生硬地冲指导员行个不太标准的军礼。指导员热情地说：“小皮，请坐。”

他就规规矩矩地坐下了。

“小皮同志，穿上军装，你就是革命队伍的一员了，在组织、领导面前凡事都要讲真话。”这是指导员的开场白。

“俺是个实在人，想说假话都不会，首长不信可以打听打听。”

指导员满意地点点头：“很好。”

接着指导员问他家里的情况，他一五一十地讲了。指导员又问：“来当兵是自愿的吗？”

“自愿，很自愿。俺那块儿当兵难，为了个名额挤破头。俺爹豁出去了，卖了牛和一千斤小麦，换成钱送给村支书和武装部的人，好事才轮到俺。”

指导员有心好好和他聊聊，说：“那你到底图个啥？”

“嘿嘿，像书上说的，保卫祖国呗。”

“没别的想法啦？”

“嘿嘿，有点儿。俺那块儿太穷，窝在家里没前途，出来闯闯，兴

346

许能混个人模狗样的。俺想……"

"想啥说啥，没关系。"

"俺想好好干，争取入党、提干，顶不济转个志愿兵，日后好找个城里媳妇，过过舒坦日子，把爹娘也接到城里享几天福。"

指导员不由皱了皱眉头。

皮松已经收不住嘴："……要是俺混好了，当上大官，就更美了，亲戚朋友街坊邻居都跟着沾光呢……"

指导员急忙打断他，认真看了他一眼，说："小皮，你这种想法可不对头！"接着讲了一通大道理。

皮松期期艾艾地说："俺刚才，俺刚才说的可都是实说，没半句假话……"

这次谈话，皮松给指导员留下的印象很一般。指导员过后评价说："皮松嘛，很厚道，但过了头。事情过了头就不好了。"

不久，上级工作组来八连检查工作，他们听了连长、指导员的汇报，然后检查了战备训练、武器保管、内务卫生、军容风纪、作风纪律、伙食标准，都比较满意，认为八连是炮团最好的连队。

工作组住在团招待所。晚饭后，他们出来散步。散着散着，偏偏就碰上了去军人服务社买牙膏的皮松。皮松向他们敬了个很标准的军礼，他们得知皮松是八连的兵，就叫住他，随便同他聊了起来。

"你们连平时也抓这么紧吗？"

"嘿嘿，平时松点儿，首长要来，才严起来。"

"大家安心部队工作吗？"

"安心。噢，不不，也有人不安心，躺床板，闹情绪，主要是城市兵和家里有钱的南方兵。"

"平时伙食怎么样？"

……

那边，早有人跑去报告连长、指导员，二人叫声不好，急慌慌往外跑。这边，工作组于闲聊之中基本上把八连的真实情况摸清了。

最后讲评时，工作组给八连下了另外的结论。他们建议炮团，那个叫皮松的战士不错，应予奖励，我们现在尤其需要这种敢于讲真话的同

347

志。团、营、连三级领导均感尴尬。

到了这时，皮松才从别人的眼色中知道自己惹了祸。

工作组有言在先，团里只好硬着头皮宣布给皮松嘉奖一次，并在全团军人大会上对皮松提出了表扬，对八连党支部提出了严厉的批评。

皮松死活不要那个嘉奖。不要归不要，仍然得往档案袋里装。

皮松很后悔，见人就说："俺这人太笨，光知道讲真话，在家时俺爹为这揍过俺好几回，俺总是改不了，这可咋办啊？"

他去找指导员，对天发誓："下回见了上头来的首长，俺一定光拣好的说，要是狗再改不了吃屎，领导给俺处分俺都没意见！"

指导员说："实事求是嘛！谁让你光拣好的说？你把我们当成什么人啦？"

皮松当兵三年，一直未再碰到这样的机会。

人总是在变。

三年尾上，老兵复员工作开始。皮松找到指导员，表示想继续留在部队干。他说："我不想走，我还没干够。"

"为什么？"

"我觉得部队像家一样温暖，领导爱护部下，战友亲如兄弟；而且我立志要把青春献给国防，在部队建功立业。所以，我舍不得走！"

"好嘛！"指导员加重语气，"很好！你进步很大，我祝贺你！"

但皮松还是按期复员回农村老家了。

他走之后，八连党支部在一份关于基层政治思想工作的报告中，特意提到了他。报告上有这样两句：皮松同志刚入伍时私心很重，经过党支部的教育和部队实际工作的锻炼，他的思想觉悟有了很大提高。

（1994 年）

听女兵杨玲讲故事

　　我二十二岁那年，在北京的一家部队报社实习时，领导派我到驻湖北的一支工程兵部队采访一位典型。这位典型入伍十三年，十五次立功，得了食道癌，已到晚期，事迹很感人。到达目的地后，才知前来采访的记者有十几人之多。杨玲那时是该部队卫生队的一名护士，二十三岁，普通话说得好，被抽去参加了那位典型人物的事迹报告团。我们在湖北待了半个多月，跟随报告团辗转采访，便和杨玲混熟了。

　　她高高的个头，皮肤白皙，长睫毛，眼睛像弯弯的月牙，鼻峰略略上翘，嘴唇是薄而红润的那种，这副相貌看上去很天真，永远带着微笑。她在大礼堂里做报告时，讲到动情处，忍不住流泪，她哭泣时的样子我觉得也像在笑。我们了解到她父母都曾是军人，在内蒙古、吉林、青海、河北、山西等地的军营干过，她从小就跟着他们到处流浪，一直到她也成为一名军人，继续跟着这支工程兵部队四海为家。她给我们最初的印象是胆子奇大。一天晚饭后，我们一行在山间的小路上散步，突然从草丛里钻出一条大花蛇，众人骇然。这时只见她没事似的走上前，拎起蛇的尾巴甩手把它扔到了十几米开外，她的这个举动令我们更加惊骇。又有一天，我们到达一个新驻地，马路对面就是殡仪馆，送葬的队伍不断出现，隔一阵儿大烟囱里就轰轰地往外冒一阵黑烟，大家躲在屋里不敢出来，她却长时间站在朝外的廊沿下张望，并且说，人呢，早晚都要变成一股烟。她还说服我们跟着她进殡仪馆参观了一回，弄得我夜里老是做噩梦。

　　杨玲给我们留下的最深印象是特爱讲故事，而且讲起来声情并茂，再没趣的事情到了她嘴里，经她一渲染，马上就变得兴味盎然。一路上

349

她给大伙儿讲了数不清的故事，十几年之后的今天，我大多已经忘记，但有一个故事却言犹在耳——

她所在的这支工程兵部队当时在鄂西的大山里施工，开山放炮修筑国防工事，把很多山都掏空了，塌方死人的事情经常发生。某一天晚上，轮到她值夜班，又有一个被石块砸伤的士兵被慌里慌张推进了手术室。这个不幸的小战士只有十七岁，浑身是血，医生们使尽一切办法，仍然未能留住他年轻的生命。混乱过后，人们都走开了，杨玲自动留下来等看守太平间的老头来收尸。在这段难熬的时光里，她居然出奇地平静，不知怎么回事，她特别想唱歌，于是她清清喉咙，唱了一支《红绒花》，又唱了一支《军港之夜》，等到她接着唱《九九艳阳天》时，隐约听到手术台上的尸体轻轻哼了一声。她愣一下，猛地跳起来，抓过氧气管就塞进了他的鼻孔，然后跑到走廊里喊叫医生，结果那个小战士又给救活了。伤好之后，他复员回到了枣阳，前些日子听说他又遭了车祸，这回却没能救过来。她说，抢救他时如果她在场，他可能还死不了……听完这个故事，我们都沉默不语。

半月之后，我们这些来自北京和武汉的记者各奔东西，杨玲不期患了重感冒，小脸烧得通红，但她执意一趟趟去车站给所有人送行。她说，这一分手，我可能一辈子都见不到你们了，还是送送吧。送我那天下着小雨，在进站口和她握别时我见她眼里亮晶晶的，不知是雨水还是泪水。但微笑始终挂在她脸上，她这副微笑的姿容便永远印在了我的脑子里。后来我们再也没有联系过，也许真的一辈子都见不到了，转眼二十八年过去，也不知她现在怎么样了。

（1997 年）

派　头

"秀云，快炒几个菜，弄点儿酒，庆贺一下，哈哈……"

"什么喜事呀，看高兴得你。"

"告诉你，我就要——"

"该死的，卖什么关子，快说呀！"

"我就要——我就要当处长啦！"

"天哪！……老公，你不是做梦吧？"

"千真万确，人事处的哥们小张透露给我的。"

"哈哈，这太棒了，王凤英再也不用在我跟前臭显摆了，她男人不过是个破科长，她整天得意的就跟个皇后似的，恶心！"

"不过，处里黄大头和林大屁股不会服我，他们两个资格比我老，到时候我真怕镇不住他们。你看，我太干巴了，缺乏当官的派头，显不出风度……"

"亲爱的，你说得有道理，你确实应该培养一下风度，应该挺起个'将军肚'来，像我们经理，别人一见他那圆圆的脑袋、厚厚的肚皮，就发怵，说话就结巴。要紧的是那派头儿……"

"可我没有那个派头啊！"

"亲爱的，你放心，这艰巨的任务就交给我了，在你走马上任之前，我一定让你'派头'起来。嗯，从今天起，你的饮食起居全部由我安排：晚上你要早睡一小时，早晨晚起一小时；早餐由现在的一杯牛奶增加到两杯，能喝三杯更好；不再限制你的应酬，有吃喝的机会你一律参加，但要少喝酒多吃菜；严格遵守午睡制度，家务活一切交给我，你的任务就是吃了睡，睡了吃。另外，对我有意见，你尽管敲打，像领导批评部下那样，拿出你的威风来……"

"亲爱的，太好了！真是知我者，老婆也。"

"你今天怎么啦？像根蔫黄瓜。快把啤酒喝下去，啤酒养肚。"

"喝个屁！"

"咋啦？我他妈照顾你还嫌不够周到吗！三个月过来了，你的派头也有了，肚皮也挺起来了，快赶上我们经理了……"

"你有完没完！……呃，呃呃，我他妈真倒霉……"

"哎，你哭啥，到底咋回事？"

"……林大屁股今天被任命为处长了。"

"什么？！你这瘟猪，原来没你的戏！我把大话都吹出去了，王凤英本来就不服，再见面非把我臊死不可！你这不中用的东西，害得老娘好苦，呜呜……"

"哎哎，宝贝，别发火别发火。你听我说，人事处的小张告诉我，林大屁股顶多干两年，他的年龄马上就要到'杠'，到那时，处长非我莫属。"

"当真？"

"板上钉钉，跑不了！"

"……这还差不多。不过你得从头做起，就你这块头，这气派，肥头大耳的，别人会看着不顺眼，会说你翘尾巴，故意摆威风，这对你下一步的发展很不利。"

"有道理。我要加紧锻炼身体，使自己变得精干、灵活，塑造一个新形象。"

"只好这样了。你听着，从今天起，你的生活由我重新安排：早晨你要早起一小时，晚上晚睡一小时；早餐由喝牛奶改成喝白开水，啤酒戒掉，取消午睡；家务活全部由你承包，我绝不插手；另外，你每天跑步五千米，风雨无阻，临睡前还要做三十个俯卧撑。总之，'将军肚'要坚决、尽快地去掉！"

…………

（1986 年）

一套房子

"孩子他妈，听说了吗？厂里准备奖给我们钳工班的老陶一套房子。"

"凭什么？"

"厂长说老陶工作兢兢业业，任劳任怨，搞技术革新不计报酬，加之家里住房特别紧张。"

"单单奖给他，这有点儿不公平吧？"

"我说也是。说起工作，我们钳工班六个人，哪个不兢兢业业，任劳任怨？技术革新，哪个人没搞过？说起住房，谁家里也不宽裕呀，你看老苗、老秦、老朱，都和老陶差不多嘛！"

"就是。咱家也不比别家强。"

"老苗我们几个合计好了，说厂里这样做，会影响其他人的情绪，真要有心奖励，钳工班每人一套，一碗水端平，不偏不倚。"

"孩子他妈，今天我们把想法反映上去了。"

"头头怎么答复的？"

"厂里很重视，研究来研究去，厂长认为我们的想法有道理。下班前厂长找我们谈了话，说每家解决一套，眼下不可能，为稳定大家情绪，保证生产顺利进行，只有先将原先的决定收回，过些日子再定。"

"孩子他妈，你说气人不气人?!"

"又咋啦？"

"原先打算给老陶的那套房子，你猜给谁啦？"

"我猜不出。反正没给咱。"

"奶奶的！给了厂长的小舅子！他小舅子是厂里司机，刚来没几天，凭什么分给他！明明是搞腐败嘛！"

"太不像话了。你们打算怎么办？"

"我和老苗、老秦、老朱他们商量好了，一定要将这个问题反映上去，还让我们平头百姓活不活？!"

"哎，孩子他爸，那事你们反映上去了吗？都快半个月了。"

"唉——"

"怎么？叹啥气呀。"

"现在的事真没法说，商量得蛮好的，等写完信，往上签名的时候，老苗、老秦、老朱、老陈他们都缩手缩脚的，脸都黄了，拿着笔直往后退，结果……唉，说明白点儿，就是怕得罪厂长，改天让你下岗。"

"你签名了吗？"

"大家都不傻。你想想，能签吗？就是把那套房子追回来，也轮不到咱。我何必去摸厂长的老虎屁股……"

"唉，真是的，折腾来折腾去，还不如开始就痛痛快快地给老陶好呢。"

"我看也是。"

（1987 年）

图书在版编目（CIP）数据

旋转／陶纯著. — 北京：中国文史出版社，
2019.1

（中国专业作家小说典藏文库·陶纯卷）

ISBN 978 - 7 - 5205 - 0523 - 9

Ⅰ. ①旋… Ⅱ. ①陶… Ⅲ. ①短篇小说 - 小说集 - 中
国 - 当代 Ⅳ. ①I247.7

中国版本图书馆 CIP 数据核字（2018）第 206108 号

责任编辑：牟国煜　　薛未未

出版发行：**中国文史出版社**

社　　址：北京市海淀区西八里庄 69 号院　　邮编：100142

电　　话：010 - 81136606　81136602　81136603（发行部）

传　　真：010 - 81136655

印　　装：廊坊市海涛印刷有限公司

经　　销：全国新华书店

开　　本：720×1020　1/16

印　　张：23　　　　　字数：339 千字

版　　次：2019 年 1 月第 1 版

印　　次：2019 年 1 月第 1 次印刷

定　　价：78.00 元